国家社科基金重大项目（19ZDA295）阶段性成果
Anthology of East Asian Sinitic Poetry
东亚汉诗丛选 | 严明 主编

越南汉诗选 全二册（上）

Anthology of Vietnamese Sinitic Poetry

严艳 编选

江西教育出版社
JIANGXI EDUCATION PUBLISHING HOUSE
·南昌·

赣版权登字-02-2023-143

图书在版编目（CIP）数据

越南汉诗选：全二册 / 严艳编选. -- 南昌：江西教育出版社，2023.12
（东亚汉诗丛选 / 严明主编）
ISBN 978-7-5705-3559-0

Ⅰ. ①越… Ⅱ. ①严… Ⅲ. ①汉诗－诗集－越南 Ⅳ. ①I333.22

中国版本图书馆CIP数据核字（2022）第253611号

越南汉诗选：全二册
YUENAN HANSHI XUAN : QUAN ER CE
严 艳 编选

江西教育出版社出版
（南昌市学府大道299号 邮编：330038）

各地新华书店经销
湖北金港彩印有限公司印刷
889毫米×1194毫米 32开本 19.375印张 420千字
2023年12月第1版 2023年12月第1次印刷

ISBN 978-7-5705-3559-0
定价：118.00元（全二册）

赣教版图书如有印装质量问题，请向我社调换 电话：0791-86710427
总编室电话：0791-86705643 编辑部电话：0791-86705903
投稿邮箱：JXJYCBS@163.com 网址：http://www.jxeph.com

总序

汉诗词创作源于中国，传播并流行于东亚各国，因此东亚汉诗词是源自中国的诗歌形式，同时也是属于东亚各国的传统诗歌形式。汉诗词在东亚诗歌史上长期发挥着不可或缺的作用，成为东亚各国文学史的发展基石及其社会文化的重要组成部分。本丛书所选汉诗词，即东亚各国诗人用汉语创作并遵从汉诗词格律用韵的诗词作品。其中包含古代中国周边的朝鲜、日本、琉球（今冲绳）、安南（今越南）等国诗人的佳作，但不含北方的渤海国，东南亚的缅甸、暹罗等国的汉诗词作品，因其存量极少，相关文献散佚殆尽。从东亚史的视野看，东亚汉诗词的概念既囊括了地理的因素，又代表了历史的真实存在，更具有汉字文化传播的价值。

东亚各国汉诗词创作的起讫时间有别。本丛书所取时间范围，上自公元前（朝鲜津卒妻丽玉所作《箜篌引》），下至20世纪中叶（第二次世界大战期间的日本汉诗）。东亚各国汉诗词在长期发展过程中逐渐融入本土因素，形成独特的表现内容及诗作特色，成为东亚文学传统的重要组成部分。据不完全统计，古代朝鲜汉诗总集存约 40 部，汉诗别集超过 1000 部，诗人约 5000 人（有些人的诗作不传,或可能只有1首或几首保存），总存诗约25万首。古代日本汉诗文集仅据日籍《汉诗文图书目录》记载，从汉诗发轫的奈良时代至汉诗衰替的明治时代，先后问世的汉诗总集与别集达 769 种，计 2339 册，保守估计日本汉诗存量约 20 万首。琉球王国汉诗文集留存约 30 余种,汉诗人 100 余人,存诗约 4000 首。古代越南汉诗文集留存 620 余种，汉诗人 1000 余人，存诗约 5 万首。合计东亚汉诗总集、别集存留 3000 种以上，汉诗人 1 万人以上，存诗则在 50 万首以上。本丛书各分册所含，就是从上述丰沃土壤及丰富的文学遗产中细勘精选出来的佳作，旨在展示东亚各国汉诗词的主要风貌及艺术精华。

东亚各国社会有着关联紧密的传统文化根基，涉及儒学、佛教、官制等重要因素。汉诗词作为古代东亚各国共同的文学形式长期存在，对各国本土诗歌乃至各种文体的艺术创作影响巨大，而东亚各国汉诗人唱酬交往，艺术表现精彩纷呈，成就斐然，至今美誉不减。然而一个多世纪以来的欧风美雨，摧残着延续千年的东亚文化命脉，东亚汉诗词创作式微早成定局，无可奈何花落去，这种历史宿命是令人遗憾的。与之相关的是，对东亚汉诗词的关注和研究虽早已有之，迄今却还没有一部完整的“东亚汉诗史”问世，也没有一套完整的东亚汉诗词选本出版，这对今日想了解东亚各国汉诗发展历史及其艺术价值的读者来说，无疑是一个很大的遗憾。本丛书的编撰，就是想尽早尽力弥补这一历史缺憾，通过东亚诗词精选的方式，回顾东亚文化共同体的辉煌历程，展现东亚汉诗词佳作丰富多彩的文学成就以及出神入化的艺术境界。

东亚各国汉诗词创作兴盛达千年以上，长期占据各国文坛主流地位。在东亚各国，能够吟诗填词象征着高雅的修养和尊贵的身份。汉诗词的兴盛发展成为促进东亚各国本土歌调发展的重要因素，也成为本土文学艺术乃至社会文化传统的重要组成部分，其巨大的魅力和重要的作用，有很多是今人难以想象的。这种跨语言、跨国度、跨文化、跨时代的诗歌吟诵，在世界文学史上极为罕见，意义重大，弥足珍贵，其发展规律至今依然值得东亚学界探讨总结。

迄今为止，对东亚汉诗词的研究历程，大致可分为古代、近世及近代三个阶段。

第一阶段是古代，大致到 14 世纪末为止。汉诗来自中国，其渊源可追溯到 2500 多年前的周王朝，但其形式格律的定型还是在距今约 1500 年前的南朝到初唐时期。汉诗从中国向邻近国家地区的传播，史籍早有记载，但是东亚大规模的汉诗传播还是在盛唐之后。宋元时代通过各种方式向东亚邻国输出的汉籍数量剧增，其中有不少汉诗总集、别集，还包括各类诗话。中国对东亚各国汉诗创作情况很早就有记载，比如《汉书》就有对新罗汉诗的记载及评价。这一阶段东亚各国对汉诗的认知及写作，大体上围绕着接受中国诗歌经典而展开，基本上是心悦诚服地模仿和学习。

第二阶段是从 15 世纪到 19 世纪的东亚近世（在中国是明清时期），这是东亚汉诗词创作繁荣的黄金期。其中包括朝鲜的李氏王朝（1392—1910），日本的室町、江户时代（1336—1867），琉球王国（1429—1879），越南的后黎朝、阮朝（1428—1884）。这一时期东亚汉诗创作的时空环境变化、本土意识觉醒及本国文字的创立，影响着各国汉诗人对中国诗学传统作出不同的解读和创新，因此出现了流派纷呈、各具特色的东亚汉诗创作。在此过程中逐渐也产生出本土诗史的意识，比如江户明和八年（1771），就诞生了日本第一部具有诗史性质的诗话著作——江村北海的《日本诗史》。近世以来，东亚各国中的有识之士不断提出把官方奉若经典的汉诗文进行本土化改造的主张。比如15世纪的朝鲜李朝学者徐居正就指出："我东方之文，非宋元之文，亦非汉唐之文，而乃我国之文也，宜与历代之文并行于天地间，胡可泯焉而无传也哉？"（《东文选序》）这种对汉诗进行本民族化改造的努力，使得近世东亚各国都出现过独具特色的汉诗史观。其中较为突出的是日本江户时代后期的赖山阳，他的汉诗创作及诗论主张，都堪称近世东亚汉诗史中的佼佼者。将其诗作诗论与同时代的中国清朝、朝鲜李朝以及越南阮朝的诗人进行比较，可以发现其诗学观既是中国诗歌经典的延续，更是一种日本式的变异和发展，辨析其意可从多方面充实和拓展对中国诗学以及汉诗创作的研究。这样的比较，无论对中国诗歌还是对东亚汉诗研究，都是饶有意味和富有创意的。近世东亚各国汉诗人的交流愈加频繁，汉诗创作也有从贵族官府向市井民间扩散的趋势。清末光绪年间，俞樾编撰《东瀛诗选》，几乎把日本江户时代的汉诗佳作囊括殆尽，在中、日两国出版后引起很大的反响，成为东亚汉诗交流史上的一段佳话。

第三阶段是19世纪中叶以后的东亚近代，这是东亚汉诗词的巨变及衰落期。随着清朝的衰败和西方列强势力的侵入扩张，作为亚洲汉字文化圈中文化交流主要载体的汉诗词创作整体趋向萧条。不仅日、韩、越的文学研究者低估汉诗词的价值，中国古典文学研究界对朝鲜、日本、琉球、越南的汉诗词也长期忽视。这一现象在近三十年来逐步得到了改变。随着中国和东亚的崛起，越来越多的学者认识到，东亚汉诗具有各国本民族文学的特性和价值，更有学者超越本国汉诗的视野，重视从东亚文化交流与接受的角度拓展东亚汉诗词研究。比如日本成立了“和汉比较文学会”和“中国学研究会”，韩国有“东方汉文学会”。中国对域外汉诗的研究近年来也出现了一批具有开创性意义的研究机构和丰硕成果，比如北京大学、南京大学、延边大学、天津师范大学、浙江大学、吉林大学、南开大学、上海师范大学等高校都建立了相关研究机构，编撰出版的书目资料和论文集更是体量庞大、精彩纷呈。

总之，东亚各国对汉诗词的受容认知，经历了从全盘接受到改造创新的历程。从东亚各国诗人的创作初衷来看，汉诗词确实可视为“慕华”之风习在他们文学生活中的精彩体现。但从东亚汉诗词史角度看，东亚汉诗词创作并不能简单视为对中国诗歌的移植，而是在“中国化”的外表下呈现出其本国之心（特质）。近年来，东亚各国学者开始关注中国诗歌与东亚汉诗词的细节比较，并借此阐发汉诗词作为一种文学韵语形式，在东亚各国历史背景下所呈现出的特定社会文化蕴意。譬如就意象而言，有汉诗中常见的“潇湘八景”意象、“骑驴”意象、“杨柳”意象；就题材而言，有“士妓恋情”题材、“征夫怨妇”题材、“游仙”题材等，这些都不同程度地在东亚各国汉诗词中得到受容改编。作为“技”的汉诗，被纳入到作为“道”的形态各异的各国文学创作中，经过长期交汇，熔铸成辉煌的东亚汉诗词共同体文化，足以在世界诗歌的百花园中自成格局，争奇斗艳。

斗转星移，风云变幻。进入21世纪，对东亚汉诗词进行整体研究及进行相关学科建设正逢其时。在经历了古代（恪守传统方式）、近世（汉诗创作全面繁盛）、近代（日本主导的）三个阶段之后，当代对东亚汉诗词的研究终究回归到了中国倡导的东亚文化共同体基调，这是东亚汉诗词研究的大势所趋，中国学者主导其役责无旁贷。在此背景下本丛书的策划选编，旨在展现东亚汉诗词的多姿多彩的历史风貌，探寻东亚文心，延续文化命脉，为复兴东亚文化共同体而添砖加瓦，奉献绵薄之力。

本丛书依托国家社会科学基金重大项目“东亚汉诗史（多卷本）”，由首席专家严明倡导规划，课题组成员参与其役，各司其责，共襄盛举。从策划到选编定稿，历时近两年。我们裒集东亚各国汉诗词文献，精选佳作，探索东亚汉诗词史的发展脉络，使得“东亚汉诗丛选”丛书得以顺利完稿，期待它能弥补空白，并成为重大项目研究成果的组成部分。本丛书各分册及主持者分别为：严明《日本汉诗选》、韩东《朝鲜汉诗选》、吴留营《琉球汉诗选》、严艳《越南汉诗选》、闵定庆《东亚词选》。江西教育出版社陈骥主任及樊令、方超等编辑，在本丛书编辑出版过程中出谋划策，付出了巨大的艰辛和努力，在此致以诚挚的感谢！

晓风残月，东方既白；吾辈前行，不遗余力。是为序。

严明

2021年11月30日 于沪上汪洋斋

前言

汉诗在越南汉文学作品中独领风骚近千年。它既体现了儒士人格，也服务于科举考试，同时也是越南文人在歌筵酒席、登临凭吊、怀人送别等场景表情达意的载体。因而，汉诗创作能力是越南儒士修养的重要标志。越南汉诗甚至还被用于外交中，成为斡旋驰骋的工具。

越南汉诗承袭于唐代诸家，肇始于丁朝与前黎朝时期。然丁与前黎二朝均短暂而亡，汉诗在兵燹中仅留下禅家诗僧的片言只语。

到了李陈时期，越南政治日益稳定，诗家辈起，李、陈二朝帝王、重臣皆能诗。李朝时，仍是禅诗一家独大，诗歌基本局限于表达超然出世、清寂高洁的佛家思想。但此时期，越南汉诗题材已经开始向田园边塞、咏史怀古、赠别酬答等各领域拓展，艺术风格也由朴素自然渐趋多样化，既有慷慨悲壮之词，亦有清新旖旎之语。至陈朝时，越南汉诗中的主流思想已完成由禅向儒的转化，诗歌体裁也更加多样化。然因时代久远，李陈时期文人所著诗集至后黎朝时期也“存者千者仅一二焉”(《越音诗集序》)。

黎朝时，越南汉诗达到蓬勃发展的繁荣之境，出现了大量诗人群体，诗社兴起，诗歌品评活动空前活跃，出现了诗歌本土化的探索与革新。诗歌内容在陈朝基础之上进一步拓展，文人形成了以诗纪事、以诗咏史、以诗言志的习惯。

十九世纪的阮朝，汉诗仍有余响，在十九世纪中前期的越南文坛占有主导地位。至十九世纪末至二十世纪初，汉诗的发展终于日薄西山，逐步退出越南文学的历史舞台。

阮朝时，后黎朝之前诸家诗集在兵燹中基本散落无存，甚至一些大名家的诗集也不复存在，这一阶段的诗歌散录于诸家选本、文人笔记或是佛教文献中。现存越南文人个人诗集主要集中于十八至十九世纪，然文献杂抄混入现象仍较为普遍。

就越南汉诗选本而言，黎、阮二朝一直都有文人对汉诗进行采编，既有按照时间与朝代排序的通代选本，如黎贵惇《全越诗录》、裴辉璧《皇越诗选》等；也有围绕特定主题的选本，如《剑湖十咏》《琼林诗选》《莲花八十咏》等题咏诗集；或者选录某一类文人或单个文人的诗集选本，如《诸名家诗》《立斋诗选》等。但其中有影响力者仅寥寥数种，阮朝知名诗论家阮绵审在《仓山诗话》中称：“我越诗有选本，自黎氏史臣潘孚先《越音集》始，继之者，杨德颜《精选集》，黄德良《摘艳集》，黎贵惇《全越诗录》。”总体而言，越南文人汉诗选本中相对完整，且在文坛具有一定影响力的选本主要有以下七种：

《越音诗集》，存印本、抄本各一种，该集由黎朝国史院同修史潘孚先编辑，翰林院学士入侍经筵阮子晋作序，共六卷，为现存最早的越南汉诗选本。潘孚先在延宁二年（1455）奉命修《大越史记续编》时，“欲集近代君臣诗篇以示后学”，在采编时又“兼采皇朝太祖、太宗摩崖，与夫名公宿儒所作，凡千百余首”。但当时由于潘孚先又出任抚使，未得刊行。之后朱车又“博泰古今之在朝、在野，及南因仕北，北人南使，潘君之所未集者，汇而编之，总七百余”，请阮子晋序于延宁六年（1459）。《越音诗集》印本为保泰己酉（1729）年的重印本。

《精选诸家诗集》，存抄本、印本各一种，其中抄本留存卷一、卷二，印本留存卷四、卷五。该集由后黎朝杨德颜编辑，梁如鹄批点。抄本题《精选诸家律诗》，印本题《精选诸家诗集》，印本所存卷四、卷五与抄本卷二所收诗家相同，但增加诗作数量。

《摘艳诗集》，存抄本两种，该集由后黎朝黄德良编录并序于洪德二十八年（1497），“旁搜广访，其所得者，乃千百中之一二，仍传采在朝诸公，择其粹者，类次于篇，获六卷，集名曰《摘艳》”，全集共六卷。

《全越诗录》，存抄本十一种，由后黎朝黎贵惇编辑，全书共二十卷。

《皇越诗选》，存印本十二种，由黎朝裴辉璧编选并做小引于戊申（1788）年，阮朝山南镇督学阮摺编辑并序于明命六年（1825），全书共六卷。

《越诗续编》，存抄本两种，阮朝阮攸编著，全书共三卷。编者序中称：“仍摘取闰莫至黎末诸诗，载为越诗续编，但随时世先后存其诗焉，以存其人焉。至于品第之，则不敢也。”“本朝列圣皇帝乃诸名臣诗，则另裁为《国朝诗录》。”

《明都诗选》，存抄本一种，编者无考，共一卷。

除以上几类汉诗选本，越南还留存有收录诗歌与文人数量都较少的一些杂录，如《南诗略诗集》《南诗新选》，以及选录中国诗人诗作的《千家诗选》等。此外还有一些诗文合选，如阮朝时期文人诗文选《大南英雅前编》《大家宝文杂编》《历代群英诗文集》等。这一类选本由于内容较少或选诗驳杂，在文坛影响力较弱。

除越南古代遗留的汉诗选本外，现当代学者中也有编选越南汉诗者。越南社会科学出版社 1977 年出版《李陈诗文》一书，录有李陈时期的大量诗文。1959 年黄轶球先生编选的《越南汉诗略》一书则为中国学者对越南汉诗编选的创始之作，但因系广东师范学院中文系油印本，流传不广，知者甚少。

本选本相较之前历代选本在一定程度上也有所创新和突破：

其一，诗人、诗作更多、更全。现存选本以《全越诗录》中收录诗人、诗作最多，有诗人 170 余位，诗作 2400 多首，但诗人诗作入选数量悬殊，少者仅 1 首，多者近 200 首。越南古代选家大多以其生活时代为选诗下限，最晚的选本是裴辉璧（1744—1818）的《皇越诗选》，对阮朝诸家诗均未选录。而现代越南诗选中对阮朝诸家也关注较少，如《越南汉诗略》中仅取约 30 人，且其中有一半以上都是近代革命家。本书按诗作存量与诗坛地位均衡选取历代诗家作品，尤其补充阮朝诸家诗作，力求全面反映越南诗人、诗作整体情况。

其二，辨伪存真。由于越南文献散佚严重，各家选本多据抄本选编，其中难免出现如下问题：1. 诗人姓名书写混乱或错讹。如：正史载陈效可，《越音诗集》录为陈放可，《全越诗录》录为陈效奇；《摘艳诗集》中，陈廷琛录为陈廷探，符叔宏录为符叔完；黎括，字伯适，《越音诗集》中录为黎伯适，而《全越诗录》与《皇越诗选》等却录为黎括。同时，诗选中出现的错讹常会沿袭，而现当代诗选却不加辨析直接沿用，甚至出现新的讹误。如：《李陈诗文》中将胡宗鷟的名字写为故宗鷟；《越南汉诗略》中将段浚（又名段阮俊）写为阮俊，黎少颖写为黎可颖。2. 误收诗歌。一是将中国诗歌误录为越南诗歌。如越南出版的《李陈诗文》中所收录李朝杨空路的《渔闲》一诗："万里清江万里天，一村桑柘一村烟。渔翁醉著无人唤，过午醒来雪满船。"实为中国唐朝诗人韩偓所作的《醉著》。二是收录托伪之作。越南古代诗选中所录托伪之作较为少见，主要见于现当代汉诗选本中，且后者存在大量托伪的"名作"。如李常杰所作的《失题》最早见录于黎朝，《李陈诗文》及《越南汉诗略》中都选录此诗，但越南古代各选本中均未录该诗，现代研究者通常认为其为后世伪作。3. 前代诗选中混入其他文体。如《越音诗集》中收录铭文，《越南汉诗略》中选录词、散文、对联，虽数量较少也令诗选显得内容驳杂。本书在选录越南汉诗时，剔除了前代选本中的伪作，同时也纠正了部分错讹之处。

其三，顺应时代文学艺术标准。由于受选家个人及选家所处时代的文学思潮、审美倾向等影响，历代选本之间差异巨大。越南所存历代文人诗选侧重于选录帝王之诗，且多列于选本卷首。如《明都诗选》卷一中录陈、黎二朝帝王 21 人，诗 87 首，占据整个选本的一半篇幅。而越南选家在选录诗歌时，为了家庭学诗之用以及传播己诗之私，都会多录本人诗歌。如黄德良在《摘艳诗集》的序中称："逐卷之末，窃附以拙作，用为家庭之训，且文衡之好事者，以广其传。"在该集中他选录己诗 27 首，占全书诗歌总数量近 12%。阮绵审在《仓山诗话》中说："今所传《皇越诗选》六卷，即裴节取贵惇之书，并附以己诗也。"即是指责裴辉璧仅仅是截取黎贵惇的《全越诗选》，并附录了自己的诗，就编成了《皇越诗选》。中国学者黄轶球在编选越南汉诗时，正值 20 世纪 50 年代末，因此他侧重于体现"有关国际友谊的史实"，而摒弃"封建落后的思想"，这也是受当时社会思潮的影响。本书在选录越南汉诗时，则以诗家诗作的文学价值及诗人的地位与影响作为选录标准。

研究越南汉籍的学者都深知越南文献的珍贵与难得，相比日、韩文献的庞杂，越南文献不仅数量少，且多为抄本，又不公开，这也是在域外汉学研究中，越南汉学研究一直进展缓慢的原因之一。因此，2010 年《越南汉文燕行文献集成（越南所藏编）》影印本以及《越南汉文小说集成》出版后，大惠学林，促使一大批研究成果出现。但十余年过去，目前中国学界仍据此开展研究，同辈学人亟需新的文献作为研究基础。本人学力浅薄，仍不惴鄙陋，在所见汉诗文献的基础之上编选本书，以期能为学界贡献绵薄之力。本书的编选，要感谢刘玉珺教授、叶少飞教授、李奎教授惠赐资料，同时也非常感谢这几年在汉喃研究院查抄资料时汉喃研究院同人的帮助。

最终编定此选本时，心头仍不免有诸多遗憾:一是囿于学识，本书所选录诗人、诗作仍欠周详；二是疫情导致部分资料延宕未至，个别诗人、诗作不免遗漏；三是越南所存诗集文献基本为手抄本，且较多为孤本，恐编订错讹。本选本中，错漏之处望有识者不吝赐教，俾日后修改完善，更冀出现更完备精当的越南汉诗选本。

严艳

2022 年 10 月 18 日

凡例

一、本书越南封建时期历代各朝参照陈重金《越南通史》中纪年法，按朝代更迭的时间顺序，分为前黎朝（980—1009）、李朝（1010—1225）、陈朝（1225—1400，含胡朝1400—1407）、黎朝（1428—1527）、后黎朝（1533—1788，附莫朝1527—1592）、西山朝（1778—1802）、阮朝（1802—1945）以及越南民主共和国（1945—1976）共八个部分。

二、本书编选的主要文献依据，是重要的越南汉诗选本、个人诗集和文人笔记。本书参考的越南汉诗选本有：潘孚先《越音诗集》、杨德颜《精选诸家诗集》、黄德良《摘艳诗集》、黎贵惇《全越诗录》、裴辉璧《皇越诗选》、佚名《明都诗选》、黄轶球《越南汉诗略》。

三、本书编选尽量照顾诗人的不同诗歌体裁。同时，依据越南文献留存的多寡状况，增选一些不知名诗人的诗作。

四、本书以越南诗家为条目，条目下选录诗家诗作。全书大致按诗人出生年份排列，未详生卒年者，据其活动时间排列。

五、本书辑录诗作时，对文字作如下处理：（一）繁体字转为简体字，无相应简化字者仍用繁体。为便于理解诗意，酌情保留一些异体字、通假字。（二）越南汉字中的避讳字、简化字、异体字均转化为对应的中国汉字。为展现越南汉诗的本土化特色，越南喃字酌情保留原字并注解，注解列于诗尾。（三）为便于读者理解诗意，编者酌情加入少量按语，统一置于文末。（四）少量原文漏字或无法辨析的文字，用“□”标注。（五）本书在选录诗歌时，针对不同文献中出现的诗句、字句差异情况，会依据诗意择录一种，因越南文献形式基本为抄本，此种处理产生的字句差异较常出现，因此不再加以注解。

目录

（上册）

（下册）

后黎朝 附：莫朝

裴秉奋

吴士荣

陶公正

邓廷相

阮登道

丁儒完

阮公沆

前黎朝

（980—1009）

杜法顺（915—990）

法顺少时出家，师龙树扶持禅师。法顺生活于丁朝与前黎朝更迭时期，当前黎朝初创之际，为黎大行皇帝辅政国师。《大越史记全书》中记载法顺与中国赴越使李觉有唱和诗："鹅鹅两鹅鹅，仰面向天涯。白毛铺绿水，红棹摆青波。"但该诗与中国广泛流传的唐代骆宾王的《咏鹅》"鹅鹅鹅，曲项向天歌。白毛浮绿水，红掌拨清波"几乎同出一辙，且中国史籍中并未记载李觉有该次出使，因此该唱和诗常被视为托伪之作。《禅苑集英》中收录数首法顺诗作，但越南古代汉诗选本，如《越音诗集》《摘艳诗集》《全越诗录》等均未载其诗。

国祚

国祚如藤络，南天理太平。
无为居殿阁，处处息刀兵。

按，《李陈诗文》中称该诗为杜法顺于981年受黎大行咨询国政时所作。

吴真流（933—1011）

即匡越禅师，生活于丁朝与前黎朝更迭时期。丁先皇太平二年（971）赐号匡越大师，丁朝之后归前黎，留有饯别宋朝使臣李觉的知名词作《王郎归》，在《禅苑集英》《大越史记全书》中有记载其事迹。《禅苑集英》中收录匡越禅诗作数首，内容主要以汉诗阐述禅理。

元火

木中元有火，元火复还生。
若谓木无火，钻燧何由萌。

佛法 其一

佛法谁能护，柱听住祇园。
若非吾种子，早随别处迁。
不载金刚部，密迹那罗延。
满空尘数众，侍佛成冤愆。

佛法 其二

佛法慈悲大，威光覆大千。
万神俱向化，三界尽回旋。
吾师行号令，邪鬼孰敢先。
愿常随受戒，长幼护祇园。

万行禅师（938—1018）

俗姓阮（亦有选本称姓李），古法乡（今北宁省）人。生活于前黎朝与李朝更迭时期。幼时就聪颖好学，二十一岁出家为古法州六祖寺僧，精于禅，“时若发语，必为天下符谶”，因此尤受黎大行皇帝尊敬。李公蕴即位后，万行禅师被拜为国师，为新朝拟定多项政策。其留存的诗歌主要是诗偈，《全越诗录》《皇越诗选》选其诗一首，《禅苑集英》选录数首。

寄杜银

土木相生艮畔金，为何谋我蕴灵襟。
当时五口秋心绝，直至未来不恨心。

揭榜示众

蒺藜沉北水，李子树南天。
四方戈干静，八表贺平安。

示弟子

身如电影有还无，万木春荣秋又枯。
任运盛衰无怖畏，盛衰如露草头铺。

李朝

（1010—1225）

吕定香（? —1050）

生年不详，所留诗歌为诗偈，后世仅《禅苑集英》选其诗。

真与幻

本来无处所，处所是真宗。
真宗如是幻，幻有即空空。

梅直（999—1091）

即僧圆照，龙潭县福堂（今河内市青池县）人。为李圣宗所尊奉的灵感太后之侄。所留诗歌均为诗偈，后世仅《禅苑集英》选其诗。

心空

身如墙壁已颓时，举世匆匆孰不悲。
若达心空无色相，色空隐现任推移。

李佛玛（1000—1054）

即李太宗，又名李德政，李公蕴长子，李朝第二代君主，被认为是越南历史上的英主之一，《全越诗录》称其"聪明英武，沉几先物"。李佛玛于天成元年（1028）即位，在位二十六年，在位期间一直励精图治，即位初年就先后平定了三个兄弟的武装叛乱，其后鼓励农业生产，关心水利建设，筑堤坝，凿运河，令农业生产得到很大发展，增强了国力。在此基础之上，李佛玛南侵占城，北掠侬全福、侬志高父子，令李朝的国力得到空前提升。在政治制度上，李佛玛模仿中国的行政制度，创建了一套适合本土的体系。他废除丁朝时实行的十道，把全国划分为二十四路，并在南部的爱州和欢州置二寨，儒家文化与科举取士制度也在这一时期得到发展。此外，李佛玛推崇佛教禅宗并成为越南“无言通派”的僧祖。其诗存世寥寥，《全越诗录》《皇越诗选》选其诗一两首，内容体现了李太宗的参禅悟道的心得。

示诸禅老参问禅旨

般若真无宗，人空我亦空。
过现未来佛，法性本相同。

追赞法云寺毗尼多流支禅师

创自来南国，闻君久习禅。
应开诸佛信，远合一心源。
皎皎楞伽月，纷纷般若莲。
何时临面见，相与话重玄。

僧悟印（1020—1088）

俗姓谭，名弃，金牌乡思理（今河内市）人。少业儒，出家居宁山隆恩寺，后主持应天府（今河内市）宁山寺，李仁宗广祐（1085—1091）中示寂。

示寂

妙性虚无不可攀，虚无心悟得何难。
玉焚山上色常润，莲发炉中湿未干。

段文钦（生卒年不详）

生卒、字号不详，李仁宗（1072—1127）时工部尚书。诗作见于《全越诗录》《皇越诗选》。

赠广智禅师

拄锡危峰摆六尘，默居幻梦问浮云。
殷勤无计参澄什，索绊簪缨在鹭群。

挽广智禅师

林峦白首遁京城，拂袖高山远更馨。
几愿净巾趋丈席，忽闻遗履掩禅扃。
斋堂幽鸟空啼月，墓塔谁人为作铭。
道侣不须伤永别，院前山水是真形。

悼真空禅师

行高朝野振清风，锡拄如云暮集龙。
仁宇忽惊崩惠栋，道林长叹偃贞松。
坟萦碧草添新塔，水蘸青山认旧容。
寂寂禅关谁更叩，经过愁听暮天钟。

僧惠生（?　1063）

俗姓林，名枢，生年不详，东扶烈村龙（青）潭县（今河内市青池县）人。诗作见于《禅苑集英》，均为诗偈。

答李太宗心愿之问

法本如无法，非有亦非空。
若人知此法，众生与佛同。

水火

自古来参学，人人指为南。
若人问新事，新事月初三。

陶纯真（? —1101）

生年不详，号九翁，诗作见于《禅苑集英》。

示弟子本寂

真性常无性，何曾有生灭。
身是生灭法，法性未曾灭。

尼妙因（1041—1113）

俗姓李，名玉娇，仙游县扶董乡（今河内市嘉林县扶董社）人，主要活动于李圣宗（1054—1072）时期，号妙因尼师。诗作见录于《禅苑集英》。

生老病死

生老病死，自古常然。
欲求出离，解缚添缠。
迷之求佛，惑之求禅。
禅佛不求，杜口无言。

僧真空（1046—1110）

俗姓王，名海蟾，仙游县扶董乡人。少时即刻苦读书，“年十五，博通经史籍”。居于蒸山寺二十载不下山，李仁宗时召入大内诵《法华经》。会丰九年（1110）示寂。

感悟

妙本虚无日月夸，和风吹起遍婆娑。
人人尽识无为乐，若得无为始是家。

僧满觉（1052—1096）

俗姓阮，名长，安格乡陇廛人。李朝中书员外郎怀素之子，李仁宗尚在潜邸时，选名家子弟入侍，阮长预其选。仁宗即位后，阮长出家为僧。觉海学通儒释，深受李仁宗重视。诗歌见录于后世诗选中。

告疾示众

春去百花落，春到百花开。
事逐前眼过，老从头上来。
莫谓春残花尽落，庭前昨夜一枝梅。

道行禅师（？—1117）

原名徐路，青潭乡安朗人。李仁宗时著名禅师，曾隐居天福山香海寺，禅定六年。悟道精妙，后禅化山岗，因名其山为仙迹山。

失珠

日月出岩头，人人尽失珠。
富人有驹子，步行不骑驹。

有空

作有尘沙有，为空一切空。
有空如水月，勿着有空空。

问乔智玄

久混凡尘未识金，不知何处是真心。
愿垂指的开方便，了见如如断苦寻。

示寂告大众

秋来不报雁来归，冷笑人间动发悲。
为报门人休恋着，古师几度作今师。

僧空路（? —1119）

俗姓杨，名明空，永赖人。世代业渔，至明空时舍其业而学禅。曾在菏泽寺、严光寺、祝圣寺修道，精法术，神奇莫测。会祥大庆十年（1119）圆寂。

言怀

选得龙蛇地可居，野情终日乐无余。
有时直上孤峰顶，长啸一声寒太虚。

李乾德（1066—1127）

即李仁宗，越南李朝第四代皇帝，1072 年至 1127 年在位，是越南在位时间最长的皇帝。他是李圣宗长子，猗兰元妃黎氏所生。其统治越南时期，被认为是越南历史上的黄金时期。他沿袭中国唐宋官制，中央到地方上的各级设置达到完备，统治机器至此臻于完善。李仁宗太宁四年（1075），“诏选明经博学及试儒学三场，黎文盛中选，进侍帝学”。从此，越南建立起较为系统的科举制度。英武昭胜元年（1076）李仁宗在升龙设立国子监，选文职官员识字者入内习文，作为培养统治阶级子弟的最高学府。英武昭胜二年（1077），试官员以书算刑律；广祐二年（1086）成立翰林院，试全国有文学之才者充翰林院官。从此，李朝建立起较为系统的科举制度。其诗存寥寥，《全越诗录》《皇越诗选》选诗一两首，《李陈诗文》选录数首。

赠万行禅师

万行融三际，真符古谶诗。
乡关名古法，拄锡镇王畿。

赞觉海禅师通玄道人

觉海心如海，通玄道又玄。
神通兼变化，一佛一神仙。

追赞崇范禅师

崇范居南国，心空及第归。
耳长回瑞质，法法尽离微。

僧庆善（1067—1142）

俗姓阮，名庆龙，龙编古交人。居祝圣寺，李神宗时，召拜僧录。有《悟道诗集》，今已佚。

答弟子法融问圣凡

劳生休问色兼空，悟道无过得祖宗。
身外观心难定体，人间植桂岂成丛。
乾坤尽是毛头上，日月包含芥子中。
大用现前拳在手，谁知凡圣与西东。

僧愿学（？—1174）

俗姓阮，其名不详，法号愿学。师从圆智禅师，学成后归隐卫灵山，颇受李英宗器重。所留为参禅之诗，见录于《禅苑集英》。

道无影像

道无影像，触目非遥。
自反推求，莫求他得。
纵饶求得，得即不真。
设使得真，真是何物。

了悟身心

了悟身心开慧眼，变化灵通现实相。
行住坐卧独卓然，应现化身不可量。
虽然充塞遍虚空，观来不见如有相。
世间无物可比况，长现灵光明朗朗。
尝时演说不思议，无得一言以为当。

黄圆学（1072—1136）

诗作见录于《禅苑集英》，均为诗偈。

闻钟

六识常昏终夜苦，无明被覆久迷慵。
昼夜闻钟开觉悟，怡神净刹得神通。

乔本净（1100—1176）

诗作见录于《禅苑集英》。

镜中出形像

幻身本自空寂生，犹如镜中出形像。
形像觉了一切空，幻身须臾证实相。

欧道惠（? —1173）

诗作见录于《禅苑集英》。

色身与妙体 其一

地水火风识，原来一切空。
如云还聚散，佛日照无穷。

色身与妙体 其二

色身与妙体，不合不分离。
若人要甄别，炉中花一枝。

潘长原（1110—1165）

诗作见录于《禅苑集英》，内容为参禅悟道，或为诗偈。

归青嶂

猿猴抱子归青嶂，自古圣贤没可量。
春来莺啭百花深，秋至菊开没模样。

示道

在光在尘，常离光尘。
心腑澄澈，与物无亲。
体于自然，应物无垠。
宗匠二仪，陶冶人伦。
亭毒万物，与物为春。
作舞铁女，打鼓木人。

许大舍（1119—1180）

诗作见录于《禅苑集英》，多为参禅诗。

石马

石马齿狂狞，食苗日月鸣。
途中人共过，马上人不行。

僧智禅（生卒年不详）

俗名黎铄，约活动于李英宗（1138—1175）及李高宗（1176—1210）时期。诗作见录于《禅苑集英》，多为诗偈。

示太尉苏宪诚太保吴和义

既怀出素养胸中，闻说微言意允从。
贪欲黜除千里外，希夷之理日包容。

淡然

淡然自守，唯德是务。
或云善言，拳拳一句。
心无彼我，既绝昏雾。
日夜陟降，无形可住。
如影如响，无迹可趣。

僧明智（？—1196）

俗姓苏，名字未详，扶琴村（今北宁省安丰县）人。诗作见录于《禅苑集英》，均为参禅诗。

希夷

教外可别传，希夷祖佛渊。
若人欲辨的，阳焰觅求烟。

寻响

松风水月明，无影亦无形。
色身这个是，空空寻响声。

僧常照（? —1203）

俗姓范，法号常照，扶宁乡（今河内市嘉宁县宁协社）人。黎高宗（1176—1210）年间任广慈宫令都曹。后辞官出家，师从静果寺广严禅师，之后在天德府六祖寺任住持。诗作为《禅苑集英》所选录，均为参禅诗。

心

在世为人身，心为如来藏。
照曜且无方，寻之更绝旷。

道

道本无颜色，新鲜日日夸。
大千沙界外，何处不为家。

僧净戒（? —1207）

俗名朱海颙，江卯人。自幼学儒，后从佛，在国清寺出家。李高宗重其才，屡请其入京问道。诗作为《禅苑集英》所选录，均为参禅诗。

罕知音 其一

此时说道罕知音，只为如斯道丧心。
奚似子期多爽惨，听来一达伯牙琴。

罕知音 其二

秋来凉气爽胸襟，八斗才高对月吟。
堪笑禅家痴钝客，为何将语以传心。

阮依山（1121—1213）

诗作存于《禅苑集英》，多为禅理诗。

成正觉

如来成正觉，一切量等身。
回互不回互，眼睛童子神。

化运

真身成万象，万象即真身。
月殿荣丹桂，丹桂在一轮。

黎纯（？—1221）

即现光禅师，升龙城（今河内市）人。诗作存于《禅苑集英》，均为参禅诗。

答僧问

那似许由德，何知世几春。
无为居旷野，逍遥自在人。

幻法

幻法皆是幻，幻修皆是幻。
二幻皆不即，即是除诸幻。

陈朝
（1225—1400）

含胡朝
（1400—1407）

陈煚（1218—1277）

即陈太宗，初名蒲，《元史》中称为陈日煚。以从叔陈守度援引，入侍宫中女主李昭皇。后受昭皇禅位，建立陈朝。在位三十三年（1225—1258），逊位十九年，《皇越诗选》称其“性宽厚好文”。据《钦定越史通鉴纲目》正编卷之十三载，陈太宗著述有《国朝通礼》《刑律》《建中常礼》《课虚集》《御诗》，今多不传。后世选本选其诗两首。

寄清风庵僧德山

风打松关月照庭，心期风景共凄清。
个中滋味无人识，付与山僧乐到明。

送北使张显卿

顾无琼报自怀惭，极目江皋意不堪。
马首秋风吹剑铗，屋梁落月照书庵。
幕空难住燕归北，地暖愁闻雁别南。
此去未知倾盖日，篇诗聊为当清谈。

慧忠上士（1230—1291）

俗名陈嵩，天长府（今南定省美禄县）人。安生王陈柳长子，兴道王陈国峻和元圣天感皇后的长兄，陈仁宗亲舅。《上士行状》中称“其为人也，器量渊深，风神闲雅”。慧忠上士潜心于佛学，得法于无言通派第十六世逍遥禅师，所著禅诗、诗偈甚多，以泛舟九曲江所作《放狂歌》为最知名。

涧底松

最爱青松种几年，休嗟地势所居偏。
栋梁未用人休怪，野草闲花满目前。

出尘

曾为物欲役劳躯，摆落尘嚣世外游。
撒手那边超佛祖，一回抖擞一回休。

脱世

翻身一掷出樊笼，万事都庐入眼空。
三界茫茫心了了，月华西没日升东。

江湖自适

小艇长江荡漾浮，悠扬棹拨过滩头。
一声何处新来雁，陡觉秋风遍十洲。

养真

衰飒形骸岂足云，非关老鹤避鸡群。
千青万翠迷乡国，海角天头是养真。

戏智远禅师看经写义

墨为香饵笔为竿，学海风波理钓船。
珍重远公频下钓，会狞龙上是驴年。

和县令

曾为宇内四明狂，肯羡医王与鬼王。
未觉悟中真觉悟，难商量底妙商量。
小根欲问长生药，作者那求不死方。
今日水寒鱼不食，一时筌网也都忘。

和兴智上位侯

禅风无后亦无前，本体如如只自然。
少室九年无一语，黄梅半夜假单传。
心机不挂丝毫念，口业何劳拣择言。
为报元君陈处士，一声冷雁度霜天。

安定时节

生死由来罢问程，因缘时节自然成。
山云也有出山势，涧水终无投涧声。
岁岁花随三月笑，朝朝鸡向五更鸣。
阿谁会得娘生面，始信人无总假名。

自题

秋光有笔莫形容，极目山河处处同。
一派曹溪寒湛湛，千年熊耳碧丛丛。
灯笼撞破金刚圈，露柱浑吞栗棘蓬。
欲识个中端的意，新罗夜半日头红。

退居

傥来祸福不单行，闲卜幽深寄此生。
海国三春迷燕垒，烟村一雨隔农耕。
多惭身浊逢时浊，小赖心清遇国清。
夜梦观音入荒草，秋江清浅露花横。

福堂景物

福堂景致已郎当，赖有禅风习习凉。
篱落萧疏抽笋瘦，门庭幽邃辟松荒。
未逢时泰贤人出，且喜林深瑞兽藏。
早晚老天开佛日，通门桃李弄春光。

放狂歌

天地眺望兮何茫茫，策杖优游兮方外方。
或高高兮云之山，或深深兮水之洋。
饥则飧兮和罗饭，困则眠兮何有乡。
兴时吹兮无孔笛，静处焚兮解脱香。
倦小憩兮欢喜地，渴饱啜兮逍遥汤。
万年村兮赋考槃，九曲河兮歌沧浪。
访曹溪兮揖卢氏，谒石头兮侪老庞。
乐吾乐兮布袋乐，狂吾狂兮普化狂。
咄咄浮云兮富贵，吁吁过隙兮年光。
胡为兮宦途险阻，叵奈兮世态炎凉。
深则厉兮浅则揭，用则行兮舍则藏。
放四大兮莫把捉，了一生兮休奔忙。
适我愿兮得我所，生死相逼兮于我何伤。

按，万年村即作者隐居处。

陈晃（1240—1290）

即陈圣宗，太宗长子，在位二十年（1258—1278），《元史》中称其为陈日烜。吴士连在《大越史记全书》中称其“忠孝仁恕，尊贤重道，父作于前，子述于后，陈家基业固矣。然优游三昧，探赜一乘，非帝王之善治也”。有《圣宗诗集》，今不全。潘辉注《历朝宪章类志·文籍志》中称其诗“皆有古唐风味”。黎澄《南翁梦录》在“叠字诗格”也对其诗有评述：“晚年颇闲，适游天长故乡，有诗云：‘景清幽物亦清幽，一十仙洲此一洲。百部笙歌禽百舌，千行奴仆橘千头。月无事照人无事，水有秋涵天有秋。四海已清尘已净，今年游胜昔年游。’此诗作时，盖经元军两度征伐之后，国中安乐，故结意如此。其命意清高，叠字振响，非老于诗者，焉能道此？况自性清高，天然富贵，国君风味与人自别矣。”

幸安邦府

朝游浮云桥，暮宿明月湾。
忽然得佳趣，万象生毫端。

按，安邦府为今越南广安省。

题玄天洞

云掩玄天洞，烟开玉帝家。
步虚声寂寂，鸟散落山花。

相慧忠上士

明明常自在，亦揑目作怪。
见怪不见怪，其怪悉自坏。

宫园春日怀旧

门空尘掩径生苔，白昼沉沉少往来。
万紫千红空烂熳，春花如许为谁开。

夏景

窈窕华堂昼景长，荷花吹起北窗凉。
园林雨过绿成幄，三两蝉声闹夕阳。

挽少保陈仲微

痛哭江南老巨卿，春风揾泪为伤情。
无端天上编年月，不管人间有死生。
万叠白云遮故宅，一堆黄壤覆香名。
回天力量随流水，流水滩头共不平。

幸天长行宫

景清幽物亦清幽，十一仙洲此一洲。
百部笙歌禽百舌，千行奴仆橘千头。
月无事照人无事，水有秋涵天有秋。
四海已清尘已静，今年游胜昔年游。

读《佛事大明录》有感

四十余年一片成，牢关跳出万重扃。
动如空谷风敲响，静若寒潭月漏明。
句里五玄新透得，路头十字任纵横。
有人问我何消息，云在青天水在瓶。

陈光启（1241—1294）

字昭明，别号乐道先生，陈太宗之子，受封昭明王。受教于翰林院学士黎文休，于陈圣宗绍隆十四年（1271）被任命为相国太尉之职，仁宗时进上相太师。有《乐道集》一卷，今不传。

从驾还京师

夺槊章阳渡，擒胡咸子关。
太平当致力，万古此江山。

按，1282年，元朝与越南构兵，陈光启受封上相太师，与仁惠王陈庆馀一起破敌。陈光启驻守乂安，后率军进兵昇龙、章阳等地，击退元军。战争胜利之后，他在回昇龙的途中作此诗以示庆祝，一些诗选中题此诗名为《述怀》。

福兴园

一云杜子平园，在古兰县，李文虎题诗子平，陈朝入内行遣，兼镇谅江。

福兴一曲水回环，中有平园数亩宽。
梅坞雪消珠蓓蕾，竹亭云卷碧琅玕。
暑来邀客浇茶碗，雨过呼童理药栏。
南望狼烟无复起，颓然一榻梦偏安。

送北使柴庄卿

送君归去独彷徨，马首骎骎指帝乡。
南北心旌悬反旆，主宾道味泛离觞。
一谈笑顷嗟分袂，共唱酬间惜对床。
未审何时重睹面，殷勤握手叙暄凉。

按，柴庄卿即柴椿，山西太原人，元世祖忽必烈时任礼部尚书，曾多次出使越南。

赠北使柴庄卿、李振文

一封凤诏下天庭，咫尺皇华万里行。
北阙衣冠争祖道，南州草木尽知名。
口衔威福君褒贬，身佩安危国重轻。
敢祝四贤均泛爱，好为卵翼越苍生。

题白马祠

昔闻人道大王灵，今日方知鬼帖惊。
火聚三区焚不及，风尘一阵扇难倾。
指挥魍魉三千众，弹压诸魔百万兵。
原仗余威摧北敌，顿令寰宇宴然清。

刘家渡

刘家渡口树参天，扈从东行昔泊船。
旧塔江亭秋水上，荒祠古冢石麟前。
太平图志几千里，李代关河二百年。
诗客重来头发白，梅花如雪照晴川。

按，李代原作阮代，陈太宗以祖李，改李为阮。

题野墅

野墅初开景象新，芳菲桃李四时春。
一声牛笛青楼月，几片农蓑碧陇云。
路挽羊肠通紫陌，溪分燕尾断红尘。
鬼神暗地偷相语，一段风光可隐君。

春日有感

雨欲肥梅润细枝，闭门兀兀坐书痴。
半分春色闲蹉过，五十衰翁已自知。
故国心随飞鸟倦，恩波海阔纵鳞迟。
生平胆气轮囷在，醉倒东风赋一诗。

丁拱垣（? —1294）

东山清化人。诗仅见录于后世诗选，仅寥寥数首。

瞿塘图

霜落千崖鸟道荒，江流不转是瞿塘。
旌旗故垒闲秋草，鼓角空山送夕阳。
天地有谁穷变灭，笔端无口语兴亡。
可怜一片西南景，风雨萧萧空画墙。

陈益稷（1254—1329）

陈太宗之子，受封昭国王。越史称其“聪明好学，通经史六艺，文章盖世……尝开学堂于第之右，集四方文士习学，给以衣食，造就成材。如旁河莫挺之、洪州裴放等二十人，皆资用于世”。因试图借助外力与长兄争夺皇位，于1285年降元，受封为安南国王。但元朝军队在白藤江之战后为陈朝所败，陈益稷被迁往湖广行省任平章政事一职度过余生。陈益稷因降元历来受越南文人所谴责，被视为叛徒。曾有《拱极乐吟集》一卷行世，今已佚。

巴陵雨中

红拂平林雁阵空，黄花行李老秋风。
如何一度江南梦，尽在巴陵细雨中。

出国

当年仪仗出南邦，耿耿丹衷封彼苍。
不是文公逃晋难，庶几微子继殷亡。
箕裘未泯先人志，简册思留后世芳。
寰宇车书会同日，故家宗嗣越山长。

回国

几年出国渺云沙，身寄戎鞍暂到家。
簇簇楼台空日影，盈盈珠翠各天涯。
真成东海归辽鹤，敢望南门入郑蛇。
人物凄凉无处问，江风吹老荔枝花。

秋晓睡起

海水盈盈漏转筹，霜风吹角出谯楼。
梦回淡月五更晓，心逐孤云万里秋。
玉帛几年宾上国，诗书半世老中州。
平生事业浑如昨，无奈青灯照白头。

万岁山侍宴

碧落鸣銮隔世尘，玉京启宴会星辰。
舞回鳌背三山雪，酒上龙颜万国春。

物被仁风荣御苑，波涵圣泽溢天津。
越南羁旅陪宾列，咫尺光瞻日月新。

送元复初

江流脉脉草离离，黄鹤矶头酒一卮。
报国寸心怜我老，论交半面识君迟。
正当重鼎调梅日，又是长亭折柳时。
满载诗书归路稳，凤城依约更相期。

谢青宫赐酒

黄封星使控麒麟，腾踏高风拂路尘。
仙醴酿成天上露，空壶分赐腊前春。
恩沾南纪波涛阔，气转东皇草木新。
拜彻雍容歌既醉，遥瞻鹤禁喜津津。

僧玄光（1254—1334）

俗姓陈，名道载，嘉平万载（今北宁省嘉平县）人。九岁能诗文，习举业，十九岁入空门，居安子山庵中。陈英宗时赐号“竹林第三祖”。俗传玄光僧师曾参加科举，陈圣宗宝符二年（1274）中状元，但并无相关文字记载。有《玉鞭集》，今已佚。诗作留存于后世各类诗选中。

午睡

雨过溪山净，枫林一梦凉。
反观尘世界，开眼醉茫茫。

春日即事

二八佳人刺绣迟，紫荆花下啭黄鹂。
可怜无限伤春意，尽在停针不语时。

按，《越音诗集》批：“诗虽佳，非僧家语。”

舟中

一叶扁舟湖海客，撑出苇行风摵摵。
迷茫四顾晚潮生，江水连天一鸥白。

赠仕途子弟

富贵浮云迟未到，光阴流水急相催。
何如小隐林泉下，一榻松风茶[illegible]杯。

哀俘虏

刳血书成欲寄音，孤飞寒雁塞云深。
几家愁对今宵月，两处茫然一种心。

过万劫

谅州人物水流东，百岁光阴撚指中。
回首故山凝望处，数行归雁贴晴空。

梅花

欲向苍苍问所从，凛然孤峙雪山中。
折来不为遮青眼，愿借春思慰病翁。

昼眠

祖父田园任自锄，丁青盘屈绕吾庐。
木犀窗外千鸠寂，　枕清风昼梦余。

石室

半间石室和云住，一领毳衣经岁寒。
僧在禅床经在案，炉残榾柮日三竿。

早秋

夜气分凉入画屏，萧萧庭树报秋声。
竹堂忘适香初烬，一一丛枝网月明。

安子山庵居

庵逼青霄冷，门开云上层。
已竿龙洞日，犹尺虎溪冰。
抱拙无余策，扶衰有瘦藤。
竹林多宿鸟，过半伴闲僧。

题延佑寺

上方秋夜一钟阑，月色如波枫树丹。
鸥吻倒眠方镜冷，塔光双峙玉尖寒。
万绿不扰城遮俗，半点无忧眼放宽。
参透是非平等相，魔宫佛国好生观。

范五老（1255—1320）

上洪唐豪扶雍（今兴安省恩施县）人。越南陈朝名将，历仕仁宗、英宗、明宗三朝。兴道王陈国峻非常赞赏他的才能。黎澄《南翁梦录》称其“平生出身戎行，颇好读书，倜傥有大志，喜吟诗。于武事若不经意，然所领军必为父子之兵，每战必胜，侍卫勤谨，首寇爪牙之臣”。

述怀

横槊江山恰几秋，三军貔虎气吞牛。

男儿未了功名债，羞听人间说武侯。

按，黎澄《南翁梦录》录此题名《述怀》，《皇越诗选》录诗题为《诉怀》。

陈昑（1258—1308）

即陈仁宗，圣宗长子，在位十四年（1279—1293），《元史》中名字载为陈日燇。因自幼笃志禅学，即位后仍执迷于佛典，后传位于世子出家修行，隐居于安子山紫霄峰，自号竹林大士。有《仁宗诗集》一卷及《大香海印诗集》，早佚。潘辉注《历朝宪章类志·文籍志》中称其诗“皆旷逸清雅”。黎澄《南翁梦录》中称其：“有《大香海印集》，颇多绝唱，惜其地遭兵火，不得流传。余只记诵一二而已。吁！可惜哉！”后世各家诗集多选其诗。

春晓

睡起启窗扉，不知春已归。

一双白蝴蝶，拍拍趁花飞。

馈张显乡春饼

栢枝舞罢试春衫，况值今朝三月三。
红玉堆盘春菜饼，从来风俗旧安南。

天长晚望

村后村前淡似烟，半无半有夕阳边。
牧童笛里归牛尽，白鹭一双飞下田。

武林秋晚

画桥倒影蘸溪横，一抹斜阳水外明。
寂寂千山红叶落，湿云如梦送钟声。

山房漫兴 其一

谁缚更将求解脱，不凡何必觅神仙。
猿闲马倦人应老，依旧云庄一榻禅。

山房漫兴 其二

是非念逐朝花落，名利心随夜雨寒。
花尽雨晴山寂寂，一声啼鸟又春残。

按，黎澄《南翁梦录》录此二绝并称："其潇洒出尘，长空一色，骚情清楚，逸足超群。"

送北使李仲宾、萧方崖

坎坎灵池援饯筵，春风无计驻归鞭。
不知两点轺星福，几夜光芒照越天。

闺怨

睡起钩帘看坠红，黄鹂不语怨东风。
无端落日西楼外，花影枝头尽向东。

登宝山台

地僻台逾古，时来春未深。
云山相远近，花径半晴阴。
万事水流水，百年心语心。
倚阑横玉笛，明月满胸襟。

按，南宝台山在望瀛县涧漠社，海阳县东潮亦有宝台山。

早梅

五出圆葩金捻须，珊瑚沉影海鳞浮。
个三冬白枝前面，此一瓣香春上头。
甘露歌凝痴蝶醒，夜光如水渴禽愁。
嫦娥若识花佳处，桂冷蟾寒只么休。

按，此诗收录于《元诗纪事》卷三十一“宋遗老”，作者题为“陈日烗”。黎澄《南翁梦录》并录此诗并称：“竹林大士《咏梅诗》……清新雄健，迥出人表，千乘之君，趣兴如此，谁谓人穷诗乃工乎？”

赠北使李思衍

雨露汪洋普汉恩，凤衔丹诏出红云。
拓开地角皆和气，净挟天河洗战尘。
尽道玺书十行下，胜如琴殿五弦薰。
乾坤兼爱无南北，何患云雷复有屯。

和乔元朗韵

飘飘行李岭云南，春入梅花只两三。
一视同仁天子德，生无补世丈夫惭。
山头风雪重回首，眼底江山少驻骖。
明日泸江烟水阔，葡萄嫩绿洗心惔。

西征道中

锦帆轻趁浪花开，蓬底厌厌首不抬。
三峡暮云无雁到，九滩明月有龙来。
凄凉行色添宫梦，撩乱闲愁到酒杯。
汉武翻招穷黩谤，男儿汲汲若为哉。

阮士固（? —1312）

陈明宗时为翰林侍读学士。《全越诗录》目录中误题其名为阮士国。

从驾西征谒伞圆祠

山似天高神岳灵，心香才叩已闻声。
媚娘亦具威仪者，且为书生保此行。

从驾西征谒白鹤江显威王祠

龟鱼符印挂腰间，兹事希求付将官。
薄劣书生无望处，只来祠下乞平安。

黎崱（1260？—1340？）

字景高，号东山，《四库提要》中载："东晋交州刺史阮敷之后，世居爱州。幼与黎琫为子。因从其姓，九岁试童科，仕其国至侍郎，迁佐静海军节度使陈键幕。至元中，世祖伐安南，键率崱出降。……授奉议大夫，居于汉阳。"有《安南志略》《静乐稿》行世。

题桂林驿 其一

十日蒸云似桂林，薰风何处不披襟。
树蝉争响客怀苦，庭菊未开秋梦深。
醉里乾坤新使节，吟边山水旧知音。
无端夜半空阶雨，滴碎乡关万里心。

题桂林驿 其二

踏尽崔嵬路几千，停车逆旅自年年。
安危非我所能及，语默随人怪可怜。
烧破乡心桑落酒，吟消客恨草堂篇。
自怜补国无丝发，两度春风马一鞭。

重九怀彰德候

久矣登临不赋诗，却来松菊看花枝。
犹思马上西门哭，不记螯边左手持。
双鬓岂堪频换日，一尊当及未衰时。
纷纷蜂蝶知春事，明月秋江好付谁。

陈烇（1276—1320）

即陈英宗，陈仁宗长子，在位二十一年（1293—1314），逊位六年。其母是兴道王陈国峻之女钦慈保圣皇太后陈氏桢。《元史》记其名为陈日衮、陈日樀。陈英宗在位期间与元朝修好外交关系，北方边疆长期保持和平，但南方却屡有兵燹，对占城、哀牢（老挝）多次用兵，均取得胜利。陈英宗亦受儒学影响，雅好诗文，闲暇常游神翰墨，有《水云随笔》，今已佚。

冬景

苍描翠抹削晴峰，紫府楼台倚半空。
几度碧桃先结实，洞天三十六春风。

东山寺

风摇解虎秋蝉迥，月泻军持夜涧寒。
休向五台劳梦寐，看来天下几东山。

按，军持为净瓶名。

云霄庵

亭亭宝盖高攀云，金仙宫阙无几尘。
绝峰更有学仙者，清风明月相为邻。
清风匝地无休歇，明月当空皎水雪。
此风此月与此人，合成天下二奇绝。

征占城回舟泊福城

福城在安宁，今安康。

锦缆归来系老榕，晓霜花重湿云篷。

山家雨脚青松月，渔国潮头红蓼风。
万队旌旗光海藏，五更箫鼓落天宫。
船窗一枕珊瑚暖，不负油幢入梦中。

按，《越音诗集》中批语："海藏""天宫"亦僧家语，非帝王征回语。

送北使安鲁威、李景山

躔聚韶光射海涯，拂开泪眼睹龙飞。
料知炎燠闻名远，敢恨春风照校迟。
五岭山高人未度，三湘水阔雁先归。
太平有象凭君语，喜溢津津入色眉。

陈克终（? —1330）

号菊隐，峡山（今海阳省荆门县）人，初姓杜，因抗元有功，被陈仁宗赐国姓，为祗候局首。绍宝中，元兵来伐，自请奉书往求成，与元将乌马儿辩论，辞气自若，元将称之。因占得敌势虚实，还报，又荐弟天觑使元，仁宗嘉其功，赐国姓，授大行遣。英宗初拜御史大夫，为京师安抚，加入内大行谴，进尚书左仆射。遣占城，迎玄珍公主归，有丑声，朝廷恶之，寻进左辅爵冠服，侯进关内侯，加少保同平章事。宪宗时卒，赠少师，位首相，三十余年，趋时外饬，不为士论所与。

菊

骚名莫负少年时，试向花场植将旗。
入梦断无春草句，吟香喜有菊花诗。

喜有菊花诗

重阳摘叶陶擒醉，秋夕含英屈爱香。
二老风光千载远，天教菊隐出承当。

裴宗瓘（生卒年不详）

号水轩，邑里无考，陈英宗时人。

江村秋望

拂衣独自立江阡，秋色谁将到眼边。
旅雁行行过别浦，客帆点点落晴天。
溪头佛寺依红叶，竹外人家隔淡烟。
日暮讵知凝伫处，绿云暗野看丰年。

丁未九月大水耽耽堤决

瓠子何烦临汉皇，禹功责任要贤良。
早知人事胼胝力，须备天灾水旱常。
盛夏何曾不霖潦，初春犹未谨堤防。
至今圣主忧民切，遂有羁臣策救荒。

雨后新居即事

敛雨翻晴又几回，今朝还是出门来。
草生曲径双眉合，水涨方池一眼开。

不扫庭泥和落叶，欲倾砌石有粘苔。
闲中景趣浑如许，说与傍人莫浪咍。

挽上相国公兴道大王

长乐连声径一□，秋风散作不胜悲。
九重明鉴今亡矣，万里长城孰坏之。
雨暗长江空泪血，云低复岭锁愁眉。
仰观奎藻辞非溢，鱼水情深见咏诗。

阮昶（生卒年不详）

号适寮，邑里无考，陈明宗时人。曾于碧洞庵与陈元旦、阮亿等人吟咏。

江行

岸转树斜出，溪深花倒开。
晚霞孤鸟没，晓雨片帆来。

白藤江

京观如山草木春，海潮汹汹石嶙峋。
谁知万古重兴业，半在关河半在人。

送无山翁文惠王出山拜相

松声喝道虎前驱，龙起南阳渴望苏。

借问云台高几许，要添宰相出山图。

送杜隐棋子还至灵

论交如故旧，同道亦同年。
雅韵难谐俗，前程莫问天。
官清霜压屋，诗好月归船。
别后无知己，思君一怅然。

挽司徒文惠王

虽结山林愿，苍生望苦深。
盐梅一场梦，冰蘗半生心。
故国余乔木，高山只断琴。
司徒若可铸，天不惜黄金。

村居

匆匆春已夏，树底鸟声忙。
檐月移花影，窗风借竹凉。
围棋闲得地，对酒醉为乡。
唤出华胥国，邻鸡隔短墙。

普赖山寺

势压鳌头控百蛮，渚波孤鸟夕阳间。
江蟠老将论兵地，云拥先皇卓锡山。
岁月骎骎枫半落，水天漠漠鸟双还。

胜游俯仰成陈迹，聊为凭高破旅颜。

仙游万福寺

佛土庄严侈万金，松风吹起海潮音。
云藏古寺山南北，塔倚层霄世古今。
汲涧归僧行木杪，听钟眠客倚花荫。
烂柯问却仙家事，石上苔花积渐深。

菊堂题开元观自乐先生侨居，因次其韵

世缘消却外妻儿，俗客宁容疑竹扉。
石鼎调茶僧共语，松坛步月鹤同归。
满诗静坐幽闲想，算画先探动静机。
对榻暂时陪笑语，京尘回首悟前非。

舟中即事

江阔潮平日又斜，扣舷乘兴答渔歌。
断虹挂汉天收雨，画鹢沿流水寂波。
湖海十年知己少，功名两字误人多。
扁舟胜欲寻张翰，一味莼鲈奈尔何。

范宗迈（生卒年不详）

亦称范迈，号镜溪、峡山镜主人，新兴府峡山县（今海兴省海阳市）人。原名祝固，少年登科，有才名。陈仁宗以祝姓非显族，将其改姓范。大庆元年（1314）与阮忠彦同时使元朝报聘，使回，授御史中赞。陈明宗时受任御史中丞，质直，敢言直谏，主张缓狱慎刑，后迁参知政事，曾不避人主威怒力为王叔辩冤，累升至门下省同知。有《镜溪诗集》行于世，今已佚。

闲居六言题水墨幢子小景

红树一溪流水，青山千里斜阳。
欲唤扁舟归去，此生未卜行藏。

临终示意

自从谪落下人间，六十余年一瞬看。
白玉楼前秋夜月，朝真依旧傍阑干。

按，此题为后人所加，诗见于黎澄《南翁梦录》：“一日微恙，索笔题诗云：‘自从谪落下人间，六十余年一瞬看。白玉楼前秋夜月，朝真依旧傍阑干。’书毕，掷笔而逝。”

北使偶成

野馆经曾宿，吟鞭故少留。
白云当户晓，黄叶满林秋。
断雁稀家信，啼猿自客愁。
此生休更问，行止任悠悠。

题隐者所居和前韵

到处知君臭味兰，扶藜敲破碧苔斑。
一襟人物浑无分，数亩田园足自宽。
陶令归心带松菊，少陵吟兴动江山。
多情最重堂前景，云外悠悠倦鸟还。

访僧

摆脱尘中簿牒忙，暂携僚史访僧房。
碧溪雪净茶瓯爽，红树风多竹院凉。
徐步要穷终日兴，清谈为解十年狂。
诗禅堪破聊归去，一路蒲花荻叶芳。

范遇（生卒年不详）

原名祝坚，号寮溪，新兴府峡山县（今海兴省海阳市）人。少年登科，与其兄俱有才名。因祝姓非显族，被陈仁宗改姓范，兄弟二人均被赐改名。在政多年，为官有清名，廉正能文，为人耿直。历任知刑院、审刑院事、尚书左司郎等职。以清谨称于时，与张汉超俱被皇帝眷任。

江中夜景

凄凉夜月烟凝雪，几点哀鸿叫天末。
长江如练水映空，一声渔笛千山月。

至灵道中

野趣跋还涉，山行雨欲晴。
幽花垂帽重，空翠着衣轻。
坐石逢僧话，看云了世情。
因贪幽兴极，归路月东明。

大滩夜泊

十载江湖一叶舟，西风吹尽黑貂裘。
霜寒野寺钟初夜，月满江村雁正秋。
今古无穷吾道在，乾坤不碍此身浮。
时时苦恋归心未，惭愧云山绕梦游。

秋夜即事

破屋看星夜未央，萧萧四壁绕寒螿。
青灯对影双蓬鬓，黄卷论心一炷香。
风送秋声随树远，月分夜气入窗凉。
羁怀怯冷浑无事，时听庭梧落晓霜。

谒万载祠堂

重门不掩鸡声午，落花满地红无主。
荒凉故里木千章，寂寞空山烟一缕。
浮云富贵事已非，汗竹功名终不朽。
客来感旧不胜情，谒罢丛祠泪如雨。

游浮石岩先祖修行之地，舟中作

昔年曾作浮石游，童颜丫髻陪亲娱。
题诗啸咏石碧下，时人窃比眉三苏。
今年重作浮石游，江山如故人白头。
追欢岁月已不再，烟波千里生闲愁。
胜游邂逅那可必，尘土重来又何日。
悠悠身世倚栏中，天外客帆归鸟疾。

朱唐英（生卒年不详）

号辽水，邑里不详，官转运使。《越音诗集》题其名为朱唐苍。

题唐明皇浴马图

玉花照夜绝环奇，浴罢牵来近赤墀。
若使爱人如爱马，苍生何至有疮痍。

题群鱼朝鲤图

我家辽水宁溪滨，鲦鲙鳣鲔色胜银。
清晨截江布巨网，雪飞玉碎殊纷纷。
鲙鲂赪尾烹锦鳞，兴中不数秋风尊。
自从旅食京华春，多年软踏东华尘。
官才乡味屡入梦，清漪堂下思垂缗。
诗王最是好事者，不惜千金购名画。
几多妙笔贮华轩，滕王蛱蝶江都马。
是谁画史巧为此，万顷波涛暗倾泻。
参差荇菜相呴沫，洋洋圉圉正繁夥。
千头争向赤鳞公，微物独解相尊崇。
众星落落尽拱北，万水滚滚皆朝东。
主人不是心丘壑，远嶂平林亦徒作。
愿意什袭藏此图，会见一堂鱼水乐。

莫挺之（？—1346）

字节夫，又字兰溪，号旁河，或又云号僻庵，全灵县陇洞廊（今海阳省南策县）人。兴隆十二年（1304）状元及第，以文学见重一时，首充内书家，后升为左仆射，官至尚书。莫挺之历陈朝英宗、明宗、宪宗、裕宗四朝，是越南知名文化名人。兴隆十六年（1308），莫挺之担任使臣出使中国，留给后世越南文人很多想象空间，关于越南笔记小说中所留莫挺之以才华作对联斗胜中国文人及著有《扇铭》之事基本都可从中国书籍中找到出处。莫挺之七世孙莫登庸于统元六年（1527）篡位建立莫朝，并追谥其为建始钦明文皇帝。莫挺之在出使中作有纪行诗，散见于《全越诗录》《摘艳诗集》等诗作总集、选集中，其另有《玉井莲赋》备受越南文学界的赞赏。

晚景

空翠浮烟色，春蓝发水纹。
墙鸟啼落照，野雁送归云。
渔火前湾见，樵歌隔岸闻。
旅颜悲冷落，借酒作微醺。

喜晴

好景明人眼，江山正豁然。
烟笼初出日，波漾嫩晴天。
柳岸垂金节，汀花扑画船。
凄凉宽旅思，和暖喜新年。

早行

蝴蝶醒残梦，沧浪闻棹歌。
张帆开宿雾，摆棹破晴波。
水入九江阔，山归三楚多。
濂溪何处是，我欲访烟萝。

过彭泽访陶潜旧迹

自性本闲旷，初不比碌碌。
斗米肯折腰，解印宁辞禄。
扶疏五株柳，冷澹一篱菊。
寥寥千载后，清名吾可服。

法螺（1284—1330）

俗姓同，名坚刚，又名善来，道号法螺，南栅江九罗乡同知村（今海阳省）人，旅居安子山。陈仁宗尝称其有道眼，陈英宗兴隆中赐号“竹林第二祖”，有《断策集》行世，久佚，诗现散见于《全越诗集》《摘艳诗集》《全越诗录》等。

入俗恋青山

疏瘦穷秋水，巉岩落照中。
昂头看不尽，来路又重重。

按，《摘艳诗集》中所录《入俗恋青山》中诗为：“百果有龙眼，如人见子都。不应缘后熟，唤作荔枝故。”

示寂

万端截断一身闲，四十年余梦幻间。

珍重诸人休借问，那边风月更遥宽。

陈光朝（1286—1325）

字符璹，又字菊堂，号无山翁，天长路即墨乡（今南定省南定市）陈朝宗室陈国峻之孙，陈国颡之子。英宗初，封文惠王，筑居琼林碧洞庵。招延文士，日夕吟咏，名重一世，创建了越南古代文学史上第一个诗社“碧洞诗社”。明宗拜司徒辅政，数年卒，年四十，有《菊堂遗集》二卷（阮亿辑）。后世诗选多录其诗。

长安怀古

在宁平省华闾洞丁先皇故乡。

河岳终存故国非，数行陵柏背斜晖。

旧时王气埋秋草，暮雨萧萧野蝶飞。

题寥元龙送画景扇

南国那堪入画图，新安池馆长菰蒲。

年年领揽闲风月，竹外一声啼鹧鸪。

钓叟

豚浪吹潮上碧滩，橹声移入碧云寒。

几回薄饵悬钟鼎，那重桐江一钓竿。

题嘉林寺

心厌蜗角梦，履步到禅堂。
春晚花容薄，林幽蝉韵长。
雨收天一碧，池静月分凉。
客去僧无语，松花满地香。

黄州道上作

行路石头滑，峦云杂瘴烟。
客帆秋雨外，山寺夕阳边。
绿暗桑麻地，红明橘柚天。
登车空有忆，归思又凄然。

归舟即事

诡遇念殊轻，归心梦自萦。
鸟啼烟树没，帆带夕阳行。
秋削山容瘦，潮开水鉴明。
醉翁浑未醒，红叶满江城。

梅村废寺

荒草前朝寺，秋风旧战声。
残碑沉暮雨，古佛卧斜阳。
石室藏云衲，花台供野香。
应身无处所，与世共兴亡。

过安隆江

江在宣光。

水国微风正可人，清樽倾尽送余曛。
芦花瑟瑟潮吞岸，天色依依雁没云。
截浦渔烟钟韵小，碎滩橹雹夜凉分。
玉京千里情无奈，江汉停舟看斗文。

舟中独酌

秋满山城倍寂寥，十千斗酒意无聊。
人情疏密敲蓬雨，世态高低拍岸潮。
松菊交情嗟异路，琴书岁晚喜同调。
几多磊隗胸中事，且向尊前试一浇。

江村即事

西邻村巷隔东邻，鸡犬相闻达要津。
海燕日斜低弄影，江花风细远随人。
稻逢梅雨连云熟，蚕到桑天着叶新。
却笑吟翁贪胜赏，玉京归棹已兼旬。

题福成祠堂

云自悠悠岁月深，祠堂两畔柏森森。
花凝宿雨千行泪，月印寒潭一片心。
台下草分今日路，松中鹤识旧时琴。
夜来记得灯前梦，海阔天高何处寻。

阮忠彦（1289—1370）

字邦直，号介轩，天施土黄（今兴安省恩施县恩施市镇）人。阮忠彦早慧，少时就以文章名世，时号神童。十二岁成为太学生，十六岁登兴隆甲辰科（1304）进士，大庆元年（1314）年二十六就担任使臣前往中国报聘。使程返回后，屡受嘉奖，历任侍御史、尚书右弼、知枢密院事等职。然其性耿直，为官并非一直顺达，还曾因事忤旨被降职。阮忠彦在当时以文章显于时，尤其工于诗，崇奉儒家思想，被后世越南文人称为“巨儒”。所著有《介轩诗稿》《摩崖纪公文》等，但原稿已秩，诗存后世诗歌选本中，如《全越诗录》《摘艳诗集》《精选诸家诗集》等书中都有录，尤以《全越诗录》收八十四首为多。现存《介轩诗集》八十一首，多为出使中国时作，为潘辉汴依当时各诗歌选本中辑轶而出，但因杂录他诗，多有讹误。阮忠彦除了个人著述诗文外，还参与编修国家典籍，如《皇朝大典》《刑书》等。

湘中即事

隔岸湘猿叫，临江楚竹愁。
夕阳情景好，山色满扁舟。

登扬州城楼

八千余里客，二十四桥秋。
异国逢佳景，忙中强倚楼。

怀贾谊

出傅长沙作逐臣，治安一策见经纶。
莫嫌时相憎年少，只是才华解误人。

归兴

老桑叶落蚕方尽，早稻花香蟹正肥。
见说在家贫亦好，江南虽乐不如归。

安子山中

春潮漠漠涨平川，蒲稗花深水鸟眠。
山北山南情景好，江山无限隔归船。

登盘陀胜景寺

竹石翛然佛景幽，欢然暂作上方游。
驿程却被梅花管，不放禅心得自由。

湘江秋怀

草木已凋零，他乡尚客程。
晚山吟骨瘦，秋水道心清。
落雁冲烟下，归舟背月撑。
枕边重掩耳，二十四滩声。

采石渡

采石分天堑，江南旧霸图。
群山连建业，一水接芜湖。
风景愁犹在，英雄事已无。
六朝兴废地，揽辔犹长吁。

武盈洞

容身小轿任攲倾，又趁黄昏到武盈。
几簇蛮家黄错落，四团山色碧纵横。
竹篱有菊秋垂晚，野戍无人月自明。
正是客中愁断处，不堪重听夜猿声。

湖南

世途役役趁风埃，一到湖南俗眼开。
十里帆樯通舸舰，半江风雨簇楼台。
云藏岳麓疏钟远，天近衡阳独雁来。
极目长沙成吊古，飘零空忆贾生才。

岳阳楼

猛拍栏杆一朗吟，凄然感古又怀今。
山浮鳌背蓬宫渺，水接龙堆海藏深。
景物莫穷千变态，人生能得几登临。
江湖满目孤舟在，独抱先忧后乐心。

邕州知事莫九皋以本国黎大夫仁杰所赐诗见示，因赓韵

井梧落叶砌虫吟，旅馆萧萧冷莫禁。
千里关河孤雁远，半窗风月一灯深。
拟将勋业偿前债，肯为忧危负寸心。
只欲衔杯终日语，却愁南北不同音。

神投港口晚泊

波摇日脚散霞红，无限渔家落照中。
一水白从天上落，群山青到海门空。
龙归洞口晴生雾，鲸喷潮头暮起风。
独泛兰舟观浩荡，忽疑身在烂银宫。

闻圣旨召还有感

牢落穷愁强自宽，故乡在望阻云山。
一身尽醉风沙外，四月投危瘴雾间。
使节未通龙水驿，旅魂已复鬼门关。
北庭不计羝生乳，忍使中郎白发还。

边城春晚简诸同志

雨后千林起瘴烟，晚风吹老艳阳天。
瓮头绿蚁三分熟，马首凉蟾四度圆。
梦里有魂随化蝶，病中无泪到啼鹃。
不堪对景成惆怅，辜负华时又一年。

遣闷

洞贼溪蛮擅起兵，三春形色滞边城。
山田雨过清茅长，野馆人稀碧草生。
驻使不来梅负约，家书难寄雁无情。
神京在望频回首，崥屼旁观满目横。

贤良寨

贤良天设险，峭绝上无极。
奔波变山势，寒铁屹碧色。
洞石活可磨，野蔓罗如织。
秋高林木稀，日落关塞黑。
我马就虺隤，辟易不可陟。
樵夫出谷啸，行子傍水息。
此生如浮萍，飘荡任南北。
风景迥不同，触此倍凄恻。
仰观苍莽间，惭怍高飞翼。

灵川银江驿

北风飕飕冻云黑，玉蟾西坠天无色。
故人别后暌南北，鲤书雁帛无消息。
破毡寒薄不成眠，窗外梅花旧相识。
天涯浩荡迷鸿迹，微躬苦被虚名役。
易水休闻击筑声，函关未听鸡鸣客。
独背寒灯据槁梧，不知身在银江驿。

裴慕（生卒年不详）

号拙斋，清威兴教（今河内市青威县三兴社）人。陈英宗兴隆十二年（1304）榜眼，曾出使中国。

过彭泽

晓日开新霁，微吟拥黑裘。
数杯彭泽酒，一叶杜陵舟。
两岸烟云暮，孤山草木秋。
客中无限思，江水自东流。

张汉超（? —1354）

字升甫，号遁叟，长安府安宁县福成乡（今宁平省宁平市福城坊）人，以文章受知，历任翰林学士、参政知事等职。张汉超原为陈国峻门客，后效力于陈英宗，受到陈朝几代皇帝的厚待。在其去世后，陈艺宗还将其从祀于文庙中。张汉超在诗赋、碑文上都有较高造诣，尤其在赋创作上独领风骚，所留《白藤江赋》为越南知名赋。曾与阮忠彦同修《皇朝大典》。

在化州作

时为招谕大使。

王京回首五云深，零落残生苦不禁。
已辨荒郊埋病骨，海天草木共愁吟。

菊花百咏 其一

雨余开圃移根植，霜后巡篱摘叶收。
莫道幽人浑懒散，一年忙处是深秋。

菊花百咏 其二

一秋多雨又多风，岂意秋花尚满丛。
应是天工怜冷落，故留寒叶伴衰翁。

浴翠山刻石

山色尚依依，游人胡不归。
中流光塔影，上界启岩扉。
浮世如今别，闲名悟昨非。
江湖无限兴，好访旧鱼矶。

过宋都

艮岳神霄失故基，茫茫烟草没狐狸。
政经王蔡谁为厉，事到徽钦亦可悲。
南渡重兴能几日，中原恢复已无期。
惟余城阙连云外，空使行人赋黍离。

按，艮岳在开封府，宋徽宗游观之所。

朱安（1292—1370）

又名朱文安，字泠澈，号樵隐，清潭县光烈乡（今河内郊区清池县青烈乡）人。明宗时以道学徵，拜国子司业，授太子经。裕宗立，上《七斩疏》乞斩佞臣七人，声震天下，后归隐至灵山，自号樵隐。艺宗时赐号文贞先生，拜官不受，卒赠文贞公，从祀文庙。遗著甚多，有《四书说约》十卷、《青池光烈朱氏遗书》五卷、《樵隐诗集》（今佚）及《国语诗集》（今佚）等。潘辉注《历朝宪章类志·文籍志》评其诗“极清爽幽逸”。

灵山杂兴

万叠青山簇画屏，斜阳倒挂半溪明。
翠萝径里无人到，山鹃啼烟时一声。

清凉江

山腰一抹夕阳横，两两渔舟傍岸行。
独立清凉江上望，寒风飒飒嫩潮生。

村南山小憩

闲身南北片云轻，半枕清风世外情。
佛界清幽尘界远，庭前喷血一莺鸣。

月夕步仙游山松径

缓缓步松堤，孤村淡霭迷。
潮回江笛迥，天阔树云低。

宿鸟翻清露，寒鱼跃碧溪。
吹笙何处去，寂寞故山西。

江亭作

江亭独立数归舟，风急滩前一笛秋。
斜日吟残红淡淡，暮天望断碧悠悠。
功名已落荒唐梦，湖海聊为汗漫游。
自去自来浑不管，沧波万顷羡飞鸥。

望泰陵

松楸深锁日将夕，烟草如苔迷乱石。
黯淡千山风更愁，消沉万古云无迹。
溪华欲落雨丝丝，野鸟不啼山寂寂。
几度踌躇行复行，平芜无尽春生碧。

按，陈英宗葬泰陵。

鳖池

凤凰山有鳖池，山故在京北处，凤山县界（今凤眼），今属在海阳，处至灵县。

水月桥边弄夕晖，荷花荷叶静相依。
鱼游古沼龙何在，云满空山鹤不归。
老桂随风香石路，嫩苔着水没松扉。
禅心殊未如灰土，闻说先皇泪自挥。

初夏

山宇寂寥昼梦回，嫩凉一线起庭槐。
燕寻故垒相将去，蝉咽新声陆续来。
点水溪莲无俗态，出篱野笋不凡才。
据梧静极还成懒，案上残书风自开。

春旦

寂寞山家镇日闲，竹扉斜拥护轻寒。
碧迷草色天如醉，红湿花梢露未干。
身与孤云长恋岫，心同古井不生澜。
柏薰半冷茶烟歇，溪鸟一声春梦残。

题杨公水华亭

上人远公裔，朗悟有高识。
屡结白社盟，为爱青莲色。
方塘贮碧漪，环以芙蕖植。
上构水华亭，意与莲比德。
好风时一来，满座闻芳馥。
隐几观众妙，翛然心自得。
不知清净身，已在荷华侧。
明月相友朋，闲云同偃息。
渴倾珠露饮，饥摘玉房食。
回头谢世纷，逍遥游八极。

陈天泽（? —1379）

生年无可考，天长府即墨人，陈明宗之子，受封右相国，封恭信王。

题范五老殿帅家庄

桥七八重虹矮矮，水之玄结绿回回。
不因看石寻梅去，何物能招宰相来。

按，《越音诗集》中批："前二句语工。"

黎括（生卒年不详）

字伯适，号梅峰，清化府东山县府里乡（今清化省境内）人。朱安门人，少有才名，范师孟爱其才，以女弟嫁之。受知陈明宗，历官仆射，清化府帐籍，后累官尚书右弼。崇正学，力排异端，以明圣道，为时名儒子构殉节，受封忠武侯。

书怀 其一

事务如毛病复闲，乾坤万变静中看。
双梅桥畔秋风老，无数黄花映药栏。

书怀 其二

年来世事与心违，日望家山赋式微。
水国天寒惊岁暮，木兰花老雨霏霏。

送范公师孟北使

驿路三千君据鞍，海门十二我还山。
南朝使者大边客，君得功名我得闲。

校：《皇越诗选》注："南朝字意当作日南。"

铜虎

一双铜虎踞城隅，守护天阍几度秋。
精孕首山经百炼，威分岩殿烁双眸。
石羊怪诞终奚信，金马夸张岂足眸。
恰似忠臣心铁石，威棱凛凛外边头。

登高

老去京尘两鬓昏，登高顿觉爽营魂。
茫茫大野开陵邑，历历群峰表国门。
鸢尾北回天柱壮，云中南拥帝宫尊。
葆元僧预随朝选，乐育恩深刻骨存。

范师孟（生卒年不详）

字义夫，号畏斋，别号峡石，海阳峡山县（今海阳省荆门县范命社）人。朱安门人，才器超迈，历任明宗、宪宗、裕宗三朝。陈明宗时，擢任省院。陈裕宗绍丰六年（1346）进参知政事，兼枢密院事。大治元年（1358）为入内行遣，知枢密院事；二年（1359），进左司郎中；八年（1365），进入内右纳言。绍丰五年（1345），曾出使中国。与黎括齐名，时称“黎范”。著有《峡石集》《石山门古体诗》，今已佚。诗作主要留于后世选本中，尤其以《全越诗录》中录其诗四十二首为多。

东山寺湖上楼

池围古寺琼瑶砌，松竹一山风雨来。
至今白发村前叟，犹道太师平贼回。

过潇湘

湘水北连青草湖，年年枫叶映菰蒲。
帝妃一去殿门闭，红日下山啼鹧鸪。

过安抚阮士固坟

萧萧千亩竹如云，无限伤心安抚坟。
山墅昔时携酒地，怆忙下马正斜曛。

登浴翠山留题

扈跸鸦头浦，停舟水上岩。
鲸波天上下，鳌背海东南。
蓬岛连僧舍，瀛洲正客帆。
行年六十六，四度访伽蓝。

游佛迹山偶题

吟鞭词客上岧峣，踏遍招提绝世嚣。
松浪翻风寒洞口，原神拖帛勒山腰。
群峰烟雾三神岛，万窍笙镛九奏韶。
徐氏怪奇休说着，徘徊吟罢又吹箫。

关北

奉诏军行不敢留，青油幢下握吴钩。
关山老鼠谷溇濑，雨雪上嶅岚禄州。
铁马东西催鼓角，牙旗左右肃貔貅。
平生二十安边策，一寸丹衷点白头。

支棱洞

任鲸江镇经略时作。

千里巡边殷鼓鞞，藩城蛮寨一酰鸡。
涧南涧北红旗转，军后军前青兕啼。
溇濑谷深于井底，支棱关险与天齐。
临风跋马高回首，禁阙岧峣云气西。

桄榔道中

日照征鞍月映鞭，西风旗帜正翻翻。
百千万瘴桄榔洞，九十三盘溇濑泉。
兵势军形遵圣略，蛮乡番落护穷边。
试将廊庙经纶手，草写平戎第一篇。

上鳌

偏裨小校拥辕门，左握弓刀右属鞬。
万马千兵巡界首，高牙大纛照丘温。
关山险要明经画，溪涧藩屏广抚存。
白首谅州范制置，一襟忠赤塞乾坤。

扈驾天长书事

东京形胜拱天符，基业宏开万世谟。
翠浪白虹山水国，碧门金阙帝王都。
海城土贡包柑橘，天属军装卫舳舻。
天驾年年巡故宅，岳祇以传作前驱。

送大明国使余贵

万里东行两使君，一杯别酒意殷勤。
马衔庾岭梅花雪，船过吴江雁影云。
朔漠兵尘今奏捷，南朝人物总能文。
归来密勿陪旃厦，进讲重华与放勋。

过乌江题项羽庙

说着兴亡事莫穷，一杯聊为酹重瞳。
杀降背约千年恨，争霸图王一旦空。
云暗江东愁父老，月明垓下泣英雄。
几多盖世拔山力，尽在闲花野草中。

题诸葛石

风吹玉节向封溪，满袖天香捧紫泥。
诸葛徘声三带震，伞圆山色九霄齐。
人从凤阁鸾台上，地入蛇乡虎落西。
万里不违颜咫尺，奉宣帝德浃黔黎。

山行

黑雾阴云顿廓清，偶然军暇作山行。
天开油幕古松影，地振鼓鼙寒涧声。
香象峰高拥北斗，铜龙海阔出南溟。
戏同登览诸僚友，闲拂苔碑记姓名。

饯宇文同一谕占城国

皇诏九重颁北阙，使臣万里极南溟。
观风锡迈梵文域，拥节阇盘佛誓城。
象骑蛇船沾圣化，鲸波飓雾仰文星。
好将寸舌安危微，早驾回鞭觐玉京。

北使登黄楼走笔示大元侍讲余嘉宾

青山叠叠围彭城，侵云插汉青玉屏。
黄河滔滔浸坤轴，跳波溅沫东南倾。
黄楼起出半天里，凭高一望三千里。
项王台前落日红，冠军墓上悲风起。
天荒地老古战场，千载英雄今已矣。

我家远在交南头，手持玉节登黄楼。

摩挲石刻坡公字，如今不负平生游。

按，《越音诗集》中此篇名为《登黄楼走笔示北使侍讲余嘉宾》。

陈奣（1300—1357）

即陈明宗，英宗第四子，《元史》作陈日爌，1314—1328 年在位。陈明宗是陈朝历史上执政时间最长的太上皇，共执政二十九年。黎澄《南翁梦录》中载："陈家旧例，有子既长，即使承正位。而父退居北宫，以王父尊称而同听政。……事皆取决于父，嗣王无异于世子也。"在外交上陈明宗依然秉承英宗朝的策略，与北方元朝保持和平，而对南方占城屡次用兵。有《明宗诗集》，今佚。

乂安行殿

时明宗巡守乂安亲征哀牢。

生民一视我胞同，四海何心使困穷。

萧相不知高祖意，未央虚费润青红。

按，《越音诗集》收录此诗时批语"有忧民气象"。

甘露寺

耸翠攒苍入望多，溪西日影转檐斜。

隔林啼鸟尤岑寂，一径古松疏坠花。

题东山寺

云似青山山似云，云山长与老僧亲。
自从圆公去世后，天下释子空无人。

按，圆公指圆照禅师。

夜雨

秋气和灯失曙明，碧蕉窗外递残更。
自知三十年前错，肯把闲愁对雨声。

送北使撒只瓦、文子方

至治改元新，初颁到海濒。
倾心效葵藿，扶杖听丝纶。
光照岩溪夜，温回草木春。
归来再前席，幸不外斯民。

十一月过泊咏山晓住

月落小窗船，岩花冷不眠。
曙分山失影，阳伏水生烟。
往事须臾际，成人三十年。
不言恍若醒，坐对一炉前。

月盎山寒堂

宿得非心未出尘，戏穿百衲半僧身。
满山花色春三月，一枕泉声秋八分。
只恐世间无胜境，莫言天下欠闲人。
此翁练得心如铁，不复梨花入梦频。

白藤江

晚云剑戟碧巑岏，海蜃吞潮卷雪澜。
缀地花钿春雨霁，撼天松籁晚风寒。
山河今古双开眼，胡越赢输一倚阑。
江水渟涵残日影，错疑战血未曾干。

按，潘辉注《历朝宪章类志·文籍志》评该诗："语气雄浑壮浪，不逊盛唐。"

送北使撒只瓦、赵子期

驲骑行行瘴雾深，海边光照使星临。
四方专对男儿志，一视同仁天子心。
越国山河供杰句，周家雨露播纶音。
明朝相隔云南北，今日休辞酒满斟。

谢北使马合谋、杨廷镇和前韵

九鼎奠安若泰山，时旸时雨瘴烟寒。
普天玉帛归尧舜，比屋弦歌学孔颜。
铜柱不须劳马援，蒲鞭谁复羡刘宽。
圣恩浩荡慈云阔，化作甘霖满世间。

挽法螺尊者题青梅寺

唾手尘寰以了缘，觉皇金缕得人传。
青山蔓草棺藏屐，碧树深霜壳脱蝉。
夜掩讲堂今古月，晓迷丈室有无烟。
相投针芥嗟非昔，琢就哀章泪泫然。

读易

三绝韦编大易经，乾坤全在此身形。
移时静见阳消息，镇日潜观物发生。
俯仰若能心不怍，行藏何处道无成。
瓦炉一炷沉香袅，啼鸟数声春昼晴。

芥庵吟

芥庵半间可容膝，兀兀腾腾自度日。
百鸟不来春昼闲，倏然四壁真无物。
物若无尘壁不立，迷庐芥子从何入。
谁人觑破芥庵中，失路便使天魔泣。
饥来饱吃饭一钵，清水满瓶可消渴。
藤床枕上卓午眠，正是个中真快活。
经也不看佛不拟，翳眼何为金屑贵。
客来问及本来人，认看依前还不是。
休休外觅苦施功，拂拂鼻孔古今同。
芥庵毕竟无奇物，只么眉横鼻直翁。

阮亿（生卒年不详）

号兰斋，邑里不详，陈明宗时人，官至翰林。诗作仅存于后世诗选中，诗中隐然有唐风，尤以七言绝句与七言律诗见长。

题顾步鹤图

一堆老石竹参差，孤鹤便翩未肯飞。
回首不须防在后，网罗正是眼前机。

洞然峰有感

高卧苍云念最深，骑箕去后杳难寻。
君王无复他时梦，猿鹤空山夜夜心。

荼蘼

压架初开三两枝，上阳宫女对愁时。
一生不识梅花面，独殿韶光作后期。

送人北行

都门回首树苍苍，立马频斟劝客觞。
一段离情禁不得，津头折柳又斜阳。

泊舟应丰亭偶题

系缆江亭觅胜游，前朝行殿已荒丘。
莺花不识兴亡事，撩乱春光未肯休。

送菊堂主人征刺那

将坛拜了奉天诛，兔窟哪容首鼠谋。
鼓角令严毡帐夜，弓刀声动玉山秋。
野分万灶蛮烟散，纩挟三军士气稠。
碑记平淮宣盛事，幕中还有退之否？

按，菊堂即陈光朝。

书怀奉呈菊堂主人

回首云衢万里遥，江湖萍迹信风飘。
归田赋就荒三径，陋巷贫余乐一瓢。
白发多情怜客老，青山有约与谁招。
尘缨拟向沧浪濯，早晚壶天访寂寥。

挽菊堂司徒公

骑箕人去白云深，善类相逢叹陆沉。
已矣九重亡魏鉴，依然四海渴商霖。
公言犹丧奸臣胆，厚遇难忘国士心。
流水高山杳如梦，为谁再拂壁间琴。

秋夜与故人朱何话旧

秋为偶傍菊花丛，一室芝兰臭味同。
世事泛论灯影外，交情深寄酒杯中。

几茎白发时将晚，万里青云信未通。
独对不来今夕梦，西风吹雨落梧桐。

元日谒延光寺月潭上人

东风着意到琪林，路入曹溪不远寻。
几处雨花平讲席，一潭寒月印禅心。
道无南北人犹古，诗涉风骚趣更深。
尘尾十年劳梦想，瓣香何幸得如今。

舟过北江仙游作

客帆压压过仙游，羞见青山对白头。
半塔夕阳孤刹迥，一江明月四桥秋。
霜余红稻连云熟，雨后丹枫隔岸迂。
归思不堪逢逆水，咫程何日到神州。

春日村居

竹径阴阴草色萋，柴门深锁昼烟迷。
枝头花重蜂须粉，帘额芹香燕子泥。
课仆运筒浇药圃，呼儿牵犊试春犁。
傍人说着为官好，懒惰无心报丑妻。

送侍臣莫颖夫使元

拜了龙颜出帝都，皇华歌罢又骊驹。
九重回首蓬云杳，千里论心汉月孤。
到手功名真羡子，衍人事业却愁吾。
江南人物知多少，还有新诗寄雁无。

编集菊堂遗稿感作

陵栢阴阴锁翠微，数声啼鸟送残晖。
鼎湖波泛龙逾远，华表云深鹤未归。
客路几年嗟潦倒，钧天午夜梦依稀。
倚栏无限伤心事，目断山城泪暗挥。

代人谢赐御画黑龙

道人来自崇天宫，手提一幅模糊龙。
云是重华圣人万几暇，墨戏三昧时从容。
手中造化妙无迹，渔梭暂托陶家碧。
洞前犹带湿云归，鞭起屏翳驱霹雳。
春回五字溪流光，印分三道珠凝香。
热坛展拜谢天赐，吟声仿佛生公堂。
平生攀龙事则已，一片禅心随海水。
至尊若待为霖时，只合形求筑岩士。

杜子微（生卒年不详）

号存斋，邑里不详。陈明宗时人，官中书令。诗作仅存于后世诗选中。

过越井冈

越井凄凉草木秋，迹留事去使人愁。
凭谁觅得三年艾，医我乾坤一赘疣。

贺胡城中状元

燕山丹桂再回春，喜见张梁榜样存。
两世芳名标雁塔，一家盛事溢龙门。
路非回也美难继，皙有参乎道愈尊。
料想斯文天未丧，父争元子亦争元。

谢天欜（生卒年不详）

籍贯不详，号退园，亦有称其号为退轩。官至左政事参知，或云右参知政事。

过扶董渡

铁马嘶寒万里秋，当年事业付东流。
月明不管兴亡事，独照行人古渡头。

即事

淡晓扶藜入退园，园中花草故依然。
年来却爱新桃子，春一番来[illegible]少年。

兰 其一

为爱幽丛仆屡更，孤吟不觉夜窗明。
偶然拾得花中趣，习习香风笔底生。

阮季膺（生卒年不详）

号卓峰，邑里不详，《越音诗集》中题名为阮季鹰。

题浯溪

石刻年深字已漫，几回客过洗磨看。
中兴颂得春秋法，褒贬当时属笔端。

横州次王蓬斋韵

日暮维舟古岸头，客怀了感此登楼。
空城堞戏遗基在，往事星槎逐水流。
春早去时经瘴岭，月明今夜宿横州。
一樽未暇酬佳景，聊把新诗寄远游。

阮固夫（生卒年不详）

字号、籍贯不详。官天章阁直学士。陈宪宗开祐七年（1335）阮固夫以副使身份出使中国。《全越诗录》目录中误题其名为阮闰夫。

北使应省堂命席上赋诗

远邦慕化来旬宣，春温眷眷薰玳筵。
皇朝元首至明圣，股肱承弼俱良贤。
宽洪博大等天地，包荒纳污临元元。
微生何幸逢盛世，款诚述职来朝天。
盈盈金樽沐恩渥，熏陶涵咏随繁弦。
台光咫尺奉德意，满堂酬酢作周旋。
洪钧一气转天地，八方四海并陶甄。
岂惟我辈受其赐，遐荒乐业长绵绵。

阮子成（生卒年不详）

号松轩，邑里未考。生活于陈明宗时期。诗作仅留存于后世诗选中，多闲适之风。

春日溪上晚行

春尽溪边事事幽，轻红满地冷云收。
行行不觉天将晓，月在松梢水上头。

惜春

老尽莺声蝶又残，花神着意为人悭。
清香不入荼蘼梦，九十春随夜雨阑。

诮杜宇

白古皆云蜀帝魂，巢居独得众禽尊。
飞来只爱青山好，殿阁荒凉烟雨村。

秋日偶成

千村木叶尽黄落，独立西风扫鬓丝。
岁月堂堂留不得，昨非今是只心知。

故园

西风冉冉鬓边花，薄宦留人苦忆家。
归思正愁秋正好，一团寒露未开花。

幽居

砌缬苔斑壁缕蜗，东风不管长庭莎。
日长睡起浑无事，闲看游丝抱落花。

司徒故居

廊庙忧方切，烟霞疾未苏。
雍容尧顾托，启沃舜讦谟。
医国甘心疾，肥民料自癯。
九重方待用，只不置司徒。

春郊晚行

坡头驻马夕阳亭，旋酌清泉洗破觥。
春点庄花红甲乙，山连野树绿纵横。
诗从胜景吟边兴，月逗疏云缺处明。
隔屋暂同僧舍宿，　篱灯火话平生。

舟中晚眺

眼高四海净无尘，北顾山河破碎春。
风急断云多变态，雨余明月长精神。
胸中泾渭源流别，头上星河景象新。
拾翠收红归笔底，蓬窗静坐更纷纶。

简镜溪范宗迈

四海宾朋总弟兄，年来尚有月孤明。
诗经百炼无陈腐，人涉多虞即老成。
铁砚工夫吾顿挫，石盘岁月子峥嵘。
何当破得天荒了，白水真人倩压惊。

陈暊（1322—1395）

即陈艺宗，陈明宗第三子，明代典籍中记其名陈叔明。初为右相国，陈裕宗绍丰十三年（1353），陈暊任右相国；陈裕宗大治十年（1367），任左相国加封大王。绍庆元年（1370），朝臣废黜杨日礼（陈朝第八位君主），拥立陈暊即位。绍庆三年（1372），让位于其弟睿宗，成为太上皇。当时，越南政局困难重重，内有朝中重臣离心及叛乱，外受占婆入侵。陈暊为帝时，肃清叛乱，其后亦采取相应措施，以适应时局。陈暊在年幼时，已具有文才。据黎澄《南翁梦录》载，他八九岁时，陈明宗曾命他以竹奴为主题作诗，艺宗随即脱口成诗：“有伟此君，中空外功，削汝为奴，恐伤天性。”诗才敏捷令明宗大为诧异。《大越史记全书》亦载他十一岁时时适宫中大风雨，便赋诗“安得壮士力盖世，可御大屋之颓风”，受上皇陈明宗赏金十两。他的诗文作品，部分收录在《南翁梦录》和《大越史记全书》等越南历史古籍中。另外，据《钦定越史通鉴纲目》所载，他的著作有《葆和殿余笔》八卷及《诗集》一卷，今均不见传。

送北使牛谅

安南老宰不能诗，空把茶瓯送客归。
圆伞山青泸水碧，乘风直入五云飞。

按，陈艺宗时为右相，牛谅见此诗，谓其诗当有国。黎澄《南翁梦录》录其初为相时有作该诗，并称为“诗称相职”。

望东山了然庵

古木扶疏暂系舟，禅房岑寂枕清流。
明年此夕知谁健，且喜登临访旧游。

避居嘉兴镇寄弟恭宣王瞰

位极谗深便去官，侧身度岭入山蛮。
七陵回首千行泪，万里扪心两鬓斑。
去武图存唐社稷，安刘复睹汉衣冠。
明宗事业君须记，恢复神京指日还。

题司徒陈元旦祠堂

山僮扶辇晓冲泥，绕到昆山日正西。
雨过泉声穿石远，风摇竹影拂檐低。
盐梅事去碑犹在，星斗坛荒路转迷。
寂寞洞天人羽化，惟存行迹起余凄。

题超类报恩寺

虹桥跨水断人喧，万顷连波夹寺门。
风递鸟声林觉静，日筛竹影地无痕。
蕊香殿上金容灿，甘露堂中法座尊。
自恨儿孙贪饱暖，不随冲密报深恩。

陈元旦（1325—1390）

自号冰壶子，陈光启四世孙，裕宗时任御史大夫。绍庆元年（1370）参加陈艺宗“削平内难”的戎幕，绍庆六年（1375），拜司徒辅政。昌符九年（1385）致仕，归昆山，其地有卿旭东，山腰有漱玉桥，白云庵，景物清幽，树木相翳，觞咏其间，浩然自适。顺宗光泰三年（1390），卒。为人慈祥儒雅，有君子风。黎季犛（即建立胡朝的胡季犛）掌握陈朝大权之后，曾作诗警示陈艺宗，但不为所信。有《冰壶玉壑集》十卷行世，今不传。诗歌散见于《摘艳诗集》《全越诗录》《皇越诗选》，其中尤其以《全越诗录》摘录有五十首为多。另黎澄《南翁梦录》载其：“通晓历法，尝著《百世通纪书》，上考尧甲辰，下至宋元，日月交蚀，星辰缠度，与古符合，奉道精炼，祈雨有应。”

题玄天观

白日升天易，致君尧舜难。

尘埃六十载，回首愧黄冠。

按，黎澄《南翁梦录》录该诗并称：“盖为相时，不有功效，而兴此叹。是亦忧爱在怀，情归忠厚，诗人所可取也欤！”

奉赓御制黄梅即事

浮世年花催白发，故园松竹笑儒冠。

凤池此日无多事，坐看松阴转画栏。

夜归舟中作

万国民生沸鼎鱼，朔燕东汴已丘墟。

归舟未稳江湖梦，分取渔灯照古书。

不寐

官舍秋霜漏转迟，故园松菊在天涯。
目前尽是关心事，病愈不如犹病时。

至灵山凤凰峰

双凤悠然望杳冥，凤凰万古爱芳名。
麟峰塔倒如虹影，鳌水泉鸣作雨声。
危磴经年苍藓合，断桥过雨黑芝生。
松风日晚喧空响，相似来仪奏九成。

宝严塔

九层倚汉筑坚牢，万古灵踪佛骨韬。
晓日光临奎画动，夜风吹起铎声高。
三摩地上簪苍玉，耶舍城中涌白毫。
一笑无忧妆七宝，龙蛇追琢役民劳。

秋日

临流茅舍板扉扃，小圃秋深兴转清。
梅早菊芳贤子弟，松苍竹瘦老公卿。
树喧风怒心难动，云尽天高眼自明。
西望烟花非昔日，莼鲈思远不禁情。

东湖秋泛

二老萧萧两鬓斑，同舟对酒趁龙颜。
海门东下千流急，天宇秋高一鸟还。

触景莫愁今古变，浮家自叹险夷间。
汨罗赤壁皆尘土，早晚归帆访故山。

寄台中僚友

台端一去便天涯，回首伤心事事违。
九陌尘埃人易老，五湖风雨客思归。
儒风不振回无力，国事如悬去亦非。
今古兴亡真可鉴，诸君何忍谏书稀。

按，黎澄《南翁梦录》录该诗，题为“诗讽忠谏”。

贺樵隐朱先生拜国子司业

学海回澜俗再醇，上庠山斗得斯人。
穷经博史工夫大，敬老崇儒政化新。
布袜芒鞋归去日，苍头白发浴沂春。
华勋只是垂衣治，争得巢由作内臣。

按，朱樵隐即朱安。

老来

老来万事付悠然，待漏霜靴亦可怜。
秋晚鱼虾思海上，家贫儿女乐灯前。
尘迷病眼书难读，酒滞愁肠夜不眠。
不学五陵年少气，梦间劲弩响空弦。

军中有感

操戈持笔片云身，屈指辞家恰十旬。
报晓黄鸡惊旅梦，催归杜宇送残春。

功名未晚犹他日，萍水相逢无故人。
海阔天高空懒散，江平水静白鸥驯。

清化道中

去年戎事在尘泥，吟笔今秋归旧题。
望雨远看云起北，感时频顾火流西。
宋江水狭波声小，大利山空草色萋。
爱境风光非昔日，相逢访古说丁黎。

题《观卤簿诗集》后

中兴文运迈轩羲，兆姓讴歌乐盛时。
斗将从臣皆识字，吏员匠氏亦能诗。
经天纬地心先觉，平北征南事可知。
考罢文场观武举，老臣何日望归期。

山中遣兴

十年政省负秋灯，松下行吟倚瘦藤。
随马望尘无俗客，叩门问字有诗僧。
退闲绿野知何及，散给青苗谢不能。
坐待功成名遂后，一丘老骨已峻嶒。

赓新平安抚范公师孟新平书事韵

志士宁辞蹈海危，高歌长啸任天倪。
霜蓑暑笠酬明主，虎落蛇区慰远黎。
日月盈亏人易见，贤愚穷达物难齐。

佳期久隔天涯望，赋罢停云月欲西。

寄赠蕊溪检正阮应龙

朔风细雨转凄凉，客舍萧萧客思长。
篱下幽姿存晚节，溪边素艳试新妆。
胡儿未欸花门塞，裴老思归绿野堂。
钓月耕云何太早，千钟万宇紫微郎。

陈暭（1336—1369）

即陈裕宗，陈明宗之子，也是陈宪宗的同父异母弟，在位二十八年（1341—1369），《明史》记其名为陈日㷃。裕宗即位后，仍尊明宗为太上皇，让他继续执掌朝政，绍丰十七年（1357）明宗逝后方开始亲政。仅一首诗存《越音诗集》及后世其他诗选中。

书怀

唐越开基两太宗，彼称贞观我元丰。
建成诛死安生在，庙号虽同德不同。

阮伯靖（1330？—？）

字号邑里皆无考。诗寥寥存于后世诗选中，主要为题咏类。

莲子

莲子名呼号纥莲，甘平无毒可延年。
补中益气安心胃，止痢收精解热烦。

蜂蜜

蜂蜜呼名实蜜螉，甘平无毒补调中。

轻身强志除风痫，止痛祛虫大有功。

胡季犛（1336—1407？）

本名黎季犛，其祖先胡兴逸系中国浙江人，传至十二世胡廉为宣尉黎训义子而改姓黎。胡季犛系胡氏十六世孙，季犛历事三朝，至少帝时（1400）夺取了陈氏政权，复回本姓，改元圣元，国号大虞，并进行若干新改革。1407 年，明朝派兵擒获胡季犛，将他俘送至京师。

上顺宗诗

前有庸暗君，昏德及灵德。

何不早安排，徒使劳人力。

赐中尉杜子澄

乌台久矣噤无声，顿使朝廷风宪轻。

借问子澄儒中尉，书生何事负平生。

感怀

更改多端死复生，悠悠乡里不胜情。

南关迢递应头白，北馆淹留觉梦惊。

相国才难惭李泌，迁都计拙哭盘庚。

金瓯见缺无由合，待价须知玉匣轻。

赐升华宣抚阮彦先

边郡承宣资壮志，雄藩专制有徽猷。
青松保尔岁寒节，白发宽予西顾忧。
训饬兵农皆就绪，解停镇戍是何秋。
勤劳莫谓无知者，四目原非蔽冕旒。

阮飞卿（1355—1429）

原名阮应龙，号蕊溪，上福县（今属河内市常信县）人。阮应龙虽出身寒门，但自幼即以才华出名，于陈睿宗隆庆二年（1374）登进士榜眼。胡季犛篡陈朝之位自立胡朝，改国号大虞，召阮应龙为翰林学士，并将其名改为阮飞卿，历仕同章大夫、大理寺卿兼中书侍郎、国子监司业等职。开大五年（1407），明朝军队应陈朝遗臣之请前往越南平胡。阮飞卿所率领的胡朝军队主力在咸子关（位于今越南兴安省文江县咸子社）一役几近全军覆没，阮飞卿被迫投降。胡朝被灭后，阮飞卿与胡季犛、胡汉苍以及一众胡朝官员被明军俘虏到了应天府（今南京）。顺天二年（1429），阮飞卿病逝于中国，由次子阮飞熊请归葬于越南凤眼县。著作有《蕊溪集》，今已佚，其诗主要见于后世诗选，其中以《全越诗录》为最多，摘录其诗七十七首。

黄江夜雨

蓼浦三秋雨，筠蓬半夜声。
孤灯明又灭，湖海十年情。

化城晨钟

远远从僧寺，疏疏落客蓬。
潮生天地晓，月白又江空。

题仙游寺

天德山河古帝都，名蓝形胜小方壶。
人间何处非陈迹，虚访神仙事有无。

秋日遣兴

松筠三径在，岁晚薄言归。
把酒看秋色，携筇步夕晖。
云空山月出，天阔塞鸿飞。
忽听昏钟鼓，呼童掩竹扉。

家园乐

故园乱后有先庐，六岁儿童颇爱书。
啼鸟落花深巷永，凉风残梦午窗虚。
心从闲处千忧失，学到充时四体舒。
逐物劳人休误我，安心志已遂幽居。

山村感兴

虚名卅载绊尘羁，一反江山没是非。
残雪垫巾奇野土，春风稀发大滩矶。
梦中往事攘蕉鹿，世上浮云任狗衣。
谁道江村生计薄，桑麻绕屋绿初肥。

避乱山中感作

山房尽日醉昏昏，世路艰危懒出门。
六旬慈亲千里隔，两年寇乱一身存。
风尘天地空搔发，烟瘴山市只断魂。
漫有寸怀劳耿耿，夜依牛斗望中原。

秋中病

萧萧风动转凄清，天地初秋客子情。
隆庆二年新进士，翘材三馆旧书生。
少年敢负韩忠献，多病还怜马长卿。
万事背人霄渐永，贮愁欹卧数残更。

秋城晚望

木落都城九月天，斜阳罩地截云烟。
离鸿远远迎风阵，隙月涓涓隔树悬。
吟兴四时秋易感，人生万事老堪怜。
兵戈况复雕残后，遥望晴旻一慨然。

春寒

凝云漠漠雾沉沉，酿作余寒十日阴。
带雨有痕粘树絮，伤春无语隔花禽。
书斋寂寂惟高枕，世事悠悠正抱衿。
安得此身如橐钥，和风嘘遍九州心。

天长试后有感

万里来观国上宾，科场误作彀中人。
东风御苑花容动，细雨乾坤柳色新。
双鲤阔传江上信，扁舟囚系客中身。
今朝最是愁肠处，一别庭闱胜半春。

自天长府漂过海口遇风

怒蛟嘘雾簸船窗，四月奔波驶似泷。
岸树东西旗拂掠，滩声上下玉舂撞。
烟波万里丹心寸，风雨孤蓬绿鬓双。
不是一官天上去，那堪此日卧沧江。

送太中大夫黎庸斋北行

黎家人物越邦香，公也蓝青出异常。
一郡生灵惟借寇，九重使者重烦张。
匣中秋水清长路，马上春风听异乡。
早向南台专对了，经归夔禹佐吾皇。

上胡承旨宗鷟

京国携书二十年，登龙每恨欠前缘。
梦随翰苑清风外，春在东亭白酒边。
万丈光芒窥太白，一团和气挹伊川。
寸怀别后劳倾仰，耿耿高明月夜悬。

陪冰壶相公游春江

鲜云晴日雪花天，烟景三春胜柳川。
红蓼白蘋吟况味，罗裙绮袖醉因缘。
且谈湖海江南士，休访风流采石仙。
极浦斜阳歌缓棹，几人同载孝廉船。

游佛迹山对江偶作

半生尘土负登临，光景蹉跎便到今。
浮世百年真一瞬，古人片乐值千金。
前川午日傍花兴，沂水春风与物心。
仰止高山怀曩哲，涧河路次正幽寻。

奉诏长安道中作

武林一带碧迢迢，王事宁辞跋涉遥。
山馆宿晴烟树合，郡庭薄暖雪花消。
武夫感泣观唐诏，父老扶藜听汉朝。
自愧微劳何补报，愿扬皇化帖天骄。

昌符元年冬，余自蕊溪寓于城南客舍，感今念昔，因成八句，奉简司刑大夫杜公，兼简诸同志

客途风雪岁更深，长向丹霄挂寸心。
乱后交游非复昔，城中旅泊到如今。
新愁滚滚凭谁送，往事悠悠付梦寻。
早晚回朝将好问，鬼章何日贺生擒。

陈廷琛（生卒年不详）

号樗圃，南策人（一云东潮福灵人，今广宁省东潮县）。陈睿宗隆庆二年（1374）登进士探花郎，历任中书侍郎兼知审刑院事清化安抚使、御史中赞、监修国史。昌符元年（1377）出使中国，明善应对，累官御史中赞权监修国史。胡氏篡国后，被降为同监修国史秘书监，后佯聋不仕，诗歌仅存于后世诗选中，《越音诗集》《摘艳诗集》《全越诗录》《皇越诗选》均录其诗。

题秋江送别图

江树晴更浓，江波绿未已。
离思何日收，滔滔寄江水。

挽王少保汝舟

三孤位重德弥彰，天不留公在庙堂。
岂止贤劳扶圣主，曾将忠荩事先皇。
域山江阔惟寒月，芹洞云深止夕阳。
怅望不胜情绪切，东风洒泪写哀章。

胡宗鷟（生卒年不详）

演州士城人，生活于陈朝末年。年少登科，文名即显，黎澄《南翁梦录》录其事："年少登科，颇有才名。初未甚显，适至元宵，有道人黎法官者，张灯设席，以延文客。宗鷟受简请题，一夜席上，赋诗百篇，饮酒百杯，无与敌者，自是名震都下。后以文学为人师，臣事陈艺王，官至翰林学士承旨兼审刑院使，诗酒无虚日。年八十余，寿终于家。"历任翰林学士、审刑院使、中书令等职，于昌符八年（1384）至昌符九年（1385）间担任使臣出使中国。所著有《效颦诗集》，久佚，仅留有《越音诗集》《全越诗录》《皇越诗选》所摘诗一首。所著另有《昭光寺钟铭》，于康熙年间发现于广西廉州，钟铭上记刻于“皇越昌符九年（1385）岁次乙丑春二月下浣”。

游东亭和蕊溪韵

才识如君尚少年，文章嗟我老无缘。
已将得丧遗形外，不复功名到枕边。
变豹只堪闲隐客，羡鱼何必苦临川。
幸能日日频来访，休怪东亭似磬悬。

按，“蕊溪”为阮飞卿号。

题项王祠

百二山河起战烽，携将子弟入关中。
烟消函谷珠宫冷，雪散鸿门玉斗空。
一败有天亡泽左，重来无地到江东。
经营五载成何事，销得区区葬鲁公。

按，阮屿《传奇漫录》引该诗并敷衍成传奇小说，记胡宗鷟北使行至项王祠时所吟录，因该文语涉怪诞，越南古代各家选本未录该诗，后《李陈诗文》中摘录该诗。

陈娄（生卒年不详）

字号不详，北江东岸人。李子构门生，曾任训导。

过咸子关

说着沙场感慨多，如今咸子漫经过。
鼓钲汹涌潮声急，旗旆参差竹影斜。
王道回春浓古树，胡军抱恨凑寒波。
唆都授首知何处，水绿青山入望赊。

范仁卿（生卒年不详）

号古山，隆庆（1373—1376）中进士，历官监修国史、谅山路安抚等职。隆庆年间奉往中国出使。

扈拜山陵回京

东巡礼毕便回銮，仙杖扶春入九关。
云转旌旗龙影动，星移剑佩玉声寒。
孝心照格尧天上，仁泽旁沾禹甸间。
扈跸小臣新进士，甘泉有赋献来难。

奉北使恭遇熙陵大祥日有感

隆庆年间被选抡，诏从驲使缀陪臣。
桂宫严邃瞻依近，梅砌从容顾问频。
西狩茫茫迷大驾，北行冉冉遇哀辰。
礼文有尽情无尽，怅望苍梧泪满巾。

佛迹莲池

临池日月坐婆娑，喜看新开十里荷。
绿脸炼成青玉柄，火龙初吐绛琦葩。
因风好学霓裳舞，着雨微销醉脸酡。
总是经营多态度，不妨唤作水仙花。

秋夜

秋漏迢迢兴转长，三更夜气透衣凉。
乾坤四顾月如画，草木半枯天正霜。
别浦云遥迷断雁，空阶露下泣寒螀。
人间此景堪惆怅，谁是平生铁石肠。

七夕

斗杓西转火轮收，天上佳期会女牛。
银渚高横云似伞，星桥斜挂月如钩。
钟分灵匹悲欢夜，香满佳人针线楼。
笑我生来从素拙，世间机巧亦无求。

雁字

秋高泽国早寒生，天外遥看雁字横。
带雨乱翻千点湿，冲风斜草数行轻。
一声霜信连云起，半幅乡书伴月行。
笑我素无仓颉意，满空鸟迹不能名。

赠八滩裨将

八滩裨将丛林虎，老气雄吞十万夫。
直竖神幡劘敌垒，轻提慧剑剪凶徒。
临风密诵祈军咒，何日连书破贼符。
早趁功名遄奏凯，凌烟添画国师图。

送览山国师还山

出山几日更还山，为爱山居意自闲。
松院煮茶香漠漠，鹤泉洗钵水潺潺。
放开禅价高千古，发露诗名正一般。
归向岭云深处卧，喑施法雨洒人间。

范汝翼（生卒年不详）

字孟臣，号北溪，又号河阳先生，多翼（今太平省琼附县）人。仕胡朝，任新安教授，明补训导。有《交监赋》行世。

赠云窝

茅屋才容膝，闲云取次开。
勿令红软脚，踏破紫斑苔。
道味方深玩，征书莫谩催。
乘闲时出岫，兴尽即归来。

杏坛

仙杏栽培岁月深，高坛屹尔镇儒林。
文风披拂扬芬馥，教雨淋漓泼翠阴。
午后凉生函丈席，夜寒响入七弦琴。
偏宜庭桧长邻近，永与乾坤共古今。

题新学馆

文轨方今四海同，家家教子事儒宫。
书楼飘渺凌晴雾，讲席清高占午风。
济济佩衿应俨雅，洋洋弦诵正雍容。
英才他日充梁栋，培养吾知在此中。

矍相圃

孔圣宏开观德门，看来矍相育材园。
持弓审顾雍容美，俟偶同登礼让尊。
多少俊英归彀内，许饶勇悍出墙藩。
当时贯革知何用，兹圃名称今古存。

谢花指挥送兽头通脊

声教洋洋被迩遐，眼前文庙忽巍峨。
龙头高翥儒林表，鸳瓦遥涵泮水波。
报本一心诚愈至，赞成大业力居多。
书生称谢将何以，故诵英才乐育歌。

李下斋见访，赋此以答

人生踪迹雪泥鸿，邂逅谁知一笑同。
久别令人思叔度，甚衰笑我梦周公。
论文每向交情上，许与相期气概中。
胜把此诗当左契，何妨渭北与江东。

按，李子构号下斋。

莲亭雅集

千里神交臭味同，一樽邂逅此亭中。
风来茶气侵人馥，波漾花光入酒红。
雅集俊才皆逸少，知心今日几濂翁。
吾侪会合无非数，莫漫迟迟倒碧筒。

悼亲西望

贤劳王事靡遑安，念切松楸泪暗潸。
云树萧萧鸣朔漠，日光奄奄薄西山。
万钟致养嗟何及，一息犹存岂取闲。
推孝为忠忠有孝，使君高躅杳难攀。

端午

重午葱葱又此辰，人家节物竞方珍。
堆盘角黍香闻远，系臂灵符色斗新。
笑我囊空无酒客，非他泽畔独醒臣。
恐将岁序浑闲过，戏切蒲根结艾人。

予摄新安郡教，周三阅岁始葺草堂，才毕工而遇兵燹，感旧偶成

摄教三年官舍无，民家客铺饱侨居。
明伦堂宇经营始，夜息茅亭朴斫初。
未及半床听夜雨，可怜一炬更烟墟。
空余题咏诗篇在，感旧令人赋子虚。

避贼山中除夕

山中逃难死耶生，节序推移尽可惊。
何处屠苏堪痛饮，满村胡骑正连营。
多年旅寓家乡隔，今日儿孙父子情。
料得天心方厌乱，太平行见逐新正。

茅斋遣怀

傍郭数间芭盖头，地偏心远兴悠悠。
清蟾照夕室生白，好鸟鸣春园正幽。
容膝个中真是乐，观书此外复何求。
时人莫笑吾居陋，二满三平过即休。

黎景询（? —1416）

字子谋，号省斋，唐安慕泽（今海阳省平江县新红社）人，原籍清化河中府淳祐县。与裴伯耆为善，胡季犛篡陈自立之后，裴伯耆赴明朝求援。明朝派军灭胡后复纳安南为郡县，拜裴伯耆为参议。黎景询上《万言书》劝裴伯耆请明立陈后。重光三年（1411）黎景询被捕送应天府，下锦衣狱，居五年病卒。入黎朝，子孙多贵显。

元日

旅馆客仍在，去年春复来。
归期何日是，老尽故园梅。

元日江驿

好景逢元日，无家悯此身。
客愁浑减去，老眼看青春。

途中感作

无意于知便见知，此生行止岂人为。
身虽老矣心仍壮，义有当然死不辞。
蹑蹬扪萝更万险，上滩下濑涉千危。
四方自是男儿事，踏遍江山也一奇。

舟中咏怀

满眼青山又绿波，遥遥万里赴京华。
已堪斥鷃抢枋足，岂谓乌公以礼罗。
今日圣朝真有道，此生浪迹岂无家。
青春作伴还乡好，所得于天亦已多。

南海县胥江驿夜泊

行止何心任坎流，飘飘不定此生浮。
百年身世双蓬鬓，万里关河一叶舟。
赵武逢时伸壮志，伍员无处售忠谋。
那堪南海胥江泊，怀古情怀动客愁。

过南昌府滕王阁故址

江山如此一开颜，遗构倾欹不可攀。
雨卷珠帘空卷去，云飞画栋自飞还。
陵迁谷变寒沙上，古往今来落照间。
当日繁华何处在，依然南浦对西山。

春日喜晴

淋漓一雨便经旬，剩喜今朝霁色新。
日丽风轻增气象，山青水绿倍精神。
长空湛湛无余景，四海熙熙共一春。
风物满前吟兴足，骚翁从此赏芳辰。

先祖忌日有感

不才承重不胜任，浪迹无家八载今。
郁郁几时仍作客，凄凄此日倍伤心。
左江丘垅寒霜积，泽水先庐蔓草深。
蘋藻若为供菲奠，松楸回首暮云沉。

赣州江中逢先妣忌日

一从避地遥先垄，奄忽今朝又忌辰。
霜露孝思空在念，蘋蘩薄奠更谁因。
八千里路他乡客，四十五年无母身。
心祈此时禁不得，临风洒泪倍伤神。

至日书怀

岁月匆匆还至日，飘零郁郁只穷愁。
满前风雪难禁得，何处亲朋更何求。
清梦三更频断续，虚生半世足沉浮。
阳回便是乾坤泰，未合明时一虏囚。

邓容（？—1413？）

乂安省德寿府天禄县左天禄社人，邓悉之子。邓容为大将，迎立重光帝（1410—1413）兵败，为明将张辅所擒，不屈而死。功虽不就，人称其忠。入黎朝，山围邓鸣谦、立石邓慎二氏，多耀科甲，皆其后。

感怀

世事悠悠奈老何，无穷天地入酣歌。
时来屠钓成功易，事去英雄饮恨多。
致主有怀扶地轴，洗兵无路挽天河。
国仇未报头先白，几度龙泉戴月磨。

按，李子晋评此诗："非豪杰之士不能。"

阮梦庄（生卒年不详）

字号不详，清化东山人。简定帝时任时内密院使。

题西都城

策马麈麈访古城，映湖官柳自摇青。
存亡不审苞桑计，得失谁逃月旦评。
只是闰胡荒德政，休言南越乏英灵。
如何借得丁公鹤，六合翱翔试一鸣。

黎朝

（1428—1527）

李子晋（1378—1459？）

名缙，字子晋，号拙庵，以字行世，上福朝东（今河内市常信县新明社）人。在陈时避国讳改阮姓，后复姓。胡季犛庚辰科进士，入黎朝为掌文诰，历仕太宗、仁宗两朝，累官翰林，曾奉使占城李子晋时有文名，入侍经筵时，诏令、制敕皆出其手。所著有《拙庵集》《拙斋文集》若干卷。当时颇得黎利赏识，文名仅次于阮廌。

题伯牙鼓琴图

斯人往矣邈难追，万古清音恍在兹。
流水高山多少意，个中妙趣几人知。

题四皓图

高山漠漠紫芝肥，为汉为秦不自知。
羽翼已成归旧隐，烟萝深谷更逶迤。

园居四景 其一

曲坞通幽径，蔬荒接稻畦。
柴门无客遇，芳树有莺啼。
庭净苔痕绿，窗明竹影低。
谁知中隐地，更有武陵溪。

园居四景 其二

林深成院落，水阔有池塘。
槐日却初暑，荷风生晓凉。
尘清书案净，昼静篆炉香。
一榻南窗下，悠然兴味长。

初秋

槐署阴阴度粉墙，荷花袅袅扇新凉。
一分秋色匀天色，四顾山光接水光。
紫蟹含黄初上簖，香橼带绿稍添瓤。
樽前有酒须行乐，莫待东离菊叶黄。

泊同安

扁舟七月泊同安，剪剪金风掠面寒。
海阔天低秋意早，山高月小夜更阑。
栖迟不觉岁华暮，俯仰方知天地宽。
一枕蓬窗聊寄傲，兹游虽乐倦思还。

客中春暮

南北驱驰老病身，客中又见度芳辰。
王孙草已荒三径，杜宇枝空啼一春。
与众醉醒谙世味，看花开落见天真。
家常依旧分生活，惟有丹心白发新。

春夜早起

茅屋鸡声露未晞，闲情睡饮尚依依。
也知善钓鱼吞饵，颇觉伤弓鸟倦飞。
桃李无言春意足，功名有命客心违。
故山猿鹤应休怪，莫是先生自不归。

和祭酒武公冬夜读书有感

雪风吹冷透衣裳，独对寒灯觉夜长。
岁月无穷闲点检，功名有分没商量。
塞翁心事宁论马，天禄生人定有羊。
莫道儒冠却多误，诗书圣泽有余芳。

辟雍即事

四海欣逢乐育秋，褒衣博带总英游。
文章郁郁超千古，弦诵洋洋播九州。
道统相传尧舜禹，人才辈出夏商周。
从今惭被诗书泽，何必芹宫颂鲁侯。

漫兴

借问人生为底忙，胶胶扰扰利名场。
窗间野马乾坤大，枕上黄粱日月长。
弄巧徒劳蛇有脚，横行谁信蟹无肠。
何如乐道安天命，损益随宜任取将。

杂兴

雉翳以羽采，龟灼因壳灵。
散材谢梁栋，祝尾免牺牲。
用舍信有命，胡为劳其生。
床头有古书，匣里有青萍。
读书味道腴，抚剑乐时清。
俯仰天地间，寥寥万古情。

阮廌（1380—1442）

又名黎廌，号抑斋，上福县蕊溪乡人（今河东省常信县国峻社蕊溪屯）。因辅佐黎利建立黎朝受赐国姓。阮廌为阮飞卿（又名阮应龙）之子，从小受其外公陈元旦教诲，其后又跟随父亲学习。圣元元年（1400），阮廌通过科举考试，成为太学生，与父同朝为官。兴庆元年（1407），阮廌的父亲为明军所俘，押往中国，阮廌送其父到镇南关（今友谊关）后返回东关（今河内）时，被明军逮捕，软禁多年。1418年，他投奔在越南中部清化省兰山地区起义的黎利。黎利称帝后，他成为黎朝开国功臣。天庆二年（1427），黎利军击退明朝军队，明军撤离越南，阮廌写下知名的《平吴大诰》，宣布大越国在黎利的领导下独立。此诏被越南后世文人誉为“千古雄文”。后因“荔枝园事件”被夺爵族诛，黎太宗于大宝三年（1442）东巡时幸驾阮廌宅第，其妾阮氏路通宵入侍，而帝崩，人皆言是阮氏路弑，由此罪及阮廌三族。黎圣宗在位期间（1460—1497），冤案得到昭雪，阮廌被追封为金紫荣禄大夫、赞畴伯，其后历代累加大王字号。除《平吴大诰》之外，阮廌的汉文作品还有《蓝山实录》《军中词命集》《抑斋诗集》《抑斋舆地考》等。此外，他所编选的《国音诗集》收入喃字诗二百五十余首，是越南现存第一部喃字诗歌选集。

暮春即事

闲中尽日闭书斋，门外全无俗客来。
杜宇声中春向老，一庭疏雨楝花开。

偶成

世上黄粱一梦余，觉来万事总成虚。
如今只爱山中住，结屋花边读父书。

寨头春渡

渡头春草绿如茵，春雨添来水拍天。
野径荒凉行客少，孤舟镇日搁沙眠。

晚立

长天漠漠水悠悠，黄落山川属暮秋。
羡杀沙边双白鸟，人间累不到沧州。

韶州即事

春城花落雨毵毵，天气清凉三月三。
水上行人门外柳，数声啼鸟似江南。

浴翠山

海口有仙山，年前屡往还。
莲花浮水上，仙境坠人间。
塔影簪青玉，波光镜翠鬟。
有怀张少保，碑刻鲜花斑。

感作

神州一自起干戈，万姓嗷嗷可奈何。
子美孤忠唐日月，伯仁双泪晋山河。
年来变故侵人老，秋越他乡感客多。
卅载虚名焉用处，回头万事付南柯。

题安子山花烟寺

安山山上最高峰，才五更初日正红。
宇宙眼穷沧海外，笑谈人在碧云中。
拥门玉槊森千亩，挂石珠旒落半空。
仁庙当年遗迹在，白毫光里睹重瞳。

观阅水阵

北海当年已戮鲸，燕安犹虑诰戎兵。
旌旗旖旎连云影，鼙鼓喧阗动地声。
万甲耀霜貔虎肃，千艘布阵鹳鹅行。
圣心欲与民休息，文治终须致太平。

海口夜泊有感

湖海年来兴未阑，乾坤到处觉心宽。
眼边春色薰人醉，枕上潮声入梦寒。
岁月无情双鬓白，君亲在念寸心丹。
一生事业殊堪笑，赢得虚名落世间。

江西

自昔洪都开胜地，今朝客里暂相过。
烟收南浦晴光好，日落西山暮景佳。
告讦成风怜俗薄，辞章有学中科多。
旌阳铁柱今犹在，碑刻千年藓已花。

游南华寺

神锡飞来几百春，宝林香火契前因。
降龙伏虎机何妙，无树非台语若新。
殿侧起楼藏佛钵，龛中遗迹脱真身。
门前一派漕溪水，洗尽人间劫劫尘。

过神符海口

神符海口夜中过，奈此风清月白何。
夹岸千峰排玉笋，中流一水走青蛇。
江山如昨英雄逝，天地无情事变多。
胡越一家今幸睹，四溟从此息鲸波。

夏日漫成

传家旧业只青毡，离乱如今命易全。
浮世百年真似梦，人生万事总关天。
一壶白酒消尘虑，半榻清风足午眠。
惟有故山心未断，何时结室向梅边。

漫成

青年芳誉蔼儒林，老去虚名付梦寻。
杖策何处归汉室，抱琴空自操南音。
仲尼三月无君念，孟子孤臣虑患心。
但喜弓箕存旧业，传家底用满籯金。

寄友

乱后亲朋落叶空，天边书信断征鸿。
故园归梦三更雨，旅舍吟怀四壁蛩。
杜老何曾忘渭北，管宁犹自客辽东。
城中故旧如相问，为道生涯任转蓬。

按，潘辉注在《历朝宪章类志》中评该诗：“情致淋漓，非大手不可以一字一句论也。”

途中寄友

上国观光万里途，天涯屈指几云徂。
梦中水远山还远，别后书无雁亦无。
客夜不眠千感集，清时谁料寸忠孤。
南州旧识如相问，报道今吾亦故吾。

狱中作

浮俗升沉五十年，故山泉石负清缘。
虚名实祸殊堪笑，众谤孤忠绝可怜。
数有难逃知是命，文如未丧也关天。
狱中牍背空遭祸，金阙何由达寸笺。

题黄御史梅雪轩

豸冠峨峨面如铁，不独爱梅兼爱雪。
爱梅爱雪爱缘何，爱缘雪白梅芳洁。
天然梅雪自两奇，更添台柏真三绝。
罗浮仙子冰为魂，顷刻能令琼作屑。

夜深琪树碎玲珑，月户风窗寒凛冽。
若非风递暗香来，纷纷一色何由别。
九重轸念及遐氓，万里绣衣遥驻节。
霜风卷地简横秋，身在炎荒心魏阙。
交南十月暖如春，梦中只有花堪折。
将心托物古有之，高躅深期蹈前哲。
东坡谓竹不可无，濂溪爱莲亦有说。
乾坤万古一清致，灞桥诗思西湖月。

昆山歌

昆山有泉，其声泠泠然，吾以为琴弦。
昆山有石，雨洗苔铺碧，吾以为簟席。
岩中有松，万里翠重重，吾于是乎偃息其中。
林中有竹，千亩印寒绿，吾于是乎吟啸其侧。
问君胡不归去来，半生尘土长胶梏。
万钟九鼎何必然，饮水饭蔬随分足。
君不见，董卓黄金盈一坞，元载胡椒八百斛。
又不见，伯夷与叔齐，首阳饿死不食粟。
贤愚二者不相侔，亦各自求其所欲。
人生百年内，毕竟同草木。
悲欢忧乐迭往来，一荣一谢还相续。
丘山华屋亦偶然，死后谁荣更谁辱。
人间若有巢由徒，劝渠听我山中曲。

阮梦荀（1380—？）

名文若，号菊坡，清化东山甫里人。胡朝庚辰科进士。入黎朝，以文学受知。历太祖、太宗、仁宗三朝，历官中书令、左纳言、荣禄大夫、上轻车都尉。黎贵惇评其“诗文平易，无凄楚语”。诗文见重于时，其现存诗作以题咏类为多。所著有《菊坡集》。后世诗选多录其诗，尤以《全越诗录》选一百四十三首为多。

蓬莪墓

狃胜当年仇大邦，海湖一旦取天亡①。
头为饮器藏盟府，坟枕荒郊伴夕阳。
岂有子孙供祭墓，只余名号占番王。
朅来鲍老闲相伴，傀儡棚中杂戏场。

① 原注：占城王蓬莪，陈末入寇，陷京师，后于海湖被陈渴真射死。

过咸子关

关在珥河自然洲，陈上相光启擒元唆都于此，胡签闻为兵所败亦在此处。

成败原来只一关，时人莫把两般看。
陈家上相真龙种，胡氏签闻是鼠肝。
椿木埋河春草绿，髑髅啸月夜潮寒。
渔舟那管兴亡事，醉卧蓬窗挂钓竿。

读唐史

陇西裔出有成言，仙李蟠根奕叶蕃。
开创只应由武德，遥尊何必祖玄元。
杂夷为治无家法，河北称兵半逆藩。
流弊到头余五季，中原袖手失金燕。

赤壁怀古

残霞掩映衬丹枫，遥想舟师一炬空。
必也得天扶讨虏，几乎无地葬曹公。
势成鼎峙虽风力，事本人为亦大功。
可惜半途公瑾死，区区粗足保江东。

题华闾洞

芦花排伏导群龙，十二洲君尽影从。
万里关河新建国，九天驿奏始求封。
故宫基失悲离黍，远洞云闲想鼎龙。
往事凄凉香火在，夜深细雨泣寒蛩。

驾幸国子监看新文庙

昭代崇文冠古今，大成新定翠花临。
金根顺动行王道，壁水生光溢孔林。
鼓舞风雷多士气，表章日月六经心。
贻谋燕翼由丰水，喜见周王虑愈深。

游湖

殿阁沉沉昼景迟，政余何地写襟期。
西湖近有陈家事，汾水休歌汉武辞。
黄伞风高穿柳去，翠花天转逐云移。
好将国论资深意，何必蓬瀛入梦思。

遣怀

壮志年来湖海豪，锦帆高挂傲鲸涛。
波澜万状日中小，忠义一生心上操。
休论彀中探虎穴，欲将寸铁钓金鳌。
朅来虚实凭高卧，闲看蚕丝细细缫。

八阵图

八阵图成营陨星，几多余憾复神京。
堪嗟兵法无遗迹，赢得江流作怒声。
豪杰消磨顽石在，风云惨淡暮潮生。
可怜竖子成功在，大卜奇才但得名。

诗王

滔滔鲁邹不成邦，大国无如楚最强。
万马空群归伯乐，一时独步擅词场。
璧珪集瑞皆同瑁，冠冕来朝独敬王。
臣服于周今有几，杜陵光受篚玄黄。

骚坛

万丈骚坛恁地奇，不知大将拜谁为。
旌旗色改皆生气，鼓角声雄为死绥。
岂但形容磨屈垒，也把谈笑破秦师。
诗书元帅无多士，万甲胸蟠难得窥。

自遣

诗老年来亦可人，一生黄卷好情亲。
沉坛半烬惟看易，庭院多时任送春。
风迎梅窗花弄影，尘空竹户自传神。
清贫自是浑如昨，秋壑冰壶一样新。

漫述

数声啼鸟喔山幽，任送莺花似水流。
职缀庙堂惭后乐，民投沟壑切先忧。
士逢知己收功易，道本存心取次求。
点检一生功用处，原来端不为身谋。

孔墙

壁立长空屹两间，高风万古邈难攀。
百官宫室藏何富，战国尘埃凛不干。
赐也及肩无足道，予云如粪岂堪谩。
唯余未达怀颜子，喟尔多情与仰钻。

挽太祖高皇帝

扒乱开英主，丰功冠百工。
山河重改观，日月复生光。
驾驭收豪杰，修明定宪章。
勤民多致疾，朝帝逊催装。
燕翼贻谋在，乌号抱痛长。

风悲摇万木，雨泣遍群芳。
灵座疑金阙，宸游想帝乡。
补天功不朽，晞露事堪伤。
珥水流呜咽，蓝山气渺茫。
依依空望日，冉冉但闻香。

黎利（1385—1433）

号蓝山洞主，生于清化镇瑞原县蓝山社（今清化省寿春县）。1418 年发动蓝山起义，自称平定王，号召各地反对明朝统治，经过多年抗明战争，最终创立新政权黎朝，国号“大越”。黎利在位六年，逝后庙号太祖。诗作多散佚，仅数首留于后世诗选中。

亲征太原州

不辞万里整师徒，惟欲边氓赤子苏。
天地不容奸党在，古今谁赦叛臣诛。
忠良自可膺多福，暴悖终难保一躯。
带砺不移臣子节，名垂万世与山俱。

亲征复礼州刁吉罕

狂贼敢逋诛，边氓久徯苏。
叛臣从古有，险地自今无。
草木惊风鹤，山川入版图。
题诗刻于石，镇我越西隅。

征刁吉罕还过龙水堤 并序

余征古罕回过此，作诗一章，以示后世。御戎之策，戎狄要荒，人面兽心。如有反悖，随即剿绝，而其进征方略，则白沘、沱二镇为优。顺天五年孟夏谷日题。

崎岖险路不辞难，老我犹存铁石肝。
义气扫空千嶂雾，壮心夷尽万重山。
边防为好筹方略，社稷须应计久安。
虚道危滩三百曲，如今只作顺流看。

黎元龙（1424—1442）

即黎太宗，黎太祖次子，初受封梁国公，号桂林洞主。越南黎朝第二代君主（1434—1442 年在位）。聪睿善断，在位九年。对明朝称“黎麟”。绍平元年（1434）即位，年方十一岁，由辅政大臣黎察裁决政务。亲政之后，制定冠服制度，广设学校，实行科举，推崇程朱理学。诗作多散佚，仅数首留于后世诗选中。

亲征武令乡

穷山逆寇敢干名，劳我王师几日行。
桑柘暖回春万落，貔貅令肃夜三更。
为民本欲除残暴，偃武终当洗甲兵。
边塞已清尘已静，从今九寓属隆平。

亲征目寨

瘴岭重重历险难，再挥麾钺讨山蛮。
戍楼月淡油幢静，武帐霜清夜柝闲。

本欲舞干修舜德，岂期逆命甚苗顽。
除凶剪暴无遗恨，好把新诗勒石还。

陶公僎（生卒年不详）

字宾卿，仙侣善片人。黎朝初年迎王师。黎初，黎太祖亲试诸生于东都，陶公僎榜文中第一。顺天元年（1428），授黄门侍郎参议政事，以正使身份出使中国，使还迁户部尚书。绍平二年（1435），迁审刑院使兼礼部，绍平三年（1436）正月以正使身份再次出使中国，使还升门下侍郎。太和初，入侍经筵，太和二年（1444）又以正使身份出使中国，使还，升门下左谏大夫，知三馆事，升入内行遣。前后三奉使。黎初律例多出其手，为人温恭俭约，子陶若庸、曾孙陶俨都曾出使中国。寿七十八。所著诗文散佚，仅寥寥存于后世各类选本中。

除夕感兴

黔乌缟兔斗飞梭，春树流年忆踏歌。
扫白了无烧药法，守玄不及力田科。
人于淡处交情耐，梅到枯时生意多。
寂历风檐山卷雪，醉眠不问夜如何。

春日访友不遇

步入清溪苍莽间，花泥微湿草沙干。
梢添桑暗春烟暖，禾放秋深社雨寒。
天下贫交无鲍叔，山中真隐欠刘安。
闲题漫寄芭蕉叶，留与归来带月看。

老梅

摇落荒村野水涯，貌枯神泽骨嵯岈。
一生知历几多雪，绝好只消三两花。
万木尊为诗老行，孤根淡似道人家。
儿时玩尔今头白，正拟相看度岁华。

程舜俞（生卒年不详）

号密寮，山南处维新新队（今河南省维先县队山社）。原姓陈，避太宗母后讳，改姓程。黎太祖顺天二年（1429），登已酉明经科甲等，授御史职出使中国，绍平元年（1434）使还，升中书侍郎。仁宗太和（1443—1453）时，升入内行遣、翰林院承旨学士，兼知内密院事。程舜俞以文章知于世，与左纳言阮尧咨并称为当时“文宗”，朝廷制策、诏诰多出其手。所著诗文散佚，仅寥寥存于后世各类选本中。程舜俞贺朝廷征哀劳、占城的诗歌颇具特色，因朝廷国力强盛，向南部开疆拓土，文人在诗中也显示出豪迈之气。诗中的“象群”也是边塞诗中越南独有的本土地域特色。

贺捷 其一

哀牢礼虑与占蛙，四海而今已一家。
光启越天新日月，拓开东服旧山河。
君臣幸际龙云会，草木欣沾雨露多。
从此太平应有象，九州无处不讴歌。

贺捷 其二

身属櫜鞬远出征，蛮烟瘴雨不关情。
千军壁垒秋霜肃，万里关山夜月明。
北圉昔闻宽圣顾，西陲今已倚长城。
圣朝将士多余力，好挽银河洗甲兵。

贺捷 其三

苦被狂蛮贼我民，九重轸虑急西巡。
咆哮奋勇貔貅士，赑屃横行铁象群。
昨夜虑山惊失股，今朝牢国叹亡唇。
止戈盛事今欣睹，下国讴歌沐圣恩。

贺捷 其四

几郡边氓轸圣情，栉风沐雨为亲征。
旌旗旖旎龙蛇动，铠甲辉煌鬼魅惊。
振旅郊原春浩荡，凯歌山外玉琮琤。
东京报道迎鸾御，平虏歌声满帝城。

武梦原（生卒年不详）

号蕊溪，又号烂柯，仙游东山人。胡朝季犛庚辰科（1400）进士，仕黎朝，任国子监司业，升任祭酒，年七十四致仕。诗文仅存于后世选本中。

春暮

蝶残莺老两无心，花渐稀疏柳渐阴。
春意不多时又改，园林寂寞一蝉吟。

农望

食乃民天系匪轻，及时可不最关情。
火云微雨应张伞，雷鼓收槌懒奋声。
渴见商羊庭上舞，饱闻鸠妇树头鸣。
泰山肤寸吾应徯，娶霔甘霖到处倾。

按，娶霔为喃字，指时雨。

乱后过李朝遗庙有感

山陵望拜想规模，仿佛乘舆住故都。
殿宇已随灰烬灭，松楸不见斧斤余。
八朝礼乐归青史，万里江河委废墟。
小立无言成感慨，古今天地等蘧庐。

送国子监教授黎公景略致仕

圣朝优老赐荣归，灿烂枌榆昼锦辉。
乐土丰年粳稻足，海邦霜月蟹虾肥。
道书老氏称知止，易系文宣贵识几。
早晚吾将投绂去，一杯聊慰暂相违。

题佛迹山香海寺

乘闲才到梵王宫，四面岚光滴翠重。
香海漾池波浸月，落川开苑地蟠龙。
人非境是容怀苦，古往今来象教雄。
遥想法师尸解处，祥烟霭霭有无中。

舟中望逋姑捍有感

云深深处水茫茫，捍木参差七八行。
刘鼎尸沉烟惨淡，沐晟军败日昏黄。
功名孰与重兴盛，事业仍同赤壁强。
运去难同西汉日，逋姑遗迹尚荒凉。

文庙稚松

尖尖移就鲁邹乡，气欲凌霄万丈长。
礼淑仁培资正直，道沿德溉养文章。
风来细细疑琴韵，云拂疏疏似至张。
梁栋他时应待用，扶持切莫践牛羊。

仙游山

慈山闻说有仙游，高出诸峰最上头。
人杰地灵传自古，星移物换几经秋。
烂柯已矣何须辨，棋局悠然莫漫求。
乘兴晚登宽眼界，五云深处是皇州。

元旦早朝

鸡人报曙启端门，列炬辉煌烂晓暾。
肃肃千官锵剑佩，巍巍五位正乾坤。
六鳌海上神仙寿，万岁高呼金殿暄。
举目违天才咫尺，红云高拥紫微垣。

自寿

行年七十有余三，固位妨贤恐不堪。
早乞身归行得计，竟投簪去更何惭。
闲中日月从蹉过，方外山川任遍参。
知止不危谦受益，古人垂戒岂虚谈。

古意

人生草头露，夕瀼还朝晞。
何事东齐子，衔怒发阴机。
二桃杀三士，措虑一何危。
荡阴埋恨骨，至今冢垒垒。
所以南阳叟，梁父寓歌词。
千载已辽绝，闻名犹歔欷。
深谋与险计，未免人瑕疵。
反袂三叹息，何代更无之。

走笔

癸卯逢元旦，精神觉倍多。
词锋剧矛槊，学海阔涛波。
经首穷幽奥，诗情改涘涯。
兼通佛老学，博极阴阳家。
神机破霹雳，辩口惊悬河。
古貌古言语，清心清齿牙。
须眉赢绮皓，道海超杨萝。
后进作轨范，前贤发中和。
提撕使之正，引诱归无邪。
有幸属休运，考槃乐硕薖。
孔瑟声融洩，杏坛影婆娑。
优游幸卒岁，行止矢靡他。

武邦衡（生卒年不详）

号蓼溪，下洪长津人。官同修国史兼太子说书。

题浴翠山依陈少保张公汉超韵

山前古刹依，山下晚帆归。
风细江铺练，云深洞掩扉。
碧岩芳扁在，烟塔曩游非。
远羡张公子，功成忆钓矶。

赠李下斋

江山到处侣渔樵，名利看来鹿覆蕉。
古剑芒寒闲射斗，长松节老独昂霄。
平章风月诗千首，点检生涯水一瓢。
嘉遁何须箕颖迹，聊随尘世自逍遥。

铜雀砚

沦落荒尘藓色侵，制成宝砚几年深。
泓涵秋水半轮月，贵孕寒山一片金。
乌玉新磨生紫晕，兔毫快扫出瑶簪。
谁知亡国无情物，赢得芳名说到今。

阮时中（生卒年不详）

道号如愚居士，青威贝溪人（今河内市）人。出生于儒学之家，其祖父阮子日为陈朝时翰林院侍讲兼审刑院使，其父陈柄为儒学教授。时逢胡季犛之乱，阮时中携书西走室白县义邦社小洞梦村避乱。太宗绍平初年（1434），求遗贤，闻阮时中有德行文章，家传实学，特召赐官。绍平二年（1435）应御试中格，升至国子监教授，寻乞致仕，退居林泉讲学，子阮直状元及第。诗文散见于后世选本中。

题香海庵

兰若倚岩幽，临山一径修。
池宽先得月，洞古早知秋。

鸟却波间宿，鱼翻木末游。
一僧禅定久，云重懒回头。

按，香海庵在柴山。

留别监中诸先生

八载培涵大，空飧愧不才。
赐归欣得请，惜别独迟回。
久要期千古，离情付一杯。
他年寒夜雪，访戴有谁来。

留别胡监生

不为贫无苜蓿盘，眼昏耳聩讲论难。
八年尸素忧惭集，千古师生道义看。
槐市晓风吹别袂，柳街腊雪上归鞍。
他年若访幽居处，贝水萧萧竹万竿。

送范教授致仕

去岁儒宗已引年，有如公者又归田。
淑人实学今能几，知足高风古亦然。
行色频斟槐市酒，春风初上珥河船。
到家料想闲无事，隐几看山乐性天。

严原朗（生卒年不详）

字向光，北江安丰人。任国子监教授。

和辕门中秋即事

秋霜满鬓催人老，烽火连年奈客何。
按剑几回将起舞，期诛残寇矢无他。

贺登极

龙飞九五表乾元，开创洪国亿万年。
四海讴歌归舜治，群方鼓舞乐尧天。
巍巍盛德乾坤大，赫赫威光日月悬。
万国衣冠朝帝座，嵩呼虎拜玉阶前。

阮慎（生卒年不详）

字敬之，号泸溪，国威省应天府（今河内市国威县）人。任国子监教授。《越音诗集》《全越诗录》选其诗。

圣主得贤臣

明良千载聚精神，同气浑如龙得云。
伊尹既汤咸一德，太公谅武集无勋。
有为自是今犹古，相契从知臣遇君。
堪笑王褒徒溢美，孝宣治效愧前闻。

程师孟（生卒年不详）

号祝里子，慈廉县（今河内市）人。国初隐居不仕。

南郊秋色中

云白风清九月天，南郊一望一茫然。
深红巧染前林叶，嫩碧谁披隔浦烟。
图昼一秋新景物，屏开数幅旧山川。
诗怀浩荡吟难就，肠断孤云落照边。

黎景绰（生卒年不详）

字裕文，清化东山人，黎括之孙。官历内密院使、翰林院承旨学士，入侍经筵。

守默斋

藏修得地西林泉，洋洒浑无俗虑牵。
松竹四围开小径，诗书万卷本家传。
养真用拙存吾道，晦彩韬光乐性天。
守默自知成小隐，利名不动趣超然。

李子构（生卒年不详）

号下斋，洪州（今海阳省平阳县所辖）人，太学生。胡朝时，授以太子右谕德，坚辞不受。明永乐时，选安南隐逸士送至应天府授官，亦不就。黎初求遗贤，阮梦荀力荐子构，子构仍辞不出。清风高节，一时推重。其诗作仅留存于后世选本中，虽数量不多，却反映出个人气节与时代特色。

春游

布袜芒鞋地上仙，春郊托兴谢尘缘。
山禽有韵供吟赏，野鹿无情伴醉眠。
临水已通夫子意，看云更悟祖师禅。
此时一日安闲地，博尽世间人百年。

述志

不林不市不公侯，不学苏秦只敝裘。
风月长供诗社兴，江山正作醉乡游。
平生未改桑君砚，到处聊为王粲楼。
纵使世人多噂沓，也应无怒到虚舟。

寄慈廉程先生

我亦平生志丈夫，可怜壮岁不封侯。
肯随车马谋三釜，只伴松筠守一丘。
烟雨渐亲青蒻笠，风尘已厌黑貂裘。
与君共约成春服，携手名山作胜游。

简菊坎阮明府辞荐

蓬矢桑弧六尺躯，久知虫篆技无优。
君门虎豹敢高蹈，宦海风波从急流。

何必早参常将幕，只宜参借景升楼。
行藏拟问乘槎客，粱肉纷纷何预谋。

感兴

赵公真定人，奉命守南土。
鲲鹏辞北溟，越地变龙虎。
力难救秦亡，北面羞汉主。
遂荒瓯貉墟，黄屋朝诸部。
尺书飞汉庭，汉帝不敢怒。
雄图抗中华，数世凭险固。
天生幼弱孙，祸稔邯郸女。
相臣事不忠，召戎诛汉使。
汉兵一朝来，公孙共谁守。
玉玺何处归，番城荡无据。
可怜国已亡，空献吕嘉首。
吴氏失其驭，割据纷群公。
南越如幅裂，王气时屯蒙。
丁皇间世起，虎变华闾中。
按剑躬环甲，英雄皆影从。
指挥扫越甸，十二无群雄。
长安一定鼎，故国高穹窿。
山陵与宫阙，拟欲传无穷。
智及仁不守，富贵徒自丰。
宴安忽鸩毒，变起常乐宫。

身死匹夫手，二子皆儿龙。
强臣执国柄，呜呼王气终。

寄武祭酒先生梦原

今年茅屋新江皋，江间月色明兔毫。
浊醪傍舍颇醇酴，风景独乐尢诗骚。
平生我亦金门客，驰骋文场曾执馘。
十年湖海髀肉生，因阵存亡各南北。
先生自是先鸣人，收敛兵甲归锄耘。
胸藏万卷一老将，笔下风雨今应神。
忆昔风云因蹑履，我亦相君双寿耳。
至今君亦验前志，未暇盍簪谈旧事。
晚年秋月谁访过，故人契阔如日何。
可堪元亮时不饮，而况子美方无家。
闻君故里枌榆好，戎马独存杭与稻。
幸君今日营菟裘，会作明年我东道。
我今虚艇随浅波，举世苟从吾委蛇。
不辞相就饮一斗，为君卧作蛟龙哦。

尹衡（生卒年不详）

字公铨，号默齐，上福人。登博学宏词科，官国子监博士。有《云瓢集》，已佚。诗作散存于后世诗选中。

萤

院宇夜深星点点，池塘雨后火迟迟。
知吾已老车公志，飞过深窗却不疑。

苔

庭滋宿雨长霉苔，园下阳光绝点埃。
能为主翁贪坐静，朝朝放出一钱来。

题陶弘景听松风图

景兴心融寂更幽，萧萧松籁满庭流。
先生芥耳异人世，多少乐歌多少愁。

题食雁图

野涧黄云覆屋秋，随缘饮啄更何求。
到头一饱皆天分，碧水丹山乐自由。

梁登（生卒年不详）

字从善，号榜林，宣光路人。绍平（1434—1439）中，以太监授礼部侍郎兼知卤簿司大乐署。诗作见于后世诗选中，所存寥寥数首。

胡氏双节

风尘满目世难禁，远别良人无处寻。
月下衔冤双玉碎，波间决意两珠沉。

舍生不顾蕙兰质，取义长怀铁石心。
节妇徒闻今乃见，题诗聊以表徽音。

月岩禅寺

古刹成来不记年，巍然栋宇傍龙泉。
桥通石径松门下，水接云根瀑布悬。
日暮平林眠野鹿，天晴绿树咽秋蝉。
偶来方与僧闲话，恍若身游兜率天。

陈侃（生卒年不详）

字朝南，号无闷叟，慈山桂阳（今北宁省桂武县）人。仁宗朝官政事院同参议。有《复轩集》，今已佚。诗作见于后世诗选中，所存寥寥数首。

安乐庵吟

功名堕甑莫回头，富贵浮云底用求。
不妒不贪随分过，四休之外更休休。

不如意

官得路时惊皓首，学穷理处惜青春。
客怀乖戾多如此，何事徒劳百岁身。

早梅

地底潜将春意回，南枝向暖已先开。
一年一见故人面，冰雪精神认得来。

阮克孝（生卒年不详）

字舜臣，莅仁平陆（今河南省平陆县）人。顺天二年（1429）登科，官翰林直学士，并于太和元年（1443）充谢恩使至中国。诗作见于后世诗选中，所存寥寥数首。

香江驿

四顾萧条野草荒，香江孤馆傍颓墙。
郊原雨过烧痕绿，三两鹧鸪啼夕阳。

崧台

淑景斗芳扉，高城压水涯。
晴岚坠云髻，树柳颦蛾眉。
地窄人家密，时清赋役希。
客来闲眺望，坐数片帆归。

游飞来寺和壁上韵

楼台一族倚晴空，淑气融怡花影重。
寒涧水流青螮蝀，晓山云锁绿芙蓉。
雾深猿叫山头石，昼静禽鸣窗外松。
我爱飞来多胜景，摩挲苔藓认前踪。

登南昌通明阁

二十年前忆旧游，于今重系木兰舟。
雨来天外帆归浦，春满江间人倚楼。
丹灶已成仙驭去，灵湫长锁老龙愁。
南来一上通明阁，两腋飘飘隘九州。

程显（生卒年不详）

字号不详，太原古恒人。顺天二年（1429）己酉科登第，任转运使，后擢御史台侍御史。诗作见于后世诗选中，所存寥寥数首。

夜泊华间有感

拟向西山访旧游，老榕阴下系行舟。
飘飘台下雄风起，垒垒岩头积翠浮。
海燕久迷王谢梦，宫花不管杜鹃愁。
丁皇事业合人感，闲倚蓬窗看斗牛。

寓居自述怀

老懒何心乐涧槃，杖藜倚从看青山。
韬藏不用时名籍，饱暖应知帝德宽。
禁度原郊桑柘密，奇罗风月钓鱼闲。
枵然此腹何容物，耿耿平生一寸丹。

蒋承禧（生卒年不详）

字裕之，洪州多锦人。官两邑转运使。诗作见于后世诗选中，所存寥寥数首。

过洞仁有感

平原漠漠草茫茫，红玉衔峰野晓光。
石兽倾危怜寂寞，铜驼埋没恨凄凉。
百年浮世皆春梦，一片荒丘几夕阳。
离黍漫增行客叹，残碑何处吊兴亡。

祭古览祠崇光寺依壁上韵

古祠谒罢访崇光，松籁吟风一院凉。
红着槿花粘断砌，绿园樌树障颓墙。
烹茶煨笋行童倦，扫地梦香老衲忙。
闹里求闲宜取静，洪钟休把寸莛撞。

邓惠连（生卒年不详）

字金之，号鲁溪。顺天四年（1431）辛亥科登第，官转运副使。诗作见于后世诗选中。

过高皇庙

矶头才搁棹，极目顾平滩。
海上云烟淡，天边目色寒。
楼台新庙宇，风景好林峦。
促我征帆急，滔滔兴未阑。

华阊洞故宅

公差事了作闲游，才到华阊洞口幽。
万树凄迷笼晓色，群峰惨淡锁云愁。
荒凉旧迹人安在，呜咽寒江水自流。
却忆当年兴帝业，一天风月总悠悠。

黎少颖（生卒年不详）

字子奇，号节斋，唐安慕泽人，黎景询次子。明宣德二年(1427)，黎少颖以翰林院待制身份担任正使，首次持代身金人入明为黎求封，宣德帝虽表面不应允，实已接受黎利立国的事实。使还，黎少颖以出使有功，升佥知院事，后因谏忤旨，降为礼部员外郎。其弟黎叔显仕至宣抚使，孙黎鼎中状元，曾孙黎光贲中进士，任尚书。著作有《节斋集》，今已佚。诗作存于后世选本中。

礼悌山寺

山深清涧寂，寺古白云闲。
客至僧无话，松风自启关。

按，潘辉注在《历朝宪章类志》中评该诗："颇得言外之意趣。"

古意

冬寒日苦短，日短夜何长。
愿夜不愿日，夜梦至君旁。

重游凤凰寺

长啸入云端，逍遥尽日闲。
谁知尘土迹，重到凤凰山。

宫词

新花还向落花开，得宠原从失宠来。
未许君恩中道绝，且将脂粉强挨排。

辞家

杜牧当年醉绮罗，吾生底事久离家。
春风不识客怀苦，吹老故园桃李花。

山寺

晓跨高山此一登，手扪萝薜蹑层层。
白云遮断不见寺，午梵数声知有僧。

冬夜叹

费我殷勤读古书，尘中浪走十年余。
只今又作京华客，过眼三冬卧草庐。

避乱怀乡

图南志欲奋庄鲲，岂意风尘动客魂。
乔木故家何处在，梅花影里日黄昏。

题所居

细思往事一长吁，诗酒随缘足自娱。
半世生涯江上水，百年乐事隙中驹。
拟同持老开三径，何用宗元咏八愚。
莹彻灵台无一累，晓来睡起乐于于。

泽村故园

某丘某水旧乡闾，先冢归来拜扫初。
桑梓年深犹沃若，松楸树老已森如。
春光漫尔骎骎去，事业翻成咄咄书。
休笑生涯都扫尽，一丹心外更无余。

黎叔显（生卒年不详）

字子肇，黎景询季弟，唐安慕泽（今海阳省平江县新红社）人。历官长安知府，谅江镇宣抚使。诗作存于后世诗选中。

春日感怀

白云影里关情切，紫极天边入梦频。
湖海宦游多感兴，况逢南浦碧波春。

题四皓庙

秦地有坑鸿去远，汉廷多溺凤飞高。
早知世事人为彘，不为留使拔一毛。

武永桢（生卒年不详）

字祐之，建兴天本人，一作武永祯，天本县安渠社（今南定省务本县）人。黎朝顺天二年（1429）登明经科进士，历任北江儒学教授、翰林院大学士、行海西道宣政使司参知兼秘书监学士。诗作存于后世诗选中。

登安阜山

海风吹我上层峦，南国乾坤入望宽。
俯视九州如一块，迴来一气逼高寒。
役奚自昔惭灵运，携妓当年笑谢安。
凡骨飘然将羽化，几时笙鹤下仙坛。

邹山

越井荒凉几度秋，邹山遗迹至今留。
京蛇久已归沧海，神女犹传治赘疣。
崔伟乘云何处去，赵王入水果然不。
我来追想当年事，闲拂苔碑纪胜游。

题如月江却敌祠

江在东岸县。张吼、张喝兄弟为赵越王将，赵亡，不事李南帝，皆自尽。后人立祠如月江上祀之。李仁宗时，宋人来侵，常杰沿江拒守，闻祠中吟诗曰：“南国山河南帝居，皇天定分在天书。”果破宋师于江上。

越王将相几忠贞，谁似张家两弟兄。
誓不戴天甘一死，忠惟取义忍求生。
帝怜敕赐江湖长，神助王师草木兵。
汴宋凭陵南牧日，空中尚记朗吟声。

饯同年程公北使

手携使节向金台，知是纵横有用才。
豪气远凌燕北雪，吟鞭稳拂岭南梅。
九天风月添行色，万里关河入酒杯。
遥想玉阶专对了，宾朋相伴更归来。

过闰胡故都怀古奉和御制

舟行几日独因循，偶到丛林信有因。
鸟弄枝头如会意，花开道左似迎人。
翠花高卷山间露，仙杖移来天上春。
何幸兹辰陪法驾，颂诗愿学古词臣。

阮廷美（生卒年不详）

字朝甫，号义山，北江金华支隆（今河内市朔山县）人。绍平年间（1434—1439）任起居舍人、刑曹大夫，后又任御史副中丞、育威县转运使等职。太和四年（1446）以副使身份出使中国奏占城之事，使回擢升黄门侍郎。太和九年（1451）又以副使身份出使中国。延宁三年（1456）再次出使中国。光顺初，官翰林院学士兼礼部尚书。因事忤旨，降职为左侍郎，复又升为翰林院大学士兼吏部左侍郎兼秘书监学士、户部左侍郎。洪德元年（1470）受任正使出使中国奏占城骚扰边境之事，洪德五年（1474）再以副使出使中国奏占城边事。阮廷美为人练达，五次担任使臣出使明朝，常参与朝廷礼制裁定。

池口晚泊

明灭渔村火数星，樵楼沉雾笛初横。
乡心一掬关山外，月落江城夜几更。

曾港舟夜

雁横远塞渡横舟，斗转明河漏几筹。
月淡芜湖山寺晓，霜钟声渡楚江秋。

横州

海棠桥下水悠悠，系缆闲吟纪壮游。
滩佚涛声来客枕，山分翠色送行舟。
羲经半卷消尘虑，杜酒三杯洗旧愁。
万里江湖心魏阙，不才空自抱先忧。

安庆晚立

日落风高印半帆，天开图画水挼蓝。
川原迤逦彭湖北，墟落参差楚宇南。
雨霁山青千树出，雁飞秋影半江涵。
兴阑月上归舟晚，漏滴初更点转三。

胥江怀古

飘飘一叶若凭虚，水远天长纵所如。
刘氏坞花春寂寞，越王台古树扶疏。
桑田迁变时难再，豪杰消磨恨有余。
旷海寥寥千载后，几多风景属樵渔。

程封（生卒年不详）

字大开，快州仙侣人。顺天四年（1431）辛亥科登第，累迁侍讲。太和初（1443），入侍经筵。宜民余僭位，程封被遣至中国求封，使还，黎圣宗已登位，授其刑部尚书一职，与阮如堵、阮永锡、阮居道、阮廷美分任六部，并兼太子宾客，后又加太子少保兼都御史。所存诗作寥寥，见于后世诗选中。

漫兴

闲中风味底须论，吾爱吾庐懒出门。
深院棋杆闲日月，博山沉水小乾坤。
功名入手诗千首，贤圣关心酒一樽。
旧物只存方寸地，传家好把付儿孙。

阮天纵（生卒年不详）

字约甫，德江东岸（今河内市东英县云霞社）人。顺天二年（1429）登科，官国子监助教。《全越诗选》录其诗十四首。

春日即事

自分生涯一蠹鱼，抱闻仁义是蘧庐。
莺花如海非吾事，拄笏看山乐有余。

井

天一光涵二八中，千门便汲泽无穷。
何如扬起为霖雨，波及枯田作岁丰。

按，《全越诗录》中注：“自二八而至五八四十之数，是井也。”

新正述怀与北行诸公同赋

钦奉除书墨未干，此行况复义俱安。
休论世上知音少，谁道人生会面难。
风月喜同诗酒兴，江湖不怕雪霜寒。
新年料得头添白，赖有诸公青眼看。

纸衣

藤溪练得软如绵，轻滑偏宜老懒便。
两腋藏春忘早起，浑身延纩稳高眠。
立同狐貉诚无耻，赠拟绨袍意亦虔。
若使广文能得此，少陵那复叹无毡。

赠内密程正掌清北使

天香馥郁惹征袍，秉节乘轺志气豪。
几载迩联推雅量，兹行公议属时髦。
洞庭万顷酒怀壮，庾岭千重吟兴高。
此日临岐何以赠，荣君重国勿辞劳。

赠翰林院阮直学士克孝北使

北门视草暂休劳，载赋皇华秉节旄。
许国一心天北杳，收名千载斗南高。
休论仗义古称富，恰喜成功今见毛。
早晚承明还献策，金莲光映识金袍。

按，程清、阮克孝于太和元年（1443）充谢册封使至中国。

题钦州征女将庙

耻学妖娇弃路傍，挥戈影欲挽颓阳。
利随流水浮云远，名与闲花野草香。
战胜何多攻守计，图存奈乏保危方。
经行祠下重增感，愧我身徒九尺长。

武览（生卒年不详）

字号不详，永洞新梂人。大宝三年（1442）壬戌科进士，曾为御前学生，奉评黎圣宗所制御诗。诗作仅留于后世选本中，内容主要是登临游览时的题咏，但其从军时的题咏诗独具特色。

登安子山华烟寺远眺

上上安山第一峰，乾坤双眼兴无穷。
波翻巨浪鲸吞海，露暗阴崖虎啸风。
竹影日筛金琐碎，泉声雨过玉玲珑。
几多世虑闲消遣，拟欲乘风过浪蓬。

游烂柯山

闲来携杖上巑岏，思入云霄眼界宽。
风动远林秋瑟瑟，涧通幽谷水潺潺。
枰空子落仙棋静，物换星移佛骨寒。
阅世悠悠今几许，空存遗迹后人看。

过安定滩

在清化府，从军时作。

插汉参差岸上峰，晴岚浓抹有无中。
湍流树影寒凝碧，日蘸波光冷浸红。
画角吹开千嶂雾，彩旗截断一江风。
古来只说从军乐，此去何人第一功。

初秋在月寨作

云阵横空月半弓，风传虎柝响层穹。
挽回暖气衣无力，驱却寒威火有功。
两度从戎双鬓白，一心报国寸丹红。
老来不负平生志，羡杀当时矍铄翁。

阮尧咨（生卒年不详）

字君畴，号松溪，武宁扶良（今北宁省桂武县富良社）人。太和六年（1448）戊辰科状元，历任翰林院直学士、安抚使等职。与程舜俞并称当时文宗。

石笔架

措置时宜运笔端，词林镇立重如山。
补天直待经纶手，莫把文房一例看。

题金瓯山寺

簇簇楼台锁暮云，落花啼鸟漫纷纷。
苔封古殿花砖老，露泣禅窗月影分。
本欲百年盘石固，岂期一旦野麋群。
几多心绪令人感，往事都将寄夕曛。

黎苏（生卒年不详）

字明复，号容溪，嘉林乐道人。登宏词科进士，官翰林院校讨。诗作存于后世诗选中，所留诗作主要为绝句，诗风平淡。

醉后偶成

屋角日光迟，楼头云影薄。
颓然一懒翁，醉起庭花落。

冬日即兴

水面冰犹冻，山头月未高。
一阳回燠处，消息自梅梢。

书堂即事

月影穿窗淡，灯花照鬓明。
诗怀吟未稳，何处晓钟声。

王师霸（生卒年不详）

字仲匡，号岩溪，山南处快州府东安（今兴安省快州县）人。官至知府，喜理乐易。《全越诗录》载其有诗集八卷，今已佚。诗作存于后世各家诗选中。

砖庭莎

嫌根砖用压，得隙便还生。
造化无穷意，谁能使不平。

自嘲

漫将落魄度春深，绿鬓如今雪半侵。
苦为莺花偏爱惜，更叫世上笑狂吟。

扑满

货泉流布有恒言，扑满空劳用贮钱。
若识古人垂戒意，不将渔样入陶甄。

按，扑满为古代民众储钱的盛具，类似于现在的存钱罐。

秋晓

疏星流落曙光浮，露叶凝珠翠欲流。
簟冷窗虚寒得早，一声新雁晓天秋。

黎弘毓（生卒年不详）

字号不详，雷阳海历人，开国功臣黎文灵次子。延宁间（1454—1459），为都督同知。光顺初（1460）接明使黄福，为伴送官，明使称赏其文学。后升任礼部尚书兼太常寺卿，又改任西军都督同知。洪德五年（1474）以正使身份奉使中国岁贡，使还受封临江伯，进嵩郡公。黎氏性嗜吟咏，黎圣宗在藩府时就常与之唱和。诗作存于后世诗选中。

江行偶成 其一

流水悠悠兴莫穷，蓬窗希瑟笑渔翁。
草清易见沙鸥白，树密难藏晚日红。
无意打船千叠浪，有情送客一帆风。
几多陈迹经过处，顾盼江山落眼中。

江行偶成 其二

觅句寻踪作胜游，诗怀恋恋亦淹留。
香风吹瘦梅枝月，玉笛腔残蓼岸秋。
大海盈盈惊往事，孤舟泛泛带先忧。
老天若谓能知我，山自依然水自流。

阮天锡（生卒年不详）

字玄圭，又改永锡，号仙山，仙游内裔人。顺天四年（1431）登科，历任侍御史、翰林院侍讲学士、内密院副使、国威安抚史、兵部尚书等职。黎帝称其“忧君爱国，遇事尽言”，于绍平元年（1434）、延宁四年（1457）两度以副使身份出使中国。所著有《仙山集》，今已佚。诗作存于后世诗选中。

漫兴

日影转花枝，风和鸟语迟。
茅斋春昼永，消得几篇诗。

怀泽驿舟中作

夜静月如昼，天寒雪作花。
孤舟千里客，十梦九还家。

秋夜独坐

独坐数寒冽，无眠至到明。
一蛩鸣夜月，双雁带秋声。
霜冷衣无力，时催感易生。
君亲俱未报，虚幌亦何名。

天祐门侍曙

盖在绍平初为侍御史时作。

紫陌初鸡夜未央，兽环深锁漏声长。
微垣高压苍龙角，斗柄低垂宝殿傍。

风战铁冠寒不挠，霜飞象简冷生光。
傍人不敢高声语，引领偷看晨奏章。

乌蛮驿与北使郭清、朱简，本国使黎吉甫同观梅花园

园林草木总归根，独露檀心漏世春。
山店角残香入梦，池塘水浅月传神。
贞姿正雅三冬雪，素质宁容一点尘。
驿使不逢空玩折，凭谁寄与赏心人。

按，绍平元年（1434）黎朝国王黎利薨，明帝遣郭清、朱简前往越南祭吊，次年越南方亦遣御前学士局阮天赐、黎吉甫前往明朝谢祭吊。

送陶尚书使大明

里履初移玉笋班，使轺驾出五云端。
一身已任安危寄，万里宁辞跋涉难。
许国壮怀明日月，纪行健笔遍江山。
归来要识调羹好，记取关梅一味酸。

按，绍平三年（1436）陶公僎以审刑院使兼礼部尚书担任正使如明岁贡。

暮春演州作

鹧鸪啼处绿荫多，望断行云不见家。
丛棘三年霜鬓改，海门万里客程赊。
宦情已似沾泥絮，身事浑如落粪花。
早岁误为名所累，东门羞杀邵平瓜。

思山水乐

云淡淡兮山高，风泠泠兮水长。
樵斧数声兮响空谷，渔船一叶兮背夕阳。
芳洲晻映兮笼晴霭，古木婆娑兮通晓光。
麋鹿成群兮濯濯，鱼鳞戏浪兮洋洋。
沙鸟间关兮朝暮乐，野花烂漫兮四时香。
岩果累累兮可摘，涧毛漠漠兮可湘。
想此景兮难描，想此乐兮未央。
幸放归兮田里，誓解释兮名缰。
卜吾居兮翠微，濯吾缨兮沧浪。
引吾年兮寿域，陶吾性兮醉乡。
于焉兮逍遥，于焉兮徜徉。
朝斯兮夕斯，永矢兮那忘。

潘孚先（生卒年不详）

字信臣，号默轩，慈廉县东䓁社（今河内市北慈廉郡东鄂坊）人。曾于光泰九年(1396)陈朝最后一次会考及黎朝顺天二年(1429)明经考中均考中，历任天长府安府副使、国子监博士，除编选《越音诗集》外,还编修《大越史记》(又称《史记续编》《国史编录》)。

贺谏议大夫阮抑斋

真元会会幸逢辰，佐治名儒幸有人。
幼学壮行行是道，先知后觉觉斯民。
盐梅鼎鼐调和美，礼乐规模制作新。
四海方今归一统，谁能跃冶外陶钧。

当阳县泮宫任满

芹宫十载抱遗经，施教惭无木铎声。
菽粟斯民千古重，虀盐吾分一身轻。
幽居寂寞世情淡，得意安闲诗兴清。
日往月来留不得，瓜期忽已报秋成。

为人求学

幼而无学老无闻，自叹区区老此身。
未得升堂那入室，不曾温故曷知新。
但将礼乐从先进，愿把诗书淑后人。
何翅群生沾化雨，发荣滋长望来春。

程清（1411—1463）

字直卿，号竹溪。原姓黄，青威县中青威（今河内市河东郡）人，顺天四年（1431）辛亥科登第。历任内密院事、内密院副使、翰林侍读，累官门下省右司郎中、海西道军簿籍。曾于太和元年（1443）、太和四年（1446）以副使身份两次出使中国。梁如鹄赞称：“少结知于太祖，长信任于仁宗。体具而用周，子孝而臣忠。回朝历事，一节始终。”有《竹溪集》，今已佚。诗作存于后世诗选中。

题玄天洞

胜迹看来不记年，规模别现小壶天。
亭亭宝盖遮云树，落落瑶琴奏石泉。
山色平分疏密雨，湖光远蘸有无烟。
还舟饮罢轻凡骨，勾漏何须问葛仙。

金陵怀古

金陵形胜帝王州，蟠踞江南几百秋。
杨子洋洋天堑险，蒋山矻矻地根浮。
六朝佳丽随花落，千古英雄逐水流。
欲论兴亡无识赏，一杯聊自写闲愁。

扬子江

极目端倪莫可寻，滔滔重向尾闾深。
波涛汹涌天南北，潮汐盈虚世古今。
兔魄侵时蛟室冷，乌光跃处蜃楼沉。
凭渠一斛中流水，洗尽吾人鄙吝心。

淮阴侯庙

鹿走中原犄角争，斋坛授越振威声。
汉成帝业功居半，齐假王章衅已生。
兔狗千年空饮恨，河山一旦据渝盟。
当时若欲论三杰，谁似留侯去就明。

望文山挽文丞相

郁郁文山草木春，停舟遥望为伤神。
千年秀气钟光岳，间世奇才出凤麟。
一木岂能支大厦，疾风应始识诚臣。
芳名永与乾坤等，羞杀当时卖国人。

贺捷

庚申，上亲征月橥。

王师一出岂虚名，端为边隅绝祸萌。
猃狁整居宣薄伐，有苗弗率禹徂征。
旗翻河汉三更月，令肃貔貅万鼍兵。
四海只今俱帖息，火维水溢振天声。

学海

道学渊源道莫穷，滔滔有似水朝东。
源从洙泗千流合，派引伊濂万壑通。
日暖鱼奇涵理窟，波澄芹藻漾文风。
观澜拟欲寻涯埃，驯致优游圣域中。

元日寿畏斋先生

阳和一脉动尧蓂，郁郁门墙淑气生。
花省风微春梦足，槐庭昼静午阴清。
望高当代瞻山斗，任重斯文托鉴衡。
圣道只今昭日月，伫看夫子辅升平。

题直学士朱君容膝轩

隙地方余构小轩，易安惟欲企前贤。
不为形役宽心地，妙得神全乐性天。
庇士何须求大厦，传家应是有青毡。
个中好遂逍遥趣，信诎随时适自然。

阮直（1417—1474）

字公挺，号樗寮，青威贝溪人，阮时中之子，山南镇青威县贝溪社（今河内市青威县三兴社）人。年二十六登黎太宗大宝三年（1442）状元。初授职翰林直学士，太和二年（1445）升中书侍郎。延宁（1454—1459）中，与明朝使臣黄谏归时作归别诗十五韵，黎仁宗命阮直立和。光顺元年（1460）召守中书令，光顺七年（1466）授中书令，因疾屡乞归西山草堂皆被拒。黎圣宗时尤受恩遇，圣宗常将御制《天南余暇集》送给阮直批点。申仁忠序其行状称："开国魁元，文章华国。独步一世，结知累朝。典文衡，居馆阁，谦恭自持，保全始终。"所著有《樗寮集》《娱闲集》《经义诸文新集》等作品，现均已散佚。诗文散见于后世选本中。

偶成

病承恩诏许留京，归计如今一未成。
何日西山山下路，蓑衣小笠看春耕。

丙戌偶成

大庭曾对三千字，浮世虚生五十年。
不是无心来禁省，只缘多病忆田园。

登香炉山寺

层层登巘路，乘兴谒金仙。
妙契三生梦，犹存一缕烟。
楼台非世有，花木得春偏。
游目浮云外，茫茫是大千。

题极乐寺

突兀云间寺，人生几度过。
幽岩藏佛迹，峭壁倚僧家。
地远飞尘少，山高得月多。
上人留客宿，煨芋又烹茶。

送钱学士溥归朝

晓日初开瘴雾空，归程马首正秋风。
知音岂限珠崖北，惜别那禁珥水东。
上国有人还献纳，遐方无事赖帡幪。
他年两地如相忆，万里悬情寄塞鸿。

申仁忠（1419—1499）

字厚甫，安勇安宁人。黎圣宗光顺十年（1469）乙丑科会元、同进士。历任翰林院承旨、东阁大学士、国子监祭酒兼礼部尚书等。参议政事三十余年，颇受黎圣宗赏识，朝廷重要的典册、号令皆经其手。位列“骚坛二十八宿”，受称“骚坛副元帅”，常受命赓和、评品黎圣宗御制诗。黎贵惇评其“文章条畅，诗清雅慎密”，诗多奉和之作。

从驾西征奉和御制思家将士

公义私情鲜得俱，可怜愁影镜中孤。
谁知壮志驱驰日，翻作柔肠契阔秋。
蝶梦三更随处有，愿书一字到家无。
离鸾别鹤休庚曲，自古男儿志九州。

按，《全越诗录》中注此诗作于“洪德二十五年（1494）二月十六日”。

奉和御制游绿云洞

清幽古洞倚巑岏，占得壶天世界宽。
雨过苔痕铺石磴，风来琴韵响松关。
三生香火缘方契，一枕烟霞梦已寒。
仰读宸章尘虑息，岩花弄影鸟声闲。

奉和御制拜谒山陵感成

帝里春回万物妍，晴妆岸树淡浓烟。
欢迎花草和风里，环拱山河落照边。
管籥欣闻民志悦，园陵凝望圣心悬。
小臣有幸陪鸾驭，慈孝澄瞻荡荡天。

按，《全越诗录》中注郭有严、覃文礼评：“仁忠奉赓皆能状物景、叙孝敬，然命意不出圣制范围之外。”

奉和御制臣节

义胆忠肝日照临，涓埃准拟报高深。
伊周寤寐思调鼎，卫霍驱驰历衽金。
左辟宅师千古意，攘夷安夏一生心。
不才难继虞廷咏，景仰宸机万象深。

按，《全越诗录》中注该诗作于洪德二十五年（1494），黎圣宗御评：“尽力驱驰。”

次韵送正使覃校书文礼

五色红云拥帝京，翩翩使节奋鹏程。
多端岸柳和烟绿，无限江花映日明。
万里山河宽眼界，一天风月寄诗情。
阳关古调今难继，极目飘飘马脚轻。

挽圣宗淳皇帝

皇皇元后作君师，纬武经文妙设施。
万古山河增式廓，普天臣庶乐雍熙。
教加海内尊无敌，治继三王大有为。
圣德神功难纪述，乾坤日月并昭垂。

杜润（生卒年不详）

金华县金华社人。光顺七年（1466）进士，累官东阁大学士兼礼部尚书。黎贵惇评其“文章典实，诗词清雅”，与申仁忠齐名，时称“申杜”，是“骚坛二十八宿”中重要成员。

奉和御制百谷丰登

天田叶兆圣全能，场圃嘉禾岁屡登。
至治日隆风袭雅，休征时应雨如绳。
九年有积邦储美，四海无虞帝业弘。
麟笔大书洪德瑞，区区唐史陋吴兢。

按，《全越诗录》中注黎圣宗评：“词顺知其气和，言端知其心游。”

奉和御制君道

皇坟帝典日磨研，道大仁深泽配天。
稼宝永怀无逸谏，禽荒不作太康畋。
莸薰辨别忠邪路，衡鉴公明赏罚权。
景仰圣神全盛美，堂堂国势泰磐年。

按，《全越诗录》中注黎圣宗评：“典雅。”

奉和御制臣节

满腔忠义鬼神临，忱爱拳拳一念深。
帷幄谋谟三寸舌，家庭清白四知金。
孔颜道学研求志，尧舜君民致泽心。
凛凛高风端可挹，经霜松柏正萧森。

按，《全越诗录》中注黎圣宗评："玉中九曲，押韵清高。"

奉和御制遥想英贤

帝御邦家保未危，天开黄道正清夷。
华勋二圣都俞日，礼乐三王损益时。
济济夔龙弘弼亮，桓桓方召力驱驰。
辉煌千载真元会，莫状明良际遇奇。

按，《全越诗录》中注黎圣宗评："小济。"

奉和御制奇气

体乾行健夙宵劳，冠古勋名盖世豪。
大勇秉旄曾跨海，雄才律笔陋胜蛟。
黄旗紫盖容仪壮，白雪阳春格调高。
八百苍姬知过历，灵氛每用索琼茅。

按，《全越诗录》中注黎圣宗评："平顺。"

奉和御制文人

摛华掞藻一生勤，彩笔辉煌五色新。
锦水花溪游窋客，玉堂金马谪仙人。
相如词赋凌云健，灵运池塘梦草神。
皎皎日临忠孝念，拟将寸草报三春。

按，《全越诗录》中注黎圣宗评："乐只心肠，落句有忠厚之风。"

梁如鹄（1420—1499）

字翔甫，长津红蓼人（今海阳省嘉禄县）。大宝三年（1442）探花，官都御史。曾于太和元年（1443）、延宁六年（1459）两度出使中国，并在出使中带回中国雕版刻字技术至家乡红蓼乡传播，让红蓼成为越南著名的刻印之地。梁如鹄也因此被尊奉为越南刻字业的祖师。

宿四岐港口

天寒子夜玉绳低，月色朦胧照浅溪。
潮退水痕初出石，枕边时听水禽啼。

张丞相庙

即张九龄也。

直把贤良谒贡闱，一朝深结九重知。
致君固在千秋鉴，谋国多于大宝龟。
信史不磨唐相业，遗忠有恨羯胡儿。
曲江依旧祠前水，万古流芳自不移。

人日睡觉漫书

一枕东风入黑甜，梦回细雨觉廉纤。
世途遍涉今非昨，人日重来老更添。
花柳精神夸富艳，鱼鸢兴趣乐飞潜。
韶阳物物皆春色，泰道从来不用占。

韶州怀古

南巡去后几经秋，遗迹空传在此州。
仿佛九成闻雅乐，渺茫何处觅真游。
黄冈摇草埋幽恨，韶石阴云锁暮愁。
厚泽深仁流万古，曲江一带水悠悠。

阮如堵（1424—1526？）

字孟安，号谨斋，清潭大兰州（今河内青池县沿河社）人。大宝三年（1442 年）十九岁中榜眼，大宝四年（1443）出使中国，太和八年（1450）再出使中国。仁宗朝仕至翰林直学士。洪德（1470—1497）中，累官吏部尚书。寿九十三岁，或云寿一百零三岁。诗作存于后世诗选中。

春日即事

撩乱莺花三月春，游观多是少年人。
白头自笑容台老，亦策疲驽踏软尘。

书斋春暮

城南春色暮，茅屋掩柴扃。
砌畔苔痕绿，庭前草色青。
鸟啼花自落，客至梦初醒。
尽日闲无事，研朱点易经。

游至灵山寺

客里少佳兴，登山访梵宫。
水流船上下，鸟语树西东。
世味情方淡，尘缘虑已空。
胜游从古少，归路莫匆匆。

城南园居

城南小筑几经春，药圃蔬畦取次新。
小径不嫌通紫陌，短篱却喜隔红尘。
池塘雨过蛙声闹，庭院荫浓鸟语频。
花竹可供幽淡兴，朝回日月乐忘贫。

题清远峡山寺

古制萧然枕碧湾，维舟策杖步孱颜。
数声长啸猿归洞，昼日闲居僧对山。
殿宇飞来经岁月，林泉岑寂隔尘寰。
坡翁仙去今何在，壁上题诗字已漫。

清明后赠转运使程公文徽兼问讯长安教授阮公子晋

登云共喜遇明时，无奈年来苦别离。
节序屡惊新岁月，交情不改旧襟期。
一官愧我闲无补，百里嗟君负有为。
借问长安贤郡教，宁无书信寄相思。

按，阮公子晋，即李子晋，在陈时避国讳改阮，后复姓。

阮孚先（生卒年不详）

号新桥先生，快州永洞（今兴安省快州县）人。黎太宗时历官翰林院承旨，审刑院使。所著诗文已散佚，后世诗选录其诗数首。其诗虽留存量少，但体式多样，古近体皆存，诗作内容多抒其情趣志向。

舟次海门登汴山和同记室韵

客子倦行役，聊为汗漫游。
乾坤双鹘没，身世一萍浮。
国耻甘填海，乡怀怯倚楼。
断鳌心未已，时复看吴钩。

和泽村韵

岁晚京华地，偷闲一草庐。
苍头无事产，黄耳不赍书。
秃笔抄陶隐，长镵斸禹余。
纷纷车马客，胶扰更怜渠。

按，泽村即黎少颖。

我愚

禀性从不太憨愚，随缘无碍亦无拘。
致身自信屠龙技，涉世终同守兔株。
已分直钩甘寂寞，何劳枉辔事驰驱。
古人有与时舒卷，蘧宁看来不是愚。

题张丞相庙

一簇丛祠枕曲城，堂堂铁像凛如生。
寒江吐月澄金鉴，修竹将风战锦棚。
唐室一朝伤鹿足，周家千载恨蝇营。
我来感旧寻遗迹，空听松林不尽声。

归故园

生还今日到乡闾，风景凄凉岂复初。
寒树杜鹃鸣不已，野花蝴蝶落纷如。
空庭蚁队排行阵，败壁蜗涎走篆书。
恨不得归归又恨，斓斑双泪暮天余。

和黎泽村长松为风雨所折韵

平生冰雪姿，礌砢合柱石。
枝拂日月光，根穿山泉脉。
风声撼秋涛，膏液凝灵珀。
乔木故国心，舍此将奚适。
膏以明见焚，既为时叹惜。
况夫陨萚中，更被冯夷扼。
尘泥争蔽蒙，雨暑且淋炙。
入药闲医和，肯构谢匠石。
所贵者神全，不为斤斧迫。
惟余偃蹇形，摧颓非复昔。
独抱岁寒心，偃卧空山夕。
分因断沟捐，敢望抡材尺。
惆怅鸟失栖，彷徨牛脱轭。
幸有本根存，芽孽复寻觅。
他日成清阴，犹足荫行客。

按，黎少颖之诗以“松折”喻“黎景询遭难”。

朱车（生卒年不详）

字器甫，北江安富（今北宁省安丰县）人。顺天六年（1433）癸丑科御试中格，历任两邑转运使、御台侍御史、礼部员外郎等职。太和十年（1452）担任副使出使中国贺明景帝立皇太子。

舟中晚望

极目斜阳际，残霞抹晚空。
人归山坞外，舟泛玉壶中。
水面双飞鸟，江心一钓翁。
兴观犹未已，征月挂新弓。

贵县除夕

他国逢除夕，乡情俗黯然。
今朝犹旧岁，明日已新年。
身在关河外，心存魏阙边。
东皇如有意，迟我共朝天。

奉使占城道中作

仗义心怀一寸丹，飘飘玉节指阇槃。
手探虎穴看来易，身泛鲸波不觉难。
古垒夜深山月小，铜龙水阔海风寒。
此行最喜无他事，万宇尘清四海安。

朱三省（生卒年不详）

字省之，号容轩，国威清潭人。顺天四年（1431）辛亥御试词科中格。官翰林院学士。诗作见于后世诗选中，所存寥寥数首。

花萼楼

飞构岧峣插翠云，就中盎盎一团春。
玉兰花盛登临数，宝帐和风入梦频。
壮观原非穷土木，圣心自是笃天伦。
鲜终可惜开元后，醉倚沉香伴太真。

端午中作

皇天分四时，佳节粲可数。
阴阳相代谢，寒暑迭宾主。
清明既已过，今又到端午。
头颅日长大，义理亦聊粗。
安肯流俗同，只自我作古。
酒不泛菖蒲，门不悬艾虎。
何必浴盆兰，何必系彩缕。
正心以修身，庶不愧仰俯。
兹焉或未能，禳辟更何补。
区区特玩人，鄙哉安足数。

蔡顺（1441?—?）

字义和，号蓼溪，自号吕塘，超类柳林（今北宁省顺成县双柳社）人。洪德六年（1475）进士，任海阳参政。黎贵惇《全越诗录》中称其“道德文章为一时所宗”。黎圣宗称其擅名诗场，特赐“骚坛副元帅”。其门人礼部左侍郎杜正谟与其子蔡恪收其诗，辑为《吕塘遗稿》四卷，王谟在序中称：“顺诸作皆胸中凿出，得古之所未道，最为新奇，而其格律则备诸家之体。”

黄江即事

茅舍人烟里，孤舟小泊时。
村童三四辈，缘水觅蟛蜞。

江畔

平浦乘潮上，农人趁晓耕。
喝牛飞白鸟，风外两三声。

嘲折臂佛

献果烧香谩尔频，我观亦是折肱人。
渠家手足犹如此，谁谓金刚不坏身。

读史至冯道感成

春去花残又苏花，西山不问采薇歌。
悠悠心事谁能会，五嫁人间老阿婆。

按，冯道（882—954），五代十国时期著名宰相，历经四朝十代君王，世称“十朝元老”。冯道出身于耕读之家，勤奋好学，善写文章，事亲济民、提携贤良，且能安于清贫，在五代时期享有较高声誉，但后世史学家出于忠君观念，对他非常不齿，欧阳修骂他“不知廉耻”，司马光更斥其为“奸臣之尤”。

罗江偶成

风月醉人江上去，簿书迟我夜中眠。
五更欲放归乡梦，何处一声啼杜鹃。

留题海阳廨宇

日落平滩渔笛短，夜寒普赖佛灯孤。
不知今古登临客，亦有先忧后乐无。

怜应试不入格作 并引

洪德十七年，礼部考试，入第一场，间有一人，前四篇文理犹有可观。但后一篇中，有一句云：“东吹风散花梢雨。”考官刘德邵心欲取之，而监考官阮靖疑以标识，遂不以入考。余怜而续成一绝云：

圈点官人笔未休，朱衣谁识不回头。
东风吹散花梢雨，化作吟窗一段愁。

送百户阮回乡

近出东门外，香风吹软尘。
江声鸡送晓，乡思燕逢春。
一片家山路，百年日子身。
金多骄里闬，可笑是何人。

普赖寺

东来山欲断，复起驾寒泷。
浮夜钟归海，涵秋月坠江。
龙吟门外水，鹭过雾边窗。
往往敲僧梦，渔舟笛几腔。

抱腹岩

福地客中过，俄成寻胜游。
环山都是水，去路只凭舟。
龙窟潮通海，鸥波水弄球。
葛仙在何许，岩晓洞门秋。

征妇吟

庭草成窠柳又丝，征夫何日是归期。
半帘残月伤心夜，一枕啼鹃落泪时。
塞北云长孤雁影，江南春尽老蛾眉。
昨来几度相思梦，曾到君边知不知。

昭君出塞

南来程尽北来程，南北那堪怅别情。
万里汉天花有泪，百年胡地马无声。
一团罗绮伤春老，几曲琵琶诉月明。
分付君王安枕卧，愁城一片是长城。

春暮

百年身世叹浮萍，春去谁能不老成。
流水桥边杨柳影，夕阳江上鹧鸪声。
月于烟树虽无分，风与天香尚有情。
九十韶光容易过，草心游子苦难平。

感兴

乾坤俯仰一笼禽，莫把功名役此心。
万古关河官土地，百年身世客光阴。
庄周已悟浮生梦，李白应怜进酒吟。
物外相忘谁共契，鱼游春水鸟巢林。

达人

梦里赢输总是虚，乐天知命竟何如。
一樽北海消愁酒，数卷南华益智书。
名姓不教污竹帛，溪山还自混樵渔。
时时花外闲风月，兴到呼童命小车。

题项王庙

干戈四国战图开，谁敌英雄盖世才。
垓下若逢时不利，江东何事愧重来。
一尘已断乌骓路，百草空余戏马台。
寂寞汉歌烟野外，乌江渔唱莫相猜。

登安子山寺

野花啼鸟共纷纭，石蔓烟萝去路分。
避俗僧无蜗角念，隐形竹有虎斑文。
理从悟处观红槿，机到闲来识白云。
日暮一声谁逸客，清风山下吼山君。

南塘晓发

江上无风翠浪平，人家东伴挂铜钲。
长林树绕千山迴，极浦桑兼两岸生。
漠漠沙边舒鹭白，深深竹里缀鸦声。
可堪范蠡功成后，随意江湖一舸横。

顺化城闲望

顺化城外鼓逢逢，独立船头望海邦。
地有舟车通上国，天无南北限长江。
前村蚕妇携筐去，隔浦渔翁把笛腔。
燕子亦多闲意绪，群飞两两又双双。

乂安舟中

万里烟横莽苍间，孤舟渺渺过前滩。
江流势与山争远，天气愁兼海共寒。
老大乾坤惭钓艇，清平时节验安澜。
沙鱼亦是东南味，可敌金齑玉脍盘。

蒜园自述

十载长安犹自梦，闲情独与故山违。
朝随北阙钟俱起，暮候西湖鸟共归。
乡信每于灯下看，城云多向槛前飞。
柳桥为忆重游处，应有苔花上钓矶。

送杜明府

忆昔西湖我与君，轻衫小扇共行春。
秋千庭院花迎鸟，歌管楼台月照人。
风雨一朝生别恨，江山两处限通津。
可怜今日重回首，肠断汀洲但白蘋。

送礼部侍郎参掌翰林院归乂安

太平仕宦都无事，昼锦荣君又赐回。
步玉履从天上响，侯风帆到海门来。
簪缨世继华乡邑，礼乐身兼显帝台。
多少汀亭今日客，狂歌只合倒金杯。

梁世荣（1441—1496）

字景谊，号睡轩，天本高香（今南定省务本县莲宝社高方树）人。幼悟绝，人有奇气，年二十三登光顺四年（1463）状元，历仕翰林院侍讲、掌院事、翰林院承旨等职。于书无所不读，释典科教，多出其手。所著皆散佚，诗作存于后世选本中。

从驾西征奉和御制思家将士

公义私情欲两俱，家山回首白云孤。
更筹暗数痴如梦，旅次空眠冷似秋。
万里马嘶愁绪有，一天雁断信书无。
指期偿了悬孤志，轻拂清风上帝州。

奉和御制游绿云洞

江头叠嶂耸巑岏，洞府门开景致宽。
细细一壶藏佛刹，萧萧万籁透禅关。
青梢外密冬大暖，白石中连夏口寒。
压浪真人何处去，野云空叫海云闲。

奉和御制英才子

儒术当年事业新，结知幸遇圣明君。
昂昂标致千寻干，炳炳才华五色云。
心上宁谈周孔训，眼前聊述传崔文。
微臣痴钝羞前辈，终谢高坛策茂勋。

黎思诚（1442—1497）

即黎圣宗，黎太宗第四子，自号道庵主人、天南洞主，对明朝称“黎灏”。初封平原王，后改嘉王。谅山王宜民僭位，弑黎仁宗，大臣黎炽讨诛之，迎黎思诚继位于天兴二年（1460），年号光顺，时年十九岁。光顺十年（1469）改翌年为洪德元年（1470）。黎圣宗在位期间崇尚儒雅，创立制度，改革官制，大兴科举、地方建置、颁行法典，致力调理农务，改善经济生产，在很多方面对越南产生重要影响。如：曾于洪德元年（1470）亲征占城，翌年攻破占城俘获占城王，还伐过老挝等地；洪德十年（1479）下令史官吴士连编撰《大越史记全书》等。黎圣宗是越南历史上较重要的君主，同时好文学，与文臣二十八人相唱和，称为“骚坛二十八宿”，自为骚坛元帅，集其中与群臣赓和诗有《琼苑九歌》一卷，另有《古心百咏》《春云诗集》《明良锦绣诗集》等作品。后世诗选多录其诗，尤其以《全越诗录》为最，录其诗三百二十五首。

赤壁

一叶轻舟泛，天心月影高。
洞箫声不断，江上水滔滔。

郿坞

奸贼贪心放，傍人切齿深。
炎炎脐上火，不照坞中金。

按，阮直评：“此篇有古风致。”

西巡过东鄂州

诗成山月上，睡觉野云飞。
花落殊多意，风前点客衣。

题大学士申仁忠所撰《天南余暇集》

火鼠千端布，冰蚕五色丝。
更求无敌手，裁作衮龙衣。

口占

前年吾往福光堂洞傍，田水浅，不可种禾，今年多水，夏禾极目，口占一绝。

万顷青青是夏田，齐民当以食为天。
村头三两农夫到，皆谓今年胜昔年。

桑洲

桑柘连云土宇宽，瓢轮蒸釜重金纨。
人家多少绿阴下，缀箨奁中菝�干。

按，武宽评：“人情物务，莫不周知于此可见。”

过平渡

回峰乱嶂不知年，三万浮生转烛天。
谁是诗眸凝伫处，京师止在夕阳边。

按，阮直评：“语意圆当。”

至灵山道中

河岳英灵从橐中，客来寺外忽闻钟。
岩峦真真寒风冽，疑是巫山十二峰。

按，武览评其诗：“真境宛然在目。”

驻昌江

半山残照月疏疏，两岸烟深雨不如。
矻矻灯前十年读，眼窥未遍圣贤书。

墨

祖父推从易水滨，词场赞尽扫千军。
可怜万杵鱼胞熟，仰见经天纬地文。

按，阮直评：“极深雅，一洗粗浅。”

题翰林大学士武永贞画像

黄卷青灯六十年，优游金马玉堂仙。
志行儒术师前圣，广厦谈经坐细旃。

征占

西讨东征汗马劳，金鞍遥逐五陵豪。
逸才欲折冰轮桂，壮志思擒北海蛟。
辽水仙人乘鹤去，缑山帝子控鸾高。
大鹏奋迅云霄上，楚楚雄姿拔槁茅。

南师纪行

洪德元年，十一月十六日。

雷炮轰轰动地声，君王千里远徂征。
思容海口乘飞舰，尸耐城中纵步兵。
谨疾守身慈极训，奉天合德大人情。
猰狳高筑鲸鲵观，雨施云行万物生。

十二月十三日，夜四更，开船行一小江。十四早，入沙塞港。风寒雨注，船触岸边。两岸平田，目极千里，人稀地广，麋鹿成群。自长廊以前，能容徙民数万家矣。偶成一律云

渊渊鼍鼓水边村，风外楼船掠岸过[①]。
接野菑畲千万顷，枕江篱落两三家。
海涯路远晨光迈，头上天低雨意多。
郑重青青晓山色，似能相送过河华。

按，阮直评："诗贵在雅，此诗一何雅。"

①《全越诗录》句中注："国朝天顺年间，每金船发驱之时鸣鼓，壮士少，江边播鼓三严。至今以为故事也。"

登龙队山题崇善延龄宝塔碑后 并序

余拜谒山陵，路经山左，遂登览焉。笑李朝事诞之君臣，唏国步曾经于斤斧，因留一律于石阴云。

千仞层峦古化城，攀缘石磴扣禅扃。
李皇怪诞碑空在，明寇凶残寺已更。
路少人踪苔甲绿，山多春雨烧痕青。
登高眼界无穷着，万里汹汹草树平。

按，《全越诗录》中注："时光顺八年（1467）。"

登浴翠山 并序

余拜谒山陵之回也，系轻舟于翠微之下。陟崔嵬，披窈窕，拨云蹑石，放目凝深，感往古之英雄，慨当今之登览，谩留一诗于石云。

三折流边浴翠山，孤高如削玉峰寒。
寻来废寺灵峰上，览尽荒碑带暝还。
穿密却疑天地小，登高顿觉海云宽。
山光不改浑如昨，回首英雄一梦间。

按，《全越诗录》中注：山在安康县大登社，原名永山，光顺八年（1467）张汉超改名浴翠山。

安邦风土

海上万峰群玉立，星罗棋布翠峥嵘。
鱼盐如土民趋利，禾稻无田税薄征。
波向山屏低处涌，草穿石壁隙中行。
边氓久乐承平化，四十余年不识兵。

按，阮直评："此诗雄出万古，后来续方舆胜览，当有添载。"

东巡过安老

渺渺关河路几千，北风有力送归船。
江涵落日摇孤影，心逐飞云息万缘。
霜露零时无绿树，桑麻深处起青烟。
海山迤逦穷游目，只见雄雄亘碧天。

按，阮直评：“写出清明全盛之象，从客入妙，古所未有。”

平滩夜泊

一规冰玉贴云端，漠漠平坡望目宽。
红叶山林龙雨霁，白蘋洲渚鲤风寒。
船楼客若天边坐，水国人从镜里看。
老去道心乾不息，绝胜仙观太清丹。

按，阮直评：“八句如昆山片玉，后之诗人，当风月夕，过平滩吟此诗，亦是穹壤间一快事。”

过白藤江

万里长风泛画船，白藤海口水如天。
缅怀兴道勤王绩，多记唆都送死年。
当日不移陈社稷，一时依旧越山川。
几多往古功名梦，恰似浮云飘渺边。

按，阮直评：“八句如当与江山长在，诗思复起，余不能作白藤江诗。”

小酌醉中直写

一般胸次甚平宽，经国良图渺未阑。

五夜更声敲坐促，三秋月色入窗寒

有饥有渴人情似，无是无非蜀道难。

赵宋纷纷韩范辈，英雄时见出儒冠。

按，阮直评：“自然切妙，在含蓄，非圣子诗不能。”武览评：“乐与人同，与随感发。”

送东阁校书阮敦复北使

袅袅香风拂使旌，晴天携手上江亭。

十分归客酒杯绿，千里送人山色青。

吟鞍冷敲梅驿雪，仙槎光动玉河星。

北京对罢归来好，趁及双亲未暮龄。

按，洪德五年（1474），黎弘毓、阮敦复、吴雷等岁贡，汧仁寿、阮廷美等奏占城溃乱扰边事。黎圣宗给几人都写了送行诗。

饯工科都给事中孔公北使辑句

使星停晚酒樽凉（张大），一片轻帆背夕阳（陆龟蒙）。

风送佩声云冉冉，天和树色霭苍苍（宋邕）。

离情无奈交情好（褚孔美），诗兴何如酒兴长（阎复）。

胜览归来胸次阔（宋光），更坠清节砺刚肠（李芃）。

按，越南文人辑句诗中所见中国文人之句常有大半不存或与现存中国诗作选本中诗句有出入，如宋邕句未见传。"天和树色蔼苍苍”为唐代诗人曹唐所创作的七言律诗《刘阮洞中遇仙子》中首句。

望远山夜宴

衎衎月下饮，清夜未渠央。
八珍方丈陈，春瓮泻琼浆。
中官容仪肃，殿上迎称觞。
三杯自齐圣，忧戒心不忘。
清风亦徐来，绿柳纤腰长。
苍芒天宇阔，淡泞夜气凉。
题诗双凤开，妙句八鸾锵。
肴核皩杯盘，管弦绎宫商。
滚滚白露重，河汉转天章。
人人言既醉，好乐贵无荒。
当膳彻饮筵，银烛照荧煌。
侍臣稽首出，皆曰寿无疆。

按，阮直评：“有古风致，尤为精妙。”

陶举（1449—？）

超类淳康人。年十八即登光顺七年（1466）进士，被选入翰林院任侍读学士，颇受黎圣宗礼遇，位居申、杜之次。

奉和御制天域江晓发

袅袅炉烟瑞气浓，霞光依衬晓江红。
六师旗帜悠扬外，万里山河指顾中。
冠佩鱼鱼瞻湛露，枌榆霭霭囿春风。
幸逢今日雍熙治，遥想先皇积累功。

奉和御制驻翠霭洲

江风淡澹雨初晴，百辟云趋肃拜迎。
舻舳逶迤乘浪暖，旌旗焕烂照天明。
三千矫矫同心力，八五巍巍大孝名。
兆姓欢欣闻管籥，颂歌帝德乐升平。

奉和御制英才子

英英才子荷恩新，抱素怀丹赞圣君。
挥翰北扉词吐凤，持荷西掖气凌云。
胸中妙蕴经纶志，世上昭垂锦绣文。
深愧不才蒙教育，但将浅薄颂华勋。

奉和御制思家将士

牢落羁怀影与俱，海天万里月同孤。
凄凉薄帐魂难梦，断续寒笳鬓易秋。
桑梓云深平望断，鳞鸿路杳好音无。
愁边未肯弹清泪，自古男儿志九州。

送校书覃文礼北使

紫陌初辞出玉京，马蹄特特快修程。
梧江水阔征帆稳，梅岭云高使节明。
帝所钧韶游客梦，江亭杯酒旧交情。
读诗三百须今日，此去吾儒系重轻。

阮仲慤（1451—？）

原名仁逢，受赐仲慤，武宁金堆人。年十九即登光顺十年（1469）进士。历仕翰林院侍读、掌院事兼礼部右侍郎。其家族中兄弟子侄多人登进士，黎圣宗谓：“金堆家朱紫满门。”工诗，为“骚坛二十八宿”之一。善国音，黎贵惇称其所“赋潇湘八景，古今绝唱”。所存诗作见于诗选中。《皇越诗选》题其名为阮冲慤。

奉和御制思家将士

去家万里更谁俱，恰似雪间雁影孤。
珠泪夜长空洒月，铁衣霜冷却惊秋。
坐听戍角愁边苦，梦入乡关醒后无。
不待回文献天子，春风早晚到皇州。

奉和御制英才子

棫朴人才振作新，誉髦多士际明君。
骏如天马蹄翻玉，快似冥鸿翅插云。
颇牧禁中推伟略，欧苏笔下展雄文。
只今尽入文皇彀，杰阁巍然纪茂勋。

奉和御制绿云洞

苍崖翠壁耸巑岏，谁识壶中境界宽。
石室昼虚云满榻，化城夜静月临关。
春深石乳融融暖，日迥松涛洒洒寒。
香火夙缘应未断，回头休羡老僧闲。

奉和御制天域江晓发

澄江绿似拨醅浓，荡漾兰舟曙色红。
旌旆低回山影里，笙歌摇曳水声中。
木绵时节匀匀雨，柳絮春风淡淡风。
今日幸陪冠冕后，蓝山仰止圣神功。

奉和御制臣节

平生忠义炳天临，忧爱拳拳一念深。
赵将壮怀终反璧，汉臣奇计独捐金。
五规觊切匡时论，十事毂陈致主心。
耸壑昂霄廊庙器，故家乔木正萧森。

按，《全越诗录》中注：“申仁忠、杜润评：‘运意精研，全篇近畅。’”

奉和御制书草戏成

帝藻光华妙绝人，锦笺草罢日方曛。
飘飘翔凤回丹岭，滚滚腾龙接紫云。
瘦硬近医怀素骨，雄遒遥夺伯英筋。
万几余暇清心地，游玩诗书六艺文。

按，《全越诗录》中注：“申仁忠、杜润评：‘颈联近工，落句浑厚。’”

覃文礼（1452—1505）

字弘敬，号真斋，又号道斋，桂阳览山（北宁省桂武县南山社）人。十八岁时登光顺十年（1469）进士，累官礼部尚书，左谕德，兼东阁大学士。洪德十九年（1488）担任正使出使中国。至威穆帝（1505—

1509）时，因统治阶级内部倾轧，被贬广南承宣使，又被朝廷中使逼迫投江自尽。黎圣宗君臣酬唱时常令其点评。所著诗作存于后世诗选中。

春宫怨

沉沉玉殿晓犹寒，满院烟花却倚栏。
树底碧苔风暖处，无言细拾坠红看。

水边白鸟

漠漠寒江汀草绿，汀边独立潮吞足。
见人掠水背船飞，更向浅沙闲处宿。

夏日

黄雀风微院宇深，兰偕宿雨碧苔侵。
诗情淡淡栏干曲，篆缕斜飞入柳阴。

对竹

袅袅烟梢碧色浓，闲庭为我引清风。
岁寒谁识深交意，倚槛相看不语中。

题丰功寺

闰胡缔构几年间，十一楼台俯碧湾。
劫火不烧梁栋在，是非留与世人看。

客中送春 其二

春去人间定有期，可堪客里送春归。
落花不识别离苦，更向吟边片片飞。

忆昔

宝篆香消琢句成，碧桃花下紫箫声。
一从别后知何处，水远山长秋月明。

横山驿

客路山重水又重，停鞭投宿寺初钟。
数闻古驿萧条在，断送行人无定踪。

奉使留别饯行诸彦

恭承使节赴燕京，珥水初分第一程。
天远蓬宫云气近，烟开藜阁月华明。
葩诗数卷平生学，竹叶三盈故旧情。
谁是男儿四方志，高行难作别离轻。

重九日忆故山

风雨潇潇满近城，喜逢佳节又晴明。
樽前忍负东篱菊，客里偏多故园情。
半世秋容嗟易老，重阳诗思杳难平。
何时得遂还山约，日日登临毕此生。

武琼（1452—1516）

字晏温，又字守璞，号泽坞，又号笃斋，唐安慕泽（今海阳省平江县新红社）人。洪德九年（1478）进士，仕至兵部尚书，国子监司业，史官都总裁。编撰《大越通鉴通考》《火成算法》，校订《岭南摭怪》，所著诗作留于后世选本中。

题金瓯山丰功寺

荒山日暮锁闲云，杰阁雕梁燕语春。
多少寻芳烟寺客，只怀山水不怀人。

安子山花烟寺

安子山中仙境寂，白云深处藏金碧。
岩幽松老洞天寒，红槿花开珠露滴。

郭有严（生卒年不详）

青兰福虞人。光顺七年（1466）进士，甚受黎圣宗信任。景统五年（1502），以都御史身份出使中国。《大越史记全书》中载当时郭有严出使明朝时因采买禁物藏于箱内，恐明朝廷检得，因作戒本部榜文，“明主见其文，谓三代人才”，特赐大红骨朵织金獬豸纻丝等物。累官至尚书。所著诗作仅寥寥存于后世选本中。

北使奉恩赐述事示馆伴

曾因国事贡珍封，藻宴叨陪玉陛中。
豸彩已彰三品服，鹢舟再驾八荒风。
诗词笑乏宽如海，酒力那堪饮似虹。
福寿拟同周雅祝，升恒日月照临公。

阮德贞（生卒年不详）

青林安乐人。光顺四年（1463）榜眼。洪德二年（1471）担任如明正使出使中国，奏占城边事。仕至副都御史。

题漂母祠

漂母施恩非望报，楚王重赐岂无心。
可怜佐命功居半，不似飱缘一饭深。

黎俊彦（生卒年不详）

字号不详，细江永保人。洪德三年（1472）会元、进士。历任东阁校书、礼部左侍郎、户部尚书等职。洪德八年（1477）以翰林院检讨身份担任副使如明岁贡，洪德二十六年（1495）又以东阁校书身份担任如明正使奏事。《皇越诗选》题其名为黎彦俊。

送校书覃文礼北使

冠带出神京，泸江早起程。
磊落吟怀壮，辉煌使节明。
四方孤矢志，万里别离情。
南北长无事，此行系匪轻。

奉和御制思家将士

丹心报国死生俱，只影遥聆断雁孤。
落落羁怀难敌酒，萧萧愁鬓易惊秋。
征鸿莫寄春消息，栩蝶还迷梦有无。
预卜归期何日是，莺花烂熳满皇州。

奉和御制绿云洞

遥凌香霭俯巑岏，隐隐壶天入望宽。
人我念空忘色相，是非梦断息机关。
松边怪石栖云老，竹外幽泉漱玉寒。
无限东风春似海，花香冉冉鸟声闲。

奉和御制拜谒山陵

日丽风晴草色妍，远村漠漠罩轻烟。
周回枪御神皋外，旖旎旌旗夕照边。
练泻寒流三析静，螺堆峭壁半空悬。
举头咫尺蓝山近，瑞彩光浮无色天。

范福昭（生卒年不详）

字号不详，东安慈明人。洪德三年（1472）壬辰科进士，初授官东阁校书，后仕至尚书。洪德十七年（1486）担任岁贡副使出使中国。

奉和御制思家将士

衽金沿铁死生俱，一片乡怀旅梦孤。
细柳月明心似醉，团花霜冷鬓先秋。
简书可畏恩情少，鱼雁难通信息无。
殉国忘家酬壮志，柔肠底用到凉州。

奉和御制英才子

天开文治运方新，济济英贤佐圣君。
汉室大儒侪董贾，晋朝名士陋机云。
胸中妙蕴经纶策，笔下雄摛锦绣文。
深愧无能蒙教育，勉殚忠教报华勋。

奉和御制追思二圣功业

夜永楼船万虑清，烟笼点滴短长更。
建中追想艰难业，持守宁忘继述情。
瀚海息波鲸就戮，朝阳濯耀凤和鸣。
皇王弥笃羹墙念，万古巍巍大孝名。

吴纶（生卒年不详）

字号不详，东岸三山人。洪德六年（1475）进士，初入选东阁，后仕至尚书。在《琼苑九歌》中仅杜润与吴纶二人之诗得黎圣宗御评，其余众人皆由申仁忠、杜润二人评品。诗作存于后世诗选中。

奉和御制臣节

一生赫赫鬼神临，坤道无成意味深。
激浊扬清端白简，廉顽立懦却黄金。
安民大展经纶手，致主难推铁石心。
雅操岁寒终不改，孤松挺拔竹萧森。

奉和御制奇气

乘风破浪不辞劳，唾手功名胆气豪。
矫矫云边椎一鹗，棱棱水底刺双蛟。
胸吞梦泽情怀壮，袖绾龙泉步武高。
圣主乾坤弘善养，英才奋迅起衡茅。

按，《全越诗录》中注评语："舒健。"

奉和御制文人

斗宿罹心学殖勤，英华才调太清新。
潘江陆海风流客，孔思周情酝藉人。
倚马雄辞挥九制，奋鹏逸气跨三神。
岁寒更有冰霜操，不独抽黄呌咏春。

按，《全越诗录》中注评语："兴逸。"

阮保（1452？—1504？）

号珠溪，武仙芳莱（今太平省武书县）人。洪德三年（1472）进士。因所作月诗及月桂赋称旨，特命入东阁。洪德二十一年（1490）又因朝论有学行，擢升左春坊左司讲。洪德二十六年（1495）又升左春坊右说书。宪宗时，又升任礼部左侍郎、兼翰林院侍读、掌院事。景统四年（1501），被拜礼部尚书。阮保为人宽大简重，论思献纳多有建树，因此颇受皇帝敬重。黎贵惇《全越诗录》中称阮保："学问渊博，诗词清婉，一代所推。"门人陈巩渊编其诗文为《珠溪集》，今已佚。诗文存于后世选本中，尤以《全越诗录》选一百六十首为最，诗歌以题咏、赠答、唱和类为多。

岁暮述怀

漠漠云山入梦多，每逢岁晏倍思家。
满前风物知心少，况复流年鬓已华。

龙岱山

谁将巨手擘巑岏，石窦中分紫翠间。
岁久白鸦归洞府，云烟长护四时闲。

饯刑科范公奉北使

南宫识君早，君今复远道。
度岭春云深，浮湘秋月皎。
人文访孔颜，古圣询轩昊。
博雅所资深，遗经犹可考。

春日即事

野寺萧条寄数椽，入春风景却悠然。
荣枯随意阶前草，浓淡多情树外烟。
半瘠半肥难种地，不寒不暖欲花天。
拥书床上闻鹈鴂，欲访村翁学养田。

大安海口

渤海茫洋雪浪低，寒潮盈缩老鳍脐。
访求仙药无高士，射压涛头有水犀。
龙爪威灵空庙貌，额田耕种变春畦。
缅怀兴庆当年捷，京观增封沸海鲵。

绿云洞

玉洞清虚万籁闲，水云深处一窝宽。
树藏石室留真相，烟锁岩扃妒画关。
神女弄珠江月晓，冯夷击鼓海波寒。
毓奇钟秀难窥测，紫翠依依十二鬟。

读文公四书有感

卓仰文公用意深，焚香对卷几沉吟。
翼经扶世言逾古，继往开来道在今。
悦口远于刍豢味，到头窥见圣贤心。
洋洋化育流行处，依旧乾坤一孔林。

书绅

孔门传习究渊源，自把垂绅志格言。
忠信两端常佩服，敬恭一念要操存。
圣贤平实无人己，蛮貊推行有本原。
外饬莫嫌师也僻，晚年进德仰弥尊。

德风

在上能将德作风，秉彝一理翕然同。
发扬尽出玄机外，鼓动全归美化中。
着物无踪民草应，感人有道圣情通。
至声取喻垂明训，只要惟行见治功。

晓江送别

日蘸沧浪晓色红，送行如在画图中。
倾流急逝情无奈，别酒频斟意莫穷。
客里转教愁思苦，夜来应觉梦魂通。
晴川浩浩秋天近，望断人间一片鸿。

上赐祭酒申公忠画像，以诗贺之

崑蓬地邃久周旋，深荷龙知俾貌传。
表表英姿光岳秀，昭昭宸翰日星悬。
风云千载真奇遇，香火三生契夙缘。
棫朴人才民命脉，好将力赞治平年。

恭阅《凤凰山祠志略》，慨然思朱先生风节感作

凤凰归去碧烟深，遗韵清风直到今。
一人应作先儒重，千载能令片石寻。
七斩无施存国论，孤云非远却臣心。
山水岂公真乐此，平生襟抱寄余吟。

按，凤凰山为陈朝司业朱安隐居之地，陈末裕皇怠政，朱安屡谏不听，亦上《七斩疏》，即挂冠归田园。

饯校书覃公奉北使

梅驿不堪折，店酒不堪当。
岁晚梅香淡，天寒酒味凉。
赠君无别语，款曲吐衷肠。
奉国心犹壮，逢时鬓未苍。
光华天日近，馥郁椒兰香。
遣介首君彦，悬弧遂四方。
珥河水清莹，览山云飞扬。
酌水期自洁，看云思转长。
访古阅燕蓟，观风游汉梁。
勉成疆外事，早晚慰高堂。

赋黄江风土示门生

君不见，
黄河之水天上来，纪纲南国无津涯。
经流雄赴龙王口，支派斜迤大全限。
会同巨海势相敌，襟带围壤当中怀。
晓别金马刷迅羽，赤波万里浮蓬莱。
秋高玉兔侵寒脚，烂银潋滟蘸瑶台。
蜿蜒扶舆钟秀气，间世往往生奇才。
安长黄太传，剑履上瑶台。
古来裴中侍，华藻称天才。
乐道宋审院，蜚声播九垓。

桧溪牧司业，世科继美来。
旧德同太学，蟾宫折桂回。
吾师段教授，学行冠朋侪。
高山岂仰止，怀古信悠哉。
幸逢昌泰运，公道庆大开。
乡书一日进多士，拔毛连茹兆素谐。
武郑乐育日已久，积文种学声如雷。
黎阮早岁从我游，心雄气俊如龙騋。
陈杜门同双挺秀，更有黄生比翼偕。
二范名家风韵远，师友讲磨金石追。
百战场中无寸铁，朱衣点头无几回。
吾门高隽亦不少，吾士成名心转佳。
中宵闻报喜不寐，庭前步月几徘徊。
好将事业继前辈，引诱后进将追陪。
明年正是春三月，丹墀御香暖烟接。
龙蛇影动飞入砚，宫莺百啭花里催。
天上姮娥爱少年，月中丹桂依旧栽。
青云接武声翕赫，老夫为尔共持杯。

邓明璧（1453—？）

字彦桓，乂安处南塘白塘（今乂安省都良县蓝山社）人。洪德十五年（1484）进士，官翰林院校讨，后仕至尚书。诗存后世诗选中，内容主要为咏史、记景。

杜甫拜杜鹃

野鹿衔花入草奔，大唐宫阙战尘昏。
蜀中天子无由拜，空拜荒烟蜀帝魂。

二征庙

六十余城尽望风，谁知女子亦英雄。
当时岂特平苏定，马援几非矍铄翁。

到家

长须采笋朝来急，赤脚供厨暮恐迟。
争问主翁为客久，主翁长笑答无词。

春日即事

苦棘阴中砌径斜，书斋恰似野人家。
庭前宿雨苔痕绿，静看金钱绽午花。

秋怀

秋入江机红叶稀，金风昨夜透罗帏。
征鸿声断西楼外，何处游人久未归。

宿春盎寺

行尽人村更翠峦，依稀佛刹暮烟间。
钟声未歇僧归院，月满湖心雪满山。

寄友人

漫把青春过眼抛，品花题月醉风骚。
年来霜雪无人瘦，一半随风上鬓毛。

黎广志（生卒年不详）

号横山，乂安处奇华县神投社（今河静省奇英县奇芳社）人。洪德九年（1478）殿试拟为状元，然黎圣宗观其容貌，仅赐为榜眼。选入东阁后，累官至左侍郎，升尚书。

奉和御制天域江晓发

韶曙曛人入眼浓，晴流泛暖涨桃红。
六师拱扈旌旗下，万里欢欣管籥中。
藻宴喜看均湛露，兰台岂是诧雄风。
汤汤蓝水千寻碧，遥想高皇拯溺功。

奉和御制追怀圣祖功业

高皇除暴创殊勋，百世深仁在兆民。
筚路山林频沐雨，壶浆士女翕成云。
规恢版宇垂千载，干转乾坤煦一春。
有道定知应过历，卜年何必问灵氛。

黎亨铉（1458—？）

嘉林义斋人。年二十一即登洪德九年（1478）戊戌科进士，选入翰林。

奉和御制天域江晓发

天域江头春色浓，枝枝开尽百花红。
艅艎隐映晴烟外，旌旆悠扬晓露中。
藻宴浓恩宽似海，仙家清兴穆如风。
蓝山咫尺西南望，荡荡难名创业功。

奉和御制驻翠霭洲

跸驻农郊丽景晴，江花如笑喜相迎。
喤喤管钥欢声动，济济衣冠礼数明。
囿下深仁均燕藻，奉先达孝轶鸿名。
幸逢圣世清明日，小技无由粉太平。

黄德良（生卒年不详）

嘉林午桥人。洪德九年（1478）登进士。官参议，洪德十九年（1488），以出使明朝谢赐彩币。酷好诗学，曾辑录陈朝与黎初时诗人作品《摘艳诗集》十五卷。黎贵惇在《全越诗录》中称其："矩步有唐，词章清丽，情景兼到。"诗作存于后世诗选中。

道上

路远无尽头，古今长归去，
今人未肯休，古人在何处。

村居

桑暗蚕正眠，檐低燕初乳。
力倦荷锄归，昼永鸠声午。

树下观书

开卷深阴下，容光照自明。
静中心易动，落叶作秋声。

自嘲

性僻殊堪笑，吟多亦不工。
夜深才得句，猛起急呼童。

游敬主山寺

胜地游虽遍，关山合有诗。
官身无定迹，未敢与僧期。

扬子江闲步

柳下柴扉静，渔家无四邻。
日斜江山路，何处独归人。

安庆晚寒

拥被觇船窗，行客重晓发。
江边酒店翁，寒扫门前雪。

题采石谪仙楼

生前曾作凤凰游，惆怅台空江自流。
今日谪仙何处去，教人重上谪仙楼。

题淮阴庙

项王不用宁非命，汉祖施恩岂是心。
早识功名非善地，只应垂钓老淮阴。

游佛迹山天福寺

贪胜倦却忘，怜奇目不舍。
客来僧未知，树下拾山果。
檐下枕石眠，树老秋阴薄。
无人梦忽惊，空庭山叶落。

秋江送别

帆远上山头，淡光烟渚冷。
江上对悲妇，晚踏孤雁影。
去意随鸿断，离情逐水流。
斜光烟淡处，遥识我归舟。

杜觐（生卒年不详）

原名远，字有恪，普安统上社（今太原省普安县）人。洪德九年（1478）进士，累官礼部尚书。洪德十四年（1483）任副使出使明朝岁贡，著有《金陵记》一卷，现已佚。

春燕

庭院风微竹影低，画檐深处带香泥。
绿窗昼静无人到，挑拨春心日未西。

采石晚泊

鲸去风尘夜月新，寒灯孤枕远游人。
谪仙风味千年在，消得闲愁一瓮春。

阮旭（？—1469）

字賓宾，号菊庄，东湖偈山（今海阳省荆门县横山社）人。官至知府。黎仁宗时卒于府官任，曾有《鸠苔集》二卷，现已佚。诗作存于诗选中。

游忠义庵

山路逢僧似有期，坐移花影上人衣。
鸟谙林茂飞还早，带得全村暝色归。

山村遣怀

一镜涵天半亩塘，小轩枕簟上波光。
周公不入闲人梦，白藕花开吹晚凉。

月山桥夜泊

野村初歇暮天钟，闲傍溪桥掩客蓬。
夜气渐清浑不寐，数声渔笛月阴中。

元日游肇庆寺

三分诗思一分春，醉我光风霁月春。
去岁伴僧同胜赏，于今草又绿如茵。

寄南华处士

茅轩竹槛傍烟岑，寒韵清冷涧底琴。
这里幽人堪觅处，碧桃花下白云深。

冯硕（生卒年不详）

字宏（玄？）甫，号福斋，罗江县（今河静省德寿县）人。任建王府主簿，所著有《芒鞋集》，今已佚。诗作后世选本中存寥寥数首。

题鸣雁图

夜静月如昼，江寒水不流。
平沙孤屿远，悄悄一声秋。

符叔宏（生卒年不详）

字壬人，金花符舍人。国子监易经教授，后升至翰林学士。诗作后世选本中存寥寥数首。

野行

雨过云山碧，林幽溪水清。
断桥行客少，时有野鸡声。

古意

荷叶绿如盖，荷花红似颜。
思君未得见，池上空盘桓。

阮夏蕙（生卒年不详）

字琼香，安乐榴溪人。教授符叔宏之妻，晓音律，曾有《梅妆集》行于世，现已佚。仅《摘艳诗集》录其《采莲曲》二首。

采莲曲 其一

相看绿鬓年，无事采溪莲。
小姑娇不语，带笑学撑船。

采莲曲 其二

莲花远近香，采采总山妆。
莫遣风吹鬓，冰肌元自凉。

按，阮屿《传奇漫录·金华诗话记》载有关符夫人作诗的多则逸话，但该书记其作者名为吴兰之，因该书所录为传奇小说，语涉荒诞，由阮屿与阮夏蕙所生时代较为接近，故其中或为符叔宏之妻阮夏蕙相关事迹。

陈景（生卒年不详）

邑里无考，洪德年间中乡荐，授任知府，后辞归隐居。诗作存后世诗选中，内容主要以写景、送别为主。

宁江夜泛

短棹孤舟烟水身，京华回首怯红尘。
可怜三十年前误，辜负空江月一轮。

珠桥夜泊

珠桥之下水潺潺，一叶归舟夜得闲。
多少诗怀禁不得，此风此月此江山。

宿宝临寺

云水闲心任兴牵，禅房一夜伴僧眠。
山中不掩清人骨，月色钟声夜满天。

识得

识得净闲半里身，莫嫌万事不如人。
数杯白酒诗千首，春去春来也任春。

渔兴

万里清江水接天，飞鸿才没夕阳边。
无人识得渔翁意，横笛中流自放船。

送黎公能让

宁江雨足草初肥，数点前村白露飞。
风笛一声春浦晚，思过潮水送君归。

寄安邦参议陈纲寮

忆昔连床共醉眠，三秋夜雨珥河船。
故人一自分携后，吟眼应多海国天。

和南华道士 其一

萧萧庐舍倚空岑，半枕泉声底用琴。
日上东窗春睡觉，白云犹锁洞门深。

刘兴孝（生卒年不详）

字号不详，永福河梁人。洪德十二年（1481）榜眼，历翰林院侍读，参掌院事，后仕至尚书。诗歌存于后世选本中，主要为奉和诗。

御制法宫感成

圣祖神宗肇显名，九重敷美治功成。
化覃八表风行草，威詹三埵雨洗兵。
芹藻才华儒绶美，韬铃事业将门荣。
来歌敬矢卷阿咏，愿与周家赞太平。

按，《全越诗录》注："申仁忠、杜润奉评：'颔颈二联，语皆典雅。'"

奉和御制奇气

光焰遥凌鲁孟劳，英英秀气万人豪。
丽词妙吐丹山凤，壮志雄歼碧水蛟。
定逮功成奇略奋，文围赋就逸才高。
只今茂异归延揽，济济群贤泰校茅。

按，《全越诗录》注："申仁忠、杜润奉评：'全篇语意典实可观。'"

阮仁被（生卒年不详）

字号不详，武宁金堆人，阮仲懿之侄。洪德十二年（1481）辛丑科进士，任翰林院校理，累官至尚书。《全越诗录》选其诗十二首，诗歌内容均为应制奉和之作。

奉和御制思家将士

人生百岁与忧俱，况复天涯只影孤。
浩荡佳期愁似海，参差远梦思如秋。
西河水薄鱼书断，北塞云深雁信无。
借问了期何日是，莺花春满帝王州。

奉和御制书草戏成

帝家机杼异常人，彩笔挥来日未曛。
矫矫游龙胜碧水，飘飘舞凤上青云。
通神妙夺元和脚，入骨雄抽卫瓘筋。
自是天工全大巧，璧章奎画焕尧文。

按，《全越诗录》注：“申仁忠、杜润奉评：‘运意措辞稍异诸子。’”

奉和御制文人

芸苑优游学力勤，舒葩吐艳彩光新。
飘飘逸思凌云客，挺挺雄才夺锦人。
星斗心胸文藻丽，江山气力笔锋神。
万年粉饰升平治，甘雨和风四海春。

按，《全越诗录》注：“申仁忠、杜润奉评：‘累石为山，殊入景致。’”

阮德训（生卒年不详）

字号不详，至灵安丁人。洪德十八年（1487）丁未科榜眼，奉往北使，仕至尚书。

奉和御制君道

执中一理妙覃研，乾御时乘德统天。
韶舞薰风昭代治，车攻吉日圣王畋。
宅心永保丕丕业，运掌遥投化化权。
垂拱无为皇极建，万邦熙皞屡丰年。

奉和御制文人

青灯黄卷业勤勤，葩藻馨香绣锦新。
龙虎榜中攀桂客，凤凰池上夺袍人。
百篇艳丽诗才俊，三策纵横笔力神。
星日经文昭贲象，太平粉饰万年春。

陈琦（生卒年不详）

字号不详，天本安泰人。洪德十八年（1487）丁未科进士。仅寥寥数首诗存于后世诗选中。

奉和御制思家将士

弧矢平生孰与俱，离情巨奈雁声孤。
城楼月色凄凉夜，山店梅花续断秋。
耿耿旅怀愁思有，悠悠乡梦醒时无。
勤劳王事何须问，愿畅皇威遍九州。

挽圣宗淳皇帝

五百昌期圣有兴，范围天地圣人能。
皇皇制作尧文贲，亹亹修攟武烈承。
万古泰盘安越甸，千秋宫剑闷昭陵。
微臣夙侍甘泉橐，遥望梧云泪满膺。

裴溥（生卒年不详）

字号不详，宜阳黎舍人。洪德十八年丁未科（1487）进士。存诗寥寥，多为应制奉和之作。

奉和御制梅花

太素乾坤玉树孤，一阳才复缀明珠。
横斜窗槛天香动，清浅池塘玉影癯。
白雪赏音湖外有，缁尘染色俗中无。
宸奎粉饰春和海，暖入琼林几万株。

按，《全越诗录》注："申仁忠、杜润奉评：'风外清香，明来鼻见。'"

奉和御制百谷丰登

财成天道圣人能，雨顺风调上瑞登。
玉烛春台光暤暤，金枝玉派远绳绳。
泽潭海宇民生厚，庆叶穹崇帝道弘。
九叙九歌跻至治，一心敬敕愈兢兢。

段惠柔（生卒年不详）

字号不详，御天扶卫人。洪德十八年（1487）丁未科进士，受选翰林，官至承使。诗作存后世诗选中，皆为应制奉和之作。

奉和御制驻翠霭洲

翠华旖旎暮天晴，士庶欢迎夹道迎。
舜问谆谆遐迩及，周文郁郁典章明。
一堂喜际风云会，万古难磨简册名。
知是丝毫天帝力，群方熙皞乐升平。

奉和御制遥想英贤

古昔明王保未危，网罗英俊赞清夷。
毕荣任重登周日，平勃功多赞汉时。
金凤楼高文笔健，铁山月朗捉书驰。
熙朝趋济皆英杰，心上经纶手段奇。

按，《全越诗录》注："申仁忠、杜润奉评：'造语无疵，结意亦畅。'"

武耿（生卒年不详）

水裳养润人。洪德十八年（1487）丁未科黄甲，仕至尚书。

奉和御制拜谒山陵

莺花天地正芳研，暮色熹微两岸烟。
云拥御舟光有影，江涵旗彩并无边。

煌煌金殿威颜近，郁郁蓝山望眼悬。
到处羽毛民共乐，熙熙四海一春天。

奉和御制驻翠霭洲

日暖风和曙景晴，五云采跸正欢迎。
羽旄快睹民心悦，銮御光回日色明。
郁郁周文三代盛，巍巍舜德万年名。
仰惟申敕臣僚意，夙夜无忘保太平。

吴欢（生卒年不详）

上福严舍人。洪德八年（1487）丁未科进士，选入翰林，仕至都御史，位列“骚坛二十八宿”。

奉和御制君道

圣王图治妙覃研，下得民兵上得天。
渐被广敷神禹力，逸游永绝太康畋。
随时损益行中道，因物栽培揽化权。
荡荡巍巍光邃古，群方无事乐丰年。

奉和御制梅花

雪月为邻德不孤，先春满树吐明珠。
淡妆照水肌肤腻，疏影横窗骨格癯。
东阁高标清兴动，西湖雅趣俗尘无。
一经宸翰荣题品，倒压芳林百万株。

按，《全越诗录》注：“申仁忠、杜润奉评：‘颔联雅实，落句独荣。’”

申仁信（生卒年不详）

字号不详，安勇安宁人。洪德二十一年（1490）进士，受选翰林。申仁信为申仁忠之子、申仁武之弟、申景云之父。所留诗皆应制奉和之作。

奉和御制天域江晓发

江天浩渺碧烟浓，两岸春花满树红。
舸舰逶迤山色外，旌旗照耀水光中。
园陵拜谒遵常礼，黎庶欢迎仰德风。
料想圣情凭望处，不胜追慕肇邦功。

陈紘（生卒年不详）

字号不详，四岐玉塞人。洪德十八年（1487）丁未科进士。

奉和御制思家将士

贤劳王事有谁俱，牢落关河对影孤。
苦色傍人山月晓，寒声入角戍楼秋。
梦中水阔家还远，客里书成雁寄无。
此地若逢旧相识，绝胜骑鹤上扬州。

奉和御制英才子

熠熠奎躔象纬新，英才出济圣明君。
词源滚滚流三峡，笔阵飘飘吐五云。
春草池塘增艳思，鄂花缃缥吐奇文。
愚臣自笑雕虫末，金马门前忝策勋。

黎鏳（1461—1504）

即黎宪宗，黎圣宗长子，号上阳洞主，黎朝第六任君主，1498年至1504年在位。自小因聪明睿智而被黎圣宗所宠爱。《大越史记全书·本纪》卷十四中称其："天资日表，隆准龙颜，神采异常，圣宗奇爱之。尤聪明睿智，高出物表，而仁慈温和，不为严毅。"诗作留存于后世诗选中，尤以《全越诗录》选其诗三十首为最。诗作多题咏及为太子时的奉和之作。

赐礼部尚书阮保

薇阁多年对掌纶，白头入座曳绯新。
君王暇日无余事，草字成书赐旧人。

赠东阁大学士兼国子监祭酒阮仁浃

一代文章扬大年，名高内相玉堂仙。
丹心每与宸衷合，清被多携粉署眠。
荷橐恩深荣宋带，凤池赋妙选唐钱。
为吾涵养成元气，伫见英才泰晕连。

题绿云洞

巉岩顽石倚天开，南国关河信美哉。
忆昔陪鸾三度至，如今衣锦六飞来。
山容日暖妆红萼，石径晴多绣绿苔。
岂必梵宫称乐土，率滨赤子上春台。

题南昌报国寺

景统四年（1501），西京事毕，题于讲庭之颜。

踏青兴遣到空门，参了西来两足尊。

庭有志公飞锡鹤，院无孙恪献环猿。

浮屠细点传心火，老衲应谈旧石地。

回想英雄功业地，临还复与凿碑言。

题盘阿山

在东山县大庆社。

三折流边耸石堤，盘根万里壮坤倪。

每将仁义行王政，未识林园有隐栖。

散步上峰观日浴，横舟中沚听猿啼。

傍人莫讶题诗数，文运如今正聚奎。

谭慎徽（1463—1526）

字默轩，东岸翁墨（今北宁省慈山县香默社）人。洪德二十一年（1490）庚戌科进士，历任刑部尚书、翰林院侍读、参掌院事等职。洪顺二年（1510）担任正使前往明朝奏事，使还升吏部尚书，后改礼部尚书。黎昭宗时加少保，入侍经筵，封临川伯。在黎莫之乱中饮毒身亡。黎中兴后受封上等神。谭慎徽位列“骚坛二十八宿”，现存诗作多为应制之作，存于后世选本中。

奉和御制思家将士

行行孰与故人俱，寒月萧骚对影孤。

斗胆酒醒那似醉，心旌风动不胜愁。

几行兰绪缫愁切，万里鱼书报信无。

料得归来何日是，坤三事了到皇州。

奉和御制英才子

古来英俊宠荣新，茂展才猷辅圣君。
太白诗成词泣鬼，相如赋就气凌云。
策勋益壮吞牛志，健笔争辉吐凤人。
觚翰小臣陪从橐，誓将实学答华勋。

奉和御制臣节

由衷忧爱鬼神临，尧舜君民志虑深。
姬旦德音温美玉，子卿节操醉黄金。
格天威烈匡时力，贯日精忠报国心。
荡荡熙朝英杰出，寒松磊砢柏萧森。

阮光弼（1464—？）

字号不详，嘉定平吴（今北宁省嘉平县）人。二十一岁中洪德十五年（1484）甲辰科状元，选入东阁。景统间（1498—1504），累迁都御史，与覃文礼同授顾命大臣，后被威穆帝贬为广南承宣使，杀之。襄翼帝即位为之平反。诗作留于后世选本中，均为奉和诗。

奉和御制文人

旁搜远诏日星勤，旗鼓骚坛号令新。
赋就凌云金马客，诗成夺锦玉堂人。
握珠奋组文辞丽，摘艳薰香意鬼神。
浓郁含英吟料富，池塘何必梦中春。

按，《全越诗录》注：“申仁忠、杜润评：‘一经镳锡，活泽旋生。’”

奉和御制梅花

罗浮山下小村孤，的皪梢头万斛珠。
百和香飘风外远，五铢衣薄雪中癯。
春回东阁情多少，月满西湖梦有无。
天意欲资调鼎用，花魁先放两三株。

按，《全越诗录》注：“申仁忠、杜润评：‘淡泊情怀，近梅花风味。’”

黎镔（1466—1503）

黎圣宗第五子，初封建王，逝后谥号贞静王。因其子黎潆即位为襄翼帝，受追尊为穆孝建皇帝。其孙黎昭宗于光绍二年（1517）又追封庙号德宗。

经叠山

江因潮上黄流合，柳得春多翠色明。
诗客几回伤往事，舣舟石畔问山名。

白鹤江中

只爱肝肠生铁石，岂将头角怨羲娥。
此行尘事关心少，惟有东流感慨多。

西征入绰港

汩汩涛头水拍天，港中一路至如弦。
楼前系缆海崖晓，五夜星河影倒悬。

弄月

六萃不惊哮虎卧，清光倒浸水晶宫。

林泉兴少无新梦，万象乾坤玉镜中。

题道人云水居

投老幽居俗虑稀，绿蓑轻便胜朝衣。

先生自有忘心趣，时见山人日款扉。

按，《全越诗录》注：“武览评：‘即景写兴，笔力愈健。’”

吴焕（1466—1526？）

青林上塔人。年二十五登洪德二十年（1490）庚戌科榜眼，入选东阁，为校书，位列“骚坛二十八宿”，累官至吏部尚书。黎昭宗幸西都，吴焕扈从。昭宗兵败，再图兴复，吴焕入哀牢征兵不果，自经卒。中兴黎朝之后屡受旌表。诗作存于后世诗选中，均为奉和之作。

奉和御制君道

励精图治妙几妍，德洽人心泽配天。

议礼表文邦国政，治兵振旅帝王畋。

九畴敦叙彝伦道，八柄分操造化权。

日月光明跻圣寿，皇皇宝历万斯年。

奉和御制驻跸霭洲

木棉时节正芳晴，翕集衣冠远拜迎。
风动羽旄光璀璨，云攒罗绮色鲜明。
周筵秩秩嘉宾宴，舜德巍巍大孝名。
管籥声中民志悦，群方鼓舞乐升平。

奉和御制臣节

许国昭彰日月临，壮怀耿耿爱忧深。
子卿大节坚臣汉，武穆积忠誓殄金。
尧舜君民伊尹志，纲常今古伯夷心。
圣神抚运隆培植，林立英才正郁森。

按，《全越诗录》注："申仁忠、杜润评：'破结意好，余亦平常。'"

奉和御制文人

薰馥含英宿夜勤，挽回淳厚落尖新。
华筹炳炳骑鲸客，藻笔飘飘吐凤人。
韶頀正声金调度，江山秀气玉精神。
笙镛妙赞文明治，八表从风万物新。

武睿（1468—？）

初名义，中状元后黎圣宗赐名睿，山围程舍人。黎圣宗洪德二十一年（1490）状元，时年二十三岁。历仕都御史、吏部尚书兼东阁大学士。受封程溪侯、贞懿功臣。后因莫登庸之乱饮毒身亡，黎中兴后受封上等神。武睿之诗主要存于后世诗选中，前期之作主要为应制之诗，后期诗作反映了黎莫纷争中兵戈不息，天下饥馑，民生痛苦的社会现实。

奉和御制拜谒山陵

江山如画正鲜妍，花外莺声柳外烟。
棨戟辉煌光水底，旌旗旖旎拂云边。
浪平舟楫翻星迈，心系园陵剧旆悬。
四海讴歌称大孝，胥陶舜德席尧天。

扈驾幸宝洲感作

旖旎旌旗挂夕阳，两宫泛泛驾飞艎。
函犀战士淹江上，服豸忠臣死道旁。
万里锄箐林有盗，三军持穗橐无粮。
升龙自古兴王地，何不雌雄决一场。

挽光淑皇太后

福庆巍巍冠古今，宫中佛后播徽音。
仪刑文母敷邦化，保护汤孙笃圣心。
天上碧桃云会宴，人间素奈已盈簪。
飘飘仙驭神游远，蓬岛霞云岁月深。

按，光淑皇太后为黎圣宗之母吴氏。

黎铮（？—1499）

黎圣宗第六子，景统二年（1499）薨。《全越诗录》载其："温雅俭约，耽嗜坟典，最好《易》，略通大旨，善草书，工诗。"从幸西京时所作应制诗受到黎圣宗称赞"格调清壮"。现留均为应制之作。

从幸西京奉和御制天域江晓发

行色悠悠曙色浓，花开如海渡头红。
山肥水秀春容里，鱼跃鸢飞圣化中。
舸舰晓冲千嶂雾，旌旗晴动一天风。
小臣幸得陪清跸，快睹明时至治功。

至蓝江奉和御制追怀圣祖勋烈

缅想高皇起义勋，一戎衣定万方民。
运筹智睿明于火，同德英雄萃若云。
郁郁蓝山千仞碧，溶溶梁水四时春。
应天大启兴邦运，朗霁乾坤静塞氛。

奉和御制幸建瑞堂

江前湖涨水流环，望外无边眼界宽。
泽物满天春雨降，撩诗特地起风寒。
庆源一派洪休衍，盘石千年宝祚安。
苗裔许多豪杰士，青云路上大鹏抟。

邓鸣谦（？—1522）

字贞誉，号脱轩，天称县天称社人。陈朝忠臣邓悉、邓容之后，其父邓昭登太和十一年（1453）癸酉科进士。鸣谦少有学行，登洪德十八年（1487）丁未科进士，与弟邓缵同榜，仕至礼部尚书，兼史馆副总裁。景统四年（1501）任岁贡副使出使中国。所著有《越鉴咏史诗集》，题咏越南历代帝后、公侯、士庶、妇孺，今已佚。《全越诗录》中选其诗一百二十五首，诗作内容主要是历史人物的题咏诗。

貉龙君

堂堂世系出泾阳，帝女来嫔定厥祥。

乾始坤生闻粤祖，百男嗣续庆旧昌。

士王

三分汉鼎扰中原，南国封疆赖保全。

正气千年长不朽，时人争道士王仙。

按，士王即士燮。

征王

生前梅岭皆民勇，殁后花冠泽物功。

系出麋泠真将种，女人能得几英雄。

按，征王即征侧，在东汉时期征侧与其妹征贰一起举兵反抗，地方貉将纷纷响应，后东汉朝廷派马援镇压了本次起义。越南地区建立独立政权后，将征侧、征贰姐妹视为越南的民族英雄。

陈国峻

生逢家衅誓输忠，懋建重兴第一功。
殁后威扬摧北虏，倚天长剑夜鸣风。

莫挺之

第一魁元早致身，居官不改旧清贫。
扇铭又重燕台誉，使节方知国有人。

武旸（1472—？）

字号不详，青林漫汭人。二十二岁中洪德二十四年（1493）癸丑科状元，授翰林侍书，仕至尚书。洪德二十八年（1497）担任副使前往中国岁贡。诗作存于后世诗选，多为应制诗。

奉和御制思家将士

桑蓬志气更谁俱，叵耐天边雁影孤。
万里玉关空见日，数声铁笛鸟惊秋。
风寒鸡店愁多少，雨挹霜袍梦有无。
会见勤劳王事了，指期应已到皇州。

奉和御制绿云洞

壶天深处倚巑岏，细细乾坤四望宽。
漫烂野花开竹径，徘徊岩月照松关。

烹茶灶冷苍苔合，洗耳泉清白石寒。
最爱山僧尘梦少，江边扫叶夕阳闲。

奉和御制遥想英贤

伊周身佩国安危，方吕勤劳定四夷。
机杼兵家唐李靖，纲维道学宋杨时。
月明盆浦诗才逸，箭落天山奏凯驰。
圣代汇罗皆俊杰，祥麟威凤世间奇。

吴忱（生卒年不详）

字号不详，东岸三山人。洪德二十四年（1493）癸丑科榜眼，官授翰林侍书，子勉绍中状元，孙吴缜绎亦中进士。所存诗作皆为应制诗。

奉和御制文人

艺苑搜罗志业勤，飘飘才思彩花新。
灞桥寒雪骑驴客，赤壁清风梦鹤人。
兴入江山诗骨健，词摛锦绣笔锋神。
万年天子增培养，济济皆陶棫朴春。

奉和御制遥想古贤

阿衡大节力扶危，南仲雄风振远夷。
炜炜萧张登汉日，英英姚宋济唐时。
二程道学诸儒唱，一范威名四塞驰。
景仰昔贤钦帝训，丝毫庶答圣恩奇。

阮晥（生卒年不详）

青林仁里人。洪德二十四年（1493）癸丑科进士，入侍东阁。仕至翰林院校理，位列“骚坛二十八宿”。

奉和御制奇气

四国经营著茂劳，英英一世挺人豪。
辉华瑞世丹山凤，奋迅腾空碧水蛟。
袖里青蛇湖海润，胸中赤羽日星高。
太平天子增培养，济济英才拔泰茅。

奉和御制文人

青灯黄卷日精勤，词丽光华调格新。
气骨孤高东野客，襟怀莹洁北窗人。
坛□旗鼓诗中伯，纸落云烟笔下神。
尽咏西轩清梦熟，池塘草色一般春。

黎俊茂（生卒年不详）

字号不详，公安丰春雷人。少勤耕种，年十八始入学，年二十四中洪德进士第二甲，位列“骚坛二十八宿”，有诗名。历事五朝，官至侍御史，兼领四卫军。俊茂居官清谨自持，刚毅不屈，在莫登庸僭位中率乡兵力战，后被掳不肯屈而受难。临死时，手写文天祥之赞，并续作《正气歌》。

正气歌

正气回山岳，名节在人间。
仰无愧兮俯无祚，生也荣兮死也安。

按，诗见录于《人物志》，诗题不存，编者据文义所加。

黎鏗（生卒年不详）

黎圣宗第十二子，现存诗作均为应制之作。

奉和御制天域江晓发

垂杨弱柳翠烟浓，舸舰遥浮晓日红。
笳鼓声驰千里外，旌旗影动一天中。
斩蛇泽上纷纷雨，夹马营前习习风。
巍業蓝山佳气拥，煌煌亿载纪元功。

奉和御制追怀圣祖勋烈

赫赫高皇集大勋，神锋一指奠生民。
弓悬榆塞半弯月，瑞拥芒碣五色云。

白绕江心铺绛练，红妆树色囿阳春。
巍巍虎踞龙蟠势，海宇澄清绝祲氛。

黎瓘（生卒年不详）

蓝山人。洪德中为左都督，驸马都尉，紫岩伯。《皇越诗选》中题其名为黎权。

题石门山阳岩洞

茶江江上峙瑶岑，万绿烟中缉字深。
花磴盘空争俗迹，拂苔倚石听青禽。

阮益逊（生卒年不详）

字号不详，丹凤茂和人。洪德十五年（1484）进士，仕至礼部右侍郎。所存诗作为奉和诗，零星存于后世诗选中。

奉和御制奇气

周旋王事服勤劳，磊砢胸怀一世豪。
酣战金戈回落日，朗吟赤壁舞潜蛟。
溟鹏击水扶摇远，天马行空步骤高。
麟凤只今罗网尽，更无遗逸在衡茅。

按，《全越诗录》注："申仁忠、杜润评：'步武坦平，落句雅顺。'"

奉和御制梅花

青标挺挺水边孤，错落枝头万朵珠。
汉殿身轻风外立，汉宫腰细雪中癯。
冰霜态度纤秾早，铁石心肠婉媚无。
炳炳宸章新粉饰，芳名高出百花株。

按，《全越诗录》注："申仁忠、杜润评：'雪中吟咏，仿佛余香。'"

陈崇颖（生卒年不详）

字号不详，青林枧溪人。洪德十八年（1487）丁未科状元，仕至尚书。所存诗作皆为应制奉和之作。

奉和御制天域江晓发

天域江头春正浓，兰舟暖泛日初红。
旌旗影拂千山外，舸舰光涵万水中。
熊虎倍增忠义气，乾坤普扇惠和风。
昭昭孝治终无间，愿指蓝山勤骏功。

奉和御制幸建瑞堂

一带清溪碧水环，堂前浩荡水云宽。
郁葱琪树临流翠，掩苒春风卷雨寒。
积德累功坤顺厚，承休介福节亨安。
微臣幸际明良会，黄白何须问老抟。

杨直源（生卒年不详）

上福县上福杜人。洪德二十一年（1490）进士，选入翰林，历仕兵部左侍郎、都御史。端庆三年（1507）担任正使贺明朝武宗即位。端庆末，因率兵拒襄翼帝，战死于珠桥。后被封为福神。

奉和御制驻翠霭州

江头春草弄春晴，逦迤衣冠就拜迎。
孝治昭昭光海宇，清香穆穆威神明。
圣皇尤谨勋贤礼，义士思垂竹帛名。
四海无虞陶至治，乾坤清朗泰阶平。

奉和御制天域江晓发

熙熙淑气满天浓，晓趁春流日正红。
雷响神威千里外，云攒虎旅八屯中。
奇山晴抹参差树，秀水光涵浩荡风。
料想宸心思望切，仰惟启土建邦功。

奉和御制遥想英贤

汾阳忠赤佩安危，属国威棱慑远夷。
鹅鸭池边擒将日，莲花峰下点经时。
飘飘班马雄词丽，矫矫张韩美誉驰。
圣代招贤门四辟，中原麟凤羽毛奇。

按，《全越诗录》注："申仁志、杜润评：'雌雄聚毛，其彩在尾。'"

奉和御制光德殿感成

百啭流莺柳外阴，云移仙杖正骎骎。
蒿薰在上神明格，洞屋由中孝感深。
插汉楼台春艳丽，倚岩松柏绿阴森。
国家盘泰本支茂，百世弘恢继述心。

黄澂（生卒年不详）

罗江平鲁人。景统二年（1499）进士，官至东阁大学士。

述意赠友人

家山晴望白云归，尘世回头事事违。
一介孤寒登馆阁，十年甘旨误庭闱。
林泉有约闲为贵，名利无心梦亦稀。
记得故园秋正好，鲈鱼莼菜稻苗肥。

黄士恺（生卒年不详）

字号不详，良材莱舍人。广和四年（1544）进士，累官至尚书、咏桥侯。黄士恺善于国音，著有《四时曲》及《使程记》，今皆已亡佚。所作汉诗仅寥寥散见于后世诗选中。

扬州

二十四桥秋夜月，三千里客锦帆风。
如何雪岭花偏好，高压扬州芍药红。

阮瑄（生卒年不详）

字号不详，曾与陶俨一起出使中国。

次桂江中秋月夜作

客夜欣逢三五天，清光融起兴悠然。
索吟对酌难成寐，留得仙娥在枕边。

北使市桥早起，简正使陶俨

鸡筹咿喔报来朝，早起那堪逸兴饶。
南望桑枌乡思近，北瞻岭峤使程遥。
绸缪胜席频留客，蹬蹀轻鞆促驾轺。
不尽长亭人送远，寄言来日好相邀。

经三十里滩

迤逦江心起浪滩，龙吟虎啸响奔湍。
层层雪出花飞白，叠叠云穿玉漱寒。
溯岸任他摇月桨，沿流快我相风竿。
济舟自有傅岩楫，到处何忧水路难。

黎光贲（生卒年不详）

黎鼐之子，黎景询次子黎少颖之曾孙，唐安慕泽（今海阳省平江县新红社）人。中进士，任尚书。嘉靖二十七年（1548）莫朝遣黎光贲至中国岁贡，至南宁因国内之乱滞留于广西南宁府，十八年之后才得返回本国。

述怀

贫贱重逢此乱离，百年家计片时非。
鱼生甑乏供厨食，鹑结身无蔽体衣。
愚妇白嫌生怨恨，贵人谁肯顾寒微。
欲寻海上盟鸥侣，争奈尘心未息机。

春雨叹

谁为春光怨不平，怨春苦雨久难行。
绿涵岸树微微色，红落檐花细细声。
津馆夜嫌徐榻冷，客游寒觉晏裘轻。
会看洗尽顽阴去，依旧中天日月明。

咏先君子

局量宽洪操履纯，天才定下早逢辰。
曾将名望魁天下，又把诗书泽万民。
阴德足征来世及，危科继擢一门春。
永留君子无穷庆，多羡于公采窦钧。

按，此诗见录于《黎鼐事迹》，诗题为编者据内容所加。

国家社科基金重大项目（19ZDA295）阶段性成果

Anthology of East Asian Sinitic Poetry

东亚汉诗丛选 | 严明　主编

越南汉诗选 全二册（下）

Anthology of Vietnamese Sinitic Poetry

严艳　编选

江西教育出版社
JIANGXI EDUCATION PUBLISHING HOUSE
·南昌·

后黎朝

（1533—1788）

附：莫朝

（1527—1592）

冯克宽（1528—1613）

字弘夫，号毅斋，别号敬斋，山南镇石室县冯舍社（今属河内市石室县）人。历任都给事、鸿胪寺卿、工部右侍郎、清华承政使等职。早年受业于当时名士阮秉谦，于天祐元年（1557）参加安定县的乡试，因莫氏篡国不肯应试，于黎世宗光兴三年（1580）方登进士。光兴二十年(1597),以工部左侍郎的身份担任正使出使明朝，时年已七十。因是后黎朝中兴后第一次遣使，出使又时逢明帝万寿庆典，冯克宽作拜寿诗结集为《万寿诗集》，由明朝太子少保吏部尚书张位呈进。万历帝御批“贤才何地无之”，即命下刻板颁示天下。归国后，因出使有功迁吏部左侍郎，受封梅岭侯，其后又获升工部尚书、户部尚书，加封梅郡公。所著有《使华手泽诗集》收录出使中国时期的诗歌创作，以及《重修龙庆寺碑》《北宁寺庙碑文》等碑铭文。《越南汉文燕行文献集成》中所收录记名于冯克宽的《旅行吟集》实为杂抄，并非为冯氏一人之作。另有《言志诗集》收录冯克宽早期及出使期间的诗歌，并附录《安南国使臣唱和问答录》收录冯克宽出使期间与朝鲜使臣李芝峰的唱和诗及笔谈。

闲居

路绕石桥溪九折，云藏竹坞宅三间。
门扉半掩山花落，鸣鸟一声春日闲。

闻杜鹃偶成

四时缄默岂无声，才到炎天便大鸣。
谁谓怨啼无用处，一声挽得六阳亨。

到南安偶成

薰风随我自南来，岭雾江云到处开。
拟向帝前歌帝德，解民吾愠阜吾财。

自述

时癸卯十六岁。

自觉年方志学余，功名欲遂每勤劬。
家藏活计书其宝，历代耕耡笔是奴。
遇事处随中道合，致身出必正途由。
男儿自有显扬事，肯作昂藏一丈夫。

元旦书堂

时甲辰十七岁。

昨夜东风入草庐，信传春到五更初。
庭因生草知年纪，符不须桃觉鬼除。
消长默观天地道，贯通细认圣贤书。
每期学与年俱进，自是吾心乐有余。

病中书怀

平生正直又忠诚，壮志高悬日月明。
笔下便凌风雨动，诗成解使鬼神惊。
松于岁后节尤劲，梅向春先名愈清。
荣进安排天定命，古来白屋出公卿。

秋夜旅怀

对与秋宵漏正迟，万般心事有谁知。
弓如新月窗前转，箭似寒风帐下吹。
济世有怀频入梦，读书得句更吟诗。
四方自古男儿志，肯恋重衾伴女儿。

除夕

好把新诗送旧年，终宵守岁未成眠。
千门城市开灯火，几簇楼台闹管弦。
冬半夜前寒尚浅，春三更后信初传。
窗前已有梅花历，数学堪推邵子先。

感兴

眼看世事几浮沉，反为春光着意深。
藏器待时曾有志，安常守分岂其心。
一毫荣辱都余事，数卷图书值万金。
终日以思存在学，岂徒饱食阅光阴。

伤乱

干戈落落苦流离，长使英雄谩自思。
风雨晦冥经岁久，山河破碎几星移。
卷舒在我有余裕，倚逐饶他了不知。
洗日披云谁量力，笑谈坐使四方绥。

谈天乐道

结庐人境寂无喧，谈道嚣然自乐天。
理自中庸求性有，图开太极究心传。
观诗意寓已删后，读易心操未尽前。
先圣从何能究竟，至诚应可察鱼鸢。

西都晓过

西望城都曙色开，晓来过此兴频催。
玉沟水绕澄金镜，石壁苔侵覆绿街。
草木经秋陈古迹，山川限笔入襟怀。
前朝父子今何在，惟有清风与我偕。

忠孝咏 其一

余见当时之士，多随世就功名，而或忽于忠孝大节。因作此二诗以坚其志云。

所贵乎臣职克钦，事君惟笃个忠心。
十分大义神明对，一副精诚天地临。
伊烈格天光万古，旦功映日炳来今。
当然职分须如许，大丈夫何富贵淫。

忠孝咏 其二

天经地义植彝伦，百行都从一孝纯。
诚敬不忘存在我，始终惟笃事乎亲。
大称虞舜仁而圣，达美周公子又臣。
亘古来今同此理，嗟余保以报萱椿。

奉北使登程自述

三百篇诗诵未三，才非专对使奚堪。
居颐自觉乾年老，住节还当壮岁男。
帝所九重瞻且恋，皇华五善愧非谙。
功成事济凭忠义，亿万惟生话北南。

庆贺万历皇帝万寿圣节

秋昊平分节正中，万祥毕集大明宫。
尧眉舜目天姿异，汤敬文徽圣德同。
御座冕旒笼瑞日，贡庭玉帛引香风。
鹓行舞蹈同欢祝，帝寿增高天比崇。

送琉球国使

日照红光照日嵎，海天南接海天东。
山川封域虽云异，礼乐衣冠是则同。
偶合夤缘千里外，相期意气两情中。
此回携满天香袖，和气薰为万宇风。

答朝鲜国使李晬光

义安何地不安居，礼接诚交乐有余。
彼此虽殊山海域，渊源同一圣贤书。
交邻便是信为本，进德深惟敬作舆。
记取使轺回国日，东南五色望云车。

肃和再次海东芝峰使公前韵

居乡必择鲁邹乡，讲道同师孔素王。
学海浚源渊浩浩，笔花生彩色裳裳。
诗囊金玉珠玑宝，药笼参苓术桂香。
公我迭为宾与主，尽东南美任称扬。

到梧城答张爷“越裳献白雉”诗韵

时到梧桐城，谒钦差梧桐道整理军务，驻郁林州兵备案使张爷如文辉礼毕，使人给以笔札砚墨来，命以“越裳献白雉”诗韵。余挥笔立就。张大称贺。

当赤乌天运正中，远来鸢雉献花虫。
九苞凤彩云飞紫，五色龙光日映红。
麟趾实多明勖力，凫鹥既醉太平风。
皇朝鸿祚今犹古，一统车书大混同。

按，梧城、梧桐城即梧州。

裴秉奋（生卒年不详）

字拙夫，号苏川，青池定功人。中宗顺平初（1549），举宗归国。光兴中（1578—1599）与莫氏对戡，累封功臣，官至尚书。寿九十三。

饯清华承政使梅岩冯公克宽之任次韵

光兴八年。

初见虞庭明命拜，重欣召茇湛恩孚。
在朝在郡任皆重，有用真为世大儒。

吴士荣（生卒年不详）

东城理齐人。真宗福泰四年（1646）登进士。历任郎中、监察御史等职，累官寺卿、理海侯，赠右侍郎。

称述祖父功业 其一

祖致知，父致和，同登光兴十五年（1592）进士。致知预封功臣，官尚书。

演欢形胜县名东，秀发英才挺相公。
六艺诗书庭讲素，一门父子榜联同。
达斤仕路钧衡任，撑柱皇家柱石功。
忠孝两全勋赫奕，丰碑屹立对苍穹。

称述祖父功业 其二

天开泰运出儒真，科目梯阶以进身。
润色命辞强郑国，能容才德保黎民。
昂昂节劲挺�柏，奕奕枝芳联桂椿。
重厚老成朝柱石，用流累世久长仁。

陶公正（1639—？）

后黎朝海扬永赖会庵人。年十三中乡举，永寿四年（1661）进士及第，位列榜眼，历任翰林侍书、吏部右侍郎、刑部右侍郎等职。阳德二年（1673）任如清副使出使清朝，著有《宝生延寿纂要》《黎朝中兴功业实录》及与同时出使的岁贡、告哀二部使臣的唱和集《北使诗集》。

端午日在贵县偶成

文星灿耀丽天繁，重五才临贵县门。
晓向凯风清夏热，霄逢明月恍春温。
到飞鸢地思明圣，观竞龙诗忆状元。
日指长安遥拜祝，南山寿等帝王尊。

冬松诗

四时佳美尽称长，爱尔坚贞性独刚。
地上生成材冠楚，天中特立节凌霜。
北风琴鼓群声具，东岭名高万古香。
借问丈夫何大用，于身为栋与为梁。

春水诗

水也于人何取为，取其春媚性谦卑。
普天在在气暄煦，满地汪汪雨润滋。
渔得缘孚君宰会，农勤诏汉帝王辞。
人生自古犹资始，毕竟元功首四时。

和夏云诗

何物为风自尔冬，争为夏景色和浓。
气中标出玉披岫，霄上高侵文笔峰。
彩色祥生贤附凤，太平瑞应圣乘龙。
问渠得路何行始，济世甘霖盛会逢。

咏新宁州孔夫子庙

新宁山水历重重，所在城南有庙中。
庑貌巍然高栋干，文碑屹尔对苍穹。
世时迭异道行一，封域虽殊教暨同。
南使远来诚恳谒，扶持愿大圣神功。

国色窥使客诗

国士堂堂使命华，易令红客向窥多。
颜清莹似人中月，美目投来仙上槎。
倚户绸缪情顿异，通宵恩想梦旋加。
婵娟希入英雄手，恩爱何嫌万里赊。

流民自叹

此因我国华封人被截留，母子饥渴殆甚，仍作诗乞还，仍送彼母子还国。

王有尧君德泽宣，忍令残母至颠连。
衣思遮体无麻布，食欲充儿歉粥饘。
郁郁余年栖北地，悬悬寸念在南天。
赐回幸见家夫子，高德之功永万年。

和白沙犒师诗

愤他小寇漫声张，山野潜居敢肆猖。
虎旅朝临方直指，狐群宵遁不为殃。
一征岂止东民慰，多寇旋消晋国伤。
此举算来勋克有，实由用命士成行。

和广东高州府化州石城尉、浙江萧山县来民服和韵诗 其一

时来可使职惟钦，书读实非至圣箴。
文学词章高在手，经纶体用起于心。
节高植柏莱公德，旱望苗生传相霖。
此日大材施大用，方知先见我情深。

国合浦县正堂金世爵递官历一本，副使陶公正仍有谢诗一首

驯驯还载咏诗章，欣觌台星福一方。
事任多蒙情郑重，历敓再荷德宣扬。
开来仰见天王正，看向方知人寿长。
回国具言观国事，令民政慕好官郎。

邓廷相（1649—1735）

名瑞，字廷相，号祝翁，彰德良舍（今河内市彰美县良舍社）人。年二十二即登黎玄宗景治八年（1670）进士。先授陪从侍郎，后改授武阶镇山南，后参预朝政。熙宗正和十八年（1697）出使中国。子孙配工姬者四，赐号国老，封应郡公。裕宗永盛十四年（1718）致仕，卒年八十七，有《祝翁奉使集》一卷，今已佚。诗作散见于诸选本。

立春日即事

雪霜万里苦风尘，不觉今朝值立春。
玉陛彩阶重念念，途间南望拜君亲。

看旅舍壁上画竹图

数条修竹倚山边，历历长春不记年。
饲凤莫嫌迟结实，会神正俟笔中仙。

过殷太师比干墓

墓一望之地，有碑，其碑大刻“殷比干墓”四字，乃宣圣手书，因下轿望碑叩拜。

侵云藏巘半松阴，北斗光回七窍心。
自是仁人独千古，凛然生气到于今。

题唐宋璟作梅花赋处

犹记唐朝宋太爷，当年此处赋梅花。
笺头断续开银叶，笔下横斜茁玉葩。
骨骼俨然君子操，精神矫若上仙家。
生生含得无穷意，今尚分香入使车。

答丰城贡生任光禧

天涯旅雁逼衡阳，飒飒秋风客思忙。
瘦人西山空对昼，寒凝易水漫浮肠。
茫茫独望云无际，寂寂孤吟夜未央。
牢落岁华谁是伴，匣中还有剑如霜。

阮登道（1651—1719）

京北镇仙游怀抱（今北宁省仙游县莲抱社）人。熙宗正和四年（1683）状元，累官参从、礼部尚书。有《奉使集》今已佚，诗作仅寥寥存于后世诗选中。

九江

分派由来古建邦，九江一带是长江。
古祠香荐君蒿盛，梵宇钟鸣断续撞。
芨舍堂堂悬玉镜，锦坊楚楚焕银釭。
无穷宇宙无穷兴，吟思聊凭笔似杠。

邯郸县

临洺迢迢饰马鞍，里经四十到邯郸。
耳闻秦赵干戈观，目系溪山景界宽。

炣耀亭台轮制度，峥嵘家世袭衣冠。
黄粱陈迹何须辨，好拾图中援笔端。

丁儒完（1671—1716）

字存朴，号默翁，欢州香山安邑（今河静省香山县山盛社）人。后黎朝正和二十一年（1700）庚辰科进士，历任尚宝寺卿、工部右侍郎等职。永盛十一年（1715），丁儒完以如清副使出使中国，但不幸于出使期间染疾，逝于北京。后被追封吏部左侍郎。所著有北使诗集《默翁使集》，由其婿阮仲常于永盛十三年（1717）使团归国后，整理遗物时所得遗稿辑录。

题比干庙

岂算身非契，但悲纣不尧。
唐人愿不愿，如我有松条。

过乌蛮题伏波庙

桂林威望悠悠在，浪泊忠诚裊裊香。
铜柱不磨豚水冷，广源峨利两洋洋。

赠本国和尚住新宁江边寺

僧亦吾人只剃头，堪嗟郭虎不容留。
归来江寺三更记，莫叩寒钟到客愁。

渡珥河遣题

舟泛新春压晚寒，江亭宴罢渡江干。
天香惹透千重水，碧练平铺十里澜。

桂棹兰桨初试验，臣忠子孝利排艰。
花樯高揭功成日，戏访前津带笑看。

南宁换船适遇扁艕不宁，且舟夫乱棹，坐卧危困，因思感作

窅窱江塘一线通，宁城牌下换扁蓬。
飘摇似履竿头上，喧沸如行雹雨中。
眼度居胥千里碧，梦驰勾漏一轮红。
不遑启处吾儒事，敢望烟霞笑傲翁。

遇福建客丘鼎臣来访

先他在高平自家客义，别后五年始见。

自笑萧疏旅舍中，劝君且泛一杯红。
五年云隔翩翩雁，半枕愁分唧唧蛩。
银散满城游子月，金吹千里故人风。
他乡一见嗟何晚，别后难禁梦里逢。

过乌蛮思国感作

矶无渔艇麓无樵，五险前临力半娇。
今日渡滩怀古庙，何时送客笑溪桥。
迢迢千里邦乡月，袅袅三更旅舍箫。
忠孝一丹能健我，令门早晚辏回轺。

因钟尹问及邓少傅尊台，因代科名道叔掘作

他云遇少傅于燕，月余亲爱，钟情无限。

十九年前拥使旄，燕京奇逅一雄髦。
气凌衡岭千层翠，文压瞿塘十丈涛。
兰室经旬香笑话，骚坛层次玉推敲。
浔江鹢顺凭风寄，醇醉今尤乐太陶。

按，邓少傅即邓廷相，曾于正和十八年（1697）出使中国。

过金陵赋五言长篇八十言

金陵今乐土，杨域古名区。
金镇谁欺楚，畿营剑自吴。
齐陈新爽垲，洪武夙涵濡。
白里楼台敞，十三门阙纡。
踞蟠天险堑，形胜地华腴。
钟麓红云搭，杨江碧练铺。
鸡鸣传左氏，牛首拥门枢。
地肺茅山峙，仙踪玉观留。
莼青千里浦，柳绿莫愁湖。
古渡歌桃叶，阳楼爽竹蒲。
齐针纤玉手，窅舞宛巴俞。
笔驿江淹梦，舟湖李白游。
花园存朴趣，乌巷簇绅儒。
世事相亨蹇，人谋伏觊觎。
江宁成弃土，沙漠徙皇都。
天下惟知汉，华中忽已胡。

风流人不古，火瑞日昏朱。
亨到人多智，机违世自愚。
吋还疑橹穴，天未欲唐虞。
云暗千山暮，谁思万姓劢。
黄流龙笔馁，乔木世臣枯。
芳乐园斜月，临春阁噪鸪。
灵和因柳落，御苑雪梅癯。
碧心长干渡，苍萋白鹭洲。
驿空存大胜，王不复三驱。
桀黠荷坚有，撑持谢石无。
新亭非昔异，周颢举眸殊。
龙去长江寂，矶寒燕子孤。
堪怜新习尚，虚负古城郛。
笛步萋青草，花台倚碧梧。
群憸苛倍虎，百姓苦于荼。
满地昏风刮，何时旭日盱。
张旌琴剑往，吊古杖藜扶。
申信怀私觌，宾王愧滥竽。
观光情老草，怀旧武踌躇。
百虑生千感，十夷还五须。
黍离章碍赋，圭贽马偏瘏。
水驿飘孤叶，大仓才一浮。
秋深愁雁影，江暝慰渔□。
得丧饶今古，青山不负吾。

阮公沆（1680—1732）

字太清，号温甫，又号静斋，京北处东岸县扶轸社（今北宁省慈山县扶轸社）人。二十一岁即中黎熙宗正和二十一年（1700）庚辰科进士，历任提刑、佥都御史、兵部左侍郎、都御史、吏部尚书等职。永盛十四年（1718）以兵部右侍郎身份出使中国。阮公沆在出使前上皇帝表文中自称“初遁家教，早缀儒科”。著作有《星槎诗集》《往北使诗》《翰阁丛谈》等。

过灵渠题飞来石诗

圣化旁渐暨，来宾观胜游。
北南虽异域，诗礼共儒流。

过平乐题印山亭

水面无端涌印山，清虚怪杀落幽潺。
绥施素练千寻碧，篆刻丹崖万点斑。
翠锁苔封凝石际，红蒸花藉照波间。
临题尽得江山胜，投却诗囊系肘还。

题关夫子庙

鼎国三分起战争，力扶汉胄振威声。
单刀赴会东吴靡，匹马长驱北魏惊。
大节昭昭天地白，灵祠赫赫日星明。
许昌宫阙皆尘土，久远何如不朽名。

题黄鹤楼诗

危台百尺倚长空，乘兴登临四望穷。
云霁凤凰山曲曲，雨晴鹦鹉草葱葱。
平窥楚塞三江外，俯瞰齐城万井中。
无奈烟波愁客思，欲留杰句愧难工。

挽昭平驿三烈女诗

明时，烈女刘氏时秀，会张氏玄明、郭氏菊，为劫所逼并投于江。阮使公初至昭平山著访，见祠址尚存，残碑磨灭。少识之，得大字三行而已。

慷慨捐躯下急流，肯将红脸向人羞。
谙山尸解抛尘界，弱水魂归观旧游。
湘浦珠沉江水泛，桂林兰谢岭云收。
荒祠断石苔痕绿，消剥惟余姓字留。

谢宰相王公子

公子乃宰相王熙之子，宛平人，移居真定府城中。时，阮使公经过公子，□□□，歌唱讫，使遍观家园景物。

绣衣骢马正青年，逸侈飘飘世上仙。
燕赵佳人供扇枕，幽并侠少奉弓鞭。
常情欣适浑如许，旧学辛勤尚勉旃。
伟器信非庸俗伍，蜚樊指日蹑台躔。

按，王熙（1628—1703），字子雍，顺天府宛平县（今北京丰台区）人，礼部尚书王崇简之子。顺治四年（1647）中进士，历任弘文馆学士、左都御史，工部尚书，转兵部尚书、武英殿大学士。

挽应山杨忠烈公诗

予至应山憩杨公旧宅，其子孙以公弹逆党魏忠贤疏见示。公四五世祖，我安南国人，随明军北回，留住应城，其后生公，登进士第，累官左都御史，以劾魏忠贤遇害。后追赠立祠，子孙居公旧宅。每我国使过应山，尝邀入款待，盖有依旧思本之意焉。且言：“亦有别姓同时自安南来，所居离县城三十里，子孙亦多，衣食颇足，仍往来为通家焉。”

季世屯睽见伟人，柏台风节宛如新。
计存累卵据诚悃，罪指权党触逆鳞。
暗主休论崇爱竖，天公何事毒忠臣。
弹文读罢重悲慨，赋就哀章泪满巾。

简朝鲜国使俞集一、李世瑾

地各东南海际居，计程一万有零余。
威仪共秉姬家礼，学问同尊孔氏书。
好把文章通肯綮，休论温饱度居诸。
使轺云返重相忆，在子安知不我如。

到灵川县时，县公赋得“春共圣惠长”五言诗，因以诗稿授青童总来示，求次原韵

圣主巍巍德，丰年浩浩春。
详看柳花下，尽是咏歌人。
周露涵沾久，虞风披拂频。
徘徊韶景永，重叠湛恩新。
八桂多膏雨，千官祝大椿。
怜逢献寿节，晴霁正芳辰。

范谦益（生卒年不详）

原姓阮，阮茂材之孙，从养父范姓。嘉定县宝篆乡（今河内嘉林县金山社）人。黎裕宗永盛六年（1710）探花，保泰四年（1723）以清雍正即位奉使中国致贺。有《敬斋使集》一卷行世，今已佚。诗作散存于后世诗选中，主要为出使中国时期的北使诗。

游赤壁山

山上有亭，记东坡二赋，匾曰“二赋亭”。

闲登赤壁访苏仙，千古风标像俨然。
数个竹梅留旧谱，几行诗草印真诠。
新醅村舍疑需酒，晚唱渔灯讶叩舷。
系缆正逢三五候，山间明月载盈船。

端阳小雨

去年今日路长沙，今日今年汶水涯。
岁律迭更重五节，客程属计两年花。
药需灵艾桥边采，酒泛香蒲店里赊。
胜得旅情消遣处，霏霏细雨挹江砂。

谢两广总督孔公 其一

总督姓孔，名毓珣，山东曲阜人，先圣之后。原任广西巡抚，升广东总督。是日，始有两广之命，时贡使到省城，遣马迎接，乃请行水路，即可许。赀答方物，一无所取。

皇天有意属斯文，汶泗钟灵岳降神。
数仞宫墙增粉艧，一方屏翰试经纶。
宪邦文武威怀旧，专阃东西宠渥新。
圣泽宏宣膏雨润，荣孚谷仰慰来宾。

谢两广总督孔公 其二

旅币寻常效薄来，湛恩今仰体柔怀。
观光辱荷金鞍贶，醉德均叨绮席陪。
久沐周仁覃海峤，重欣夏贡达江淮。
繁薇静览无涯答，万寿惟赓南有台。

恭诵雍正皇帝

时有日月合璧，五星连珠之瑞，使臣三员并进诗，钦蒙赏劳赐见。寻奉御笔“日南世祚”四大字，赉赐本国。

维新圣德正当阳，克飨天心召美祥。
双璧同缠轮炫耀，联珠比次彩辉煌。
兆开玉烛三登盛，永奠塂图万世昌。
重译喜逢华旦会，南山廑祝寿无疆。

裴昌嗣（生卒年不详）

号肃斋，青池定功人。永治三年（1678）中乡荐，连登士望、宏词二科。官参护，以孙荫追封翰林侍读。

题士王庙

在超类。

天南圣学为开源，景仰灵祠北斗尊。
墙竹逢春文不绝，庭梅沾雨泽如存。
四时香火功长在，万世蒸尝典弗谖。
正道栋梁斯有望，寺门马迹是何言。

经天本偶成

奇山矗矗水洋洋，形胜无如此等乡。
蔗芋东西连陌陇，麦禾秋夏满仓箱。
綦土庙外传遗迹，神女祠前袅异香。
先后两曾经往勘，民风慨想古淳良。

阮宗窐（1693—1767）

号舒轩，山南镇御善福溪（今太平省兴河县）人。后黎朝保泰二年（1721）辛丑科进士，历任京北承使、宣光督同、刑部左侍郎、翰林院侍读等职。景兴二年（1741）、景兴八年（1747）分别以副使、正使身份出使中国。著作有记录北使的诗集《乾隆甲子使华丛咏》《使华丛咏》等。胡士栋于乾隆戊戌年（1778）在《使华丛咏·序》中评其“尤工于诗”，中国文人张汉昭于乾隆八年（1743）在《使华丛咏前集·序》中评阮宗窐其人：“峨冠博带，儒雅风流，聆其言论，不烦译语也。接其丰裁蔼然可观也，及叩其所学，诸子百家靡所不贯，始知为读书稽古之士。尤长于诗学，其声韵格律，悉学唐人。”评其诗：“沉着痛快似少陵，高华流利似太白。其诗题小序，简古有法，非深于书卷在所不易几也。”李半村于乾隆十三年（1748）在《使华丛咏后集·序》中评其人：“赋性天聪，学宗孔孟，贯淹诸子百家书。”评其诗：“凡诸格调，精妙刻画，浴于古者深亦。”郑壁评其诗：“诗情和雅，更能恪恭将事，翼戴天朝，文行超卓。”

谅城形胜

广一境之中阻山带河，周围约数千丈，四方皆有门路。中关锁沍，列屯兵管辖，屹为一方保障。

襟带长川障叠峰，金汤唤作小秦中。
旌旗彩耀山山白，鼓角声喧树树风。

南服藩篱千里壮，北门锁钥一方雄。
三千好庆衣裳会，将命皇华往复通。

按，郑壁对三四句墨批：“清妙句婉然，谢日宋风评。”总批：“抛之灵诗之豪，俱是亦坚城铁壁。”

南关晚渡

季冬上浣，使轺渡南关，景异日斜，诗空易动。

万里驰驱渡我郊，棱棱朔吹拂旌旄。
斗南宫阙四头近，汉北关山引步高。
云拥晚晴凝旅思，峰摇积翠蘸征袍。
一声何处风前笛，岭动吹尘逐鸟翱。

按，郑壁对七八句墨批：“唐诗‘数声风笛离亭晚’，此句酷肖。”总批：“思丽倚傲，清梦云霞。”评总批：“津梁渡实助风骚，而妙笔是以挥之，不虚晚渡胜事。”

元旦早起朗吟一律

北陆乍回玄帝驾，东风已动使星轺。
客中旧岁迎新岁，春意今朝胜昔朝。
枕醒他乡蝴蝶梦，心驰故国马车嚣。
微吟浅酌情无恨，报晓鸡人促早朝。

按，郑壁墨批：“三四句婉丽清切，几可谱入沉香亭畔新词；五六句缘情绮丽。”总批：“以敲金戛玉之韵，写慕君恋国之诚，固宜置之，俾其鲸铿春丽，眉目一世。评天街晓望之篇，实堪颃颉。”

三月二十日次卫河有感

去年今日滦江口，今日兹年卫水涯。
桃李隔年犹作客，𬞟蘩到处即为家。
私情公义交相迫，寸草三春枉自嗟。
屈指回轺躬拜扫，少舒湖海两莺花。

按，郑壁墨批：“无语不呕出血性，无语不刺入人心，读此而心不动孝思者，必非人情，至于词婉韵秀，独有余事。”

游紫金山

旧名钟山，在城之东北，势如龙蟠。有紫金佳气，因改是名。

秋高月朗陟崔嵬，紫气浓浮扑面来。
草木精神铺地秀，山川眉目向人开。
龙蟠远势霞千岭，雉屹重城玉一堆。
双眼乾坤看未足，晚钟烟寺响频催。

按，郑壁对三四句墨批：“词清韵秀，觉时花美不足为其色也。”五六句评批云：“直逼盛唐。”

山东秋望

入山东界村烟阔远，一望平原，四涯无町。谷惟麸麦麻豆，树惟槐柳樟柏而已。又，人家多垒土为楼，屋无起脊，如穹庐形。有势力者为砖楼，高四丈，四围及上面并砌砖。平头望之如方塔而无尖者，地寒故也。

踏穷吴楚入中华，秋灏平分望转赊。
远远烟村黄碧落，茫茫麦陇匝平沙。
红妆浓淡轻霜叶，翠积高低知雪家。
只有遥林桃傲睨，繁枝老干碧交遮。

按，评总批：“望中之景即是诗，华华管采来，自不费力也。”

登岳阳楼

在岳川府城西门，洞庭湖畔，南岳奇观，自唐时所建，今始增葺。楼三层，四角悬铃，朱梁画栋，制甚高华，吕仙芮游于此。

梯青架翠玉层层，天水奇观乐一登。
黛引山光来槛绕，镜分湘色上窗凝。
凭空唤指衡云下，倚碧遥瞻楚日澄。
可是仙翁频驻鹤，倾霞饮月醉腾腾。

按，五六句郑壁墨批:“登高望远，能使春心满洞庭，七八句此作似可与白居易相颉颃。”

舟次扬州再咏

水阁风亭夏景奢，重来且系往秋槎。
柳桥懒步隋宫月，金带还簪魏国花。
邻舸商豪歌席绮，隔帘闺秀语窗纱。
云山谁为媚高兴，多少吟怀在晚霞。

按，三四句郑壁墨批：“朗如明月入怀，花骨天裁。”五六句批：“弦管醉风流，触目皆淋漓珠玉。”总批：“秀媚绝伦，几令鱼见深藏，鸟见高飞。”评：“爽朗之气，溢人眉宇，是为倏尽尘嚣。”

天边归雁

郊原旷望入秋深，序列南翔见候禽。
影度夕阳披宿雾，声回午夜散寒砧。
湘江霜月愁孤戍，北海音书到上林。
缯缴未须劳岁暮，平沙远水寄同心。

按，郑壁墨批:“语有根柢，足征积学，而润朗则仙露明珠，清皎则松风水月，秀雅绝伦。几乎红楼夜月，白锁姮娥。”评批：“望归雁而有感，急返命也。归思切切，舍毫缈然。”

旅次述怀曲

乙丑仲春中浣，回到宁明州，值我国使路颇硬，关书未报，仍移陆驻贾村学舍。是处横院遵左右两廊，院后有魁星楼并覆以瓦，缭以周墙，古木参天，禽鸟和倡，平冈回抱，青山映带，人家及佛寺隐约于深树，颇有幽致。

皇华咏罢饬骊驹，驿路千重属我驱。
凤阁晓光摇旅壁，鹏程秋爽促征夫。
仰瞻星斗南流北，极目蓬莱云五色。
恋阙偏怀犬马心，旅庭叵奈人臣职。
香飞一节度重关，天北天南任往还。
湖海三千双鬓白，雪霜万里寸心丹。
宁江水绿宁山碧，笑指家乡才咫尺。
周道多情竹报书，春风着意梅传驿。
驿程杨柳正依依，关塞烽烟兽锁霏。
夜夜相对关月上，时时望断塞霜归。
江边村落村边树，占断黉宫营旅寓。
道墙回抱碧千章，义户洞开春万岫。
星楼烟寺对峥嵘，竹外人家晓更清。
数箧图书羁旅味，一窗花鸟故国情。
朝朝暮暮情如结，有梦常缠双魏阙。
耳边夜雨滴空阶，枕畔鸡声催晓月。
夕阳晓月思悠悠，郊外风尘甚日休。
屈计回程天未远，牵迟旅次海偏愁。
东风不借归鸿便，乌征免迈莺梭转。
鸣鸠啼老艳阳村，警柝敲残疏雨院。

梅砌迟迟日影临，游县横路入春深。
仆夫倦唱来思曲，驿使慵至捋正音。
自古久征多远思，况乃如今成底事。
望美人兮天一方，心故国兮丝万绪。
野外携筇日半窥，村村欲暮黑离离。
倘来驿骑从何处，问及边情也不知。
隔岸牧儿横笛吹，声声吹入愁人耳。
深林带睆鸟归茫，远坞涵烟牛步翠。
山隙余霞映远天，原头一望一茫然。
花茵稳坐疑重席，松韵闲聆讶五弦。
欲挽玉绳回日影，千山万山俱点醒。
不然风帚扫长空，莫遣云帔遮夕景。
踏遍风亭又月亭，归吟一曲四山青。
三生香火消闲梦，九十韶光掩暮扃。
抛却书□问□卜，遇乾之垢喜来复。
邮亭跂望报关书，客舍频催整妆束。
何幸皇天相吉人，返旆及此日三春。
划开严棘山无险，净尽微云月有神。
昔年去路今来路，风引花迎春步步。
千里山川更踏平，九天日月重欣睹。
枫宸进谒好归来，桃李津津喜色开。
儿辈笑迎无别物，平宁两字带将回。

阮翘（1694—1771）

号浩轩，河内慈廉县富舍乡人。裕宗永盛十二年（1716）进士，历任乂安督同、都御史、兵部左侍郎、翰林院检讨等职。阮翘于景兴二年（1741）以正使身份与副使阮宗窐、邓茂入清朝岁贡，所著有《浩轩诗集》一卷，已佚。《乾隆甲子使华丛咏》收录其与阮宗窐北使时的唱和诗。

新城夜泊

新城暮泊雨霏霏，野店锣鸣又角吹。
辟瘴异香薰鹊尾，御寒酡酒酌鸱夷。
聆他舟次清琴调，兴我囊中白雪诗。
冷淡枕边还有乐，青灯黄卷旧相知。

冬程夜雨

江川夜静翠波平，淅沥蓬间重重轻。
滴碎乡心天万里，敲残旅梦月三更。
寒侵戍角楼前响，冷带飞泉枕畔声。
晓起试看垂脚处，山容如沐树如琼。

刘仙岩

在桂林省城，宋时刘仲远得道处，山上有冷然亭。

山半峰开碧洞天，一壶栖得炼真仙。
秋风长扫研舟石，晓雾犹薰煮汞烟。
遐举遗踪镌壁上，旧栽余种蔚岩边。
登高望远轻凡骨，更陟穹亭觉冷然。

山东记见

万里平坡列巷居，俗高瓦屋矮茅庐。
田夫寸棰锄三犊，旅客重囊驾数驴。
坦道驰驱双辔马，华廛交错一轮车。
顾瞻地势知民产，菽麦多于谷米储。

雪天闲望

虚里无端片片零，填空何处不铺平。
江城忽并寒流莹，尘宇俄同碧落清。
洲换新沙鸥远避，岸迷旧径马偏惊。
试看冲冒途中客，鬓发皤然尽老成。

旅次怀诸儿

闰月下浣，舟泊汉口，见豚犬辈手书来报平安，喜不自胜，如至宝，寸怀万里，聊写一篇。

天性天伦亘古今，属毛离里谊何深。
原中驰志吾丹悃，膝下承欢尔赤心。
一曲骊驹家万里，半封新雁字千金。
奋鞭望汝烟楼跃，慰我回轺溢好音。

按，集中有未知名姓者点评："三四句评批，一堂太和于此可见。"五六句墨批："义方之训发于毫端。"总批："至情至性，足见忠孝家传。"此诗收录入阮翘与阮宗奎北使唱和集《乾隆甲子使华丛咏》与题阮宗奎的《使华丛咏》中，前者为手抄本，后者为阮宗奎之子阮居正所藏本底本的刊本。在《乾隆甲子使华丛咏》所录诗中都标明正使、副使所唱或所咏，在此诗之左明确注明此诗为"右正使咏"，即阮翘所作。

阮俨（1708—1776）

字希思，号鸿鱼居士，河静省宜春县仙田乡人。越南鸿山文派代表成员之一，阮攸之父。永庆三年（1731）辛亥科二甲进士，官至大司徒。显宗时封春郡公。著有《军中联咏》《春庭杂咏》《越史备览》等。所著诗文多散佚,《名家诗杂咏》《皇越诗选》等录其诗。

登香积寺

隙日跻攀到上方，依然掬水尚闻香。
色空意味青巇外，香火因缘白石旁。
乐处林泉相晓暮，望中天海共青苍。
漫游欲尽庄仙趣，梅影松声又夕阳。

游壶公洞

征鞭随兴上春台，地迥崖幽爽冗怀。
丹鼎房间烟渺霭，石蟾洞隙月低徊。
仙栖迹隐余松竹，睿藻文光丽斗台。
咫尺蓬瀛无限致，登高一啸白云来。

吴时亿（1709—1736）

字醇美，号雪斋，河内青威县左青威人。越南著名文学家族“吴家文派”成员之一，吴时仕之父。龙德二年（1733）中举人，永佑丙辰会试时，四六第一。诗风崇尚平淡，所著有《沂咏诗集》《雪斋诗集》。

访友不遇

我自南山来，君从江北去。
去来不相逢，好事多如此。

隔岸对友

千里从君跋涉来，揖君此岸便言回。
见君未解思君渴，又向江头酌一杯。

送族契赴省

南州间岁举八十，吾邑随科擢二三。
八十之中人亦是，二三以上子何惭。
直须偿了文章债，岂可茫然气数谈。
此举劝君须努力，来春也有会中酣。

病中述怀

蹇驴破帽岂嫌怪，病骨如今懒出城。
无食可终逋岁计，有钱先买百年苓。
床头牢落诗千首，灶下萧条药一鐺。
穷且益坚男子志，往兮能复陂能平。

老媪暮市

稳了儿孙整了闺，匆匆投市日将西。
肯携三五谈脂粉，只等奇零辨藿藜。
物价先成随意取，客程厚载有人提。
归来童子迎门笑，膝下分甘喜气齐。

题武娘庙

冰霜节操铁肝肠，昔日曹娥今日娘。
塞北江南惊散聚，燕怀鸟哺对微茫。
灯挑误触人间愤，花落谁收水国香。
钿送尘寰身紫阙，灵祠高压碧流长。

渔家

卜筑长江外，天涯几夕曛。
鱼虾偿酒债，风月给诗贫。
楚岸晴牵网，吴公夜放纶。
一声山店雨，三唱渡头春。
瓠子歌情曲，胥涛吊古神。
雨晴看树色，潮减认沙痕。
放浪骑鲸客，逍遥林鹤人。
赤壁频移棹，桃源碍问津。
宁知豪侠客，远慰寂寥身。
煮茗谈今古，浮觞话晋秦。
鱼堆盘上雪，茶熟碗中云。
醉眼迷青树，狂歌倒白巾。
举头山欲暝，携手路将分。
玄鹤翔风急，流莺叫暮频。
解愁花暗淡，恨别鸟逡巡。
孤火寒江远，残钟古寺闻。
茫茫烟水隔，无路更逢君。

逍遥吟

锐江边有逍遥子，尽日逍遥无个事。
安居食力不外求，无事无思亦无虑。
尝言自少读诗书，圣经贤传勤菑畲。
文不求工辞尚远，行云流水随所如。
迩来屏去经生学，旷宕不容绳墨束。
窗前兴到便吟哦，黄庭南华随意读。
薄田半顷皋之东，土性硗确无常丰。
日日荷锄理荒秽，田夫野叟多相逢。
相逢只话农桑务，疑曲商量晴与雨。
七八月间蟹正肥，儿童捕得忙持归。
呼童炙蟹沽新酿，一杯独酌迩熙熙。
醉来闲倚南窗卧，时时窗外凉风过。

邓陈琨（1710—1745）

号柄池，青池仁睦（今河内市栋多郡）人。黎裕宗（1705—1729）时进士，历任训导、县令、御史等职。范廷琥、阮案的《沧桑偶录》载："余先君执友也。性喜酒，落魄不羁，在声屋间，以文章名天下。"因生活在北方黎郑与南方阮主南北对峙时期，饱受南北长期战争之苦而作《征妇吟》，该诗为汉字乐府杂言诗，长达三千五百余言。当时女作家段氏点将此诗演为喃字"国语"，由此促使了后世喃诗传长诗的发展。

潇湘夜雨

菰蒲泽园四沧沧，谁把琳琅滴夜长。
乍过幽兰啼楚客，忽来暗竹泣娥皇。
蘋州冷逼渔灯细，篷底秋惊旅鬓黄。
拂掠数峰猿树外，沧歌声断水茫茫。

征妇吟

天地风尘，红颜多屯，悠悠彼苍兮谁造因。
鼓鼙声动长城月，烽火影照甘泉云。
九重按剑起当席，半夜飞檄传将军。
清平三百年天下，从此戎衣属武臣。
使星天门催晓发，行人重法轻离别。
弓箭兮在腰，妻孥兮别袂。
猎猎旌旗兮出塞愁，喧喧箫鼓辞家怨。
有怨兮分携，有愁兮契阔。
良人二十吾门豪，投笔砚兮事弓刀。
直把连城献明圣，愿将尺剑斩天骄。
丈夫千里志马革，泰山一掷轻鸿毛。
便辞闺闼从征战，西风鸣鞭出渭桥。
渭桥头，清水沟，清水边，青草途。
送君处兮心悠悠，君登途兮妾恨不如驹，
君临流兮妾恨不如舟。
清清有流水，不洗妾心愁。
青青有芳草，不忘妾心忧。

语复语兮执君手，步一步兮牵君襦。
妾心随君似明月，君心万里天山箭。
云从介子猎楼兰，笑向蛮溪谈马援。
掷离杯兮舞龙泉，横征槊兮指虎穴。
君披装服红如霞，君骑骁马白如雪。
骁马兮鸾铃，征鼓兮人行。
须臾中兮对面，顷刻里兮分程。
分程兮河梁，徘徊兮路旁，路旁一望兮旆央央。
前车北细柳，后骑西长杨。
骑车相拥君临塞，杨柳那知妾断肠。
去去落梅声渐远，行行征旆色何忙。
望云去兮郎别妾，望山归兮妾思郎。
郎去程兮蒙雨外，妾归处兮昨夜房。
归去两回顾，云青与山苍。
郎顾妾兮咸阳，妾顾郎兮潇湘。
潇湘烟阻咸阳树，咸阳树隔潇湘江。
相顾不相见，青青陌上桑。
陌上桑，陌上桑，妾意君心谁短长。
自从别后风沙障，明月知君何处宿。
古来征战场，万里无人屋。
风紧紧打得人颜憔，水深深怯得马蹄促。
戍夫枕鼓卧龙沙，战士抱鞍眠虎陆。
今朝汉下白登城，明日胡窥青海曲。
青海曲，青山高复低，青山前，青溪断复续。
青山上，雪蒙头，青溪下，水没腹。

可怜多少铁衣人，思归当此愁颜蹙。
锦帐君王知也无，艰难谁为念征夫。
料想良人经历处，关山角，瀚海隅。
霜村雨店，虎落蛇区。
风餐露宿，雪胫冰须。
登高望云色，安得不生愁。
自从别后东南徼，东南知君战何道。
古来征战人，性命轻如草。
风刃下，温温挟纩主恩深，时刻中，历历横戈壮夫夭。
祈山旧冢月茫茫，淝水新坟风袅袅。
风袅袅，空吹死士魂，月茫茫，曾照征夫貌。
征夫貌，谁丹青，死士魂，谁哀吊。
可怜争斗旧山川，行人过此情多少。
古来征战几人还，班超归时鬓已斑。
料想良人驰骋外，三尺剑，一戎鞍。
秋风沙草，明月关山。马头鸣镝，城上缘竿。
功名百忙里，劳苦未应闲。
劳与闲，谁与言，君在天涯妾倚门。
倚门固妾今生分，天涯岂君平生魂。
平生魂，自信相随渔水伴，今生分，那堪相隔水云村。
妾身不想为征妇，君身岂学为王孙。
何事江南与江北，令人愁晓更愁昏。
一个是风流少年客，一个是深闺少年婚。
可怜两年少，千里各寒暄。
忆昔与君相别时，柳条犹未啭黄鹂。

问君何日归，君约杜鹃啼。
杜鹃已逐黄鹂老，青柳楼前语鹦鹉。
忆昔与君相别中，雪梅犹未识东风。
问君何日归，君指桃花红。
桃花已逐东风去，柳梅江上又芙蓉。
与我约何所，乃约陇西岑。
日中兮不来，坠叶兜我簪。
伫立空涕泣，荒村喧午禽。
与我约何所，乃约汉阳桥。
日晚兮不来，谷风吹我袍。
伫立空涕泣，寒江起暮潮。
昔年寄信劝君回，今年寄信劝君来。
信来人未来，杨花零落委苍苔。
苍苔苍苔又苍苔，一步闲庭百感催。
昔年回书订妾期，今年回书订妾归。
书归人未归，纱窗寂寞转斜晖。
斜晖斜晖又斜晖，十约佳期九度违。
试将去日从头数，不觉荷钱已三铸。
最苦是，连年紫塞人，最苦是，千里黄花戍。
紫塞人，谁无堂上亲，黄花戍，谁无闺中妇。
有亲安可暂相离，有妇安能久相负。
君有老亲鬓如霜，君有婴儿年且孺。
老亲兮倚门，婴儿兮待哺。
供亲食兮妾为男，课儿书兮妾为父。
供亲课子此一身，伤妾思君今几度。

思君昔年兮已过，思君今年兮又暮。
君淹留二年三年更四年，妾情怀有百缕千缕还万缕。
安得在君边，诉妾衷肠苦。
妾有汉宫钗，曾是嫁时将送来。
凭谁寄君子，表妾相思怀。
妾有秦楼镜，曾与郎初相对影。
凭谁寄君子，照妾今孤另。
妾有钩指银，手中兮相亲。
凭谁寄君子，微物寓殷勤。
妾有搔头玉，婴儿年所弄。
凭谁寄君子，他乡幸珍重。
昔年音信有来时，今年音稀信亦稀。
见雁枉然思塞帛，闻霜漫自制绵衣。
西风欲寄无鸿便，天外怜伊雪雨垂。
雪寒伊兮虎帐，雨冷伊兮狼帏。
寒冷般般苦，天外可怜伊。
锦字题诗封更展，金钱问卜信还疑。
几度黄昏时，重轩人独立。
几回明月夜，单枕鬓斜欹。
不关沉与醒，昏昏人似醉。
不问愚与惰，懵懵意如痴。
簪斜委鬓蓬无奈，裙褪柔腰瘦不支。
昼沉沉，午院行如坠，夕悄悄，湘帘卷又垂。
帘外窥，日出枝头无鹊报，帘中坐，夜来心事只灯知。

灯知若无知，妾悲只自悲。

悲又悲兮更无言，灯花人影总堪怜。

咿喔鸡声通五夜，披拂槐阴度八砖。

愁似海，刻如年。

强燃香，花魂消檀炷下，强临镜，玉筯坠菱花前。

强援琴，指下惊停鸾凤柱，强援瑟，曲中愁歇鸳鸯弦。

此意春风若肯传，千金着力寄燕然。

燕然未管传，忆君迢迢兮路如天。

天远未易通，忆君悠悠思何穷。

愁人处，伤心胸。

树叶青霜里，蛩声细雨中。

霜斧残兮杨柳，雨锯损兮梧桐。

鸟返高春，露下低丛。寒垣候虫，远寺时钟。

蟋蟀数声月，芭蕉一院风。

风裂纱窗穿帐隙，月移花影上帘栊。

花前月下月自白，月下花前花自红。

月花花月兮影重重，花前月下兮心忡忡。

千般懒，万事慵。

慵女工，锦轴耻抛莺对偶，慵妇巧，金针羞刺蝶雌雄。

慵妆愁脸空施粉，慵语终朝闲倚窗。

倚窗倚窗倚窗复倚窗，郎君去兮谁为容。

谁为容兮心盘桓，郎君去兮隔重关。

何啻天帝孙，冷落银江渚。

何啻姮娥妇，凄凉坐广寒。

借愁兮为枕，煮闷兮为餐。

欲将酒制愁，愁重酒无力。
欲将花解闷，闷压花无颜。
愁闷总为愁闷悟，闷愁化作九泉滩。
试琼笙兮不成响，抱银筝兮不忍弹。
思远塞兮行路难，念征夫兮囊橐单。
鹃声啼落闺情泪，雄鼓敲柔带惫肝。
不胜憔悴形骸软，始觉睽离滋味酸。
滋味酸兮更辛酸，辛酸端的为良人。
为良人兮双妾泪，为良人兮只妾身。
妾身不到君征帐，妾泪不到君征巾。
惟有梦魂无不到，寻君夜夜到江津。
寻君兮阳台路，会君兮湘江津。
记得几番欢会处，无非一梦枕中春。
此身反恨不如梦，陇水泷关与子亲。
梦去每憎惊更断，梦回又恶幻非真。
惟有寸心真不断，未尝顷刻少离君。
心不离君未见君，凭高几度望征轮。
望君何所见，江边满白蘋。
燕草披青缕，秦桑染绿云。
南来井邑半风尘，落日平沙鹭一群。
望君何所见，官路短长亭。
云间吴树碧，天际蜀山青。
北来禾黍半荒城，微雨江楼笛一声。
望君何所见，空山叶做堆。
自飞双野雉，自雨满江梅。
东去烽烟惨不开，西风飘落鸟声哀。

望君何所见，河水曲如钩。
长空数点雁，远浦一归舟。
西去松楸接断芜，行人微没隔苍洲。
望尽天头又地头，几日登楼更下楼。
冻云阻尽相思眼，何处玉关征战陬。
恨无长房缩地术，恨无仙子掷巾符。
有心诚化石，无泪可登楼。
回首长堤杨柳色，悔教夫婿觅封侯。
不识离家千里外，君心有似妾心不。
君心倘与妾心似，妾亦于君何怨尤。
妾心如花常向阳，只怕君心如流光。
流光一去不复照，花为流光黄又黄。
黄花更向谁边笑，流光不肯一回照。
黄花却为流光老，黄花老兮落满墙。
花落如今更几霜，庭兰兮已摘，红丝兮又芳。
揖衣步前堂，仰目观天章。
河水翻明灭，奎躔乍现藏。
纤云时仿佛，北斗忽低昂。
月照兮我床，风吹兮我墙。
玉颜随身削，丈夫犹他方。
昔为形与影，今为参与商。
君边云拥青丝骑，妾处苔生响屧廊。
廊内春风日将歇，可怜误尽良时节。
良时节，良时节。
良时节，姚黄魏紫嫁东风，良时节，织女牛郎会明月。
可怜沉守一空房，年年误尽良时节。

良时节，急如梭，人世青春容易过。
况复是春闷未消秋恨续，况复是合欢更少别愁多。
别愁秋恨两相磨，蒲柳青青能几何。
空叹息，浪咨嗟。
浪咨嗟，只恐白到文君头，空叹息，只恐花到潘郎鬓。
叹息何以为，颜色犹红如嫩花。
咨嗟何以为，光阴一掷无回过。
咨荡命，惜年华，纷纷少妇几成婆。
香阁重怀陪笑脸，花楼尚记解香罗。
恨天不与人方便，底事到今成坎坷。
坎坷坎坷奈若何，为妾嗟兮为君嗟。
君不见野外双鸳鸯，甘心不忍两分张。
又不见梁头双燕燕，白头何曾忘缱绻。
鹣也多情，比翼相随过一生，蛩也无知，并驱到老不相离。
路柳曾传连理处，池莲亦有并头时。
负蛩兮驱驴，抱萝兮菟丝。
何人生之相远，嗟物类之如斯。
安得在天为比翼鸟，在地为连理枝。
宁甘死相见，不忍生相离。
虽然死相见，曷若生相随。
安得君无衰老日，妾常少年时，愿为影兮随君边。
君有行兮影不远，君依光兮妾所愿。
愿君许国心如丹，愿君庇民力如铁。
饥来吞下月氏头，渴来饮下单于血。
何幸旗门锋刃中，老天着意护英雄。

护英雄，百战功，长驱驷马靖关东。
关东关北休传箭，山尾山头早挂弓。
捷色旌旗辞塞月，凯歌将士背边风。
勒功兮燕然石，献馘兮未央宫。
未央宫兮向天朝，挽银河兮洗刀弓。
词人刊下平淮颂，乐府歌传入汉谣。
凌烟阁兮秦叔宝，麒麟台兮霍嫖姚。
天长地久茅苴券，子荫妻封福禄标。
有愁兮此日，得意兮来时。
妾非苏家痴心妇，君亦洛阳好男儿。
归来倘佩黄金印，肯学当年不下机。
愿为君兮解征衣，愿为君兮捧霞卮。
为君梳挽云鬟髻，为君妆点玉胭脂。
收君看兮旧泪帛，诉君听兮旧情词。
旧情词兮换新联，换新联兮杯酒前。
盏酌兮慢慢，低唱兮连连。
酌不酌兮渭城酿，唱不唱兮紫骝篇。
愿歌九紫，唱双联，与君整顿旧姻缘，
交颈成双到老天。
偿了功名离别日，相怜相守太平年。
太平年，愿岁置，若然此后妾复何泪。
相会相期将寄言，嗟乎丈夫当如是。

阮辉僜（1713—1789）

字舒轩，号硕亭，谥文足，乂安镇德光府罗山县来石社长留村（今河静省干禄县长禄社）人。年二十岁即领乡荐第一名，黎显宗景兴九年（1748）登进士第，中一甲探花。历任长庆知府、吏部左侍郎，封都御史。景兴二十六年（1765）担任岁贡正使，与副使黎允伸、阮赏一起出使中国。使回，受封伯爵。年七十致仕，赠工部尚书。著有《奉使燕京总歌并日记》《燕轺日程》等，及出使途中依《名胜全志》辑录《北舆辑揽》一部。

留题冷然阁

维舟剪径上层崖，屐齿冲霄印绿苔。
俯瞰纷纷行走客，此身知是在天台。

初九日到家

名利途中远宦身，乡音依旧白头新。
归来童稚随车看，相问此翁何处人。

剪刀晚泊回文一首呈二副堂

东河珥笔索吟联，细细声来雨响川。
风皱水纹波点碧，月筛银影树生烟。
红包岸色春舒锦，远浦渔歌鸟奏弦。
中国泛槎星斗近，鸿留爪迹客开船。

衡江感作

秋到深山第几枝，舟中旅客未曾知。

欲寻睡法常开卷，怕起争端懒着棋。
堂有高年归思急，岁逢润月朔风迟。
沙洲细草斜分路，认是登楼独眺时。

题石鼓书院

衡岳精英萃楚天，巍巍书院卓山巅。
千秋道派留双水，万古文风仰七贤。
夜照凭黎燃太乙，晴征倩浪鼓长川。
分明认是青云路，远大修程快着鞭。

题伏波庙

江头湍急撼危屏，山谷争如聚米成。
铜柱天边仍纪绩，铁船水底尚闻名。
威名岂借椒房重，勋业宁为薏苡轻。
赫赫祟祠千古在，云台久与汉朝更。

九江即事

水到江西九派分，风波历涉此官身。
落霞孤鹜天边影，绿柳轻帆景里人。
楼为元规曾驻月，亭因居易故留春。
庐山一望堪医俗，湓水停舟拟问津。

金陵怀古

从天万马认来踪，地辟南京王气钟。
持宝六朝空惴惴，埋金一吕自忡忡。
龙蟠山麓松楸长，虎踞城边草树秾。
自信天心开正统，土绵未可恨江东。

起陆偶成

收拾东西快着鞭，直将裘帽斗寒天。
里亭暗数分长短，村酒频斟辨圣贤。
杂沓野童看汉节，扶疏古树荫輶轩。
柔怀擢发皇恩重，又是儿男得志年。

使轺趁月作

周原夙驾载脂车，遍览风光识物华。
雪重酒楼阶砌玉，雾轻古柏树笼纱。
天因久霁寒威浅，旬到生明月色奢。
万里贤劳臣子职，旧程诗兴闹人多。

燕京八景作

北京景有八，日：太液澄波、琼岛春云、西山霁雪、金台夕照、玉泉垂虹、芦沟晓月、居庸叠翠、蓟门烟树。

燕京文物又繁花，万里观光兴转赊。
琼岛春云西岭雪，金台夕照液池波。
庸关叠翠泉流玉，蓟树笼烟月映河。
多少风情归一轴，共随远介到南讹。

回朝自述

世故人情自了然，别无求胜与争先。
分非绛灌宁缄口，功未萧曹每执鞭。
莫说经纶滋取益，只言衣食亦随缘。
从令九载经三考，已是祁奚请老年。

留题公馆

相维公馆所，占得一般奇。
水藻横花栋，晴云拥画楣。
地器车响闹，轩豁月光迟。
雪点糊窗粉，杨低入户枝。
孤风随客思，爽气到诗碑。
井卤茶尤涩，天寒大更宜。
柔怀钦大德，饩廪仰洪私。
独酌频呼酒，消闲为斗棋。
遥思归去后，应似未来时。

陈文熺（1717—？）

青沔慈乌人。显宗景兴四年（1743）癸亥科进士，历任山南督同、山南道赞理、山南承政等职，累官署佥都御史。六经精通，尤长于《易》。为人耿直，断讼以理，因此受谗淹留外任。

寓兴

一官株守拙于鸠，南北东西不自由。
矢直宁辞三风黜，斗小白分[illegible]宜休。
宦情冷侯三冬月，老景忙催两鬓秋。
不学参禅机已定，拟凭此信寄沙鸥。

答复天朝册使 其一

景兴辛巳冬，奉命伴送册使回程。答复正使德侍读保。

玉堂缤紵属才华，天汉遥遥载泛槎。
驿路九千初发轫，葩诗三百旧生涯。
胸中吐出霞千朵，纸上凝成雪六花。
除却盛唐元白外，骚坛几见自成家。

按，德保、顾汝修于乾隆二十六年（1761）担任正、副使出使安南。

答复天朝册使 其二

答复副使顾少卿汝修。

庄诵瑶章咀丽华，不妨世号阿瞒槎。
古来先进开新进，谢道无涯役有涯。
向阙多君头未雪，望尘使我眼生花。
此身如作衡山雁，北往南翔总是家。

无名氏（生卒年不详）

《香袜行》一诗是越南七言体叙事诗的代表作之一，体现汉诗传播到越南后进行了本土化改编。诗中叙述李国花与张氏女的相遇、相约、相思、相见。李国花因与张氏女相约因故未见到面，张氏女以双袜留情，李国花得到双袜后相思成疾，一梦而逝。而诗中叙以情令人死亦能令人生，在陈太师的明察之下，张氏女见到已因情死的李国花，在张氏女誓言之下李国花又还魂而生，有情人终成眷属。

香袜行

同春街市河桥畔，扑地青楼插云汉。
绿槐翠柳半参差，晻映珠帘绣幕垂。
张家有女颜如玉，窈窕芳年才十六。
花鬓粉腻晕牛红，去髻盲匀眉样绿。
雪梅骨骼玉精神，东风倦倚珠栏曲。
珠栏倚倦卷罗帷，香袜轻轻莲步迟。
庭前忽踏落花片，戏拾残红插旧枝。
蔷薇案上香风起，红裙练帨飘飘举。
绰约楼前露袜尖，恍如月下乘鸾女。
游春何处李家郎，马走天街满绿杨。
绿杨影里一相见，楼前下马独彷徨。
佳人竟上高楼去，绿窗朱户不知处。
苎罗山顶锁云开，天台洞口愁无路。
朝云暮雨难为情，秋月春花恐虚度。
河桥日日频往来，含情欲语情无媒。
桥边有女为红杏，日暮门前买粉回。
问之道是张家婢，殷勤来托心中事。

吾乃李姓名国花，本是长安贵游子。
行年二十好读书，足迹不到平康里。
昨游偶见你家娘，琴心难会求凰意。
若能为我片言通，事谐不靳千金馈。
袖中搜奇碧花笺，杏儿携向阿娘叙。
阿娘读了动芳心，绿瘦红消不自禁。
花影半帘春寂寂，香烟孤帐夜沉沉。
玉指裁成书一幅，再教红杏传消息。
李郎踏月至花园，相见欻然如旧识。
低声偷语怕人知，款曲情怀别有期。
三月三日河桥上，夜半无人相会时。
谁知人事难如愿，金吾不许李郎便。
阿娘独向河桥边，嗟我怀人何处见。
可怜桥上月团团，照见桥边江水寒。
触目有怀情浩荡，伤心无语泪阑干。
铜壶水咽钟初韵，阻我佳期良可恨。
遂留双袜表余情，直待郎君来细认。
五更始放李郎行，行到河桥天未明。
忽闻槛外清香发，四顾无人愁正绝。
低迷残月照何梁，不见玉颜空见袜。
手持双袜抱怀中，幽情抑郁无由泄。
巫峡云深猿断肠，江南春老鹃啼血。
血干肠断情未已，抱袜长眠扶不起。
香魂飞上张家楼，桥边遂作相思鬼。
谁知无妄色灾人，诘问仇家多见累。

当时幸遇陈太师，想若怀春男女思。
遂将双袜何处问，才到张家果得之。
阿娘不敢分明说，饮愁一语一鸣咽。
翻身抱泣李郎尸，生缘殊途死同穴。
为感阴阳契合情，悠悠蝶梦唤来醒。
楚地不招魂自返，秦台有约凤还鸣。
更生今日伊谁力，前来拜谢太师德。
太师莞尔笑且曰，吾今为汝成媒妁。
遂将六礼展花筵，红叶绸缪契合缘。
明月楼前调锦瑟，销金帐里合神仙。
鸳鸯交颈花连蒂，红绿抱情春蛇丽。
却道从前欢爱多，百年不改同心契。
往事回头阅几春，至今说着尚如新。
恩情自古真不少，何独李郎几杀身。
伉俪无非都是命，莫教耳目成天性。
鸣呼不独李与张，世间万事皆前定。

按，此诗见录于《山居杂述》中。一些选本与研究者误题诗名为《香篾行》，且诗中“袜（韈）”字全部误录为“篾”。越南研究者认为该诗出现的时间为李陈时期，约成诗于十三世纪初期，但该诗目前确切可考的文献为出自十八至十九世纪时期的《山居杂述》，同时期越南也出现长篇叙事诗《征妇吟》以及大量的才子佳人类喃诗传，因此编者推测该诗约与《征妇吟》为同时期作品。

段阮俶（1718—1776）

又名段惟靖，琼瑰海安人。景兴十三年（1752）进士。历任副都御史，清化、山西、兴化诸道监军，受封琼川伯。景兴二十二年（1761）奉使中国。有《段黄甲奉使集》二卷，今已佚。

南关晚渡

数声锣炮响重台，北隘南关次第开。
驾骆客从天上去，歌骊人望日边回。
远山高鸟迎尘起，故国清风越岭来。
一担暮云知道远，私情公义递相催。

过洞庭湖

湖楚之望浸也，周回八百余里。

岸连云色水连空，水色云光望莫穷。
天地此间何旷漠，波涛终古自冲瀜。
荆南楼橹青冥外，岳北帆樯杳霭中。
白苇黄茅何处远，飞过谁是朗吟翁。

赤壁怀古

菰蒲拂岭水漫空，三国争衡此地中。
流醮曹公吟后月，岸飘诸葛祭余风。
鼎图一瞬成吹剑，江景千年付倚篷。
渔笛半腔秋色暮，兴游长想扣舷翁。

济黄河

晓发清淮泛蓼蘋，黄河波浪渺无津。
马牛涯畔生烟雾，鲸鳄潭中出怪神。
舟楫秋千千转态，夫工傀儡一般身。
棹歌半阕头添白，谁是穷源万里人。

饯朝鲜国使尹东升、李致中

越甸山川備弁辰，他乡今幸挹清尘。
曾瞻汉节征星斗，更觌周墀绚凤麟。
旅况有心皆尚友，文光无地不同伦。
相逢臭讶分镳早，故国梅花今又春。

吴时仕（1726—1780）

字二青、世禄，号午峰，青威县左青威（今河内市青池县左青威社）人。越南著名文学家族“吴家文派”主要代表成员。后黎朝景兴二十七年（1766）二甲进士。著作有《越史标案》、《午峰文集》、《鹦言诗集》、《鹦言赋集》、《二青峒集》（《二青诗集》）、《观澜诗集》（《观澜十咏》）、《望潮集》、《沂咏诗集》、《乂安诗集》、《吴氏家训》、《吴时仕文集》、《吴午峰遗草》。

道中望辟山

性癖由来喜泉石，每逢岩岭便盘桓。
公程不向金瓯发，那得千峰饱眼看。

出镇乂安辞诸儿饯行

每诧多情无过我，吾儿今觉更情多。
与君定有同朝日，乐在晨昏又若何。

和琼林洞主元韵 其二

琼林洞主不知何代人，年契吴学士。少年时游西湖，登镇国楼，见楼上留题绝句三首，字体遒劲活动，墨迹如新，下书琼林洞主阮娥漫题。学士依韵属和，以集示余。余见诗不工，谓琼林洞主意五百年前才女，性灵不昧。抚今念往，情见于诗，若酬和不佳，当为情鬼所笑。遂次元韵。

往来宇宙更谁邻，山色湖光自在春。
兴致风流如此夜，不妨呼醒梦中人。

蓝京纪事

蓝京在梁江北岸，诸陵寝在焉。近来，江水冲激，颓崩甚烈。奉旨皂隶诸民，树立木栅，辇土运石为翰，以御水急。

水发梁源一碧澄，障澜沿岸栅层层。
编茅半是功臣庙，密树中皆列圣陵。
蓝尾户鱼供岁课，玄天梵醮放春灯。
肃雍几度陪清庙，每问仪文久愈征。

鸿山远眺

百鸿排字度南关，待一鸿来站此山。
鸢耸后肩隆隐处，鸟横树影有无间。
依稀夹水连凫脚，晻映疏烟露翠环。
单鹢恰宜亲访景，笑予如雾未能闲。

太原道中

偶因公干一观风，人物途程指掌中。
旷地无多山与峒，居民大半土参侬。
木芦架栈东西向，水碓随机日夜舂。
到处见田皆垦辟，相传年代谷常丰。

白通州即兴

一带青山俯碧漪，边城此境见应稀。
买廛客庯高低屋，巡店商帆上下几。
侬妇忙牵猪索去，村民笑带醉莆归。
旅怀寂寞难消遣，尽日凭高看翠微。

游绿云洞

巑岏翠巘俯苍波，洞口萦回拥荔萝。
崖邃造工施凿巧，景幽渔父占闲多。
古今历阅英雄几，倏忽其如混沌何。
开辟不应危栈旷，故增一座石弥陀。

谒天长府感兴

控扼西畿制八方，国家原本是安场。
山河壁垒周形势，玉帛兵戈汉富强。
谨守诚须人管籥，厚培尤系德金汤。
区区管蠡难殚述，惟诵贤贤乐乐章。

酒中对客莞尔吟

生来性气自江湖，四十年前一钝夫。
何鹓何鸠非所计，或牛或马不妨呼。
滔滔于世谁知我，磊磊如今尚故吾。
似此已狂君更甚，乃知狂士未尝无。

春晚过大悲寺

岁月侵寻晚更新，红霞点缀色皆春。
鼓声断续和风韵，灯影晶荧乱日曛。
甲乙争趋青紫客，东西相送马车人。
冷肠触目伊谁共，松柏昂霄水藴云。

迁义安承政司始赴官示本处

股肱右郡滥承宣，抚字非才谷腼然。
周在治官方董牧，鲁多君子欲资贤。
天颜瞻仰常如近，地面兴除曷最先。
之子殷勤毋见鄙，伫将良惠付韦弦。

自课

尝几艰难涉几危，始知四十七年非。
弗图实力希贤圣，宁复同心到耄耆。
指不若人犹耻屈，肝如见己盍防微。
兢兢上鉴常如在，阴骘惟天本不私。

黎贵惇（1726—1784）

字允厚，号桂堂，幼名黎名芳，太平省山南下延河县（今太平省兴河县）人。其父黎仲庶（富庶公）登保泰五年（1724）甲辰科进士。黎贵惇幼承家学，八岁能作赋策，十一岁即读完宋元史，有“神童”之名，十四岁已熟习经史旁及诸子百家，十八岁乡试中解元，年二十七中景兴十三年（1752）廷试榜眼，历任授翰林院侍书、翰林承旨、海阳道督同、户部右侍郎兼佥都御史、吏部右侍郎等职，去世后追赠工部尚书、颖郡公。景兴二十一年（1760）以翰林院侍读身份任出使中国的岁贡副使，出使中与中国文人、朝鲜使臣多有诗歌唱酬。景兴二十六年（1765），以妻亡子幼上疏归田，返乡后杜门著书，授徒讲学。黎贵惇思想驳杂，在崇儒思想中兼及释、道二家，推崇天人合一的思想，崇尚理气说、善恶说等。黎贵惇学识渊博，著述繁多，据裴存庵《桂堂先生成服礼门生设奠祭文》载黎贵惇的著述有《诸经论说》《国史续编》《皇越文海》《邦交续集》等等，并云其著述之多，“无虑数十百篇”。现存可考者汉文文献有：《易经层说》二卷、《芸台类语》九卷、《群书考辨》二卷、《圣谟贤范》（《圣谟贤范录》）十二卷、《见闻小录》十二卷、《阴骘文注》二卷、《书经演义》三卷、《四书约解》（其中含有喃文）、《大越通史》（《黎朝通史》）、《北使通录》、《桂堂诗集》，编录《全越诗录》。

渡天德江

凫雁谋稻粱，生民为衣食。
辛苦市肆人，矻矻不遑息。

过春耕寺

钟声过寒鸟，树色隐凉蝉。
行客未曾歇，道人方打眠。

过章阳渡见杜鹃有感

万里迢迢始息肩，又随武节看山川。
不堪回首北行事，五月江南听杜鹃。

重经五险滩谒伏波将军庙 共四

蛮烟瘴雨满边城，庇佑知公亦有情。
骆越千年遵教令，荒山铜柱久无声。

望清化一带沿山偶成

关河城郭屹参天，不尽春云断复连。
九十九峰形势远，一晴翠色到征船。

宿受降城答俭堂

庸疏充盛选，揽辔上修程。
秋后闻寒雁，春前听晓莺。
青松坚劲操，绿柳搁柔情。
捧得天章返，欢声动国城。

徐式洞

海上群仙事渺茫，碧桃洞口太荒凉。
乾坤一褐穷徐式，云水双娥老绛香。
石鼓有声敲晓月，沙盐无味涅秋霜。
世人若作天台梦，谁识天台亦戏场。

经岳阳楼

南来驻节拜纯阳，玄鹤青鸾几度翔。
荆楚山河千里远，希文翰墨万年香。
壁间骚客才超绝，尘外飞仙事渺茫。
魏阙江湖吟玩处，秋怀耿耿借琴觞。

驻邹县谒亚圣庙恭赞 并语

南徼鲰生，幼服邹鲁大训，高山景行，徒殷企仰。叨充奉璋介使，观光上国。道经是邑，乃得亲瞻桧柏，祗谒宫墙，实为万幸。谨赋俚言，聊抒希慕之至。

堂堂亚圣任宗师，道学渊源本子思。
晋楚富强宁可慊，齐梁昏惑更谁知。
发明正脉唐韩愈，注释遗编汉赵岐。
有宋表章公论定，斯文千古日星垂。

贺工部邓公茂致仕

竹记功名柏纪年，故山情况自飘然。
有余福处留何厚，无尽藏中用竟专。
洛社新图添一老，青门伟饯说三贤。
满庭兰桂香芬馥，为道栽培有老天。

贺工部陈公励致仕

古我南州富丽场，前村橘柚满林霜。
潮回潮涨禾千顷，烟淡烟浓木万章。
帆桂秋风渔子国，杯浮冬雪麦生乡。
此回正好先生乐，玩水游山味更长。

饯同年段公阮俶北使

清望宏猷世所闻，皇华今日驾华骃。
已临滇徼驱熊虎，又问燕台煦凤麟。
啸咤风云多意气，品评山水更精神。
归来勋业真奇伟，吾榜应夸最得人。

奉使回至太平府值册使来自本国各上一律 其一

十一月抵太平府城，册使船亦至同驻，因诗为赠。上正使德保。

王命堂堂盛九仪，奉书价使拜丹墀。
汉家皇帝贤天子，齐国陪臣贱有司。
秋转辎车离紫殿，春从恩诏到朱维。
敝邦竹箭寻常物，可有人才共奖知。

谒黎少傅公祠堂

行行重到古廖乡，雅范清规仰大方。
墙角乌啼深夜月，檐边橘放满林霜。
羊昙难过西州宅，裴度空余绿野堂。
俯仰曷胜今昔感，此情应共此江长。

永州初秋闲望集古

秋宜何处看（司空曙），平楚正苍然（谢玄晖）。
古戍荒烟断（陈子昂），长河落日圆（白居易）。
白云生远岫（焦　郁），明月满前川（杨　炯）。
骚客吟无尽（沈佺期），依沙宿舸船（杜　甫）。

游报恩寺

金陵帝王都，江南佳丽地。
飞桥架虹横，高阁插云起。
光景上昼图，名胜列郡志。
我自南方来，闻有报恩寺。
赤乌初创建，永乐重修理。
大殿十丈高，空塔九层峙。
筒尾全琉璃，珠帘并翡翠。
黄金饰墙壁，白玉砌基址。
及今试登临，乃今果奇伟。
形胜殊爽朗，工巧亦精致。
雕绘类自然，一望如锦绮。
香炉可万斤，从古称法器。
绿柳萃繁阴，苍松发清吹。
池塘方数弓，暗香裹荷芰。
巍巍窣堵坡，空中现仞利。
缘级上五层，凭窗瞰城市。
浮浮晴日烟，磔磔凉飙气。
万井不可辨，千树还相似。
北以望钟山，连峰何逶迤。
西顾看长江，净练差足拟。
下塔入方丈，流览抒雅意。
寺僧出相迎，遗我好饼饵。
烹茶聊共话，落落有风致。
长干三老禅[①]，想此复何愧。

出门瞻御碑，天章烂斐亹。
星相十数家，类多究玄旨。
名画与法书，累轴满坊肆。
泛看右军帖，细阅子昂记。
赏心遂留连，骋日仍徙倚。
小江棹舟回，不觉日移晷。

① 原注："长干地名，此寺旧有三老僧曰启山、钦义、雪浪。"

裴轴（? —1815）

亦称裴廷轴，字熙硕，号亹斋，青池县盛烈社（今河内黄梅郡盛烈城）人。所著有《亹斋公诗集》《裴亹斋摘对》《裴亹斋摘锦》《裴亹斋对联集》。诗集未见留存，诗作仅零星存于诗选中。

辛亥岁旦

有华堪验岁，无历不明春。
柳径知非晋，桃源尚忆秦。
在家浑似客，每事恰输人。
最是经迁革，俄成白发新。

丙辰东皋渡初秋闲望

东皋一路远，河水三洲平。
林潦云涛阔，江秋草树明。
商船依曲渚，沙鸟戏新晴。
伞岛插天峙，雄哉称二京。

武辉珽（? —1789）

字温奇，号颐轩，谥文忠，旧名仲恭，海阳省唐安县慕泽（今海阳省平江县新红社）人。出身于越南知名的家族“慕泽武氏”。后黎朝景兴十五年（1754）甲戌科进士。景兴三十二年（1771）担任正使，与正使段阮俶、副使阮晤岁贡兼奏事。任回，受任山南承政使，后升至兵部左侍郎，入侍陪从。《慕泽武族世系事迹》载其“寿六十二”。同时代的进士宁逊评其人其诗：“景兴中名进士也，雄文大笔，领袖词林，尤邃于诗学，良辰美景，举酒吟章，每脱稿辄为骚人珍异传诵。”（《华程诗集·序》）著有《华程诗集》。

团城形胜

踏残岩阻即平畴，镇阃雄临控七州。
砌石门高楼逼宿，倚山陴峻堞横秋。
南关锁钥隆周屏，北驿襟喉达汉邮。
形胜况饶风景胜，韶华今古几经游。

按，集中诗评：“三四清隽警健，自成一家。”

过螺蛳庵兴作

那处峻岭临江，危屏如削，壁前忽开一窗，构有精舍。禅房清虚湛寂，号螺蛳庵。前一石墩，中流卓立，左一山数耸拔，状若浮图，右瀑布泉，悬崖数十丈，喷雪礌硠，殊为佳览。

临江峭壁耸巉岩，烟窗花窗忽有庵。
山凿半窝藏净境，水浮一石护精蓝。
瀑泉洗偌飘银雪，塔岭凌空镇翠岚。
禅衲不知何处定，客舟聊作隔江参。

桂林风景

广东（西）省城一面临江，三面阻山，广洞壮大。其地名胜甚多，相传有八景。城中并列巡抚、布政、按察、提学、叶镇、府县各衙门，并居三市六街，商贾萃聚。城外临河，有湛恩亭，使船到省必泊亭下河津。两岸舟舫鳞集干巡司处，横江泛舢舻五十余只。傍傕铁索，上铺平板，人马通行。对岸地名水东街，房屋连延，贩卖亦广。两边人烟凑集，洵是西南之一大都会也。

背依峻岭面洪流，体势风光万状收。
秀丽山川开八景，雄夸垣屏控群州。
舢舻坦架长虹脊，轮棹争趋大马头。
使节有缘饶历览，依然汉赵画强秋。

潇湘晚泛

潇、湘二水至永州合流，至此滩尽江平，舟行无碍。时素月既升，残阳尚映，群山丹翠，万树青苍，景色天然佳丽。

潇湘津口晚扬舲，水凑双流一样清。
凉影浴波山既月，斜阳映树岸犹晴。
江空石迹帆无恙，汀集渔村笛有声。
八景相传应未尽，辋川妙手画难成。

按，集中诗评：“三、四景甚录常，字甚奇丽，足见锦心。”

登岳阳楼

海岳奇观第一宫，层楼高步迥尘笼。
碧澄栏下犀牛浪，清拂帘前玉燕风。
远浦晴边帆影里，平湖朗镜月光中。
希文有记难模尽，倚遍栏杆兴未穷。

按，集中诗评：“三、四锻炼精纯，盛唐雅韵。”

赤壁怀古

孙刘当日破曹军，依旧烟波此水津。
诸葛余风飘客舸，周郎残火炫渔艙。
鹊吟月下雄安在，虎踞江东迹亦陈。
惟有坡翁前后赋，山川千古为传神。

按，集中诗评："二句‘此’字精神，令人勃勃，推窗四望。三、四葛风周火，点缀赤壁面目太真。"

回程两次明江兴述

明江厩村，人烟稠密，使舟到此，由旧路起回南关仅百余里。土民多会喃语，妇女椎发黑齿，颇似我国风俗。

华原两稔历周询，去棹归帆此岸津。
烟里闾廛仍旧景，雪余花草叹新春。
人闻乡语知家近，归看乡庄觉俗邻。
客路回头千万里，陆逵飘翮渐鸿身。

按，集中诗评："通篇雄隽清练，在李杜之间。"

金陵怀古

江东王气正依然，虎踞龙蟠体势全。
数百载都曾几代，十三门砌又何年。
豪华风物犹廛律，游赏宫台已海田。
秋色惟余淮上月，几临乌巷竹丝延。

午门待曙

是岁十一月下院，我使到北京，十二月十五日，乃恭遇皇上升殿。礼部官传是日五更，预入午门外右边朝房待漏，俟进朝拜，次在百官司之末。

朝衣夙整早催輧，俟觐光临午阙边。
星月夜将三五日，宫楼地讶九重天。
笼光灯映九宸肃，朔吹寒凝晓编延。
辨色忙趋仙仗里，笋班何幸契夔联。

赠朝鲜国使诗 并引

共球盛会，萍水良缘，虽东海、南海，利地有万千，而心契道同，匪今伊昔。剩喜晋陪燕暇，预接尘谈，以领十年书之益。只是南輧早锡，行色匆忙，鸿翼于飞，余怀耿耿，式凭手札，代致面辞，极知下里巴音，仅仅博大方一粲，聊以表涯角相逢之雅云耳。

幸挹芝兰觉宿因，醇杯未到易成醺。
鸭江鸢岭疆虽远，麟籍龟书道不分。
已喜衣冠无异制，更征图牒有同文。
想应輧乘南归后，座右台光寤寐殷。

按，集中诗评："通篇典重温厚，是大家机杼。"

奉赐鹿肴恭记

政府披星返敝庐，嘉肴惊荷出天厨。
禁宸晚膳分珍玉，仙兽奇滋迥豢刍。
赐并时贤知伴食，事思日计觉徒餔。
育涵自是无阶答，要免人嘲素饱儒。

胡士栋（1739—1785）

字隆甫，号瑶亭，又号竹轩，后改名胡士仝，琼琉县完厚（今乂安省琼堆社）人。后黎景兴三十三年（1772）进士，历任户部左侍郎、顺化督同、武官都指挥使等职，卒后追赠工部尚书。景兴三十八年（1777）以副使身份出使清朝。所著有《瑶亭诗集》《花程遣兴》。

南关晚渡

云拥南关最上头，梯航从此达珙球。
庭胪勿讶威严近，郊劳惊承礼数优。
忠信定为岚瘴药，风骚偏解旅人愁。
平生饶自江山兴，正喜今逢万里游。

横山阻风

舟发横州，游半仙岗阻风，仍驻。

观光使节正翩翩，何处东风逗客船。
浩荡波摇江似海，迷茫雨过水如天。
凭窗坐里看归棹，系缆津头起晚烟。
前望半仙佳景在，夷犹信宿想经年。

过五险滩

山上有伏波祠，过者必祭。

台翩扶摇万里抟，轻舟一叶泰山安。
惊风乍息朝烟淡，积雨初收晓雨寒。
乱石拥流翩曲带，晓矶穿地激回湍。
前头汉将灵祠在，集棹飞过五险滩。

苍梧即事

郁郁苍苍一望中，倚山雉堞更穹崇。
途通两粤舟帆会，地控三江气势雄。
岭表巡游虞帝迹，交南文字士王功。
龙洲砥柱尤奇绝，独障浔梧众水中。

夏日旅中书怀

高闲谁是北窗人，原湿驰驱属使臣。
静里看书安有癖，兴来得句岂无神。
十年琴剑风云志，万里关河少壮身。
心上君亲双系重，蘧蘧庄蝶幻中真。

登岳阳楼

百尺危楼耸汉孤，背撑巴岳面重湖。
宋儒文在光千丈，仙迹梅留画一株。
俯视亭台尘外境，遐观云水眼中图。
吕翁醉后谁飞渡，远浦纷纷泛舳舻。

皖城怀古

江声山色只如此，古往今来何限情。
草木渐随秋削落，楼台几与世迁更。
张公宅里云常在，余将池间水自清。
尘劫算来成一瞬，无穷惟有善人名。

赠朝鲜国使李珖、郑宇淳、尹坊回国

公庭朝罢路分殊，遥指东瀛忆使乎。
志气可能追缟带，篇章奚管付酱瓿。
敷文此日车同轨，秉礼从来国有儒。
万里相逢知匪易，六年王会一成图。

秋霄病中作呈存庵

寒缸寂寞雨萧骚，夜思撩人睡不牢。
才少方知怀禄耻，病多初悟养生高。
冠绅骨相难禁瘦，湖海胸襟剩带豪。
若济大用资世楫，同心宁问橹帆蒿。

范阮攸（1739—1786）

又名范拘谦，字好德、养轩，号石洞，乂安英山府真禄县邓田社（今乂安省宜禄县宜春社）人。有文名，景兴四十年（1779）进士。历任副知工番、差知刑审、乂安督同等。西山之乱中主张应战却无应者，不得已避隐，忧愤而死。

庭试奉读在直恭遇清和圣节恭记

外臣奉读格中缘，遇节随班拜圣年。
四月和风生玉砌，五云瑞气拥金鞭。
衮章彩伏朝元地，瑶草仙禽长夏天。
嵩祝礼成留待诏，宫韶时到直庐眠。

寄呈存庵

近来三次接清规，具见由衷惬宿期。
为己既能希孔孟，逢辰应不愧皋夔。
千差每谨毫厘处，十满常思八九时。
底意分明贤者会，区区奚赘管中窥。

过云山感作

国破家亡百愿违，招兵买马更难施。
休将万事古今较，剩有孤忠天地知。
松柏那惊霜雪侯，蛟龙还待雨云期。
信同水折同金炼，心自惺惺有主持。

遗同年池立斋

太极分天地，日用无非道。
群圣会一心，垂世立至教。
六经与四传，精神在言表。
玩索求自悟，涵养冀深造。
一旦豁然空，不负用力久。
理备发为文，词易而旨奥。
立言障横流，岂曰逞工巧。
偌学何所知，区区为窃剽。
扬唇借李杜，开口称韩柳。
果兼四子长，所至亦已小。

况复卑且陋，谫谫饰外貌。
记诵得绪余，攀持失真妙。
悠悠孔孟意，日望益幽渺。
以此坏心术，走入声利窍。
到死不自觉，可叹复可悼。
我喜君年髫，学已见大要。
百家谈纷纷，杂进徒扰扰。
虽累千碔砆，何如一寸宝。
曷不反精义，探讨渐剖瞭。
蕴蓄既宠遂，充扩自汪浩。
宋元诸儒先，闭门事讲究。
景行实在仰，微训皆可考。
渊源溯以上，功用良非少。
斯文苟不丧，相与起衰倒。

郑森（1740—1782）

郑楹长子，称靖都王，著有《南巡记程》《西巡记程》等。诗作存后世诗选中。

宝台山

隐约岩腰敞梵宫，云为帘幕石为屏。
珠流永夜泉双派，玉积山心月一泓。

题香积山洞

洞在河内怀安县。

蛮径撑开一硝穿，化工椎凿几多年。
青攒险磴终无地，碧引晴流忽有天。
抹石丹霞千锦缀，蘸波钟乳万珠悬。
个中自适飞来趣，妙处难将画笔传。

题云岩山

名胜高标第一洲，山容如黛水如油。
半封云洞邀玄鹤，平涨新沙狎白鸥。
云径樵缘顽石脚，星槎客渡急滩头。
凭高欲尽观澜兴，碧落沧溟一色秋。

题浴翠山

寰会三流峙碧岑，宛同莲瓣浴波心。
石甃辇道岩梯坦，云护禅扃竹坞深。
拍岸渔歌潮早发，横江蟾影月晴阴。
凭高一望乾坤小，山水依然自古今。

黎惟亶（1743—1789）

北宁省安丰县香罗社人。后黎景兴三十六年（1775）进士，官至参知政事，封香派侯。后黎末，于昭统二年（1788）与黎侗、陈名案等人一同出使中国乞兵。所著有《使轺行状》，该诗集中直观反映了黎惟禟前往清朝乞兵及清廷出兵援助的史实细节，有较高的史料价值。

余时钦差参谋，自军次回，闻已北幸，因周流方外不敢回琨

江山随处是生涯，国破君奔敢顾家。
旅次怕逢当道马，村头懒向望巢车。
丹心未泯今如此，白发新添老奈何。
天为吾皇扶社稷，忠肝义腑固难磨。

过忠义庙有感

岁德、日德二江，会于凤眼之三岐庙。在江之左右，一系山兴道王陈尚父庙，是逆砂；一系龙眼保邦王张将军庙，是顺砂。

砂分龙虎夹三岐，岁德流吞日德支。
帝胄神明兴道庙，王灵赫濯保邦祠。
礼存伏腊千年的，名在崇福百世知。
正是君高横岳渎，藤江弓剑月江诗。

夜过贼屯

贼兵分屯在柱佑诃护地面，日夜讯察。土豪响道必由此。内带国书，恐或识破，乘夜夺路兼行。

蜂虿分屯阻旅行，只身许国为宵征。
贤劳风骨欺霜雪，夷险冰心对日星。
淮蔡城穿才半夜，昆仑关过自初更。
凌晨夺路喻溪岸，翘首东方日未明。

北谅道中

宿陆岸之版洞市，及早往安博州。安州社地有市，乃谅山一都会。京北、海阳、安广商贾来此贸易，市有亭宇，极壮丽，云是奉事丁先皇。

柝桥霜重正夷犹，拂掠黄茅蔚道周。
陆岸地头经版洞，谅山界首涉安州。
村溪好处多浮石，庄册平居尽架楼。
一镇市藏三镇贾，丁先皇庙几春秋。

溪孤迂途

道路多有侦探，乃命土酋寻山溪便路潜行，三日夜始出大路。

溪径潜行信宿间，侧身重水又重山。
浅深厉揭缘浮石，层叠崔嵬历峻峦。
借草编茅和露宿，采薪热火辟风寒。
少年曾有桑蓬志，原隰驰驱敢避难。

太平禀谒

总督在太平治兵，因禀请晋谒，出就馆，国人高平督同苏川先生在此。

亭皋路转渡江城，月夜更深到太平。
靖乱一章歌晋德，兴师三赋拜秦庭。
关山喜过中朝友，馆舍夤宾上国卿。
婉正不孤专对命，诵诗三百慰平生。

有所嘲

使部初到，天朝叹赏南臣忠臣，礼赐银子有差。长派私领，与通事梁春华删取，瞒过行人，饬词抵赖。

钟鼎犹多赉渥银，管教贪猥黑心人。
匹夫干没空怀璧，君子分明且自珍。

他是樗蒲轻薄汉，我为翰阁法廉臣。
事关国体行吾义，不使风声惹北邻。

自述

不堪风浪匀猖狂，跋涉行冲万里霜。
完浩敢云盈宇宙，驰驱差可报皇王。
申胥未死犹兴复，赵鼎余生且倔强。
男子纵无奇韵事，礼围翰苑亦寻常。

大军过关

过关后，藩目竟将兵马迎接兼献牛酒。

天戈直指镇南关，吾土爰方跨铁鞍。
谅阃七州今士马，团城一带旧江山。
箪壶好为新军飨，钟鐻专祈故国安。
衮乡幸陪儒将幕，侧观贾勇说忘寒。

既回京，小人多以从幸功，怙宠专弄，政令不一。识者知其不可为，莫能矫正

缔构权舆正始谋，高天杞重杞人忧。
治非业业兢兢致，事在零零碎碎收。
赤芾否征蜂啤蝥，青蝇姤壮虺撩头。
见几君子难为智，搔发空悲众楚咻。

蛮兵假装潜行窥探，倏忽突入民家，莫测根脚。惟余所居停处，人迹不到，了无牵挂

大地生吾复载吾，乾坤不隘此身浮。
好将忠信安臣道，何事风波畏事途。
旅给东西无丧斧，岐分南北有亨衢。
可能四海皆兄弟，仁里邻朋德不孤。

圣朝有洪德崇儒，文风浓郁数百年。日下蛮贼猖狂，缙绅中人多有屈节。臣虏称为圣人，无复廉耻

名缰利锁热心薰，富贵那知一点云。
倒着衣裳空饰采，伪书诏令谩加文。
儒风浓郁初无负，世俗胥沦久不闻。
河朔但知安史圣，谀唇惹得誉云云。

汝公瑱（生卒年不详）

号慎斋，唐安获泽人。景兴三十三年（1772）进士，官侍制，入侍添差，出为广顺道参赞，以事夺职，后复职。

饯年家胡瑶亭奉北使 其一

熙朝盛选重周询，正属吾科第一人。
两部策名门第旧，五年得命宦程新。
象移星斗槎初泛，兴入江山笔更神。
望望行程无限思，阳关唱罢动经春。

按，胡瑶亭即胡士栋。

游汝公故宅

古寺门前十亩隈，传闻丞相旧亭台。
无名野草埋幽径，不愦闲花落晚苔。
礼部三朝公斗竣，南关两度使轺回。
功名富贵今何在，寂寞秋风土一堆。

按，此诗见录于范廷琥的《雨中随笔》，编者据文意加入诗题。

裴辉璧（1744—1818）

字希章，又字黯章，号存庵，青池县定功人，后移居青池县盛烈社（今河内市黄梅郡盛烈坊）。登景兴三十年（1769）进士。累官入侍行参从，丙午年出为监军，西山之乱后以疾退隐。著有《乂安诗集》《存庵文稿》《存庵诗稿》《存庵散文类》《存庵文集抄录》《旅中杂说》，编撰有《皇越文选》《皇越诗选》《五经节要演义》《性理节要》《四书节要》等。

游海水山

霁雨露微点雪沙，春枝春树迭交加。
山蹊径狭才通马，路鲜行人数见花。

柴山

作郡多闲事，登楼望远情。
雨中丹嶂色，途畔碧松声。
岩密池纹静，林疏鸟韵平。
凭阑新梦觉，春近百花明。

勇决山春望

宜真地入艳阳初，一望青苍画不如。
细雨过城山出落，轻帆拂树水空虚。
御楼石迹花平磴，仙洞禽声草隔庐，
静玩未穷天海趣，龙洲淼淼会双鱼。

夜坐听杜鹃

半启书扃雨后天，一畦苏菊一盆莲。
秀渊摇定湖中月，罗堞稠疏树杪烟。
革弊不能毗国主，起衰何以继吾先。
世途倾晏门风薄，独坐严更听杜鹃。

白莲池上小斋卧病，夜起对花作

四年聊粗寓京花，薄构书斋一水涯。
清夜听虫兼听雨，病身忧国又忧家。
杜鹃枝外萤光小，萑苇堤边竹杪斜。
时有芳香来几席，不知坐卧白莲花。

丁未春日书

秋春代序去还来，节物登盘清一杯。
晚俗未能聊复尔，修名不立已焉哉。
乱余改鬓饶成雪，病里忘心略似灰。
只幸家园芳苏在，萬兰丛菊果初梅。

寄家弟

君子慎其独，暗然而日章。
知训宅乃心，礼义以自防。
古人戒浮躁，凡事须安详。
动止必凝重，步趋必齐庄。
交游莫泛妄，言笑莫轻生。
不可耽花酒，不可亲赌场。
不可与人竞，不可自矜张。
不可谈时政，不可评短长。
同气不可薄，同类不可伤。
机关忌险恶，名利恶奔忙。
深厚存古风，毋学时世妆。
远倦乃乘马，步行士之常。
吉礼乃盛服，平居布衣裳。
自养不必丰，丰以供蒸尝。
器玩不虚饰，华彩施祀堂。
不华亦不俚，尚几尚中行。
邈志典于学，为善思自强。
待人可情恕，律己当坚刚。
知过毋惮改，见恶如探汤。
澄心内自省，渐进君子乡。
少年处穷约，此意何日忘。
布衫不常完，食无隔宿粮。
斋头偏乐善，所立不易方。
先训岂云远，日夕在羹墙。

驱车适骥演，千里重相望。
勉旃复勉旃，笃实而辉光。

阮廷僴（生卒年不详）

号拙斋，清化省河中府弘化县永治社人。景兴三十年（1709）进士，黎昭统帝复国后仕至兵部尚书、笔峰侯。后黎亡后奔山西起义，被俘慷慨就义。

自述 其一

迩来为国为身耶，国破身存奈我何。
不带岩鳌撑海岛，那堪杜宇泣山河。
恨无王蠋忠臣剑，浪诵文山正气歌。
回首龙城宫阙在，此身荣辱有皇家。

自述 其二

昔日为官今作囚，一身还占两风流。
为官未足酬吾志，在狱谁能泻我愁。
底事荣枯非碌碌，此生行止系悠悠。
古来兴废寻常事，但得吾心无怨尤。

李陈瑻（? —1786）

号畩泽，慈廉云耕人。景兴二十七年（1766）进士，历官山西协镇，添差府僚。丙午（1786）六月死于端王之难。封赠尚书。

登锡山寺次韵

三岛名山半落山，荧煌万状耸人观。
九龙陛上翻身化，五福门前放眼宽。
地挟长枪雄争土，天擎古树屹尘间。
登临有幸衣冠客，偶尔忙中博一闲。

阮香（生卒年不详）

字书甫，号复庵，又号福斋，曾改名阮廷傣，又改名阮乐善，后又复名阮香，山南镇东安县平民社（今兴安省快州县新民社）人。景兴三十年（1769）进士。曾献诗于行宫，屡蒙宴见。累官至佥都御史，协镇高平。景兴四十三年（1784）担任岁贡副使出使中国。

癸卯除夕

时已得使未起程。

四周边阃久踌躇，辇下重经岁二除。
五考能无真窃禄，三陪有幸厕衔书。
日常催近人常冗，星自周回夜自虚。
未审开年当此夕，燕台景况竟何如。

元旦和存庵韵

兔走乌飞不待人，昨春过眼已今春。

柳桃景色交争媚，罗绮风流各自亲。
共仰洪钧一气转，宁愁白发逐年新。
区区寸草心犹壮，每岁嵩呼向北辰。

爱慕津晓发

使船昨泛步头东，天限茫茫一瞬通。
曾记督同谙驿路，转思覆勘认渔翁。
春村如画逢华旦，夏稻生波逐蕙风。
凉轿逶迤回首望，街坊如在五云中。

寄乂安协镇裴存庵

辛丑春，时公在高平，数之保乐从戎，存庵亦自茶麟军次，始还镇。

客年除夕接来笺，如见白玉生紫烟。
回思盛烈饯君夜，荏苒春秋已五年。
与君敢诧真知己，亦曰生为一世士。
病箴过督我何因，今日分携乃如是。
年来情况不堪论，别后行藏且略言。
乂安一日违颜去，只留诗句祇陀园。
久荷心知领清诲，向来底事成违背。
茶麟保乐总烟岚，齿落发疏皆老态。
世事纷纷同不同，天南天北思何穷。
二千余里一笺纸，凡因风便寄征鸿。
人生无常是聚散，君岂落漠淹海畔。
我亦处繁不堪久，会须携手苏江岸。

黎侗（1750—1805）

又名黎允祐，北宁省顺安府超类县大卯社人，后黎朝进士，以功受封平章事、长派侯。1789年后黎亡，与弟黎元值随昭统帝至北京求援。黎侗被拘押十年，后于嘉庆八年（1803）始奉黎昭统帝遗骸回国。所著有《北行丛记》《北行略编》等。黎侗在诗文中表现自己大义凛然，面对清廷勒令剃发易服坚不屈从，然据其同行黎惟亶等人所记，其私领清朝银两。《清实录》中记载，黎侗私通看守官员、私会其子等。就其表现，实又与其诗中所展示的正气凛然有出入，可见诗文的文学性不等同于现实。

在狱闲坐感成

知几为达士，徇发岂人情。
大义千金重，微躯一叶轻。
丹心如尽死，白首枉虚生。
合我春秋义，饶他月旦评。

柳州暂住因作

关山万里自驰驱，莫怪时移事亦殊。
骐骥难为长系柳，凤凰会见早栖梧。
寸诚果得蒙均照，千虑终能展一愚。
直到时来机每中，也知天有俟于吾。

四月又奉御诗慰问恭和 其一

雾锁尘遮又暑侵，居诸传驿送愁吟。
风云不测仍尝膽，雷雨当亨且誓心。

谋脱虎关难唱早，虔装剑课石痕深。
一成可发重兴迹，直到时成阔我襟。

丁巳除夕感作

时年四十九。

读书偏恨昧春秋，颇为纲常错用谋。
但把寸心持汉节，却差一发筑燕囚。
身罹业果三三满，指屈年华七七周。
冬去春来欣复旦，阳回难澈涸阴不。

狱中偶成

心自坦然安若命，素行能事几多惭。
阴房寂处悭吟咏，暗室愁余懒笑谈。
忱慎雀从难驻北，思牵鸟念在还南。
深情触遣萦魂梦，困处穷时那得堪。

在狱闲坐感成 其一

浮沉萍梗遇时穷，且戴南冠傲北风。
身困十年怀素节，命随一发表丹衷。
倘能合义无惭愧，只为求仁肯怨恫。
五十年来成一梦，几多辛苦总还空。

出狱感作

南冠有系十余年，优渥鸿沾降自天。
擢发难酬新雨露，回头恐负旧山川。

忠魂他日深恩补，苦节如今夙志全。
红日方升高烛照，肯教冀北有啼鹃。

殿谒故主墓回感作

黑暗重犴似九幽，移郊仍是筑燕囚。
身西顶大愁云罩，目北津冰泪雨流。
此日纲常黄绢底，何年骸骨大刀头。
乌牙黑发堂堂去，惟有丹心为我留。

按，后黎昭统帝病逝后葬于北京。

六月霖雨绝粮又见谕不许进城偶作

才抵蓝桥早作霖，沮洳场里度光阴。
近郊匪洞幽还邃，旅舍如僧寂又岑。
仙不擎桨难润喙，佛非怀饼易空心。
玉京何必崎岖上，但望南车指有针。

赠乂安人潘氏 其一

乂安天禄县人潘氏，以洋匪家眷，收监在狱。见他言我本国同犯主，我世祖高皇帝与西山兵战于洋面，未分胜负。西山复造船铸铳，括民为兵，以图再战。国中频年凶荒，盗贼四起，民不聊生。闻之感作。

棘垣阒寂念榆枌，说起形骸骇听闻。
轻净山河无一寸，鼎成南北已三分。
燕巢甘上春迷径，龙斗洋中浪接云。
梭织光阴才七岁，桑田沧海遽云云。

喜子见访偶成

闻道路传言，安南今自以为越南，贡使月底必到。与季秉道告假上路问信，闻有儿子黎元倬充行人来寻，现在涿州，因到见子，偶成一律。

十五春秋雁信稀，无端到涿遇豚儿。
才闻疑是人欺我，及见惊呼汝是谁。
旅邸通宵言若梦，家情逐款听如痴。
侵晨分手匆匆去，父子情深不自持。

偶感

迢遥万里傲风尘，径不知权误此身。
北所十年行素位，西郊一旦迓皇仁。
鹑悬卉服装仍旧，鴂弄南音语转新。
国莫难酬家莫顾，蓬头似葆枉为人。

初登五十岁感作

瞬息青年已白头，吁嗟日月急如流。
嬉游未脱垂髫习，痴蔽曾为带发囚。
倏过十年登半百，况将一日度千秋。
已庚倍却乔彭寿，光景还于福地幽。
忠孝无同皆桎梏，炼金尽挈妄心收。
颐情养性能无碍，万古称呼任马牛。
谩道有来还有去，敢云无愧亦无羞。
梦中说梦知如梦，世事非徒一笔勾。

中秋在宁明州感作

去年今日在东洋，惨雨愁云满水乡。

遮断归程云万轴，望回去路水千洸。
今年次日明江浦，月朗风清烟万户。
嘈杂衙厮劝赏秋，纷忙国事难成趣。
风前月下枉伤悲，酷似新亭对泣迟。
拭我终宵双尽泪，思君一日十多时。
想来在昔天香阁，君军肃雍和且乐。
君念民间最可怜，臣言兵事难遥度。
而今君在桂林城，踪迹浮沉浪打萍。
驾幸蒙尘非获己，梦回复物亦难醒。
伊谁苟作眼前计，不为纲常还为己。
钟鼎冠裳莫念酬，鬼神天地那知畏。
君臣大义重千金，何乃滔滔狗彘心。
头裹红巾冠已毁，颈悬白刃剑将临。
君不见，严头嵇血常山舌，荆匕张锥苏武节。
在昔轰轰做好场，至今啧啧称英烈。
又不见，出师二表日星悬，击楫中流壮志坚。
莫测在天成素局，当为自我着先鞭。
昭昭往迹芳千古，仔细思量胡不悟。
却为身家徇利名，不图社稷思君父。
我君今日且如何，使我秋风兴转赊。
漠漠罩头尘翳起，蒙蒙转瞬日星斜。
折胶弓矢兹堪用，甚日桓桓熊虎众。
笞彼貔貅扫彼氛，复我山河存我统。
侬虽驽钝愿从军，郁郁行将夙志伸。
再造乾坤欣复午，三宜庭院庆长春。

陈名案（1755—1794）

号了庵，又号散翁，顺安府嘉定县宝篆社（今属北宁省嘉平县仁胜社宝篆村）人。景兴末乡试中解元，昭统元年（1787）会试中二甲进士，后任翰林院校理，封定岳伯。后黎与西山鼎革之际，陈名案随昭统帝出逃至京北处嘉定县，随后于昭统二年（1788）与黎惟亶受命出使清朝求救。同年十月，孙士毅率军出兵，收复升龙。陈名案因靖难有功，升都御史，封定岳侯。昭统三年（1789）春，阮惠击败清军，陈名案随昭统帝流亡清朝。所著有《了庵诗集》和《南风解嘲》，今存《了庵诗集》，又题《柳庵诗集》《散翁遗稿》等，所存抄本类型众多。

旅夜感怀

美人宛在白云乡，我欲从之阻且长。
全仗秋风吹短梦，落枫一叶到吴江。

监中自述

新国中书院，故朝御史囚。
忠仇分顺逆，生死决须臾。
于义皆所得，此心复何求。
余生非自爱，天子在中洲。

客中秋怀

乾坤浪泊半衰翁，身似浮云鬓似蓬。
秃笔几枝吟思浅，寒窗一盏旅怀浓。
淋铃何处伤心雨，遽箨终宵聒耳鸣。
冷落单裯酬复醒，木兰花外远山钟。

冬夜述怀

往事荣枯逐暗尘，浮云踪迹寄行云。
粤西客腊祈恩使，江北今冬躲死臣。
风打残灯扪虱仆，寒侵孤枕听蛩人。
一年三百六十日，又着征衫过早春。

述怀

人生何必计穷通，两字功名旅梦中。
自分疏庸非大器，偶因丧败见微忠。
君恩未报奚辞辱，臣道无成敢有功。
幸窃沽身归故国，太平宇宙作诗农。

秋夜听雨

去秋听雨长安署，片枕孤灯老客情。
今秋听雨灵池寓，依旧凄凄作别声。
消得几声秋雨夜，白头难道不峥嵘。
夜深友枕酣酣睡，窗外芭蕉滴到明。

冬夜羁怀

才小未能维短日，义明不忝照长庚。
人心有欲临机变，虎尾虽危履顺亨。
落魄人皆传既死，羁怀我亦压余生。
北风只解吹愁鬓，肯为江山怨不平。

北归题古抛山寺

六头江上古城荒，断壁残碑暮照苍。
花草几经春代谢，江湖犹笑古兴亡。
烟迷远浦乡情重，云断孤村旅思忙。
南望神銮何处是，曦轮一片涌沧浪。

谅山道中 其二

瑟瑟寒风送晚秋，溪头才过又山头。
人心可恃犹思汉，天命应知未绝周。
暝草似含兴替恨，流泉如咽别离愁。
江山信美无佳句，行客何心写胜游。

答宁明知州

因他问应制诗。

不忍从头说盛衰，孤灯寂寂客怀悲。
寸心忧爱三千路，尺北文章百万师。
枉带须眉惭范蠡，且留面目见包胥。
老爷应解来人意，那有心思忆制诗。

南宁旅病示阮督同

床褥奄奄不出门，旅愁消得几黄昏。
弱躯支倚三分瘦，正气维持一点存。
无药可医忧国病，有关谁阻梦家魂。
相怜幸有同心侣，时启笺扉慰一言。

闻北使来封有感

兴亡一梦付悠悠，萍逐沧浪水面浮。
巾帼可怜成女国，风尘最苦在房州。
匹夫莫说臣周耻，共主犹含纳卫羞。
却笑穷途逋御史，汪汪不敢向人流。

感怀 其一

独有羁臣泪暗流，家情国事思悠悠。
他乡岂必逢青眼，逆境谁能不白头。
许国孤忠蜀丞相，报韩寸舌张留侯。
男儿不做轰天事，虚度浮生死更休。

夜泛药山河

早发浮滩度，夕泛药山河。
长天忙去雁，古树噪寒鸦。
一轮当虚室，万景生光华。
隔竹认村火，移棹混渔歌。
贼舸光还后，残舟整复斜。
坚贞蹈白刃，忠信任风波。
美人在一方，游子天之涯。
世事尚如此，浮生当奈何。

见昭统钱感作

我无白玉盘，又无黄金锭。
纵有非吾宝，所乐非吾性。
我爱昭统钱，体大轮如镜。
面记旧君年，背字镌小正。
君子不忘君，守正心常定。
心欲比尔坚，节欲比心莹。
留情遍拣览，万选得其三。
时移物亦换，悲涕湿残衫。
拭磨代龟蔡，珍重当琼琛。
生常在吾手，死去入吾晗。
大义无兴废，吾心良不惭。

阮辉宿（生卒年不详）

字号不详，河内常信府青池县金缕社人。阮公寀之子。儒生中式，任高平督同。后黎与西山鼎革之时曾护送皇太后到清乞援。阮朝建立后，仍愿守志。

丁未十二月闻变往迎慈驾

谅城音报正斜光，才展缄封五内忙。
狼子果然谙故道，虎臣谁是截横岗。
惊闻翠指今西蜀，愿学鹰扬古朔方。
连带四州完险地，谁云自昔不兴王。

戊申正月出太原道

孤忠何处叩君阍，戎服绥旌向太原。
诚趁岚烟狂焰失，气冲冰雪铁袍温。
潮州长技应无敌，中土同心必有存。
河朔电鹰臣子分，可能寸效报君恩。

喜清兵出关来援

闭户缨冠讵必人，从来疑信此方真。
貔貅百万人增气，驲驿三千地帖尘。
轰烈嫖姚凭壮腑，幺麽惠岳隘容身。
义师指日韬戈后，我国山河万祀春。

闻清师溃，怅然有感 其一

电扫狂蛮一月余，且看政事更何如。
施施我已乖军志，汲汲人犹畏简书。
义旅未应空丧马，将军胡乃不闲舆。
靠人耻我徒无算，空纵豺狼孰为除。

庚戌元年春北望感作

去春宝殿罢花筵，不觉逡巡又一年。
多少风光需北塞，有无和煦似南天。
六龙卤簿岩烟迥，五凤钧韶梦寐缠。
愿学仙方翰羽化，乘风飞到紫云边。

琵琶夫人殉节行

顺安良才古月德，古人命邑号琵琶。
琵琶古曲知何意，大堤轧彼貌如花。
英花悉萃簪缨阀，景兴乙酉佳时节。
望门诞育女中豪，言行工容无玷缺。
越从十七入青宫，才登丙午梦呈熊。
日高影重天恩厚，海润星辉福泽浓。
丁未猖獗西山贼，卷地风尘惊不测。
羽葆随銮出凤城，御林星散长江北。
落荒匹马文峰还，别跟慈幰武崖山。
湘裙罗袜悲逾险，柳质蒲姿苦耐寒。
远徼望龙音寂寞，闲庭泣虺泪阑干。
忽然何处渊渊鼓，高平阃将拜迎銮。
驾回牧马暂休歇，御舟随进弗迷关。
贼兵闻信来追蹑，箭落火飞锋刃接。
数株大竹过危滩，荡覆颠倾还利涉。
缘崖攀木上高巅，雨沱瘴重色迷天。
土人踊跃前途送，山嵴崎岖小径穿。
路尽有山山有洞，洞中有井水清涟。
想来此洞何年凿，早知今日有神仙。
泉水山芝将度日，鸟啼花落撩愁郁。
信通内地判司来，详问根由声诘屈。
都司火速拨舆抬，送到龙川权驻跸。
供需品物既丰盈，守护兵丁尤慎密。
抚台旋派进南宁，内外庄严厂旅亭。

南北辛酸经几遍，不曾造次错仪型。
虽承慈训严规范，自是椒宫礼度明。
越从上国允来援，万里凯歌闻捷信。
翠华仙杖指南还，上苑青春故宫殿。
友琴乐瑟奏新声，拥翠看花酬夙愿。
无端虐焰再焚穹，忧喜喜忧翻手变。
万貔急拥天龙飞，少海慈宫着紧随。
提携转眼成相错，锋镝交横莫奋挥。
觅条西上网罗贯，幽独一方肠欲断。
媚妹虞草岂无时，何苦捱延空惹怨。
谁知夏鼎久微烟，旅成再造在遗编。
上国同袍修戟日，君王尝苦卧薪年。
假使雄才优复社，能无遗恨一婵娟。
迨夫癸丑龙髯绝，底事信疑闻传说。
岂其民望故君深，此谋恐坠西山谲。
秦亡有汉命更新，封使来时语亦云。
若把连城先碎了，未必香魂伴紫云。
一十六年曾郑重，肯轻孙妹汉江身。
节委一二胞兄弟，直来北阙叩原因。
内投誓到三陵所，便将性命委罗巾。
从古营生劳且苦，谁知谋死更艰辛。
讵意天机相凑巧，宰臣扈跸先题奏。
大清皇帝允南还，序逢甲子中秋候。
消闻惶遽便新迎，常飧顿藏花容瘦。
迢迢舟楫渡泸江，轿伞笙镛入祀尝。

士庶凝愁瞻卤簿，臣僚拭泪献琼觞。
闺中况味犹难尽，薄将礼服浣香汤。
启厥一睹冠袍样，敛泪凝眸拜玉床。
帐里回身拜女工，甘将鸩毒沃肝肠。
说到黄髫皆骇异，言闻省署亦凄伤。
红锦青蚨荣赗赙，艳辞绮句迭称扬。
妙哉一死求而得，死得声名万古香。
繄彼春闺如玉好，暮雨朝云无足道。
黄金横带是何人，谄媚平时恣奸巧。
一朝世变钟簴移，拜虏献谀如故套。
醉中一喝觉心寒，冷处加鞭应靦貌。
几曾粉黛弼皋刑，怪得璜琚裨契教。
上比葩诗樛逮葛，旁稽湘岭竹生斑。
既有古人行所易，讵无今日得其难。

按，琵琶夫人即指后黎昭统帝之妃阮氏金，阮氏为良才县琵琶社人。

郑宪（生卒年不详）

字号不详，清化省绍化府永禄汴上社椝山乡人。后黎亡后与后黎昭统帝一起奔清政府乞援，滞留中国十三年。其留存诗作反映了当时随昭统帝入清求师的情形。

因忆会友行

裴子逢仙成道处，宋郎悟佛在心年。
嘤嘤忽听何方唤，期会无违风雨天。

高楼隘宵行

高楼险道最难行，喜得知音共趁程。
四顾无声人寂寞，重山有路我纵横。
纲常一念心仍重，风月双清步觉轻。
日出三竿那得住，前来已是到宁明。

答隘店目潘伴送

君居北地我南州，有幸心心对月秋。
君志肯甘人驾驭，我身原为国驰驱。
思君顾我情难既，爱我蒙君念每周。
旅次风清何以报，愿赓瓜瓞祝君侯。

宁明城水月宫

台高承露阁迎风，争似明江水月宫。
雕槛晓玒莲吐馥，画窗宵玩桂飘红。
皇华远纳凭潇洒，玄牝光开满望颙。
有幸此秋身此地，清吾尘虑白吾衷。

明江津次进行感作

一秋两度过明宁，水陆逶迤万里程。
扶国心劳身不倦，撑天骨健步常轻。
层岩曲水知吾节，黄耆缁童惯我名。
早早愿谓舆载返，回头此景肯忘情。

自庆远到桂林暂舍

柳州未到每兢惶，才到伊吾喜倍常。
松节经霜持我志，桂林指日见吾王。
撑扶大厦条弥茂，垂顾殊恩絮愈长。
风过柳边知得意，月来梧上又重光。

自桂林又往广东

历广西城又广东，舟车迢递路重重。
奇山秀水描难尽，明月清风兴不穷。
世事局棋难转易，人情杯酒淡还浓。
到头始觉天机巧，往复平陂在眼中。

到刑部北所狱感作

雪霜万里自驰驱，百炼之钢也不逾。
从古岂能天命强，此身庶免后人羞。
纲常在念应如许，富贵知恩做得不。
自有生来谁不死，死而得所我何尤。

范贵适（1760—1825）

字与道，号立斋、华堂，别号草堂居士，海阳省唐安县华堂社（今属海阳省平江县叔沆社）人，寄籍于奉天府寿昌县报天坊（今属河内市还剑郡）。景兴四十年（1779），范贵适登进士，于后黎朝历任东阁校书、翰林院校讨、京北道监察御史等职。后黎昭统帝赐姓黎，因此又被称为黎贵适。受西山之乱，范贵适曾随昭统帝奔走中国，后清廷承认西山阮文岳正统地位，范贵适等流亡人员被安插于中国境内。直至嘉隆三年（1804），阮朝建立，始请命流亡诸员返回越南。至阮朝初年，范贵适受嘉隆帝之召授侍中学士，封适安侯，出任奉天府督学。不久，范贵适就以病辞官。嘉隆十年（1811），范贵适又被召至顺化为官，随后又以病辞官。明命初年（1820），朝廷再次征召他出仕，范贵适始终以病推辞不仕。范贵适还乡授徒讲学，门徒甚广，甚至有众多名臣名士均出自他的门下，如阮文理、阮文超、何宗权等。范贵适一生著述颇丰，所著有《周易问解撮要》《名笔丛书》《易经大全节要演义》《海阳风俗记》《草堂诗集》《华堂立斋范公诗》《华堂南行诗集》《华堂文策》《回京日程诗》《立斋诗集》《立斋范先生诗集》《立斋诗选》《立斋先生遗诗续集》《立斋先生遗文正笔集》《立斋先生行状》《立斋文集》《论语愚按》《南行集》《范立斋联文》《范立斋先生诗集》等。

对菊

沉吟衡宇下，渐觉暮霜繁。
欲问高秋意，黄花笑不言。

悼李陈瑻

痛哭天难问，凄凉事已非。
生惭李学士，一死独如归。

章阳渡

扁舟晓发章阳渡，但见沙鸥浮洲渚。
欲寻陈元古战场，想在中流溆湍处。

寄德宁

他乡景物苦为怀，醉倚春风酒一杯。
欲问玉关无限意，一天春雨落残梅。

秋郊杂咏

野外连衡宇，秋高见远山。
斜阳明一半，烟树断中间。
国破家何在，年深客未还。
紫芝如可采，一为问商颜。

里和道中

山根一径穿，海岸众峰连。
乱石能跳水，孤帆欲上天。
分争都往事，跋涉自衰年。
回首浈江北，秋风万树烟。

书怀

故国山河已大殊，故园松菊半荒芜。
茫茫天地还逋客，扰扰风尘自腐儒。
病骨平分秋岭瘦，臣心仍伴月轮孤。
有人劝我杯中趣，为问三闾肯醉无。

悲秋

天气阴晴久不分，他乡漂泊自孤臣。
伤心亲故如黄叶，极目江山断白云。
一片襟期盟日月，百年病骨犯风尘。
霜飙昨夜寒来枕，欲赋诗声泪满巾。

西行道便回转京北省亲

天地干戈行路难，吞声北去泪阑干。
萧萧芦荻湖风急，翳翳桑榆江日寒。
许国已成千古恨，怀人谁料一家安。
入门始觉残生在，惭负高堂倚立看。

旅舍感怀

江村旅舍正萧然，古树斜阳又晚蝉。
满地干戈闻战伐，伤心并洛半腥膻。
一声牧笛投深巷，数点寒鸦去暮烟。
康济不能归未得，忧家忧国两悬悬。

登镇营山

故垒荒凉剩戍楼，兴来杖履独淹留。
屏开晓嶂三春色，练净澄江万里流。
四面清风吹落帽，半山微雨洒轻裘。
登临自古知何限，慷慨令人薄宦游。

回棹

飘飘一苇顺回程，望望孤村属晚晴。
水色半涵栖鹤树，潦痕微露宿鸥汀。
不妨异地逢佳景，只笑浮云似此生。
天汉可能留海客，免将漂泊问君平。

病中自嘲

浪然非圃亦非农，非老非禅一病翁。
半枕三年劳二竖，遗编终日对群童。
醉非元亮成多谬，乐未颜渊已屡空。
笑杀一筇流憩处，揶揄往往戏龙钟。

胶水道中

江流杳无极，行人去不息。
支派如蛛网，舟行多逼戾。
海潮日升降，水土多不服。
民家蓄狂蛊，往来相疑惑。
见说今日民，大抵昔日贼。
昔日贼如何，因民无衣食。
氓隶一相呼，巨盗成顷刻。
平江起波涛，良田生荆棘。
出没何无常，闪倏如鬼蜮。
王师往征之，疲敝然后克。
元恶既已诛，散而归稼穑。

不逞心未平，往往为邪慝。
都司劳擒防，屯守布要塞。
民贼嗟何常，惟视上之德。
于维圣天子，方建中和极。
选贤以安之，牧守举其职。
食土为王民，耕凿忘帝力。
将此盗贼乡，化为安乐国。

赴京北

驱车赴京北，周道何坦夷。
野色春凄凄，四顾阴云垂。
东风拂面来，中心旷以悲。
行行过青山，日暮转山陂。
望望见镇城，寒烟空故基。
僦居入民舍，荒凉非昔时。
舍中有老翁，伛偻夜来归。
问翁归何晚，负米输军资。
输米今若何，未言欲歔欷。
干戈一经年，杼柚靡有遗。
富者今已贫，贫者存几希。
荒屋卖为薪，糠秕甘如饴。
吏来捉人去，村村如燃眉。
丧乱未有定，军兴费不赀。
府库固空虚，蝼蚁亦何为。
人情怀故乡，去去将安之。

叩门索升头，黾勉或庶几。
姜姜不忍闻，俛仰心忧思。
古人耻挞市，民劳况若兹。
嗟我有官守，刍牧安敢辞。

邓文启（1762—1834）

号顺川，北宁文江弄亭（今兴安省文江县大同社）人。明命七年（1826）中丙戌科会元。明命十年（1829）任如清副使，晚岁出使东南亚，后客死他乡，赠礼部员外郎。所著《华程略记》《洋行诗集》《慎亭鹦语》。

苍梧兴作

梧州有三岐江，此粤西广东交界处。昔吕洞宾有“朝游碧海暮苍梧”之句。辖内有九疑山，传是帝舜南巡旧迹。

地形原不逐桑沧，屹屹城墉倚碧苍。
两广交疆茅可画，三江合注苇堪航。
吕游洞口云霞暮，舜狩山头斗壁光。
援笔拟将题八景，松梢青翠日曛黄。

按，梧州有八景，曰：桂江春泛、龙洲砥柱、云岭晴岚、金牛仙渡、冰井泉香、文山夕焰、鹤冈返照、鳄池漾月。

题湘山寺

在全州，唐时朱全真住持身化，惟存齿骨，阃臣购沉香木塑土像，置齿骨于中，建塔奉事，至今香烟不绝。门悬一大铜镜，扁题“楚南第一禅林”。

峰峦屹屹树苍苍，第一名伽出上方。
塔峙岩头天欲近，龛留佛骨古犹香。
唤醒尘梦寒钟响，照破禅心宝镜光。
乘舆登临开慧眼，那般空色总茫茫。

洞庭闲望

川广黔滇一脉通，沧茫四望水天同。
风吹浪上君山半，日共潮升楚浦东。
鹚泛闲人游玩上，鹤飞仙叟醉吟中。
景清最是舒乡思，好把湖山入咏筒。

赠汉阳县正堂蒋祖暄

时驻汉阳公馆，他与亲弟秀才就馆，再三慰问殷勤。

车轨书文会一家，骐骃得路连中华。
画谈喜觉同声气，敦契应无限迩遐。
蔽芾召棠垂茂荫，芬芳燕桂茁新花。
翘攀时意书难尽，明月悬悬汉水涯。

黎维祁（? —1793）

即后黎昭统帝，1789 年失国后到北京，无法重返越南。1793 年因忧愤死于北京。

书愤

清师一败祚随移，剃发从军忽事夷。
邻谊倒颠无足论，孤魂异域竟何之。

驾幸古抛书赐正进士陈名案

海场别后思悠然，羽去鳞潜各一天。
社稷痛心空郁结，江山抱恨苦流连。
思贤似此声容近，怀土何当俗虑牵。
车盖未能犹咫尺，片笺为起卧龙眠。

附：莫朝（1527—1592）

阮文泰（生卒年不详）

字汇亨，号竹寮，永赖前烈人。景统五年（1502）探花，官至东阁大学士。莫朝时，作禅位诏，受封礼部尚书，道源伯。嘉靖十七年（1538）莫登庸遣阮文泰任正使至明朝赍表乞降，嘉靖十九年（1540）又任使臣至燕京上降书。

答同年武干

与公同甲庆生辰，万物从来备我身。
会尽人情头只点，识穷天地礼当循。
联床顿觉襟怀契，看镜相期事业新。
记取庭前松柏友，青青留得四时春。

阮秉谦（1491—1585）

字亨甫，号白云居士，别号雪江夫子，海阳省永赖县中庵乡（今属海防市永保县理学社）人。阮秉谦于大正六年（1535）在莫朝科考中连中三元。之后历任莫朝的吏部左侍郎、东阁大学士、吏部尚书等职，受封程国公。广和二年（1542），由于不满莫朝统治中的腐败，退隐白云庵，自号白云居士。归乡后，阮秉谦兴办学校，教授儒学。阮秉谦在文学创作上也取得很高造诣。他著有众多汉诗和喃诗，其中有不少流传至今，所著有《白云先生诗集》《白云庵诗文集》《白云庵程国公诗集》《白云庵程国公录记》《程先生国语》《谶记祕传》《程国公谶记》。诗文在各类选本中经常出现，如《全越诗录》《名诗合选》等。

寓兴

突兀门前十二峰，烟花敛却露秋容。
倚楼一望知山意，时送青来千万重。

留石郡公

道非身外岂难寻，况又相期意气深。
君父纲常千古在，孝忠誓不负初心。

按，石郡公为阮倦。

与高舍友人别后

相逢乱后老相催，缱绻离情酒数杯。
夜静云庵谁是伴，一窗明月照寒梅。

秋思

昨夜金风一阵吹，闲庭兀坐动秋思。
云边雁过浑无数，天上月明应有期。
光景逐人年似矢，危时忧国鬓成丝。
田园自笑归来晚，松菊犹存是故知。

偶成

竭诚誓欲报君王，暂许驱驰效寸长。
肯作桔槔随世态，休夸铅粉斗时妆。

一园春老娇花醉，三经秋高晚菊香。
为报流莺应敛舌，莫穿好树弄笙簧。

从征

景历光宝间作，时年逾六十。

指期誓复旧山河，慷慨登舟发浩歌。
棹摆水纹堆白雪，帆移月影皱寒波。
孤忠对越乾坤老，四顾微茫草树多。
记得贼奴平定了，重寻津馆侣鱼虾。

自述 其一

万里鲲溟早奋身，穷时聊且戢修鳞。
昔联金马玉堂客，今伴青山碧水人。
醉里琴棋长度日，闲中花草足供春。
斜阳独立都无事，笑倚东风岸帻巾。

自述 其二

不待投章便解簪，田园旧约好重寻。
喧无车马牢春睡，乐有图书老客吟。
万古东风曾识面，一江流水是知音。
何年再睹唐虞治，偿了军民致泽心。

里居简诸同志

不才误被衮龙褒，玩愒区区谩自劳。
实学未能孚士望，虚各空笑取时嘲。
人荣簪绂同年友，我爱松筠晚岁交。
谁是谁非休说着，青云争似白云高。

中津馆寓兴 其一

满目干戈苦未休，暂乘余暇观闲游。
栖栖燕壁多髡衔，寂寂箕山几许由。
千丈光摇新剑气，三春暖人旧书楼。
老来未艾先忧志，得丧穷通岂我忧。

中津馆寓兴 其二

虚室浑无半点埃，柴门尽日傍江开。
渔舟晚向渔溪泊，野蔌香随野客来。
乱世苟全知有幸，危时弘济愧无才。
乘闲却借东风力，留取春光入寿杯。

责子

父在不远游，惟疾父之忧。
圣贤所垂训，斯言岂我诬。
尔既生为人，胡不业为儒。
芥羽事斗鸡，金铃走韩庐。
夜观钱树见，晨击花街球。

师友不亲炙，诗书反寇仇。
生子既如此，于我复何求。
且进一杯酒，聊写万古愁。

松

长松十丈昂且耸，礌磊不与百卉共。
明堂制度方一新，左撑右柱充梁栋。
若言医国与医民，神苓琥珀备药笼。
老来却伴双鹤栖，少时曾记三公梦。
自娱泉石风独高，长傲雪霜色不动。
用之则行舍则藏，谁云材大难为用。

甲海（1515—1585）

后改名澂，凤眼郢蓟（今北江省北江市）人。莫朝大正九年（1538）状元，同年与阮文泰奉使中国，累官至吏部尚书，受封蓟溪侯、晋策国公。著有《邦交集》，今已佚。所存诗作散见于后世诗选中。

奉北使述怀

才华望实不如人，有幸明时□要津。
蹊径利名情淡淡，丹青仁义语频频。
黄枢翠幄当朝宠，肥马轻裘上国宾。
事济功成何所愿，太平天子太平民。

访蓝山偶成

征轺晚驾访蓝乡，城郭人民各一方。
纤布有坊来问俗，苏莲谁主到闻香。
鹤栖老柏乾坤古，凤舞高山日月长。
目击卧碑情重感，平吴功德对苍苍。

西都城怀古 胡城

怨台崇筑重民仇，堪笑蒲黄睥睨谋。
自谓金汤持守固，岂知歌舞破除休。
街前春色华长好，山外莺声水自流。
残堞望中追往恨，雨昏烟锁荻芦秋。

次韵上尊师程国公

爵兼齿德达尊三，俯仰乾坤两不惭。
滚滚东流澜障倒，棱棱中立节廉贪。
朱经墨史诗千首，棂月窗梅草一庵。
大吕黄钟和淡奏，长留声价重天南。

萍诗

重重叠叠砌鱼鳞，要蒂浑无半寸深。
偏为太阳遮水面，不容明月印波心。
千层浪打依然聚，几度风吹不肯沉。
多少锦鳞藏叶底，教人无计下钩寻。

按，此诗见录于《山居杂述》中《萍诗》篇。

阮屿（生卒年不详）

嘉林杜松人。曾领乡荐，累中会试三场。受任清泉县知县，一年后归养母亲，足不至城市。著有传奇小说《传奇漫录》。《皇越诗选》中选录《传奇漫录》中所题诗数首。

拟徐式题仙子绛香所居素屏风

苍茫云外短长洲，闽桂乾坤日夜浮。
一鸟暮天飞不尽，连江淡扫碧悠悠。

山云

拟僧无已与寒滩吟咏丽奇山景。

遥睇浓还淡，天边湿未晞。
晓随初雨去，暮带落霞归。
叆叇因风卷，悠扬到处飞。
僧慵童亦懒，谁为掩岩扉。

丁贞（生卒年不详）

青兰青溪人。景统五年（1502）壬戌科进士，累官至礼部尚书，清川伯。仕莫朝后，加少保升为侯爵。

自述

钝叟行年六十余，营生活计太迂疏。
汉庭钱谷犹叨问，何日南山归弊庐。

阮茂（生卒年不详）

青河罗扶人。景统五年（1502）壬戌科进士，累官都御史，文达伯。仕莫朝后，升至工部尚书。

客中

撚指光阴五十八，可堪堂构愧先庐。
尊吾良贵为天爵，扩我安居是广居。
医疾谩储三岁艾，济时空负五车书。
良工寸朽终难弃，樗栎凡才浪笑予。

走笔赠同年武干

丈夫志气好相期，贵不能淫贱不移。
要识吉凶须玩易，未关风化易为诗。
春风淡淹初晴日，天理昭融欲旦时。
风月无边庭草翠，濂溪乐处有谁知。

武干（生卒年不详）

号松轩，唐安慕泽（今海阳省平江县新红社）人，武琼之子。景统五年（1502）壬戌科进士。洪顺二年（1510）以侍书北使，使回迁侍讲，掌翰林院。入莫朝，迁刑部尚书，封礼度伯。诗作存于后世诗选中，内容主要为题咏诗、感怀诗。著有《松轩集》《四六备览》等。

慎独

己所独知人不知，孔门垂教慎于斯。

虽居幽暗隐微处，常在操持省察时。
诚正工夫从此得，治平效验就中推。
欲求君子修身要，端在吾心毋自欺。

芙蕾残

宾初礼物恰相欢，颊上红潮醉未阑。
世味淡浓尝惯见，人情冷暖总闲看。
莫嫌陋质抛尘表，惹得芳名满世间。
用舍行藏安所适，始终不改寸心丹。

冻格云榕

冻格渠边耸大堤，挺生榕树半天齐。
原株盘结风霜老，枝叶婆娑雨露低。
行客有时闲憩息，野禽得所乐幽栖。
我来亦有沂雩兴，笔底新诗入品题。

洞观玩月

虹桥矮矮水涓涓，人在阑干月在天。
玉宇楼台俱皎洁，冰壶世界共婵娟。
神游子晋乘鸾日，兴入东坡梦鹤年。
大地山河归眼底，蓝桥何必观神仙。

山行

蹑蹬攀云取次行，平安一路使星明。
石田似栉残茅塞，樵径如钩古水横。
鄙俚洙漓蛮妇语，钩辀格磔野禽声。

肩舆笑倚春风外，草树茫茫四望平。

感兴

皇天生蒸民，有物必有则。
仁义礼智信，人人之所得。
不以贤而丰，不以愚而啬。
惟习与性成，所趋遂异域。
物我立町畦，骄吝生蟊贼。
或流为佛老，或逃在杨墨。
刑名与术数，权谋兼诈力。
异途遂蜂起，圣道易堙塞。
猗哉吾皇王，懋建中和极。
欲使天下人，皆有所矜式。
我今绎圣言，传圣并解惑。
所望诸士子，日夜勤学植。
天理所当服，己私所当克。
见善胥黾勉，见恶胥戒饬。
率循我恒性，进修我明德。
顾为君子儒，共守弟子职。
诜诜多贤才，无负我乡国。

饯青沔张公孚说北使

清朝遴选皇华使，名实素孚方得预。
有美吾洪张使君，弧矢四方名夙著。
壬戌我忝登甲科，乙丑公又中乙举。

我从翰苑登词阁，公自花城趋密署。
往年我自北京回，今年公又北京去。
前路我曾知到来，今日为公先略叙。
凭祥起关到会头，驿路一百一十里。
吕梁洪兼自步洪，危如巫峡石齿踞。
乌蛮滩及十八滩，险过瞿塘并滟滪。
荆扬徐兖及雍梁，淮河汶济兼洙泗。
沿流三度溯流三，官船四漾私船四。
明月清风伴我行，奇山秀水都如此。
只今周原初起程，临饯殷勤重寄语。
惟公方可服人心，惟忍乃能济国事。
禔身慎是获身符，接物利为称物肆。
勉将忠孝一生心，管得平安两个字。
使轺今日送君行，□端直述诗中史。

阮简清（生卒年不详）

字巨源，号朴轩，东岸翁墨人，进士阮简廉之子。端庆四年(1508)戊辰科状元，官翰林侍读掌院事。仕莫朝，奉往中国出使，使还，官至礼部尚书，封忠辅伯。曾有《沧昆珠玉集》行于世，今已佚。所存诗作见于后世诗选中。

述怀

天赋生民若有恒，疏狂于我独加增。
仕途落魄长为客，生计萧条半已僧。

腹饿谁言鳞不噬，技穷自笑鼠无能。
一毫苦窳无遗弃，全赖洪钧播物弘。

许三省（生卒年不详）

安丰望月人。端庆四年（1508）戊辰科榜眼，官国子监司业。后仕莫朝，担任使臣出使明朝，仕至兵部尚书，封敦教伯。

赠同志武干用药名

迹甘草野敢言雄，偶得通官桂籍中。
紫苑从容曾视草，赤车踯躅又观风。
忍冬衣褐无忧患，半夏谈经益智聪。
义理密蒙常见示，虽无名异悦心同。

陶俨（生卒年不详）

字义山，仙侣善片（今兴安省仙侣县）人，陶公僎曾孙。登统元二年（1523）癸未科会元，同进士。仕莫朝，作为莫朝正使出使明朝，使还，升兵部左侍郎，兼东阁大学士，达义侯。有《义川观光集》，今已佚。诗作存于后世选本中，《全越诗录》选其诗二十七首，主要是其出使之作。

三公庙

庙在南宁城北，露门一里，宋皇祐中枢密使狄青、直学士孙沔、广西经略使余靖帅师讨侬志高有功，民为立祠，号三公庙。今有石碑在。

邕江一派余波在，宣岭千年正气存。
灭贼功高当代仰，穹碑长对此乾坤。

浔江舟行

万里遥瞻魏北台，星槎风吹自南来。
云连岭树重重抱，水逐江流曲曲回。
猺穴[①]骨寒溪草合，戍城迹古野花开。
顾予壮志降难得，仗剑时常对酒杯。

① 原注："城前猺蛮所居前穴。"

谅山道中

苍苍树色护深山，一路迢遥漏向阑。
宝马易冲寒气肃，锦裘轻带月光寒。
平生自许功名易，此去宁辞道路难。
堪羡数条溪畔竹，为余先已报平安。

西山朝

（1778—1802）

吴时任（1746—1803）

字希尹，号达轩。景兴三十六年（1775）进士，吴家文派中的代表人物，历任国史署总裁、国史监修等职。一生著述颇丰，不仅文学上以诗、赋、散文名世，且横跨经、史，成为越南文坛名家。历仕后黎、西山两朝，在后黎朝中任工部右侍郎，曾一度被削职，之后在西山朝为官，还曾在西山朝担任如清正使出使中国。1802年西山朝败亡，吴时任因仕西山朝被押至河内文庙实行杖刑。因其在“庚子案”中得罪众多臣僚。结果被杖打致死。吴时任文学创作文体各备，其成就主要集中于诗文。所著有记录出使中国期间的诗集《皇华图谱》，以及《邦交集》《华程家印诗集》《海阳志略》《二十一史撮要》《四家说谱》等。此外吴时任还编校过其从弟吴时俧及其侄吴时悠合撰的长篇历史演义小说《安南一统志》，他还被认为是另一部长篇历史演义小说《皇越龙兴志》的作者。因晚年崇信佛教禅宗，继承竹林禅宗思想，还在家中建竹林禅院，隐居潜心研究佛学，其诗学思想是融入禅学的儒家思想。

和乩仙

大凡不俗便称仙，万古谁知太极年。
自有倥侗应有月，诗翁不辨某谁眠。

题御屏画图 桃园三结义

天将英杰作同胞，誓把深心诉与桃。
哥叔此番香火订，肯教寸土割孙曹。

受降城

路经幕府入冯祥，故受降城是故疆。
山似谅山溪较少，石称下石里偏长。

水车转轴雷喧岸，火号标台雪满塘。
却说行城成甚事，令人千载骂宜阳。

关帝庙

万国衣冠王孔子，百年俎豆帝关公。
周经神乱非尊圣，汉鼎魂争未表忠。
人楚刑书千古白，贼曹心烛五更红。
拭瞻显号州前扁，为忆明儒论议雄。

吊楚三闾大夫

不是怀沙怨楚王，彼天难问问潇湘。
拟将口舌扶宗国，岂爱皮毛处雒堂。
往事几回悲逝水，离骚终古吊斜阳。
九疑有路逢虞舜，济济应添一起良。

圆明园

契丹宫殿知何处，长白园林见此间。
山前山后铺曲屏，涧南涧北走回澜。
草花簇簇连青嶂，楼阁层层俯碧湾。
大帝兴居浑简质，瓦壶纸帐木栏杆。

病述

驽钝年来许国身，驰驱夜夜岂嫌频。
艰贞非乏辛甘剂，吉利全凭赋与钧。

畜有履时须养正，损逢益处便回春。
贤言疢疾恒生慧，樽节清修是保真。

中秋石室怀古

觉皇寤语半千年，心事依稀在简编。
佛圣出身谁见得，皇王遁世岂其然。
月无事见长圆月，天有秋瞻不老天。
二十四声藏石室，镜光应照竹林禅。

过二姥乡怀古 并语

汉武帝置慈廉郡，吴晋寻改乌鸢城，在今西姥、天姥二社地分。赵越王光复据此城，与陈伯先将杨孱相持。其后，据城称王三十三年。后，李南帝据滔江上流，使其子雅郎聘光复女杲娘为妻，以上下葛为雨国交界。其后，李南帝并取赵光复之地，据乌鸢城四十年。赵光复走乂安海口，投水而死。杲娘怨雅郎，自尽于城中。雅郎悲悼杲娘，夫妻同死，丧于天姥之原。今石碑在处，是其遗冢。前代有雅郎祠，今废。村民相传称为福王墓碑。讹称夜间闻有瑟琴之声。碑字失迹，今不可考。

乌鸢故址邈难寻，台锁残碑绿草深。
光复悲魂溪水咽，杲娘荒冢雪花沉。
赢输事局随云物，耕织村闾自古今。
野叟不知兴废史，夜台讹听福王琴。

遇朱文贞公庙有怀二首 其二

痴儿不了东阿事，遂使真儒借尚方。
惆怅鸡楼空上白，阴深鹿洞有龚黄。
佞臣朽骨知何处，文岳峰高峙此乡。
多少高谈危坐客，也知夫子未裁狂。

晚秋参禅

屈指飘蓬既五年，今秋村寺一参禅。
菊花初挂黄金甲，贝叶重呫白玉铨。
往事几回槐国梦，故吾依旧竹楼缘。
灵庵自在灵光静，爽入银钩秀水涟。

禅庵叙旧

几度相依对影三，今宵叙旧向松庵。
玄关着眼新金璧，友榻论心老蔚蓝。
何主何宾铺拱北，是空是色述和南。
机相投处知相契，莫羡青莲秉烛谈。

阅诗

清夜寝不寐，点灯观古诗。
百家各机杼，奥古惟陶韦。
陶诗滴叶雨，韦诗走盘矶。
萧瑟与活动，殊趣而同归。
举目忙应接，定心学博依。
风来万树舞，云霁千山辉。
事理只如此，静观自得之。
行年几五十，自笑徒嬉随。
观于古之人，歉然乃自知。
连篇饱咕哔，虽多奚以为。
反而求五经，言诗其庶几。
此意更何如，琼林几个枝。

赠年眷潘瑞岩侯命关上

我越封疆万余里，北抵谅山南地哩。
北来山岭万千重，南过海门余十二。
观军旌节既当年，咨度幢幡又今岁。
丈夫魏阙更江湖，男儿琴剑与弧矢。
清奇何处不赏心，扬历如君多得志。
禄马山头灿军营，二青寺中饶胜致。
想应北塞乐陪游，相似南陲娱拜彩。
使旌竣在菊初花，边干完于梅结蕊。
驰驱吾辈有官身，郑重此番无尽意。
相期联佩庆弹冠，何必一杯持上辔。
情于秋月渭北南，思在青山德江水。

再渡黄河歌辞

黄河渡，黄河渡，黄河水，非前度。
潦浸长杨路，众流滚滚落空明，一望茫茫连太素。
公未悟，公未悟，于阗发流万里数。
六月梧桐雨下朝，九江芦荻风来暮。
水壁立大涛，沙堤翻白鹭。
险哉，险哉，天限南北，系自古好绸缪舱户。
手捧天章轿夫步，稳掉中流凝眸四顾。
风伯送来徐，涛神不敢怒。
正是王命在身，鲲跃三千争喜舞。
彼岸诞先圣，又见九天潭雨露。

北直养骡行

渠养一骡胜十奴，奴饥知叫寒知呼。
渠用骡力无择事，运柴给水奔道途。
亦有磨面转轮石，且至荷锄伴耕夫。
夏日挽车涉砂麓，汗来毛皮沾尘污。
骡身服役甚劳苦，草料不闻呜有无。
细看骡群总肥泽，岂骡生来好肌肤。
主人养骡有节度，寻常行走到日晡。
为解羁縻故安逸，豆麦断杂膏油铺。
伏枥舒闲二三鼓，次第就策方驰驱。
先王用民亦此术，劳而不怨夫岂徒。
大凡有生须有养，裕水丰草不云乎。
衣食养生大本领，民不饥寒民欢虞。
君子仁民先爱物，皋陶勤矢安民谟。
咨诹此回何所得，愿上北直养骡图。

长短句吟

君不见，岭外行云朝夕飞，纵横宵漠无已时。
又不见，明江逝水长流斯，朝东奔驶上下矶。
云水无心乃有力，周流运行不少息。
岂其心力非相关，此理浑然谁得识。
匪云求高腾太空，匪水望深趋溟蒙。
高深非意随所抵，莫为而为是化工。
臣道驰驱同此理，南北西东常事尔。
趋赴无过听自然，何德可求难可避。

算来有得却无难，得为尝偷尽日闲。
阅熟风光一樽酒，又吟又睡又加餐。
此去帝京许多路，屈指前程初发步。
万里青云得意多，九天霑霂新甘露。
心水盘中好捧来，行吾素位爽吾怀。
君不见，郭汾阳仗忠信安义命，虽孤身走遍八极谁何哉。

段阮俊（1750？—？）

又名浚，字海翁，山南下镇琼瑰县海安社（今太平省琼附县琼原社）人。于乾隆五十五年（1790）年随西山朝国王阮光平出使中国，所著有《海翁诗集》《旧翰林段阮俊诗集》等。

秋霞

万里秋光在玉壶，红霞拖影入皇都。
蟠桃会上天同乐，阊阖门开挂画图。

秋菊

百树凋零剥绿梢，凌霜金甲独成苞。
对花忽忆东篱下，三两秋来负素交。

朝鲜书状以诗请教，余代人和之，亦迄不复见 其一

鸭水铺晴练，龙文裕正传。
土丰鱼兆梦，国治雁安眠。
弊旅宾筵篚，衣笼御鼎烟。

相看无一语，此会更何年。

游蕉山寺

披佛红尘匝地阴，厌嚣游子暂登临。
三乘化域烟霞古，八叶灵基草树深。
浮世凡经终劫火，一凡低镇万峰心。
指寻衲子谈空有，再四年前已入林。

过长城

月夜轮蹄临绝塞，水天榆柳拂宸垣。
煎熬累累青山骨，战伐阴阴碧涧魂。
陶位谩劳千载计，高仙应悔一时言。
无穷事变停鞭处，云里哀啼出洞猿。

昭君墓

亦云青草墓。

汉代佳人何处墓，胡沙匝面满天昏。
黄泉不洗丹青恨，绿草空留涕泪痕。
环佩归声虚夜月，琵琶怨曲绕山村。
红颜命与春花深，惆怅风前吊古魂。

在热河公馆漫成

南越春初炎海上，北胡秋晚热河边。
只身天地萍如寄，半亩池塘桂几圆。
叶落山庄猿愁恨，华明辇路鸟喧阗。
帝乡旧契知何处，抛掷光阴四十年。

甲寅奉命入富春京登程留别诸友

余秋入致富春京，冬末始归，因忆素如氏“一官奔走风尘未”之句，续成四韵。

一官奔走风尘末，百战侵寻雪雾中。
几朵黄花开旧径，数茎白发警衰翁。
桑蓬的事心都冷，钟鼎前朝梦亦慵。
见说人家相报告，迎春处处柳堤东。

谅山恶形

巇吁嗟乎！谅山之恶，恶于坠深渊。
珥河北渡百余里，去路渐窄稀人烟。
草树蓊郁不见日，兵火余骸枕道边。
过了一湮又一湮，身翻急浪出重泉。
登了一山又一山，足蹈白云上青天。
蛟蛇兮为窟，虎虺兮为圈。
蛮獠兮往来，鬼魅兮相盘旋。
瘴岭岚飞天仙晦，秋林叶落水如煎。
饮有畜毒肠胃乱，起居中热言语颠。
又有一种尺惑出，叶间射人生恶癣。
又有万状无常鬼，白日入室起灾愆。
君不见，中国瘴乡称五岭，谪臣万死赋诗篇。
又不见，安南恶窟号鬼门，十去无还曾流传。
归乎来哉，归乎哉！单车兮旧京，双袖兮故园。
篱菜川鱼兮吾食，屋竹架兮吾眠，于以安吾体而称吾天。

潘辉益（1751—1822）

字谦受，号裕庵，乂安镇德光府天禄县（今属河静省禄河县）。潘辉益出身于越南知名文学家族国威潘氏。潘辉益幼承家学，于景兴三十六年（1775）即登进士。潘辉益还从学于青威吴氏吴时仕，娶时仕长女淑左为正室，与青威吴氏家族关系密切。西山朝建立后，潘辉益受仕新朝，于1789、1793年两次担任使臣出使中国。潘辉益的文学成就主要体现在散文上，所著留存于《裕庵文集》《裕庵诗文集》中，其诗作也留存颇多，既有与吴时任的唱和诗集《菊堂百咏集》，也有记录日常吟咏、出使中国时纪行的诗集《裕庵吟录》等。

季冬登盘阿山口占

江山如昨英雄逝，天地无情事变多。
偶记抑斋怀古句，凄凉今日上盘阿。

柴山春眺

山中遁叟懒朝参，春暇携筇蹑碧岩。
世路风涛惊涉后，方知烟景满洪庵。

与朋友祈梦真武观连宵无所见偶成二绝 其二

檀烟夜夜荐斋诚，一枕松风睡到明。
人世浮沤都梦境，羞从茫昧验身名。

经金瓯山寺

寒山挂出草庵孤，遍访金瓯旧迹无。
风落禽声来客路，日移花影出僧厨。

谁营大吏清虚院，乍占安孙险要都。
润位空遗岩壑丑，今人犹骂老奸胡。

辛卯乡试优中解元，仲弟亦预中格赴京拜谒，在途喜赋

得志年偿失志年，科途叨忝在人先。
捷音飞达春庭远，行色携将棣萼联。
家学渊源关素养，乡书印券得真传。
丈夫当励题桥志，随处江山候锦旋。

甲午季春乡试，敕旨放送河中训

导阮契赴教所应务，我亦订期就南司，以诗作别。

征装君蚤访长亭，羁思余将赴小厅。
帝里莺花谁管领，天涯琴剑各飘零。
云衢着脚尘缨绊，月屋疑颜旅梦醒。
灞柳徘徊分袂远，阳关词曲不堪听。

命南行

新进微臣荷特知，远将旌节赴南陲。
戎机最系邦家重，行色多蒙雨露施。
枫陛洪谟凭指授，沙场新景试询咨。
孝心更得邀宸照，洞海边关宴聚时。

继琼琉龙山留诗寄赠忠勤阮侯

昨到龙山君未归，藏钟留遗数篇诗。
龙山今又匆忙过，锦里君当暇豫时。
桑梓望从天末迥，树云情对佛前知。
晨风分送檀烟暖，百八鲸音挽客迟。

国事家情交感作

山河破碎玷冠裳，穷巷羁人感念长。
谫劣力难撑造化，奔逋身亦系纲常。
孤臣体国频鸣剑，逆旅陪亲几奉觞。
忠孝片怀天赐监，早离艰阻出康庄。

京城失守感作

河朔匆匆指翠华，瑶畿光景属谁家。
霜侵殿宇刁声绝，夜闹街廛烛影斜。
世运嗟哉频蹇厄，身谋到此最纷拏。
避尘且觅闲楼处，心上纲常愤激多。

西程旅闷

矞云缥缈盼都城，荒野萦回觅客程。
不管风埃侵短鬓，但凭日月鉴孤城。
泸江水阔呼舟急，石室烟深放履轻。
野鹤沙鸥无绊绁，人间多少误尘缨。

初闻孙总督退师昌江偶赋

万里征麾远出疆，扶颠排难奠南荒。
义声直足驱川岳，戎幕何劳卧雪霜。
复国君王俱玩愒，虔祈人乃鼎介皇。
可怜数万城边骨，怨气随风过寿昌。

奉召赴城感故京风景作

闻说长安似弈棋，徘徊人事忆唐诗。
三年黼座频更换，半世尘襟几乱离。
师律开张新鼓角，坤灵雕落旧城池。
可怜王谢庭前燕，犹觅芳春饮啄时。

春中奉诏差北使得命偶赋

玄宅初营孝礼完，皇华遥奉诏书颁。
桑孤奚恤驰驱远，玉节须知应对艰。
臣分服劳禆庙社，客游乘兴品江山。
别来多少家门计，全嘱荆钗布置间。

秋中奉诣谅山镇候接北使行间述怀

事非金革起哀麻，山驿征人挂念多。
不有文翰纡特鉴，岂将哀戚赋皇华。
鬼门雨后鸣奔壑，坡垒烟深送暮笳。
词笔早完邻国好，西岩回望最思家。

阮偍（1761—1805）

原名阮你，字进甫，号桂轩，后改名偍，字雅甫，号省轩，别号文村居士。出自越南知名的“鸿山文派”文学家族，是阮攸之兄。景兴四十四年（1783）举人，官翰林院供奉使、签书枢密院事等职。及阮文惠灭后黎，复仕西山朝，历官翰林院侍书、东阁大学士、枢密院行文书、兵部左奉护、中书省左同议等职。于西山朝光中二年（1789）、景盛三年（1795）两度担任乙副使一职，出使中国。入阮朝后，被召留京城，来数年，受迫而卒。所著有《桂轩甲乙集》。

夜经清江

清江县名，晋陶侃尝钓泽中，得一梭挂壁间，一日梭化为龙。后人作亭表之，名化梭亭。

清江江畔泛轻舟，云雨萧萧古岸幽。
偶向化梭亭下过，欲寻陶泽一垂钩。

闻命北使留简京中诸友

萍踪梗迹带浮名，开格叨随分外荣。
金纪骤迁光旧券，华轺早驾试新程。
桑蓬自有男儿志，云树能无故友情。
轸翼吾封频顾盼，紫宸环拱焰文星。

题鬼门关

险要从来说鬼门，群峰列战镇郊原。
泉声呜咽寒陈骨，树色阴森滞莫魂。
云雾终朝含古庙，烟岚尽日锁荒村。
去还自我凭忠信，万壑千溪岂足论。

按，陈末胡季犛篡国，陈添平往求明兵来援，胡兵拒截在此。明兵失其归路，乞交纳陈添平而还。又按莫氏失守升龙城，退挺高谅，安置家人于此。郑兵间道，卒至烧莫家室殆尽。

三叠山

山一带自上流起祖，横亘至海。三叠山中，一顶为清华，内外镇交界。前代，以山之外为东粤，山之内为西粤，故清华亦号西都。旧时以为汤沐邑，今为朝贡必由之道。

穷源亘海插青空，限截难窥造化工。
一岭中分清内外，千峰横镇越西东。
沐汤慨昔曾区别，车帆如今正会同。
停步徘徊生客感，名旁忽起掠尘风。

按，越南文献中常“粤”“越”二字互通。

月德江有感

陈末李前冬鏖兵于此。

江长一带水泋瀜，历代输赢望眼中。
隔岸霜凝迷旧迹，寒流潮涨起秋风。
天机沧卤浑无定，人世荣枯自不同。
往事伤心江月晓，烟波何处吊英雄。

渌河

旧时分界处，两岸并有火炮台迹，江中旧有木栅横截。

我交名迹说渌河，旌节理经感慨多。
一带长流今岁月，两堤已没古干戈。
炎墩橄尽山无险，铁锁烧沉水不波。
分合常机关造化，渡头莫唱黍离歌。

题伏波庙

天眷炎刘启洛东，为教此地出英雄。
择君乍作遨游客，许国翻成矍铄翁。
铜柱高标茅岭绩，铁舡长记月湾功。
云台岂以椒房外，伟烈原非四七同。

闻命喜赋

舟行长滩，接到广西巡抚城札示奉，庭寄上谕，此次安南贡使当由广东、江西进程。由此抵西江，舟程又添数十日。路经韶南等府，名胜甚多。

遥奉恩纶复改程，鹢头转向粤东行。
既添一路江山好，重得兼旬水月清。
闲泛顿增高赏兴，遍观深慰远游情。
韶南闻道多名胜，到处烦吾笔品评。

次东山偶忆兰溪渔者

东鲁行车雨雪飞，偶怀闲客钓鱼几。
二伦[①]情谊心相合，十载穷通命每违。
不审役形当世事，何如拭目看时机。
首阳今日无人问，也任夷齐采尽薇。

① 自注：渔者与我分兼兄弟朋友，故云二伦。

按，兰溪渔者为武祯（1739—1828）之号，又称兰池渔者。武祯字维周，号莱山，所著有《兰池见闻录》（又称《见闻录》）、《吴族追远坛谱》等，编修有《皇朝律例》（又称《皇越律例》）。

柬朝鲜国使臣

涨南修阻渤溟东，邂逅惟相帝阙中。
经史前传无所异，衣衫古制有相同。
比肩喜得趋跄近，对面凭对说话通。
别后欲知怅望处，一年一度挹春风。

武辉瑨（1766—1810）

字自昭，号澹斋，唐安慕泽（今海阳省平江县新红社）人，武辉珽之子。西山朝光中二年（1789）受召出仕，任工部侍郎，封灏泽侯，出使中国。次年又陪同安南国王入觐清廷受封，后升至侍中待诏。所著有北使诗集《华原随步集》《华程后集》。

小河溪驿答楚濛彭秀才诗韵

华辔荣观上国光，归来满袖是天香。
小河溪畔逢佳士，剪烛谈诗公馆廊。

越王宫沼

沼在桂林省城中独秀峰下，相传为越王后宫所。吴故宫有香水溪，西施常濯妆于此。溪上源至今犹香，人号为"脂粉塘"。

岩畔方泓漾晚凉，清涟会濯我宫妆。
西施不作沼吴饵，脂粉应添一段香。

武昌公馆回柬兵部吴台兄

昌泽一言别，征轺万里孤。
行居虽复异，梦寐每相须。
把我心常验，岂公意独殊。
北南一片月，各自照冰壶。

又和朝鲜使行人、内阁检书朴序家诗韵

信然文献地，片楮总堪传。
好礼知非俗，观诗喜不眠。
秋高松岭月，日晚鸭江烟。
金辔归来好，遭逢记此年。

望洞庭偶兴

古洞庭为古使程，偏予濡辔望沧溟。
两峰树色连天碧，万顷波光弄日晴。
湖底有无含月蚌，镜中多少驾风舲。
想于回舸闲归处，人景都归一锦屏。

长城怀古

长城以北谓之口外。

延袤山头万里横，祖龙曾此役蒙卿。
亡秦未见关胡识，逼汉徒劳侈雉城。
四序风云长出入，千秋戎夏几纷争。
只今九有车同轨，使节安从口外行。

柬朝鲜国使

海之南与海之东，封域虽殊道脉通。
王会初来文献共，皇华此到觐䀖同。
衣冠适有从今制，缟纻宁无续古风。
伊昔皇华谁似我，连朝谈笑宴筵中。

是日奉旨先回朝圆明殿，朝鲜使后二日方起程，因依前韵再柬

不岐南北与西东，圣道柔怀道各通。
雅契一朝萍水合，斯文千古气声同。
交情对照秋窗月，客思分携玉塞风。
酬和佳章多少曲，余芳还盼御园中。

四柬朝鲜副使李校理

辛卯，使部家尊逢贵国副使李公讳致中以诗赠答，李诗有曰“肝胆岂输鞮舌里，精神虚注路班中”，为本国传诵。于此来又逢台驾，询之为前李公堂亲，亦一奇邂逅也。

我世南那君世东，生前契合似相通。
两家亲上遭逢旧，二十年前把握同。
异日班联亲雅臭，连篇酬和挹清风。
归村若与家贤语，好把奇逢使谱中。

月选朝罢奉赐遍观行宫大内恭记

七月旬有二，晓漏催朝骑。
从斑山庄廷，冠服集同异。

九天阊阖开，云拥玉辇至。
临轩亲月选，卷言齐弓矢。
日晡御驾还，阁臣宣特旨。
赐王观大内，尔武其陪侍。
疾趋过宫厅，渐觉非尘世。
松柏尽虬嶓，繁荫覆阶砌。
玉槛绕回廊，竹石排面势。
既上净殿堂，燕间黼座邃。
亦入四知屋，煌煌宸翰记。
图书盈四壁，风雅中性理。
环宫以湖山，静含天地意。
奇巧非人工，蓬阆疑即此。
愧予一远价，到处骇盱视。
岂意□游观，实使杨休美。
铺张多不尽，聊用记其事。

望铜柱感怀古风一首

晓出明州城，寻访铜柱迹。
土人遥指点，青青双堆石。
嗟乎此铜柱，我邦旧址宅。
在昔征王时，伏波为中画。
脂粉自英雄，万古犹碛碛。
可怜染鼎夫，割献无顾惜。
故疆遂沦没，于今年数百。

烟雾共朝昏，徒然慨今昔。
此旁有分茅，天为南北析。
久分终当合，岂虚此异迹。

阮朝

（1802—1945）

黎光定（1759—1813）

字知止，号晋斋，承天富荣（今承天顺化省）人。历任翰林院制诰、东宫侍讲、兵部右参知、兵部尚书、户部尚书等。于嘉隆元年（1802）担任清正使前往清朝求封。《大南实录》载其“少孤家甚贫，稍长颖悟好学……立平阳诗社，催扬风雅，四方文学多从游焉”。与吴仁静、郑怀德并称为“嘉定三家”，著有《华原诗草》。编修《大越一统舆地志》《嘉定三家诗集》。

答饯短送河间分府李奉瑞次韵

李送到漳河惠茶为别。

一片情云暮色浓，萧萧河上马嘶风。

茶当杯酒诗当话，香霭磁州柳陌中。

按，阮攸评：“极诗人之致。”

题浯溪寺

溪之山有镜石，光可鉴，故名镜石山。

薰风引缆过浯溪，水秀山青入品题。

镜石可见千古迹，越南从此认菩提。

留别北城阮总镇

颜范三年始一亲，惊催冠剑作陪臣。

敬天殿①绕皇华灿，昭德台②迎帝宠新。

创国正关公锁钥，泛槎莫说我风尘。

驿梅指日旋香信，南北携看宇宙春。

① 原注：殿在升龙城，临朝命使之所。

② 原注：台在南关上，是交接之所。

按，吴时位评：“三年一亲，别亦久矣；冠剑惊催，行亦骤矣。久别行骤，不能无言。至其辞殿而赋皇华，望台而邀帝宠，则别也为王事，行也为壮游。南关北上，时不比阳关西出。

况民心初附，安危系于将；邻好初缔，荣辱系于使。药石龙蛇之运，用衣冠玉帛之周旋。居者、行者，总之为国分猷。故以锁钥勉将辕，而风尘安使职。真正事君以身，赠知己以言。宇宙回春，将公调燮手，亦使公经济手。”

宁明江解缆

宁明百里别南天，使节悠扬插画船。
汀鹤沙鸥供我览，江梅堤柳为谁牵。
云间城郭斜阳树，岸次篷篙夕嶂烟。
一望坦然宽眼界，崎岖何似十年前。

按，吴时位评：“扁舟浮海，而后知达岸之安；千里徒行，而后知登车之适。回思十数年前，从事兵场，脚踏处，虎穴蛇区，骸山血水；眼开处，刀锋铜树，石雨箭蝗。崎岖险巇，尽是可惊可愕。一量使节驰星，画船泛月，噉虓嘶马转为汀鹤沙鸥，白刃青旌化作江梅堤柳。云间城郭，非复兵争；岸次篷篙，更无戎仗。豁然一望，不觉心旷神怡，所以才别南天，便自得兴。连下记见一草，极笔补漏，不然前程尚远，名胜甚多，未当于抵宁时先已费心点缀。”

泸江早泛

催晓锣声天色曙，横篙江岸竹堤阴。
溪毛冷落朝烟罩，岭树朦胧宿雾深。
唤渡行人侵云径，去巢乌鹊噪云林。
篷窗乍醒关山梦，呼稚烹茶即景吟。

按，阮攸评：“晓景如画。”

南宁纪胜

左江兵备道台师，剑佩铿锵示武仪。
泡涧长流侬子恨，昆山永勒狄青碑。
城分雉堞临天际，屋串蝉联傍水涯。
夜月江亭宴宾客，龙光遥射伏波祠。

按，吴时位评：“遒劲逼古。”阮攸评：“挺特有古意，俯仰千古，语有感慨。”

全州客中端午

腊月梅花五月萱，谩将景况说寒暄。
黄卮半酌瘳乡思，白扇频开忆主恩。
使节迎祥当艾叶，征鞭却癖胜蒲根。
秋来国事营成后，月艳归舟玉满樽。

按，吴时位评：“重在持节，故艾叶为轻；乐在挥鞭，故蒲根无用。”阮攸评：“错错落落，小家不能道，亦不敢道。语有温厚。”

过洞庭湖

片片风帆度水涯，湖中吴楚水分岐。
扁舟月暗蛾眉影，丛竹烟凝玉泪枝。
草树迹迷云梦辇，黄金名勒岳阳碑。
君山十二经过后，红橘分甘引酒卮。

按，吴时位评：“五湖惟洞庭最好，使程过湖往往有诗，诗亦往往多佳句。盖湖中风景甚多，应接不暇，随口得句，随句便佳。譬如作圣人诵，不假文章，尽有事实；施美人妆，不费脂粉，尽有华丽。”

登黄鹤楼作

黄鹤楼头象外宽，汉阳城郭绕晴澜。
吕仙醉后重来杳，崔颢诗成再和难。
尘梦未醒青草畔，乡心每寄白云端。
翰飞迹古炎陬远，人景遭逢有此观。

按，吴时位评：“尖新整暇，直瞰唐藩。”阮攸评：“崔颢诗成后，人到此竟道不得。此句从陈中构出新思，可以咏黄鹤矣。”

旅中重九

去岁重阳兴未豪，今秋旅况正萧骚。
漫将黄菊瘳乡思，空佩茱萸辟远劳。
百感有诗皆去国，寸心无愧是登高。
不须故事还吹帽，恐动霜花两鬓毛。

按，阮攸评："句法圆活，如珠走盘。"

吴礼部酒

求仁自古得仁难，饮义如君死亦欢。
尽酌醇诚酬祸乱，谩将樽俎论危安。
一生事业杯中冽，千载功名醉后完。
同席当年谁为感，将坛忠火对心肝。

按，阮攸评："忠臣终事更无别语。"吴时位评："孤城就陷，有亡命而寻君，有假降而谋贼，总之不害为忠。而公之见则异于是。天子以城委将军与公，城存俱存，城亡俱亡，将军既以死誓，公岂独生？侥幸全躯，恐无面于天子；从容致命，即有辞于将军。所以一生事业冷于杯中，千载功名完于醉后。酒香既烈，火焰亦红，一对忠臣古今难得。孔曰成仁，孟曰取义，非斯人之徒，而谁与得仁饮义之论？确乎其不易矣。"

阮攸（1765—1820）

字素如，号清轩，又号鸿山猎户、南海钓徒，河静省宜春仙田人。出身于越南知名的"鸿山文派"文学家族。后黎朝景兴四十四年（1783），阮攸乡试连中三场。养父去世后，阮攸因父荫出仕"正首校"一职，被封弘信大夫、秋岳伯。至阮朝建立（1802），阮攸任芙蓉县知县，旋升长信府知府，历任东阁大学士、广平该薄等职。嘉隆十二年（1813），阮攸以勤政殿学士身份担任如清正使，出使回国后升礼部右参知。明命元年（1820）阮攸又被选担任使臣，但未及出行便病逝。阮攸一生勤于著作，不仅著有享誉世界的六八体喃诗传《金云翘传》，还留有大量汉文诗歌，有记录早期生活的《清轩诗集》《南中杂吟》，及记录出使中国时的燕行诗文《北行杂录》《使程诸作》。他的汉文散文著作仅存一些零星单篇，如《招魂文》《笠坛离拓言》《众生十类祭文》《二女长流生祭》等。阮攸的喃诗传《金云翘传》是以诗笔写传奇，而他的汉诗作品则真实展现出他个人的情感与心路。阮攸的汉诗虽承继于中国诗歌，但他诗歌中所体现出的主体意识又是十八至十九世纪越南文人思想的集中体现。因阮攸在文学上的巨大贡献，1965 年世界和平理事会将其列入“世界文化名人”，肯定了其在文学上的地位与价值。

梦得采莲 二首

紧束蛱蝶裙，采莲棹小艇。
湖水何冲瀜，水中有人影。

采采西湖莲，花实俱上船。
花以赠所畏，实以赠所怜。

偶兴

信阳城上动悲茄，秋满河南百姓家。
万里乡心回首处，白云南下不胜多。

苍梧竹枝歌 其一

桂林新潦涌长川，水屋凭高欲上天。
午后东风吹更急，往来无数广东船。

不寐

不寐听寒更，寒更不肯尽。
关山引梦长，砧杵催寒近。
废灶聚虾蟆，深堂出蚯蚓。
暗诵问天章，天高何处问。

渡富农江感作

农水东流去，滔滔更不回。
青山伤往事，白发复重来。
春日商船合，西风古垒阴。
游人无限感，芳草遍天涯。

山居漫兴

南去长安千余里，群峰深处野人居。
柴门昼静山云闲，药圃春寒陇竹疏。
一片乡心蟾影下，经年别泪雁声初。
故乡弟妹音耗绝，不见平安一纸书。

幽居 其一

桃花桃叶落纷纷，门掩斜扉一院贫。
住久顿忘身是客，年深更觉老随身。
异乡养拙初防俗，乱世全生久畏人。
流落白头成底事，西风吹倒小乌巾。

琼海元宵

元夜空庭月满天，依依不改旧婵娟。
一天春兴谁家落，万里琼州此夜圆。
鸿岭无家兄弟散，白头多恨岁时迁。
穷途怜汝遥相见，海角天涯三十年。

自叹 其二

三十行庚六尺身，聪明穿凿损天真。
本无文字能憎命，何事乾坤错妒人。
书剑无成生计促，春秋代序白头新。
何能落发归林去，卧听松风响半云。

漫兴 其二

行脚无根任转蓬，江南江北一囊空。
百年穷死文章里，六尺浮生天地中。
万里黄冠将暮景，一头白发散西风。
无穷今古伤心处，依旧青山夕照红。

耒阳杜少陵墓 其一

千古文章千古师，平生佩服未常离。
耒阳松柏不知处，秋浦鱼龙有所思。
异代相怜空洒泪，一穷至此岂工诗。
掉头旧症医痊未，地下无令鬼辈嗤。

读小青记

西湖梅苑尽成墟，独吊窗前一纸书。
脂粉有神怜死后，文章无命累焚如。
古今恨事天难问，风韵奇冤我自居。
不知三百余年后，天下何人哭素如。

杂吟

钟子援笔操南音，庄舄病中犹越吟。
四海风尘家国泪，十旬牢狱死生心。
平章遗恨何时了，孤竹高风不可寻。
我有寸心无与语，鸿山山下柱江深。

暮春漫兴

一年春色九十日，抛掷春光殊可怜。
浮世功名看鸟过，闲庭节序带莺迁。
侧身不出有形外，千岁长忧未死前。
浮利荣名终一散，何如及早学神仙。

吊罗城歌者

一枝浓艳下蓬瀛，春色嫣然动六城。
天下何人怜薄命，家中应自悔浮生。
胭脂不洗生前障，风月空留死后名。
想是人间无识趣，九泉去伴柳耆卿。

记梦

逝水日夜流，游子行未归。
经年不相见，何以慰相思。
梦中分明见，寻我江之湄。
颜色是畴昔，衣饰多参差。
始言苦病患，继言久别离。
带泣不终语，仿佛如隔帷。
平生不识路，梦魂还是非。
迭山多虎虒，蓝水多蛟螭。
道路险且恶，弱质将何依。
梦来孤灯清，梦去寒风吹。
美人不相见，柔情乱如丝。
空屋漏斜月，照我单裳衣。

所见行

有妇携三儿，相将坐道旁。
小者在怀中，大者持竹筐。
筐中何所盛，藜藿米皆糠。
日晏不得食，衣裾何框镶。
见人不仰视，泪流襟浪浪。
群儿且喜笑，不知正心伤。
母心伤如何，岁饥流异乡。
异乡稍丰熟，米价不甚昂。
不惜弃乡土，苟图救生方。
一人竭佣力，不充四口粮。

沿街日乞食，此计安可长。
眼下委沟壑，血肉饲豺狼。
母死不足恤，抚儿增断肠。
奇痛在心头，天日皆为黄。
阴风飘然至，行人欲凄惶。
昨宵西河驿，供具何张皇。
鹿筋杂鱼翅，满桌陈猪羊。
长官不下箸，小们只略尝。
泼弃无顾惜，邻狗厌膏粱。
不知官道上，有此穷儿郎。
谁人写此图，持以奉君王。

辩贾

不涉湖南道，安知湘水深。
不读怀沙赋，安识屈原心。
湘江水千秋，万秋清见底。
古今安得同心人，贾生一赋徒为耳。
烈女从来不二夫，何得栖栖相九州。
未必古人知有我，眼中湘水空悠悠。

反招魂

魂兮魂兮胡不归，东西南北无所依。
上天下地皆不可，鄢郢城中来何为。
城郭犹是人民非，尘埃滚滚污人衣。

出者驱车入踞坐，坐谈立议皆皋夔。
不露爪牙与角毒，咬嚼人肉甘如饴。
君不见湖南数百州，只有瘦瘠无充肥。
魂兮魂兮率此道，三皇之后非其时。
早敛精神返太极，慎勿再返令人嗤。
后世人人皆上官，大地处处皆汨罗。
鱼龙不食豺虎食，魂兮魂兮奈魂何。

太平卖歌者

太平瞽师粗布衣，小儿牵挽行江湄。
云是城外老乞子，卖歌乞钱供晨炊。
邻舟时有好音者，牵手引上船窗下。
此时船中暗无灯，弃饭泼水殊狼藉。
摸索引身向坐隅，再三举手称多谢。
手挽弦索口作声，且弹且歌无暂停。
声音殊异不得辨，但觉浏亮殊可听。
舟子写字为余道，此曲世民与建成。
观者十数并无语，但见江风萧萧江月明。
口喷白沫手酸缩，却坐敛弦告终曲。
殚尽心力几一更，所得铜钱仅五六。
小儿引得下船来，犹且回顾祷多福。
我乍见之悲且辛，凡人愿死不愿贫。
只道中华尽温饱，中华亦有如此人。
君不见，使船朝来供顿例，一船一船盈肉米。
行人饱食便弃余，残肴冷饭沉江底。

阻兵行

金锵锵，铁铮铮，车马驰骤鸡犬惊。
小户不闭大户闭，扶老携幼移入城。
本地六日至九日，滑浚二县齐称兵。
贼杀官吏十八九，满城西风吹血腥。
更有山东直隶遥相应，白莲异术多神灵。
州官闻贼至，挑灯终夜籍民丁。
州弁闻贼至，磨砺刀剑戛戛鸣。
州人闻贼至，三三五五交头细语声咿嘤。
行人远来不解事，但闻城外远近皆炮声。
河南一路皆振动，羽檄急发如飞星。
滚滚尘埃蔽天日，步骑一纵复一横。
骑者弯角弓，长箭满壶白羽翎。
步者肩短槊，新磨铁刃悬朱缨。
又有新点丁壮乏兵器，削竹为枪皮尚青。
大车载弓铳，小车装尖钉，终日往来无暂停。
数百里地遍戈甲，道路拥塞无人行。
长送长叹短送默，进退惟谷难为情。
昨日黄河水大至，五日无食栖沙汀。
今日卫州阻盗贼，不知前路何时清。
安得风车日万里，飞身一息来天京。
吾闻内地频年苦荒旱，只有春作无秋成。
湖南河南久无雨，自春徂秋田不耕。
大男小女尽饥色，糠秕为食藜为羹。
眼见饥殍死当道，怀中枣子身边倾。

空屋壁上有查字，数百余户皆飘零。
小民不忍寒且饿，苟图饱食身为轻。
黄池弄甲不足道，稍加存恤当自平。
身死在岁不在我，勿得欺心仇圣明。
昨见新郑城门粘榜示，按户给粟苏残氓。
黄河以北麦又熟，不日而辈妻子皆得生。
归来归来勿作死，抚臣惠保如父兄。

龙城琴者歌 小引

龙城琴者，不知姓氏，闻其幼年从学拨阮于黎宫花殡部中。西山兵起，旧乐死散，其人流落市廛，挟技以遨。属散部所弹，皆御前供奉曲，非外人所闻，遂称一时绝技。余少时，探兄抵京旅，宿鉴湖店。其傍西山诸臣，大集女乐，名姬不下数十，其人独以阮声擅场。颇能歌，作徘谐语，一坐尽颠倒。数赏以大白，辄尽。缠头无算，金帛委积满地。余时匿身暗中，不甚明白。后见之兄处，短身阔脸，额凸起，面凹不甚丽。肌白而体丰，善修饬。淡眉浓粉，衣以红翠绡裳，绰绰然有余韵。性善饮，喜浪谑。眼矐矐，眶中无一人。与家兄每饮辄尽醉，呕吐狼藉卧地上。同辈非之，不恤也。后数载，余徙家南归，不到龙城若干年矣。今春将奉命北使，道经龙城。诸公辱饯于宣抚衙，毕召在城女乐。少姬数十，并不识名面。叠起歌舞，继闻琴声清越，响异时曲。心异之。视其人，颜瘦神枯。面黑，色如鬼。衣服并粗布，败灰色，多自补。默坐席末，不言亦不笑。其状殆不堪者。不复知为谁何，惟于琴声中似曾相识。恻然于心。席散。质之乐人，即其人也。嗟乎！是人何至此耶？俯仰徘徊，不胜今昔之感。人生百年，荣辱哀乐，其可量耶？别后，一路上深有感焉，因歌以托兴。

龙城佳人，姓氏不记清。
独擅阮琴，举城之人以琴名。
学得先朝宫中供奉曲，自是天上人间第一声。
余在少时曾一见，鉴湖湖边夜开宴。
其时三七正芳年，红妆掩暖桃花面。
酡颜憨态最宜人，历乱五声随手变。
缓如疏风度松林，清如双鹤鸣在阴。

烈如荐福碑头碎霹雳，哀如庄舄病中为越吟。
听者靡靡不知倦，尽是中和殿大音。
西山诸臣满座尽倾倒，彻夜追欢不知饱。
左抛右掷争缠头，泥土金钱殊草草。
豪华意气凌王侯，五陵少年不足道。
关将三十六宫春，活做长安无价宝。
此席回头二十年，西山败后余南迁。
咫尺龙城不复见，何况城中歌舞筵。
宣抚使君为余重买笑，席中歌妓皆年少。
席末一人发半花，颜瘦神枯形略小。
狼藉残眉不饰妆，谁知就是当时城中第一妙。
旧曲声声暗泪垂，耳中静听心中悲。
猛然忆起二十年前事，鉴湖席中曾见之。
城郭推移人事改，几处桑田变沧海。
西山基业尽消亡，歌舞空遗一人在。
瞬息百年能几时，伤心往事泪沾衣。
南河归来头尽白，怪底佳人颜色衰。
双眼澄澄空想像，可怜对面不相知。

郑怀德（1765—1825）

幼名安，字止山，号艮斋。嘉定平阳人，明乡人后裔，先世福州府长乐县人。1789 年阮福映收复嘉定时，应举授翰林院制诰；同年任知新平县田峻事，随后任东宫侍讲。1794 年任镇定营记录，1801 年任户部参知。嘉隆元年（1802）阮朝立国任户部尚书，担任如清正使；嘉隆十五年（1816）任嘉定城协总镇。明命二年（1821）

年协办大学士，仍领吏部尚书。明命三年(1822)进献《历代纪年》《康济录》各一部，兼领礼部尚书一职。自幼笃志好学，工诗文，与友人结有平阳诗社，名曰“嘉定山会”，还常与吴仁静、黎光定相唱和，汇成《嘉定三家诗集》。著有《历代纪年》《康济录》《北使诗集》《华程录》《嘉定三家诗集》《艮斋诗集》《嘉定城通志》。

闻笛

久作他乡客，那堪折柳声。
愁同江九曲，江曲绕江城。

春日晏起

蝶梦探花神，起睇栩栩身。
东窗日欲午，太古一遗民。

使馆夜吟

旅夜凄凉梦不成，雨零雪落破残更。
忍教朔吹侵绡帐，恨杀风姨欠世情。

读云樵诗笺因兴题壁

蜀丝为辔玉为镳，骎駬风驰眼界辽。
百上诗坛争帜手，封关今为让云樵。

题华程图

使行别有按，认在行一路山川、城郭、塘汛路程画成图本。

节捧臣心壮，图开地势雄。
江山归帝籍，草木被皇风。
南北舟车至，华夷道路通。

笔端描不尽，浩荡奠敷功。

乱后归

招安旗乍挂，匿影自回乡。
吠犬惊星夜，啼鸦闹夕阳。
好花虚艳冶，古剑涩华光。
三五东邻叟，行挑菜代粮。

客高绵国寄怀叶鸣凤岐山

新洲解缆系藩城，越客相思触处生。
帝释寺前胡偈调，南荣江上貊歌声。
同吟颜色孤篷月，故国音书万里程。
极目风涛行不得，撩人时复鹧鸪鸣。

久客真腊

千里孤篷剔浪来，久经仙浦泊金台。
春归尚作他乡客，香信凭谁寄驿梅。

蛮烟地角千重路，越客天涯一短篷。
三径陶花开午夜，五更庄蝶逐东风。

伤乱

回首京华泪暗垂，生民荼毒市朝移。
柳营雨急将星坠，花县春荒战马驰。
饱食鸥鸦郊噪喜，无依磷鬼夜啼悲。
江流半是英雄血，真宰冥冥知不知。

冬日广义战场寄富春京吏部参知范王韫

战地艰难众与同，独怜桂玉更囊空。
盈罍有酒卿逾毕，弹铗无鱼我类冯。
风雨频催寒薄罽，鼓钲时动怯羸骢。
除残上将机犹待，无济生擒雪夜中。

兵场得长子天性亡信

八月初三日亡。

军前闻报汝云亡，公义私恩背刺芒。
养母儿先归陇土，事君我尚在沙场。
王卿不尽情钟叹，延广徒增命短伤。
昔日家书征汝字，行行墨迹泪行行。

自嘲

天若于予哄笑端，生逢乱世强名安。
因仍忙岁偷闲日，惭愧微才博好官。
泥醉一杯骄酒伯，鸦涂五韵傲诗坛。
近来侥幸乾坤量，水秀山奇足我欢。

嘉定金城

嘉定金城压寇氛，门开八卦丽天文。
险惊西贼回江堑，势壮南边峙寨垠。
九五龙飞阶王气，三千虎拜筑奇勋。
欣观兴复基先定，一统山河奠圣君。

使行次广东书怀

星轺粤地辄犹悬，程路艰难岁序迁。
妻子别来三阅载，弟兄望处一方天。
花明鹿洞含秋月，柳暗羊城锁暮烟。
枕畔唤醒湖海梦，声声寒雁落孤船。

留题十三行主潘同文花园

豪华扬越压苏闽，止数潘家比季伦。
门萃簪缨三品宦，园森松竹四时春。
清风香劝登楼酒，博物奇罗满席珍。
远客留连庚既醉，依稀蓬岛坐中身。

范廷琥（1766—1832）

字松年，又字秉直，号东野樵，时称銮老叟，唐安县丹銮社（今海阳省平洋县仁权社）人。范廷琥博学多才，在后黎、西山、阮三朝鼎革之时，隐居不仕，专心致学。阮朝明命二年（1821）召为行走，未几辞归；明命七年（1826）又受召翰林院承旨兼国子监祭酒，不久又辞病归，复又受召为侍讲学士。所著有《安安志》《乌州录》《桑沧偶录》《雨中随笔》《东野学言诗集》等，《东野学言诗集》又称《东野樵诗集》《东野樵学言》。

希言兄来访送别之作

送子京中去，悠悠思不堪。
不知相别后，曾否梦江南。

庆云郊行

远山衔日暮霞乱，野树迎风新绿开。
课罢携笻无别事，来苏江上独徘徊。

赋得菊花须插满头归

采菊东篱下，殷勤送夕晖。
数枝和露插，双鬓带秋归。
疏影斜挑月，清香暗湿衣。
北窗欹枕卧，还许梦相依。

登山

一级复一级，渐入白云乡。
径危攀引僻，景胜应酬忙。
岩花争客步，山鸟语春阳。
回首红尘境，茫然一太荒。

七月初六日暮过庆云市遥闻樵歌

久矣不闻此，飘然茫远来。
稀微游子耳，隐轸暮云隈。
得月氛弥咽，经秋愁未灰。
归来书馆坐，欲写又徘徊。

伤茉莉

绿藻池东丹桂旁，数株憔悴最堪伤。
娇枝袅娜浑无力，素魄轻盈别有香。

春锁书轩曾待月，苔封荒圃业经霜。
归来汲水重浇灌，留取葳蕤待晓妆。

月夜闻笛

参横籁息夜悠悠，何处吹来塞外愁。
桂子香含孤鹤唳，梅花怨入素蟾秋。
半空寥沉风遥送，一曲萧骚雪欲收。
抚枕低徊眠不得，使人空忆镜湖游。

题佛迹洞

徐道行禅师尸解于此，后身为李神尊。

读史曾闻此山好，登山始悟本来真。
徐公衣钵天边月，李氏基图洞口云。
漫篆几经兴废局，危梯长阅古今人。
壶中自有清凉景，谁向喧丛洗劫尘。

丙午之夏余客下邳，今冬便道往省，因留信宿

岁入小春霜气紧，寒毡萧索独沉吟。
五年又作下邳客，万里谁知游子心。
地接故乡云有梦，风吹旅橐更无金。
凄凉一枕眠还起，剪得寒灯夜已深。

次韵答敬甫

与子均为羁旅客，如今重过艳阳天。
黑貂裘敝犹如此，白石歌成每悄然。

客含业虚沽酒约，故山好结钓鱼缘。
烂柯烟树邯江月，闻道今年胜昔年。

吴仁静（1769—1816）

字汝山，嘉定人，祖籍中国浙江山阴县（今属绍兴）。历任翰林院侍学、兵部右参知、嘉定城协总镇、工部尚书等。于嘉隆元年（1802）担任如清副使前往清朝求封。《大南实录》载其“有才学，工于诗……文学赅博，好吟咏”。所著有《拾英堂诗集》《拾英堂文集》《汝山诗集》等，《嘉定三家诗集》中录其诗。

仙城旅次 其一

半盏孤灯客梦残，百年心事话尤难。
老天不与人方便，漠漠溟溟一太宽。

说情爱

爱读离骚酒独醒，忧君忧国百年情。
湘江今日长流恨，天地应无负屈平。

客中杂感

生平何所乐，饮酒读离骚。
楚地风波险，巫山梦寐劳。
万里江湖远，君臣一念高。
去国忧天问，谋身愧啜糟。

旅寓龙山黄氏祠堂

幽栖长寂寞，靡定此身心。
德感南山重，雄怀北海深。
霜中闲对菊，月下静闻琴。
喜得清香趣，时消俗虑侵。

和香山诗社对梅原韵 其一

罗浮香梦绕，半夜独凭栏。
月下俱怜影，山中共耐寒。
忧天应骨瘦，觉世定心酸。
洁白留人爱，幽情欲话难。

到澳门倩陈睿远答余来意与刘照、张稔溪知之

鹏程天共远，飞倦且投林。
雷雨千般状，乾坤一片心。
有生非本色，不响是真音。
为说余身事，悲愁感愤深。

风月吟

有无妄念有无生，不有虚无理不明。
树上春声风淡淡，水中秋色月盈盈。
除非今古存形迹，尽是乾坤表性情。
解到人间多少局，三三九九自然成。

澳门旅寓春和堂书怀

白云黄叶两悠悠，百感撩人惨淡秋。
天若有情应共老，地如无恨亦生愁。
萧萧古木山川落，滚滚长江昼夜流。
未卜他年如愿否，几回惆怅独登楼。

直隶道中偶入慈航寺

征车辘辘路悠长，暂入慈航憩上方。
松落半帘罗汉影，花开满院玉真香。
榻无用扫尘常净，座不贪高午亦凉。
醒得往来行路客，几回减却是非场。

登岳阳楼望洞庭湖

万里南来独上楼，茫茫天外洞庭秋。
雨寒楚国宗臣泪，云暗君山帝女愁。
菰米食余眠雁浦，烟波钓罢泊渔舟。
五湖知我心同淡，铁笛无声水自流。

留别

慵疏痼疾药何求，每使人间作话头。
樽酒易酬知己饮，片言难问为身谋。
迎风庭院花争放，带雨江湖水急流。
痴仅食芹犹远志，故人莫问再来不。

丁卯年季秋，钦命锡封高棉国王，途经广义茶曲江遇洪水，驻节龙头山

行旌遇雨驻龙头，茶曲滔滔昼夜流。
治水昔时犹有道，济川今日岂无舟。
静观云色千山暮，闲听风声万木秋。
欲速从来多不达，罪甘王命住淹留。

范世忠（1769—1852）

本名世历，赐名世忠，自号止斋。南定胶水（今南定省春长县春宁社）人。幼颖悟，明命十年（1829）擢进士第。初任翰林院绪修领思义知府，历任礼部员外郎、吏部郎中、平定按察使、礼部左侍郎、刑部左侍郎、承天府尹、户部右参知等职。明命十七年（1836）以礼部左侍郎身份充如燕正使，《大南正编列传二集》称其“至北京遇万寿节，上《祝嘏诗》蒙厚加赏”，使回改任刑部左侍郎转随天府尹。嗣德五年（1852）卒，年八十四。所著有《使清文录》《使华卷》等。

答和仪部宗室莲舫奕书草

万里梯航此服勤，敢言海国素称文。
南关回首频翘首，如见蓬莱五色云。

祝嘏诗

五百昌期萃吉祥，虹流瑞霭拥宸阊。
南溟叠积仙寿纪，北极昭回寿曜光。
健运乾元纯不息，申重鼎命永无疆。
远臣有幸陪仙杖，拜稽赓锡万祀长。

北帝旨问安南风景原答

客问安南景若何，安南风景异中华。
缁尘不染山河莹，八节皆春草木花。
食少麦麻多菽粟，衣轻毛革重绫罗。
虽然亦有相同处，礼乐文章自一家。

阮嘉吉（生卒年不详）

号迪轩，北宁省文江县华梂（今兴安省文江县义柱社）人。后黎朝昭统元年（1787）制科进士。嘉隆初年（1802）授勤政殿学士办北城词章，寻充如清甲副使。使回迁礼部左参知。然因以诈冒封神敕下狱削籍，寻卒。所著有《华程诗集》《悲柔郡公芳绩录》《劝学诗》。

鬼门关庙

庙在谅山温州枝棱社，奉马伏波将军。康熙二十二年，钦使周灿来锡封名“畏天关”，使臣有事往来，例有谒见致祭。

路入枝棱过畏天，拜瞻神像自巍然。
勤劳绩著旋车日，矍铄神留上马年。
管甚殊犀成贝锦，永将铜柱奠山川。
云台太室今何在，万古崇祠屹翠巅。

珥河晓发

手捧宸章出凤城，晴江利济一舟轻。
九千地轴从初步，万代王基在此行。
红日照穷京阙梦，朔风吹动故乡情。
勤劳敢谓殚臣分，且奏桑蓬副此生。

武希苏（生卒年不详）

号澹斋，唐安慕泽人。博学多才。嘉隆三年（1804）出使中国，所著有北使诗集《华程学步集》。

谅山道中

是日暮行，戌辰方抵枕榔屯。谅山官军将火把迎接以行。

延袤重重一带山，行人如在半空间。
虫声鸟语相赓和，水曲山腰迭转蟠。
嘈杂土谈闻沟岸，高低栈屋架前峦。
驱驰自有光明烛，去去休嗟行路难。

自受降城至宁明道中

天朝规例，每道十里，或二十二里，设塘坊一所，留更兵五六人，盘诘奸匪，驿递文书。凡有官司往来，塘兵各具军服弓矢，排立道傍，放炮鸣锣接贺。

受降城外着行鞭，大地风光媚眼前。
山势迭迎铺画轴，塘军款接具櫜鞬。
瞻红日近颙宸极，望白云遥忆海滇。
却讶自非麟凤价，旄倪何事睹争先。

拦村夜泊

驻泊之处，护送官兵罗布幕排到岸上，鸣锣击鼓，更侯甚严。

路去花山数里前，拦村江渚系征舷。
星排素幕严军札，火照红沙认使船。
月影光分星影淡，山声响合鼓声阗。
漏残催报开舡号，指点前程万里天。

旧同平章事长派侯从亡回国，舟到昭平过船相访，因有诗送贺

十四年来去国身，衣冠不改旧缙绅。
九千里外旅游客，四百年朝节义臣。
人地山河饶历览，故园花草庆重新。
回头荣贱都尘梦，剩把芳名两国闻。

按，长派侯即黎倜。1789 年后黎亡，与弟黎元值随昭统帝至北京求援，嘉庆八年 (1803) 始奉昭统帝骸骨回国。

洞庭晚望

洞庭水色入清秋，万顷苍茫四望收。
孤鹜斜穿芳草岸，落霞低蘸夕阳州。
浪涵清影鱼吞月，焰夺寒烟蚌吐珠。
四海若论浮世局，津头忽报岳阳楼。

游昆明湖

十月初八日，奉旨颁统领内务府事李大人同礼部四驿等官，着同使臣行随入圆明园，坐红船游湖。

烟霞万状是昆明，奉旨观光妥远情。
冠带陪游诚旷罕，阆蓬到处总幽清。
楼台倒影波中见，舸舰沿流镜里行。
胜景也非人世有，辋川妙笔画难成。

吴时位（? —1820）

字成甫，号学逊、约斋，受封澧溪侯，吴家文派重要成员之一。嘉隆初入授翰林院，寻迁吏部佥事，谅山协镇。嘉隆八年（1809）

充如清乙副使。嘉隆十六年（1817）升礼部右参知，翌年充嘉定试场提调。明命元年（1820）复以吏部右参知充如清正使，入关至南宁卒。《大南正编列传初集》称：“位，学问该博，文章雅赡。嘉隆初诰册多出其手。”著述有《枚驿诹余文集》(《枚驿诹余》)、《礼溪文集》、《酬应金笺》、《成甫公遗草》等。

谅山道中

千峰北上耸如刀，热气蒸时瘴气高。
人近溪泉常似病，土多硗确不成膏。
衣妆半杂蛮侬俗，林薮皆宜盗贼巢。
祖母遥看云起处，七州界辖此山交。

过关

内地官吏验贡毕，急催使臣登舆，而传令闭关。谅山官与护送员弁皆收兵回城，鸣金击鼓，开旗发射，人马行声响振山谷。予及同部进行，或先或后，不相照顾。抬夫喧呼笑语，皆不可晓。前途万里渐离乡国，虽江山无异而风景顿殊，不觉凄然有居行之感。

冠盖相辞仰德台，一声锣罢使旌催。
把关吏卒扃门去，护贡官军振鼓回。
故国江山人渐远，中朝风景眼初开。
南来已道行千里，北路应添十数回。

浔江城怀白居易

一曲霓裳两泪澜，钟情惟有白香山。
岂无杨柳小蛮舞，独听琵琶老妇弹。
苦竹黄芦何处宅，孤船明月此江滩。
我来欲访当年画，为叹才难遇亦难。

过永州怀柳宗元

宗元以唐永贞元年与韩泰、刘禹锡、陈谦（谏）俱坐附王叔文，贬远州，时号“八司马”。按宗元贬柳州而其文集多在永州时作。林西仲亦通称贬永，则所贬之地未可执定。宗元博学能文，唐名士也，而身蒙谤谪，流落不偶，投荒十载，终于一官，此可为贤者惜耳。

闻说宗元窜粤墟，身淹柳永混樵渔。
七州司马文章友，十载炎郊瘴疠居。
党狱已成衰汉后，儒功何补晚唐余。
八愚别墅今安在，蛇捕民风必变初。

吴时俧（生卒年不详）

字学逊，号渊密，青威左青威人。吴家文派重要成员之一，所著有《安南一统志》《学飞文集》《新昙心境》《平章学逊公遗草》等。

题于岸故园

咿喔鸡埘天向昏，轻烟落寞罩孤村。
园花如昨人何在，冠鸟归巢树不言。

饯师子京北宪使官之

科甲登朝际会真，宦程万里跃云津。
吾师有子酬初愿，家叔同僚遇故人。
一路澄清新揽辔，两条忠义旧书绅。
交情郑重相规语，京北豪强惯胁民。

贺眷谊黄侯管后坚右后船属差乂安之作

戎行起领一支兵，九将连麾控列城。
郭幕捧书收散部，汉边伏节赴新营。
乘风话使江南马，按剑遥驱海岱鲸。
福禄根基坚有厚，喜君宦路运重亨。

寄上云游院

龙蛇之蛰为安身，否泰元来自有辰。
夫子辙环曾过宋，文公羁旅且留秦。
金经百炼方成器，木阅三冬便见春。
滋植矧堪凭枳庆，吾家书种看吾人。

卜治生

三十四年痴呆身，未能忧道故忧贫。
欲多自不甘蔬食，事少何须啮菜根。
财府不穷随造物，禄元有定可干人。
当知吾易生生理，辅相裁成卦属春。

无题

问在百里内，离京半晌程。
京乡隔岁别，君我三秋情。
有缘陪胜席，不约会神京。
岂知衡雁断，忽听草虫嘤。

沂水风和咏，黄泥月绕行。
桃园心胆密，芸圃羽翰轻。
烟霞供酒债，云树校诗城。
信义逢知己，诗书感识丁。
启门天欲曙，照牖月仍清。
世路饶倾侧，吾心自太平。
韶光春九十，乐处悟生生。

寄云游院和元韵

滔滔世皆是，问君胡不归。
白云新岭住，青眼故人稀。
但识吾为我，宁知你是谁。
龙蛇安所遇，鸿鹄长于飞。
双手擎天梦，单车出塞棋。
清风来水面，淡月上蛾眉。
野树晨烟罩，汀兰晚露垂。
生涯随处足，光景与人宜。
最爱诗书味，都忘鱼肉肥。
闲情舒影昼，静虑未明时。
行处吾无隐，归来你自知。
寄言立人道，仁义是纲维。

吴时僜（生卒年不详）

字养浩，青威左青威人。吴家文派成员之一，所著有《槼南行径诗集》《养浩公遗草》《国史遗编》。

寄示弟侄

谁教口腹役身忙，曲径崎岖暗自伤。
风月怡君琴砚趣，尘埃累我斗升场。
龙蛇只是安遭遇，牛马何须说短长。
惟有天伦诚乐事，恒存忠厚保缨将。

饯亲弟澧溪侯丙奉使

圣朝文献重交邻，为把咨诹属旧人。
奉贡昔曾隆甲命，求封今又正陪臣。
八千地轴山溪惯，咫尺天颜雨露均。
指日公完华辔稳，归来庆溢锦堂春。

吴时偾（生卒年不详）

号玄斋，又号石坞，青威左青威人。吴家文派成员之一。嘉隆六年（1807）中秀才，所著有《石窝文集》《石坞公遗草》《林巢居士玄斋公遗草》等。

题宁功寺

不有黄金增点缀，慈悲到底亦无颜。
世人偏向床头看，壮士穷中识得难。

晚渡珥河

暮山归鸟浮云白，远渚浴凫沙水赤。
寒风飒飒乱彼生，一叶孤帆千里客。

京寓偶成

失路真堪叹，当途好自夸。
凫蝉争势利，裘马斗繁华。
惯见乡村寂，愁闻市井哗。
长安无故友，相访识谁家。

暮过抛山

峙流今古常如此，身世蜉蝣当奈何。
羁客飘蓬千里去，渔舟长笛一声过。
风尘极目家何在，烟霭漫空月正斜。
暮鸟归巢樵径断，满山花草满江波。

自叹

书剑年来学未成，他乡落魄一狂生①。
四时往复知天理，半局赢输悟世情。
总为多金恭季子，鲜由涤器识长卿。
此生原已储三哭，三哭安能尽不平。

① 生，底本作“夫”，据用韵改。

愁吟

他乡流落客，贫贱逢乱离。
萧条居陋巷，冷落掩柴扉。
杜鹃啼日暮，蝴蝶怨春归。
叶轻蝉叫急，烟重鸟飞迟。
寂寞黄昏候，凄凉黑夜时。
相思愁惊枕，永诀泪沾衣。
徘徊眠不就，辗转意若痴。
强把灯挑点，相对影踯躅。
问影终无对，扪心复自悲。
鸡声忽咿喔，兔魄正稀微。
启门无所见，一鸟帘前窥。

吴时侣（生卒年不详）

字朋甫，号述斋，青威左青威人。吴家文派成员之一。景盛元年（1793）曾作为使团随从跟随吴时位出使中国。所著有《梧巢诗集》《述斋公遗草》。

信阳城咏雪

天色低迷入暮愁，飘飘早絮满涯洲。
关情更有深于我，一夜江山屈白头。

述怀

荏苒费居诸，江湖术业疏。
人性羡凫鹄，世道重轮舆。

生别恒山鸟，贫歌剑铗鱼。
负辕屈千里，谁下太行车。

怀白居易

才名流落近天涯，去国愁侵两鬓华。
同病不缘怜粉黛，多情未至泣琵琶。
荻花枫叶秋如此，樽酒弦声人若何。
事往百年随逝水，一壶烟景属渔家。

登岳阳楼

巴陵城外一维舟，拾级登高觅胜游。
水际雁声和日落，天边帆影接云浮。
九江潦长连青草，万顷波平见素秋。
极目关山烟树远，岳阳人倚夕阳楼。

玄光寺

五百年前没旧踪，现留一簇梵王宫。
传灯故影江头月，说偈遗音松下风。
石室云迷前日径，竹林山寂上方钟。
溪冰洞日存神处，印爪无端认雪鸿。

春夜读书

读书倦遥夜，东风吹我门。
万家正寂寂，孤月悬中天。

扪心悟前非，寒梦不成圆。
十年旧业荒，感此空凄然。
掩卷重叹息，痴然不能言。
浩荡高难攀，我意为谁传。

梧巢寓所寄递亲叔吏部澧溪侯

少年负志气，咫尺青云里。
青云不可攀，却为红尘累。
穷居感离索，壮心日消靡。
荒野无知音，良桐枉焦尾。
庄鲋纵然枯，谁洒西江水。
南山欲蒙雨，争奈濡文采。
松茂柏斯悦，瓶罄维罍耻。

阮衡（1771—1823）

字子敬，号日南，又号午南、南叔，阮侃之子，阮攸之侄，乂安宜春仙田（今河静省宜春县）人。鸿山文派知名诗人，与其叔阮攸共列于“安南五绝”。所著有《鸣鹃诗集》《观东海》。后黎亡后，为避西山朝求入官而逃遁。诗调沉郁，多忧世悯时之作。阮朝立国后求其入朝为官，亦不仕。

策江端午

今节匆匆过，他乡落落贫。
曾无下酒物，不是独醒人。

忍字诗

有忍乃有济，强忍敌灾星。
忍过事堪喜，三言忍字铭。

世道

世道方崇俭，吾生未了贫。
由来湖海量，难以望今人。

守信

莫道人无信，还由我所欺。
但存抱柱意，未必不能移。

吟诗事

饥来犹不顾，兀坐且闲吟。
幸有此为事，可无他用心。
不思得真句，一气自成音。
早悟诗丹决，修之以至今。

北城除夕

去年南策府，今夜大罗城。
漂泊浑无定，饥寒尚有生。
检诗伤苦思，对酒觉多情。
明旦明年事，惊人爆竹声。

贫窭

贫窭乃若此，胡为不肯行。
恭承白氏顾，重恋主人情。
每把衣为食，难将笔作耕。
淹留何所待，春草已思生。

南策旅次

舅氏阮如衡公见任南策西堂，去冬挈家依之，时在府厅旁居住。

有舅官斯圭，时来且暂依。
半间聊有托，数口可无饥。
昼静书当枕，春寒火作衣。
离乡殊未贱，久客自思归。

书怀

岂是名为累，皆由气不平。
不平须有气，为累可无名。
坎坷安时命，推移感物情。
常存晚节戒，勿使负平生。

述阮三郎诗追咏其人

三郎神溪馆舍人，当西山时屡起兵南下者，其人非特骁勇且复能诗。

斩马福溪市，焚舟茶里门。
英雄从此去，丰韵至今存①。
拟雪国家耻，肯终天地昏。
壮心应不已，慷慨记诗言。

① 原注：上四句是三郎原诗。

闻叔父礼部参知公讣音感作

公字素如，性好猎。自号鸿山猎户。庚辰八月初十日卒于富春官舍。

十九年前素如子，一世才华今已矣。
吾家厚福公巧完，疫疠何能速公死。
三秋沦落北城中，南望鸿山每忆公。
归去家山闻夜猎，精灵恍与曩时同。

公莫去故乡

古箜篌曰“公无渡河”，余作“公莫去故乡”以拟之，奉呈海阳镇参叶何尊台。

故乡不可去，公莫去故乡。
纵使故乡恶，犹胜他乡良。
故乡未必恶，他乡未必良。
去故而谋他，人情岂异常。
顾维结根久，宗族秀且强。
一旦骤富贵，奈何违梓桑。
累世若可舍，初来安能长。
即使遂如故，何须更离乡。
处之有其道，胡为乎遑遑。
狐死正邱首，故乡安可忘。

豪侠客

鸟中有鹰隼，众鸟惊敛翮。
兽中有虎豹，百兽率辟易。
惟人亦有之，豪侠人无敌。
当其平居时，检身何叔昔。

才为义所动，意气见冲激。
平地风飙起，青天雷霹雳。
世间不平事，一剑了然释。
死重且不顾，财轻何足惜。
倾囊济穷乏，一诺黄金百。
为人排患难，太华可手擘。
功成拂衣去，邈若云无迹。
惟余磊落名，是谓豪杰客。

黎温甫（1771—1846）

号莲溪，弘化县大中社瑞莲村人。喜好吟咏，诗出自然，未加雕琢。其后人于嗣德五年（1852）搜集其所遗著述汇为《莲溪遗集》。

赠亲弟以翰林编修充山南场覆考

吾弟生来盛际期，更将史笔候秋闱。
君恩家法叮咛处，秉笔持心慎勿欺。

赠凤历梁清斋来京赴召

渐鸿迢递五云深，弘水香江一片心。
一别迩来三月久，莲溪伫望凤回音。

腊末到永营记见

经跨湖中达永营，高楼严邃正初更。
重城云拥连山峙，万炮雷传吼地声。
贵阇迎春灯已放，穷闾忘腊夜犹耕。
庙堂达者江湖客，谁会希文忧乐情。

望安人记翰溪裴公唱义事潜作

残戈无力挽斜晖，万里孤臣抱恨归。
清阃未深钟鼎分，罗山先慰孝忠旗。
鹏公销得奸雄死，银武翻能患难随。
事迹在欢名在爱，澜巢壶洞有公碑。

乌州沿途记见

乌里沿途乱甫离，村闾零落火烟稀。
海山家构三间屋，冬夏人穿一袴衣。
米不充肠人蹙额，食无下箸客颦眉。
道逢老叟从头问，追怨西山煽虐时。

京次闻塾师讲《论语》喜作

圣远谁能觉我人，遗言幸具传中文。
知能本不分南北，兴泯原非以汉秦。
理在人心今亦古，文并世道薄终淳。
怪渠不待文王教，能占儒家席上珍。

渔人行

春仲泊舟顺海口，谷风习习斜阳暮。
笠蓑何处老渔来，冒雨忙为沙荻浦。
一只轻飘三板船，徐徐移就客舟边。
撒网在篙谋夕饭，披衣当灶晒寒烟。
突头轻挂薪数束，釜煮蕉根半生熟。
盘欠菽粟灵芋焦，彼儿啼号渔父哭。
我傍船头试问之，他闻且说且颦眉。
云从西伪连兵响，自南北州迫乱离。
赋烦役重人无诉，耕牧既穷渔亦苦。
小舟输钱岁十缗，大舟亦倍小舟数。
河翻海沸少鱼虾，栉雨冲霜事网罗。
终日仅数鱼数尾，半供衣食半征科。
重以迩来少乐岁，米如珠玉薪如桂。
农夫负米尚啼饥，嗟我江湖此风味。
闻之海上往来商，皆言河北颇丰穰。
普天之下皆王土，恨不生于此北方。
我闻此语心深恻，嗟尔渔人到此极。
幸今皇道甫清夷，宵旰思弘尧舜德。
河清海宴际佳时，尔渔尔钓尔之津。
行将圣上光明烛，遍照炎天桂海人。

胡春香（1772—1822）

祖籍义安琼琉县琼堆村，历后黎、西山、阮三朝鼎革，饱经家国之乱。胡春香出生于越南知名的文学科举世家琼琉胡氏，“世守儒业”，但她自己却一扫儒家思想中所信奉的“女子无才便是德”的观念，在诗中表现出自己张扬的个性，显示出明显的女性意识和叛逆精神。胡春香在诗中采用女性的视角来写作，成为越南文学史上第一位自觉进行性别化创作的诗人。因创作大量喃字诗，被称为“喃字诗女王”。著作有《春香诗集》《琉香记》，但多散佚无存，所留诗作题材均为记录生活，描绘下龙湾之景。

男女打秋千

八柱倩谁妙妙陈，一双作戏羡旁人。
男摇鹤膝频频叩，女挺蜂腰款款亲。
四幅红菱飘忽展，两行玉腿曲还伸。
游春人惜春难再，杵拨人空春没痕。

潘辉湜（1778—1844）

字渭沚，号圭岳，谥庄亮，山西国威府瑞奎社安山邑（今河内国威县柴山社）人。潘辉益第二子。嘉隆十年（1811）应召历补部曹，任谅山协镇，累迁礼部尚书，并任《大南实录》总裁兼管翰林院。嘉隆十六年（1817）充如燕副使。著有《华轺杂咏》《琵琶行演音曲》《人影问答词余》《典礼奏议》等。

渡泸江

迢迢书剑事长征，才向龙编又启行。
臣分忙闲都顺过，人家难合重含情。

吾亲此路荣新格，赖我今番之骏声。
泸水东边八千里，江山到处彩光生。

过帝殿感作 其二

锦聚衣裳北斗般，龙楼凤阙走狂蛮。
仓储充积雕氓血，轩省含羞謟士颜。
庭长棘荆花色减，堂留剑戟树容寒。
有人村野林泉外，旧景经思泪不干。

过王府有感

历阅年来一百余，谁教庙社 [illegible] 丘墟。
遗灰基土人披草，破瓦墙边树采蔬。
笙管羊韶鸟嘹亮，旌旗剑戟树枝疏。
可怜函谷烟消后，回视年前大不如。

闻北来封有感

兴亡一梦付悠悠，萍逐沧浪水面浮。
巾帼可怜成女国，片尘最苦在房州。
匹夫莫说臣周耻，共主犹含纳卫羞。
却笑穿途逋御史，汪汪不敢向人流。

冬夜羁怀

时在逋中，掩门独立，庭外闻人言公为虎害，不觉失笑，偶成。

衣冠改目成南北，花草无情自古今。
蝴蝶梦中天未晓，芙蓉池上月应沉。

此生宁丧豺狼吻，纵死难为狗彘心。
独愧匡时无一术，殷忧只自托孤吟。
才小未能维短日，义明不忝照长庚。
人心有欲临机变，虎尾虽范履顺亨。
落魄人皆传既死，羁怀我亦厌余生。
北窗只解吹愁鬓，肯为江山怨不平。

潘辉注（1782—1840）

字霖卿，号梅峰。潘辉益第三子。分别于嘉隆六年（1807）和嘉隆十八年（1819）两次参加会试，均未中。明命初年（1820）如补翰林院编修，明命二年（1821）因其所编纂的《历朝宪章类志》受明命帝赏识而补授国子监翰林编修一职。明命六年（1825），担任使臣出使中国。明命九年(1828)升任承天府府丞。明命十年(1829)补授广南协镇。明命十二年（1831），被任命为侍读，并再次担任如清使副使一职出使中国。翌年因使团挟私货而遭贬，于1833至1834年期间奉命出使荷属东印度的首府巴达维亚（今雅加达）。归国后，于1834年被起复，授工部司务。不久借足疾辞官退隐，回乡教学直至明命二十一年（1840）病逝，时年59岁。其所编撰的《历朝宪章类志》《皇越舆地志》《历代典要通论》《海程志略》等成为越南的历史、地理、政令方面重要的丛书，所著出使纪行诗文有《华轺吟录》《华轺续吟》《洋程记见》等。

送春

南浦烟波住客蓬，桐花落尽雨声中。
送春重感离人思，迢递江城听晓钟。

景文书院暂晚住

柳荫夹岸渡綦河，书馆停舆日未斜。
半枕蝉声催客梦，薰风吹送石榴花。

偶兴

南北关河迭往还，鬓发饱历客途艰。
尘心已逐沧波净，重向青山一解颜。

书答茂才银际昌

伊携其友龚一贞、荷大烈偕来款见，请予使程二集回看，并书绝句递照，即席答之。

荏苒星霜骆辔驰，春风无限异乡思。
重来慰子经年约，且看江山一路诗。

过万滩

水驿几千里，江滩此一程。
石攒矶屈曲，流急浪回鸣。
迅棹声相唤，孤舟梦亦惊。
信忠曾涉历，险巇自安平。

燕京译馆书事

天阍重睹九门开，海客初停六辔来。
月净鸿胪登几席，秋清紫禁认楼台。
观光饱历无边量，专对犹殷靡及怀。
最是咨诹忙底事，云山未暇掌中杯。

恭进贺圣寿节诗章 并语

越南国陪臣，臣稽首谨奏言：兹恭遇大皇帝万寿圣节，仰见天地嘉吉，日月融光。新又新乾德健行，普雨洒风飞之闿泽；旦复旦履祥长发，照山钟海毓之昌期。五旬初纪仙龄，亿载预征大春，盖息众同普率，矧兹远暨教声。臣等衔命自南，驰神共北，铜柱珠崖之道路，喜达梯航；琼楼玉宇之云天，幸聆韶护。愿拟诚而祈嘏，仰抒表以陈诗。

天家眷命耀祯庥，保定山川寿祉稠。
桂宇祥开初度旦，桃筵庆始五旬秋。
星趋北极腾嵩响，波静南溟积海筹。
艾服远臣叨祝嘏，近光重喜上仙洲。

舟中自述

酬应公竣客念情，归舟尽日掩门扃。
青山时送窗中影，流水闲闻枕畔声。
景在旅游嚣转寂，兴从晚起梦还醒。
笑来勋业频看镜，白发新添四五茎。

游昆明湖望万岁山景偶成 并序

昆明湖在圆明园西五里，湖上峰峦回绕，楼阁参差，皇清历代游赏处也。乾隆庚戌秋，家君星槎，曾获陪跸，登山上髫龄闻道，久羡胜游。昔年奉使公忙，未遑一访。今圆明侍宴之暇，迂道游览，湖山秀丽，极堪娱目，而淡烟衰草，光景更觉寂寥。询之通言，云自道光九年以来，皇帝鸾驾不复临幸，湖中楼船三艘，经奉撤毁。从此水日浅涸，而今深不二尺。望之清浅，诚然。对秋山之萧瑟，慨胜景之盈虚，不觉有触于怀也。因馆吟以志之。

燕京名胜处，久羡昆明湖。
万岁临流峻，千峰隔岸铺。
云际楼台明，波间松竹敷。
山水双清绝，尘埃一点无。
伊昔宸游地，鸾驾频舒纡。

恍是蓬阆乡，不数辋川图。
我来曾梦想，此度偶迂途。
凌波与长桥，倚松眺绿芜。
佳景抒尘兴，胜迹询名区。
近闻御幸稀，辇路寂驰驱。
苍崖郁莎草，浅水长菰蒲。
湖山委寥落，十年风景殊。
扈从事已杳，临望思还孤。
西风归辔晚，回首惜仙壶。

水上行 并序

自梧州而上，溯洄萦曲，舟行甚艰，沿流半月，方抵桂林。回绕于重山叠嶂间，倍觉岑寂。因思前使古使路顺流下东粤，何等爽适。予此次以三月望抵梧州，仍从府江溯泛。旧游跋涉，景触思生，又不能无慨然也，作水上行志之。

苍梧城外三岐水，两粤江程分派起。
一带漓源上桂林，使舟溯泛从斯始。
长流滚滚山重重，迢递征帆挂晚风。
榜子扬柁劳转扒，滩夫牵缆苦西东。
烟雨更逢三月暮，春水满江流潦注。
重滩呜咽响飞湍，层岭苍茫连嶂雾。
嵚岑两岸无人家，客舟晓暮伴云霞。
唯有渔舠来荻岸，时闻鸟语出藤萝。
一路岩溪成寂寞，半窗琴书增牢落。
经旬洄溯到昭平，重涉萦迂与平乐。
石碛沙洲路几回，临流览古迭兴怀。
黄翁迹远余山碣[①]，杨将尘空只炮台[②]。

残春荏苒临阳朔，错落峰峦屈重曲。
螺岗云深漾碧波③，雁滩岸迴鸣飞瀑④。
塘迅萧疏景色幽，华程嗟我此重游。
江山邂逅堪青眼，岚瘴间关又白头。
使图检点思陈迹，那得舟从东粤适。
稳放帆樯顺水流，不劳溯泛经滩碛。
往事遭回路几更，膏花难访五羊城。
还教桂岭迓旌节，山色滩声空复情⑤。

① 原注：桂花塘象棋滩最险，右岸上有石碣，刻“广东布政使黄国材捐修水陆险经”等字。

② 原注：宋将杨文广出兵岭南，此处现存炮台三所。

③ 原注：螺蛳岗在沿宝堂。

④ 原注：飞雁滩在有两派瀑水。

⑤ 原注：前黎使至梧州顺流东下经肇庆府三县至广州省城，中间始转沂滩水上桂林，迄今遂成定例。

李文馥（1785—1849）

字邻芝，号克斋，又号苏川，河内永顺湖口乡（今河内巴亭郡）人。明乡人后裔，祖籍中国福建漳州龙溪县。先祖为明朝官吏，明清易代之际，不愿仕夷族而举族南迁至越南。李文馥于嘉隆十八年(1819)领乡荐，明命初授翰林院编修充史馆，累迁礼部佥事协理、广义镇务、广南营参协等职。绍治元年（1841），李文馥以礼部右参知之职担任出使中国正使。李文馥不仅担任使臣出使中国至北京，还“三之闽而四之粤”，到中国福建、广东公干，又至新嘉波（新加坡）、吗粒呷（马六甲）、槟榔屿（槟城）、孟牙啦（孟加拉）、明歌（加尔各答）等地，还曾担任使臣至法国出使。李文馥一生足迹踏遍近半个世界，因此被后世学者称为“周游列国的儒臣”。李文馥十一次到国外均著书纪行，所著有《周原杂咏》《西行见闻录》《闽行诗草》《闽行杂咏》《粤行诗草》《粤行续吟》《镜海续吟》《东行诗草说》。《车行诗草说》则记录至东南亚公干时情形。除了诗文上的成就，李文馥在小说上也有一定建树，他将中国的《二十四孝》《玉娇梨》分别喃译改编为《二十四孝演音》《玉娇梨新传》，另著有笔记小说《掇拾杂记》等。中国学者缪艮评："其诗慷慨激昂，淋漓悱恻，自含温厚和平之旨，而无噍杀粗厉之音。是盖涵养切深，非率尔操觚者可比。"

自楼船回抵寓作

肯向高堂梦楚巫，眼中犹记昔贤无。
不然误入烟花网，五十年来失故吾。

澳门即事

别成世界始何时，矶上渔翁知不知。
青拥海门千岛屿，红飞尘路半华夷。
台凸凹石层层炮，舟往来风色色旗。
看守后官当日意，巧存体面作羁縻。

风阻泊南澳

幸得转入白牛山见有船艘城市，喜而泊焉，卒无事。

事变此身应长智，驰驱惟命不知难。
浪横大汀风无赖，人立帆边泪暗潸。
骚屑夜消金凤岛，平定晓入白牛山。
须臾城上晴云出，烧酒相陪一解颜。

按，集中留有点评：“三、四句写得极酸，五、六句极快活。读之如披云露而睹青天，岂非妙笔。”

舟泊厦门偶兴

雄控闽关此咽喉，风流万里一维舟。
帆樯夜影生凉月，庐井晴烟接素秋。
雄武寨深浯屿碧，夫人塔傍石坛幽。
偷闲策倦穷延瞩，弧矢翻留作晚游。

按，集中留有点评：“颔联清爽浓丽，直逼唐人。盛唐风调。”

君子堂与圣裔孔君昭敬晤叙

时见在枫亭巡检，闻行价来著时，制衣冠来见。

倦倚庭东夜未央，忽从月下接台光。
绳趋矩步圣人后，礼立诗言君子堂。
讵必章缝分鲁宋，最怜黻冔出殷商。
溯来七十有三世，吾道周流天地长。

按，集中留有点评：“五、六句意深语逸。”

广东省城灾记 并序

广东城军民错居，屋比如栉。道径仅三四尺许，屋之上各有楼，叠盖以瓦。四围墙壁，皆砌以砖石，本以杜火患也，偶一失火，竟至不可灭。虽官载水军如织，无所为力。盖其势然也。十月三日夜初更，城之太平门内火起，次日巳时方退。延烧房舍以千数。人民间有焦毙者，损坏财物者，不知其几百万也。是夜也，飘风蓬渤，烈焰奔腾，人皆携灯上楼，为观望走避计。自城达江，照耀几同白日。号叫之声，震动波浪。时住馆相距不远，所储官项亦复不少，在行官军如仕烟雾中。遥伏我皇上洪福，终获无事。既乃往视其所，不觉恻隐之心动，因诗以记之。

五仙遗下繁花地，一夜几同浩劫灰。
河内非逢长孺往，江陵畴起圣加来。
刁沉城角车无水，灯射波心炮有台。
回禄应知钦国命，蕙兰同类为渠哀。

遭风濒死卒获无恙喜成 并记

腊月二十一日，舟回将属我国洋分也。忽暴风卷海，狂浪掀天，云雾昏冥，雨下不止。船将触浅仅咫尺，撑转不来。时船身摇曳，帆叶绳索已多损裂。船上人为波浪所病者，什七八。只有向神前叩祷而已。俄而渐渐转出，则随风飘移，莫知去向。此身已不可复问矣。越次日巳分，云雾略略收霁，隐隐认得广南、广义诸山，乃治洋驶放。不觉泊入沙圻澳，竟获生全。呜呼，是孰使之然耶？天也，皇上之洪福也，鬼神之效灵也。喜甚，因志之。

死生一发为谁矜，雾乱风狂岸欲砯。
望阙孤臣惟有叩，呼天吐卒莫能兴。
空中何处迷山见，冰角无端骇浪澄。
奇险愈征奇福分，起看眉宇各腾腾。

阅《宋诗纪事》作

世途蹊径让平庄，诗道偏从曲见长。
一代江山开有宋，百家风骨岂无唐。
风凰调古谁人和，脉望编存落纸香。
槎客不知呆面目，谩调声韵谱吟囊。

抵公馆见门题夷字作

自古冠裳别介鳞，兼以天地判偏纯。
尼山大笔严人楚，东海高风耻帝秦。
斗次辉华文献国，星槎忝窃诵诗人。
不怜一字无情笔，衔命南来愧此身。

按，集中留有点评：“攒岩裂壑。”

端阳日感作

去岁之吕宋，其日即端阳。
今岁端阳日，乃在粤东洋。
溯十四年来，甘苦境备尝。
荣辱境虽异，总之非故乡。
母老已七衮，兄弟各一方。
贫病两交近，事育徒奔忙。
国恩矧未奔，臣分将何当。
每念涓埃报，常恐志业荒。
百端茫茫集，中夜空彷徨。
客中值佳节，欢乐畴相将。

泛蒲情转淡，缠线恨逾长。
展卷欲花眼，吟诗如断肠。
亦知义与命，何必劳悲伤。
丈夫当益壮，君子贵自强。
宇定天光发，花黄晚节香。
生吾岂无意，吾且听苍苍。

常思山歌

问尔常思山兮，其高几仞，其广几里，其造设时几。
岂无嘉名，而曰常思兮。云谁之思人，谁无思兮。
当有已期，思而曰常兮。山胡然而繄，惟圣人兮。
无思无为，乃如之人兮。若之何其步，层峦之转折兮。
思海云关之嵚崎，睹泉流之清洌兮。思香江水之涟漪，白云起兮。
思浓岭之云飞，秋风起兮。思西湖之鱼肥[1]，思之又思兮。
念兹在兹，静言思之兮，胡不遄归。
呜呼，山兮山兮，尔何知人之思不思兮。
咸其自取之与，其终日终夜以思兮。
徒使我心之伤悲，曷若置此身于何思。
何思兮于以适，吾心悦而神怡。

① 原注：海云、香江皆我国之京城，浓山、西湖皆吾故里。

按，集中留有点评：“人非木石，谁能无思。山而名思，诚所不谓解。《传》曰：‘慎思之，思辨之。’此歌亦其思之正者欤？思所当思，蔽之曰‘思无邪’。”

汝伯仕（1788—1867）

字元立，号澹斋，清化镇彰山总吉川社（今清化省弘化县黄吉社）人。明命二年（1821）乡贡，历任仙侣知县、刑部员外郎、安乐县训导、翰林院编修等职。明命十一年（1830）坐事落职，被派送往广东公干，送广东省漂风船回国。所著有《大学图说》《咏越史诗集》《沂庵翰香》《澹斋主人文集》《澹斋诗课》《澹斋诗文集》《粤行杂草》，另编有《清化省志》两册。中国文人冯尧卿评其诗："字句清洁，略无尘氛。"

早起

独自深更起，楼窗月影斜。
谁家起更早，一笛落梅花。

半寐

日暮珠江酒一杯，人声未定漏声催。
汀洲深夜芭蕉雨，敲起梦魂千里回。

题船上祀天后所

浩淼千重水，焄蒿一篆香。
鳌鲸沉海藏，到处讶明昌。
海道皆王道，神威是国威。
风光无限好，收载满船归。

癸巳春，蒙开释，发从官船往广东公务效力喜作

明命壬辰冬，清国广东省广州府有巡海船一艘，弁兵七十余人，被风漂到广南沱瀼汛。上命治船厚给，至是派出官船，护送具船为（至）广东。

诘旦金鸡下玉墀，恍然再世笃须眉。
满城花草梦初觉，旧识江山信转疑。
眼底海东身似叶，心头堂北鬓如丝。
漫思枯朽逢春好，雨露蒸和产瑞芝。

船泊猎德

两岸青山望未穷，穗城遥认最西峰。
潮生蕉渚两重湿，涧绕稻田云半封。
远塔可临千里镜，高楼何处一声钟。
赵家故土番禺在，往事凭谁访旧踪。

是夜猎德乡亭演剧，舟人观回与话有感

喧喧演剧珠江侧，舟人看回同太息。
曲调谁知汉满音，衣裳犹是宋明色。
博带峨冠昔五章，转教优孟作华装。
世间万事几存古，如今复有桃源否。

粤东怀古

可嗟有地却无才，偏霸基图剪剪开。
老大人催黄屋去，风流事逐白虹来。
即今逝水兼连嶂，何处遗湾与故台。
客此未能时散步，徘徊古意独衔杯。

旅馆水涨偶成

雨后天初晴，晴时潦大至。
薄暮乍消减，诘旦又涨起。
潮潦交相带，进退故不已。
新灶改活大，中庭没湍水。
波光照摇壁，云影倒入所。
濯足砌阶上，泛舸订巷里。
为念闾阎外，未必但如此。

海行杂咏

海行凡七昼夜。

垂垂圆而空，回顾廓渺弥。
天是小铛盖，借覆大铛水。
□见一寸土，浮浮青上积。
恍然鸿蒙初，天开地未辟。
一天浮在上，一船浮在下。
飘飘日夜偕，空中只两个。
忽然云回合，闻雷未见雨。
樯头乃尔高，去天仅尺五。
船外万顷水，船内数炉火。
火烟与水烟，缭绕斜阳下。
风静纤云尽，上下空一碧。
桑榆色独奇，轮江□又赤。
落照散余彩，明霞炜花起。
玻璃大世界，半碧半黄紫。

纤月纸欲静，星斗暗天轴。
风吹碧浪动，万颗碎珠玉。
南风与我便，往船疾飘忽。
人坐看船针，人卧仰新月。
何处山移来，曷为岛浮至。
须臾天色晓，红日驾云起。

阮福晈（1791—1841）

即明命帝，又名阮福胆，越南阮朝第二代君主，1820至1840年在位，年号明命。阮福晈在政治上推崇儒学，继位之后，立即进行官制、经济制度、教育制度等一系列改革，如全面恢复科举制度，弘扬儒学等，意图建立中央集权的“文官政府”。明命帝的励精图治令阮朝达到鼎盛时期。其恬静好学，博览群书，精通儒学与汉文创作，所著有《御制剿平南圻贼寇诗集》《御制诗集》等。

冬寒静坐念防边者

细雨纷纷洒满天，北风阵阵过窗前。
山溪跋涉祈晴霁，勿使寒威到此边。

日前，据范文典、黎登瀛奏称防边官兵一路清吉。复询之，差人佥称土司地气温燠，又遇连日快晴，故军行诚为利便。今在京，数日来朔风气寒，不知九土司地方获免寒否？念及，令人不能忘怀。

望湖楼

潋滟波光润目中，天清云静蔼晴空。
沿堤宫树行行绿，难尽春禧行化功。

咏御园荔枝

火实天浆不让闽，何须置驿毙黎民。

自供口腹非仁者，甚至徒为悦妇人。

北朝福建荔枝素称上品，本朝北城所产亦多有佳者。年前，予命以其类，栽于御园及宫殿等处，本年结果成熟，甜浆芳艳，色、香、味三者比闽分毫不减。因忆《唐书》命置驿，生致荔枝，七日夜而至，以供杨玉环嗜好，故人马间有毙者。夫以口腹劳人，已非仁人之所欲，况甚至以供妇人之口腹哉？本朝法古荐新如北城，荔枝富安檬果亦有传致。然揆之于礼，实不可废。近来屡省定额，期足供岁享耳。礼讫，复分赐臣僚。比之于唐，已觉大相径庭矣。予心犹欲迟之十年，各项珍果载植，日蕃甘香不减可供荐享者，亦连前额酌量省减，免致劳人，更为尽美。

读《洪德诗集》戏题

几暇娱情且咏吟，何关得失有无深。

吾侪非以文章显，洪德兄何苦用心。

洪德乃安南圣宗姓黎氏之年号，南朝英君无出帝右者，且文德武功泽被后世。尝著《天南余暇》《洪德诗集》等书，惜未经剞劂，又日久湮没。予加意购求，所得善本千卷，其中文义似觉真、赝参半，未为全璧，难以考证。然味其诗，意多法唐人，雕炼琢磨，字字用心。如帝君德彪炳至今，以政令乎？以文章乎？可知无此文章，亦足令后世景仰，则何必于此用心。予自知诗句老练，诚不及君。然欲法其政绩，不欲法其诗句也。

观书

朝夕于斯，寒暑罔辍。

讲究心源，搜寻秘诀。

渐渐通融，津津透彻。

有得于心，亦可以悦。

自训

君道贵纳言，仍分别邪正。
正言必勉从，邪言勿可听。
奸宄为身家，忠诚谋国政。
毫厘千里差，日夜澄心镜。

咏洋刀

戏以上二韵同音异字，下二韵同字异音。

异域多良工，炼成一世冠。
光芒魍魉惊，气射云霄贯。
只须数尺长，可以千牛断。
佩之在利乎，取义主于断。

按，越南语音与中国两广语音有类似。在广东话中“断”有三个音：[dün6]，如断绝；[tün5]，如切断；[dün3]，如判断。越南语音中“断”字有二音：đoán（độc đoán 独断）、đoạn（đoạn tuyệt 断绝）。

阮豪（生卒年不详）

字号不详，河静省宜春县仙田乡人。生于越南知名文学世家，为“鸿山文派”阮侃曾孙。与其父阮行合撰《南真杂记》，有《南真十六咏》行世。

咏释迦化身

闻道裨花色是空，菩多凹地半苔封。
翩翩现出高低石，殷殷能言晓暮钟。
明镜台留潮片月，金莲香起树微风。
凤翔遗骨都如此，得问人工与化工。

咏东明银蟾

陶铸生来八字文，面当龙眼傲风尘。
月明相气如相访，雨洒无心谓有神。
八道暗随金兽化，镇门疑似石狮邻。
珍藏近日为时用，披尽中肝向主人。

咏那山晚钟

参差楼馆玉壶边，谁把钟声晚叩禅。
殷殷递从迷树刹，音音响散欲霜天。
近催半月瞧陵赴，走送清风到客船。
入定易抛尘俗念，风和无意恼婵娟。

咏宁江灵神

千秋正气锁烟岩，初月横沧浸玉簪。
心在崖州师未北，神于故国鼎犹南。
仇元风引涛声怒，悲宋花凝雨泪含。
早识火图终四广，余舟未必泊伽蓝。

丁翔甫（生卒年不详）

原名丁鸿翻，字翔甫，号正轩，乂安镇欢州县溪亭社人。嘉隆十八年（1819）任如清副使庆祝嘉庆皇帝六十岁大寿。所著有《古驩溪亭丁翔甫使程诗集》《北行偶笔》，内容为出使中国及后来随黎昭统帝流亡中国时所作的诗，另有以中国经史为题材的《正轩诗集》。

入海求蓬莱

视仙闻道水中浮，汉士殷勤为上求。
郑重帝庭钦帝命，徘徊仙境觅仙洲。

题昭君出塞图

一曲琵琶泪漏申，禁中天子若无闻。
自来汉女多招冠，不为毛工解悟身。
去国一时花有泪，安边终岁马无尘。
当年只做宫中论，千载何缘见美人。

社稷臣

可嘉可敬古名臣，为国拳拳罔爱身。
寸念忠君悬日月，一心辅主炳星辰。
欲荒切切当庭争，仁义孜孜尺疏陈。
借问汉臣谁可近，直言汲黯是其人。

登黄鹤楼

缥缈层楼势欲飞，千年鹤迹杳难追。
云间玉笛空余响，槛外寒流自碧漪。
兴到吾前皆有景，笔从李后更无诗。
客槎偶入蓬壶境，聊记兹游一绝奇。

张好合（生卒年不详）

字亮斋，号烟川，嘉定府新隆新庆（今胡志明市）人。嘉隆十八年（1819）举人，历官鸿胪寺卿、礼部侍郎、谅平巡抚等。曾于阮朝明命十二年（1831）、绍治五年（1845）两度出使中国。著有《梦梅亭诗草》，其中自《梦梅亭华原草集》一诗至卷末《抵南关喜作》，均为北使诗。

出广关

三出广平郭，风吹露气寒。
前途山万里，初度一门关。

按，集中有评点："有情致。"

追怀亡友兵部郎中朱继善

人幸遭逢命又殇，悲歌不忍迪离觞。
客中半是南中士，那个前来说故乡。

按，集中有评点："的是离家苦况，异地离思，一句一泪。"

哭长送委员兴业县慰陶先生

漓上闻君路半捐，死生国事两周全。
亦知痛哭终无益，争奈途间共二年。

过云关

今日去南中，登临路不穷。
征轺初驾月，林叶夜吟风。
作客刚余里，登山已十重。
蹰踟鸡店外，霜送一声钟。

按，集中有评点："渐入佳景，笔端云海荡留。"

游夜西湖

月明钓艇载银壶，村树笼寒夜色无。
风过宜蚕[①]砧力薄，霜横镇国梵灯孤。
百年烟景同今夕，千里秋光泛一湖。
客远不知寻海事，日携歌管借欢娱。

① 宜蚕：村名。

按，集中有评点：“琢练工致，晚唐人格，龙梭纤宇，风律谐音。”

按，西湖即今河内西湖。镇国即今河内镇国寺。

广安纪事

广安镇前名安广镇。甫到广安莅临才得五月。

安广如今未半年，山容差胜太原前。
华封水远浮渔舰，河北春深长麦田。
笑我离家超岭外，似谁买屋到溪边。
寻僧欲问雷音寺，满地松林锁暮烟。

按，集中有评点：“冰雪聪明，不减江上青峰。”

彰德怀古

城边荒草遍征途，一槊雄风此日无。
赤壁月明斜度鹊，魏庭霜冷夜飘梧。
二乔尚未归铜雀，五马多来驾晋图。
烟水不流曹相恨，漳河秋到半轮孤。

按，集中有评点：“气势雄壮，笔力遒健，纯乎唐人格律。”

与同进士出身潘清简话别

旅舍寒灯彻漏明，自来相聚半如萍。
荡游已共三年榻，远别何堪一夜情。
送客前途无睡柳，催人几处是残星。
与君今坐长安月，来夕秋山戴月行。

按，集中有评点："不相见临政时恋恋之意，与人交结之诚，出口即是。"

赠长送朝仪大夫知浔州府事孙世昌、协镇都督罗额驸

金勒才离象郡天，关山一路仰周旋。
曩分幕府三更月，今共明江数叶船。
云物每随乡国异，客心多在使旌悬。
前途景色劳相示，莫使风华过一年。

按，集中有评点："清景俱融，措辞警颖，云物一联，黄绢幼妇。"

湖南长沙省怀古

地多胜迹漫追寻，岂是繁花逊桂林。
峰与横山相首尾，江将拱极共浮沉。
蝌文尚记前王德，烟雨何迷过客心。
岳麓近闻风景好，送春不到一年深。

近闻桑海换前朝，灯下怀人带泪挑。
走狗梦回清夜赋，汨江烟锁百年桥。
湘灵自昔多长瑟，岸柳如今不细腰。
最是不关兴废感，山中剩有几鱼樵。

按，集中有评点："不细腰句百读不厌。"

黄碧山（1791—？）

号懒斋，北宁省龙编人。平生好游历，善为诗，明命六年（1825）应岁贡使阮祐仁之邀，随使团出使中国，所著诗集《北游集》记录此次出使。因该集以使团中下层官吏身份的视角记录，有别于以往正副使臣笔下的北使诗集，别具特色。

广西御寒衣服例口占

长裘一、长绵夹一、短绵夹一，及滕鞋褥被各一、绵夹裙一，及香包一环、花毡一幅。

不作南山暖，虚为北地寒。
浪游怜象服，牛马任君看。

帝尧庙宿

望都县城北一里，庙宇巍峨，中奉尧像。庙前二古柏，龙鳞郁茂，庙因此而作。县城南是尧母乡，右石碑刻“生尧处”三字，又有第一泉碑立于道左。时停驻庙中之作。

帝乡南落望都前，帝庙辉煌望北边。
万古太和存宇宙，青青双柏不知年。

咏怀三闾大夫

湘阴江程经乌龙嘴，乃汨罗江故道。昔屈原沉于此，其坟与庙去江三里路，至今重五日楚人竞渡龙舟以吊之。

帆指乌龙嘴，凭吊汨罗魂。
怀沙人已没，孤忠一片存。
谁谓吊死知，五日舟竞奔。
离骚哀唱罢，荒坟古庙门。

湖北省武昌府江城

舟至汉江入夏口，系缆省城津次。城郭壮丽，楼台重叠，人烟辐辏四十里远。山川烟景，一大游观。对岸汉阳，亦称繁丽，余详黄鹤注引。

洞庭湖北岸，壮哉武昌城。
砖瓦连天起，烟波满地生。
大览全楚胜，真迹列仙清。
客子维舟楫，朝朝未拟行。

过鬼门关

旧关名，近有伏波灵庙，庙前深溪横路，水恶山险，行者惊怖。昔有句云“灵矣鬼门关，十去九不还”，其戒途欤?

岩险关头戒鬼门，行人过此两无言。
泡从泉涌关蛟室，岚逐山风隐树根。
十去歌残留此地，三年译报又征辕。
仰祈相吉凭灵庙，长想而翁镬铄存。

留题四译馆

京馆逡延一月余，交如更有此来如。
六时谈笑人乡惯，重院晴空树影疏。
雷鼓城西车马道，钟高秋夜斗牛墟。
妍媸谩许看场罢，虚印鸿泥独笑余。

山峒歌

舟发自横州，江行三十里，岸之右石山清丽，上有半仙峒，旁有鲤鱼峒。又十里，有通天岩山。皆峭削幽翠。

晓泛目送江上塘，午泛目送江上山。
嵯峨岩腰涌波影，山色水色相回环。
烟笼半仙深峒口，石横鲤鱼窥碧湾。
极目通天绝壁上，窈窕峻削千万状。
浮空苍茫翠且微，山青水碧相依依。
舟程迢递五十里，烟波无数称幽期。

张登桂（1794—1865）

字延芳，号端斋、广溪，原籍乂安镇石河社（今河静省），后移居广义省平山县美溪社（今山静县静溪社）。越南阮朝重臣，四朝元老，历任嘉隆、明命、绍治、嗣德四朝。嘉隆年间及第，明命年间充当绍治帝等皇子的师傅，官至兵部尚书、协办大学士、机密院大臣，封绥盛男。绍治朝升为文明殿大学士，嗣德朝升为勤政殿大学士兼辅政大臣，晋绥盛郡公。嗣德十六年（1863）致仕，嗣德十八年（1865）去世，谥号文良。所著有《张广溪先生集》《日本见闻录》等。张登桂所留诗作中多为应制、酬应之作，在应制诗中又以咏史诗为最，而送别、唱和之类的应酬诗也体现张登桂作为当朝权臣以诗为人际交往的工具的思想。张登桂之诗作无定法，如其自称“不规不矩，就事起兴，触景成吟”。

读前后《红楼梦》有感二首 其一

闲检红楼纪梦余，金钗十二集裙裾。
我怜黛玉痴情重，欲把前因叩碧虚。

题赠松云诗社

仓山公妹三贵主俱以卿为字，别业在京城，前面江之右，故云。

松云会上列群英，谁主骚坛唱首盟。

天下人材归帝女，风流江右说三卿。

按，阮绵审同母妹有三，俱有文学名：阮永祯（1824—1892），字仲卿，号月亭，明命帝第十八女，所著有《月亭诗草》；阮贞慎（1826—1904），字叔卿，号妙莲，又号梅庵，明命帝第二十五女，留有《妙莲集》；阮静和（1829—1882），字季卿，又字讵之，别号常山，明命帝第三十四女，所著有《蕙圃诗集》。

读史

忠臣为国有深谋，伍相原来范蠡俦。

吴越兴亡关用舍，倾城何独美人尤。

秋丁谒文庙有感

德教高千古，巍峨仰至今。

沙尘官路静，花木庙门深。

俎豆诚如在，冠裳肃有临。

圣君方治世，一片小生心。

钦命经略南圻六省

宥府参谋画，南圻奉整厘。

铜船乘浪驶，羽葆拂云垂。

诗荷皇亲赠，春临瑞日迟。

苍生兵燹后，调剂费筹惟。

乂安中途纪见

尤物从今见，奇装古未闻。
缠腰青布缕，蔽膝黑绫裙。
下里声犹涩，黄昏色不分。
蛾眉如可效，谁羡卓文君。

有酒

有酒有酒，斟之酌之。
众人皆醉，我醒何为。
翩翩其心，悠悠谁思。
沉忧郁结，而无见时。
自少孤贱，惟兄是依。
一朝决绝，惄然居离。
何如当初，不便相知。
人生在世，多此苦悲。
蓬莱有无，机源是非。
知音不易，亦已焉而。

秋怀

官事未有属，客意半萧疏。
敛迹从人后，高怀慨古余。
寥寥天宇垂，四顾皆廓如。
造物弄玄化，凉风交运初。
蝉声闹孤寂，萤火流庭余。
闲心倚修夜，能不感离居。

和白乐天议婚诗

娶妇如之何，谁为道来因。
古择不在富，今择不在贫。
我欲质诸古，为今一一陈。
富贵人家女，能无骄其人。
贫贱人家女，能无屈其身。
屈身不足道，骄人奚足云。
闻君欲娶妇，我为订其真。
要娶贫家女，无如朱买臣。
要娶富家女，当如桓少君。

纪行

岁杪奉北行，朔风战寒栗。
壮志轻长途，戎干代华笔。
书生未知兵，曾各司马秩。
筹画遵庙谟，孙吴无异术。
将士鼓勇进，蛮匪尽奔逸。
剿平功幸成，牌示谕得失。
士民惑难晓，渠犯未伏锧。
围山计斯下，索兽拒能必。
劳心商远图，不溃同筑室。
爰开三面仁，徐徐加抚恤。
行之旬日间，惊散次第出。
昏懵才唤醒，逆党一朝毕。

所至不贪残，遂尔收效疾。
忆我初来时，艰苦难悉述。
纡途涉溪涧，越岭登屹崒。
雨暑一茅蔽，所居不容膝。
四傍皆高山，杂树布蒙密。
瘴雾连空浮，已初始见日。
忽然风雨至，天地黑如漆。
通宵刁斗鸣，遍地火烘熚。
周旋三阅月，霜鬓肆侵溢。
圣朝威德普，荒陬举齐一。
沉甲唱歌还，援笔纪事寔。

读越史应制

我越自庞鸿，首称泾阳王。
系出帝宜后，建国此炎疆。
相传八十世，事迹多渺茫。
金精与水精，记载属荒唐。
安阳本蜀人，起兵并文郎。
恃神不诹备，国势随以亡。
赵武乘秦乱，绝道定扰攘。
英雄抚全越，自帝雄一方。
传祚只四世，内乱不能防。
版籍入于汉，空嗟离黍伤。
征王是女流，崛起安可长。

沼至三国秋，士燮实循良。
放民以礼义，圣学日益彰。
中原既丧乱，宰制多乖张。
前后李南帝，立国如朝霜。
赵越有异术，溺爱自罗殃。
隋唐复内属，南北混一场。
枚冯前后帝，祸乱目相望。
驯至十二君，割据相争强。
民心无所属，日夜徒皇皇。
懿惟丁部领，才略由天挺。
扫平十二君，花闾还定鼎。
启运虽不长，奄有南交境。
黎桓乘内乱，窃国志以逞。
土木役繁兴，深图莫之省。
再传遭篡夺，黎祚遂不永。
李氏应图识，得国赵宋并。
建都大罗城，规模自弘迥。
太尊嗣业初，三王怀不靖。
勇哉奉晓剑，血溅武德颈。
一麾平内难，四伐清边警。
神人屡见迹，独此迷难醒。
圣尊善继承，海内获宁静。
仁尊守成主，盛德光炳炳。
如何幽嫡母，令人发哀哽。
神英高惠问，休祥杂灾眚。

几人如宪诚，辅幻怀忠鲠。
朝政日堕驰，盗贼群作梗。
昭皇一稚女，私意狎嬖幸。
国无乔木臣，颓纲莫能整。
以国轻与人，终教李祚沦。
陈烜得天下，前古所未闻。
帝王固有命，守度真贼臣。
所赖继体后，圣仁两贤君。
修文固民志，奋武摧元军。
亲王燏国俊，咸藤建崇勋。
英尊勤制治，文物换一新。
明尊耽翰墨，邪正殊不分。
因循至宪裕，政令日乖纷。
艺尊平内难，反正端紫宸。
信宠外家胡，坚冰成祸因。
睿尊勤远略，愎谏殃及身。
废顺若赘旒，奸臣据要津。
少帝方襁褓，赤嘴遂移陈。
大虞属闰位，新都蹈后尘。
负乘致寇至，竟为明所泯。
定简重光帝，才略非济屯。
听谗杀名将，亡丧当谁嗔。
究竟李陈世，沿袭崇佛神。
墙茨不可道，陈家尤渎伦。
呜呼乱已极，何日使回醇。

国统入于明，将逾二十春。
蓝山初起义，慨然有大志。
百战平明寇，十年践帝位。
创业立宏模，抚有安南地。
忌刻诛有功，宁能免贻议。
太尊幼践祚，威权能自致。
勋旧多不终，女色还为累。
仁尊又冲龄，母后垂帘治。
祸变生萧墙，宜民窃神器。
黎丁诸大臣，讨逆争奋臂。
厉德废为侯，淳皇入承嗣。
英才大施为，品节规模备。
励精致太平，咸称洪德始。
申杜诸词臣，骚坛树赤帜。
几暇相赓酬，天南传韵事。
睿尊守成业，海内陶安遂。
钦皇未暮年，威穆日沉醉。
淫暴取灭亡，鸩毒将安避。
猪王立非正，迹同鬼王比。
覆辙蹈前车，都城几失坠。
陀王复昏暗，权奸萌僭拟。
恭帝木常才，人心已携贰。
莫氏乘此时，遂将黎祚移。
赖有我肇祖，哀牢树义旗。
拥立裕皇帝，首建中兴基。

武皇继世立，与莫相撑持。
峻皇亦帝胄，入继自旁支。
权臣执国命，衅启祸随之。
相传十一世，政出郑家儿。
凶狡藏祸心，置君如弈棋。
中间虽小康，王室固已卑。
鞫狱及内殿，弑逆无不为。
罪恶浮操懿，骄肆方周伊。
世道至此极，义士斯为谁。
外召西山寇，内为清国欺。
历年几四百，国绝良可悲。
固知天意在，一统有所归。

青楼怨

杨花正好看，桃花亦复鲜。
人生几时好颜色，弃置老大终徒然。
长安少年游荡子，往来游戏长安里。
为颜作态多可怜，得意同心向谁是。
朝游紫陌晚来归，欲语踟蹰却敛眉。
索性临证照明镜，自矜颜色未尝衰。
云鬟挽就新宫样，嫁与春风不多让。
君看十倍美于花，谁忍春花笑相向。

裴櫃（1796—1861）

字友竹，号海派，山南镇仙侣县海善社（今兴安省仙侣县）人。祖荣慎登黎乡贡。明命十年（1829）擢进士第，后任翰林院编修，历任工部员外郎、广治按察使、工部右侍郎、礼部右参知、吏部右参知等职。嗣德元年（1848）充如燕正使。嗣德十四年（1861）卒于官，年六十六。所著有《燕台婴话》（后改动润色为《燕行曲》）、《有竹先生诗集》、《大南地舆正编》等。

和答

庄诵赐和佳作，乃知乡关之念，智愚贤不肖莫不皆然。爰述怀乡之情，依韵奉倿。

难凭衡雁报平安，岭表郊原忆故山。
征橐逶迟春色晚，几回清梦过重关。

按，此诗存于阮攸《星轺随笔》中，在该集中诗题为“裴翁和答再柬”，因依其诗题加入此题名。

燕行曲

新元新正一天春，万里燕台使命新。
阊门拜稽鸣驺出，缇骑追�不动尘。
停骖河省办公干，枌乡归省伸私款。
首夏清和驾骀驷，团城服日寻芳玩。
南风启钥拂行旌，弓剑塘兵夹道迎。
步步云山新眼客，朝发幕府暮降城。
古楼瞻浪今何处，前胡后莫污留史。
铜柱茫茫无问津，百年何日申疆事。
宁明津次明阳船，旗影光摇江水鲜。
两岸排青看不厌，化工刓凿自何年。

花山兵马谩谈怪，黄巢往事书无载。
果头屈律故愚人，开辟依然丹壁在。
太平城郭倚山扉，笔砚双排景色奇。
半空宝塔横波面，绝顶飞泉响水湄。
新宁望望冈峦远，风帆百逐江流转。
龙头鳞集瓦参差，鸡峒云封灯隐现。
南宁高拥五峰青，繁华自古小南京。
临流忽忆邕州役，草木犹疑李氏兵。
永淳一带江多碛，怒涛滚滚翻崖壁。
忽流风迅下横州，夹岸松杉山景寂。
通天岩峒碧云寒，半仙灯影落河干。
伏波庙貌临江渚，一炷拈香涉险滩。
贵县山川钟秀气，鼎甲岂因东井水。
东山仙石浪相传，只忆两何何处是。
浔州土桂味多辛，拨水微虫岂足珍。
粤篚何哉称桂蠹，英雄未必不欺人。
运甓将军垂古庙，地名亦本官封号。
杨氏诸姨粉黛空，荔黄惟有鸟声噪。
藤县江边多栈居，渔舟日日浴鹈鸬。
榕墟有栗长洲竹，地宝称良谚不虚。
梧州地控东西广，八景依依饶胜赏。
舜墓传疑语不稽，彦威故里成遥想。
昭平急水争兰桡，篙师尽日喧江桥。
溪头古庙标三烈，不谓坚贞出女娇。
铁桥风趋临平乐，水面印亭开八角。

清平郊野不知兵，数垛炮台空剥落。
阳朔飞泉挂碧岩，谁空铁帽落禅庵。
历尽危滩三百曲，桂山千仞列瑶篸。
粤城百雉开山垛，三街九市通烟火。
明窗净几独宜人，舒轩八景诗中画。
七星岩隐栖霞寺，诸葛台高独秀峰。
鼓钟响彻刘仙洞，象鼻天波鸡斗风。
灵川水坝车翻戽，大溶江入兴安陡。
凿山莫道谩劳人，翼翼请持禾黍亩。
漓湘澎湃入全州，流水长空一色秋。
湘山灵迹禅林净，诸葛兵书石洞幽。
永州昨夜潇湘雨，峭壁奇峰铺锦绣。
零陵泉石当琼琚，子厚何年来此土。
秋风放棹抵祈阳，三吾崖壁尽文章。
不有次山彰厥美，清流绿树亦寻常。
天边一字衡阳雁，湘潭烟景遥舒眼。
览尽衡山七十峰，轻舟已泊长沙岸。
湖南八景望中赊，襟带湖山胜景多。
云移岳麓书声远，雨滴勾嵝篆字斜。
一带湘阴波浩浩，洞庭九水连青草。
岳阳城傍岳阳楼，千古雄文推范老。
南屏霜剥风台冷，赤壁灰残战舰空。
鼎国赢输成往事，一樽风月忆髯公。
嘉鱼潦长漫山郭，滔滔一望空禾麦。
禹迹茫然不可寻，堤防未必非良策。

武昌城郭倚山陬，江汉为池不尽流。
百万人烟穷盼盼，帆樯如栉水如油。
江头黄鹤高楼立，晴阁凤台双氛揖。
西通川陕东通吴，财赋膏腴称上邑。
帆移滠口驾征鞍，四望山原眼界宽。
河洛芳徽祠屋在，前川隐约柳花间。
黄孝行尘山面面，沙河湾曲流清浅。
应山杨氏我邦来，忠烈子孙多不贱。
武胜关头万仞排，信阳山到确城开。
遂平乍忆淮西捷，相将功名窃慕裴。
西平千里平原辟，郾城坊表多芳迹。
召陵堡障匾重关，夫子思归留碣石。
颍阳书院竹风凉，许城云绕德星乡。
问安亭子风云护，秉烛英雄万古芳。
二郑山田青蔼蔼，骁骁往道沙尘碍。
溱湖流清架小桥，大夫祠庙县遗爱。
平沙渺渺涉黄河，新乡书院树交加。
卫辉一路殷墟旧，淇水长桥卧绿波。
汤阴岳庙松楸古，正气昂昂弥宇宙。
误宋权奸阶下囚，天理人心公好恶。
彰德江山晋魏天，邺都铜雀委荒烟。
锦堂春醉留风韵，蔡篆欧文世并传。
漳河南北分疆井，垒垒疑冢迷幽径。
磁州晓发暮邯郸，古观移来蓬阆境。
渡洛车临顺德疆，太行遥望云苍苍。

冯唐故里残碑在，借问谁怜白首郎。
内邱别占圆津趣，松竹苍幽遮梵宇。
一泓泜水清涟漪，国士奇功长叹慕。
柏乡雉堞对山屏，千秋尚记郭南亭。
东京遗庙松阴茂，斩石余威剑有灵。
赵州试院重门启，卧龙岗指栾城界。
滹沱清浅不容舠，麦饭嚼残香未艾。
正定城中赵子闾，龙兴宝刹自隋初。
明月乍移新乐店，清风随过定州墟。
望都奕奕尧祠奂，亭亭双柏昂霄汉。
常山崱屴高摩空，保定重城隆屏翰。
安肃城开数仞高，萧萧易水怒风号。
才出白沟河口驿，松林已向定兴郊。
涿州冲要无双地，并碑尚认桓侯里。
踏尽良乡三石桥，神京咫尺瞻依迩。
彰仪向晓趁燕台，形胜山河信美哉。
门阙重重千万落，人声如沸毂如雷。
大清门东王会馆，琅亟捧出云章灿。
春官庄接两封书，译馆归来天色晚。
见传纶綍五云边，使旆前抵富春天。
满城一日人相语，使典今年异昔年。
圆明面驾梅风晓，西直瞻回天日照。
午门拜赐公事完，裘马舒徐谙此道。
碧水青山送客程，侵寻不觉鬓花生。
丹陛钧韶频入梦，故园桑梓曷胜情。

隔年鸿雁寥音问，星槎忽接南来信。
皇帝安好四境康，抬头倍喜红云近。
清风拂袖度南关，云树回头带笑看。
儿辈侯迎无别语，但从马上报平安。
梅亭重发龙城路，荷花五月薰风度。
蓬莱南望切归心，骄暑炎敲不知苦。
桃席欣逢圣寿辰，西宫趋拜预冠绅。
何期万里归来者，早沐天家湛露匀。
翌日枫庭拜圣明，衮褒不逮知何幸。
驰驱臣分敢言劳，事济功成皆国庆。
万千余里马蹄轻，一路江山记此行。
帝泽无私梅与柳，瞻依长愿奉恩荣。
天使朝天万里回，帝恩直许上乌台。
料知夜枕关河梦，犹作芦桥月里来。
仙海三亭夜带秋，燕行高唱足风流。
星轺无菁华事口，分与闲人此卧游。

潘清简（1796—1867）

字靖伯，又字淡如，号梁溪，别号梅川。祖籍中国福建省漳州府（今漳州市），多次迁居，后定居于永盛镇永平县安和社（今槟椥省巴知县宝晟社）。少有文名，明命七年（1826）科举进士及第，被授翰林院编修，历任广平参协、乂安镇务、承天府尹、刑部尚书充机密院大臣、协办大学士领兵部尚书等职，并任总裁编修《钦定越史通鉴纲目》。潘清简历仕明命、绍治、嗣德三朝，屡任要职，还作为外交官斡旋越南与中国、新加坡、法国等国的关系。潘清简于明命十一年（1830）充如清副使出使中国，于嗣德十五年（1862）以议和正使身份前往嘉定与法国谈判并签订《壬戌和约》（第一次西贡条约）。法越战争后，潘清简受命与法国谈判及出使法国，试图收回被割占的南圻三省。1867年法军吞并南圻全境后自杀殉国。潘清简所著有《梁溪诗集》《梁溪文集》《文草补遗》《卧游集》《约大先生诗集》等，不仅编修有《钦定越史通鉴纲目》，还参与编修《大南正编列传》和《大南实录》。

美安夜发

美安今改美禄，是亡妻宅处。

漠漠烟笼碧树，盈盈水浸平田。
远别始从今夜，再来定是何年。

失帕侬

以帕有友人张国瑞，别时泪在也。

系闷牵愁别故村，临流偶尔逐东奔。
此行莫遣鲛人得，恐认生绡旧泪痕。

新嘉波竹枝词 其一

嘉波屿上铺层层，嘉波屿下水澄澄。
墨脸送来小蚪鬣，俱真真到及肥僧。

船到港发炮，汛上把水即差小蚪舟往船问明来历。洋人呼本国为“俱真真”，呼船长为“及肥僧”，呼小舟为“蚪鬣”。“及肥僧”，清人书为“甲必丹”。

按，新嘉波即今新加坡。

北芹

北芹人半土，右陇县皆山。

昔闻千兵驻，止有数人还。
云深岩驿远，水恶井泉艰。
酒醒浑未觉，过尽鬼门关。

偶兴

沱瀛湾头绿似苔，茶山烟霭合三台。
渔榔敲满寒潭月，僧管吹团野寺梅①。
半枕夜潮呼梦起，一帘疏雨送愁来。
片云去住浑无定，不敢重登蓂海台。

① 原注：时游福海寺，寺有梅花一本，僧人乘兴绕梅弄笛。

山行

芒鞋刚被打柴摧，初出南门脚步开。
渡店午烟青袅袅，郊途荒冢白垒垒。
断蓬落叶随飞舞，野水溪云到处回。
强试登高瞻故岭，南山当面碧崔嵬。

大皇帝万寿节循例献诗

华旦乾坤瑞霭盈，群方歌颂庆升平。
日跻敬德征天寿，电绕嘉时协圣生。
阊阖祥开金镜朗，衣冠亲惹御香清。
瞻云就日知何幸，拜手欢同万岁声。

南浦暮春

香江涨微波，南浦何漪漪。
浦上多佳木，郁郁成幽姿。
东风扇淑气，白日扬朝曦。
悠然起遥思，路远莫致之。
我家在何处，梅野天之涯。
茅茨两三间，桑柘拥柴扉。
高堂有老亲，颁颁鬓欲丝。
平生事远游，还家能几时。
昔归自平阳，暮春日迟迟。
蔼蔼朝树荣，落落朝烟炊。
众子喜余至，走门报翁知。
入堂拜嘉庆，趋庭随训辞。
命我游中国，引我观下池。
膏华被瑶草，春鸟闹芳枝。
园理佳木茂，池深巨鱼肥。
蘋藻凌微波，檬枣何累累。
佳果与甘薯，预储俟儿归。
命出与我尝，呴呴同婴提。
园藿与野藜，膝下长嬉嬉。
一向神州去，倏忽三年兹。
劳使阃闾望，朝暮独依依。
此身无羽翰，何以能奋飞。
伤心对南浦，几回空涕洟。

家别

明命六年乙酉来京应丙戌会。

我生来寒素，我心思古道。
十载事毛锥，所志非温饱。
独学最孤陋，所得亦鲁莽。
岂敢望青紫，闻见庶有补。
侥幸登贤书，神州几千里。
稽首别严亲，暗暗频挥泪。
庭训更加严，孝子在承志。
此去复何嗟，有书但频寄。
尔弟虽痴呆，在家亦无事。
今令与尔俱，手足庶相恃。
亲姑年七十，老病起凭床。
闻我来告别，无言摧衷肠。
中表有二兄，聚首最相爱。
弟去莫复问，舅叔我分内。
新妇才七日，代我具餐食。
今我事远游，井臼乃之职。
人生有离别，家贫倍可嗟。
岂不慕荣达，其如欢养何。
悠悠出门去，林深夜色微。
家近不可见，涕泪沾裳衣。

度关

大船在广南沱瀼汛，十二月初三日先行往汛整备候发。

我行腊月初，朔风何凌厉。

遥望海云关，油云正溶滃。

朝自承福驿，翘首极天际。

扪萝占级上，喘息憩石砌。

跳跑强展脚，流汗湿衣袂。

悬崖势狞恶，鼓嘴向人噬。

巨泉纵奔吼，危栈恐颠蹶。

林隙见朝日，树叶雨点坠。

石径苔藓滑，林霭方壅翳。

哀猿啼不住，寒鸟声相继。

暂坐岭上店，山茶洗劳惫。

午登绝顶上，雄关雄控制。

大海何茫茫，风涛并帖霁。

俯视青溪澳，帆樯可指计。

群山徒碌碌，拳石最微细。

有此亦何益，磳磴适阻滞。

欲借祖龙鞭，驱之赴海澨。

或得巨灵擘，转填诸缺隘。

增固其四维，永壮擎天势。

内以尊京师，外以控四裔。

俾诸凹凸处，一视归平易。

从军

明命十二年，七月二十六。

潘子从军行，远征彼蛮服。

蠢兹小蛮群，须匿尔孽畜。

敢复抗官军，尔当早就戮。
晓渡斜湄江，陈军紫阳陆。
万水自萦回，磐石何行复。
踡跼拔尖荆，催进更频数。
滩岭插天高，主山回穆穆。
旷登暮夜处，保定在抱握。
万源蓝水合，古苔寝寒绿。
山势何岑嵚，偪侧不容足。
蛮子来抱要，前兵正陆续。
或匿崖上树，或隐在溪谷。
分军潜开山，两路相掎捔。
蛮子穿林走，所弃皆筱竹。
朝过万源屯，新栅空编木。
桂树郁成林，介胄都芬馥。
重来涢水屯，不改旧庐屋。
昔寺橄榄桥，涨浪摧还复。
顾此峻阻途，兵饷须筹蓄。
五更起晨饭，将令如霜肃。
檄饬五屯兵，分剿八册族。
所至皆空巢，一炬聊完局。
禾黍满山头，芋豆间相属。
倦脚憩山橹，把火烧玉菽。
可以代午餐，溪水歠寒玉。
回视焚过处，蛮子聚一簇。
蕉梛徒狼藉，牛豕或奔伏。

归来风雨急，连朝余霡霂。
初二又移军，荒崖穿绿缛。
飞矢下山头，隔溪与我触。
巨炮震疾雷，群蛮走相逐。
前兵过水头，犹闻炮声爆。
屯前认战处，律溪遗粮麴。
可怜车水滨，不异来时躅。
移军对畔屯，开路逢朝旭。
伤心前度战，不敢自亲目。
山脊复开路，舍播岭下瞩。
悬崖万丈深，飞泉千年沃。
群蛮蚁附上，跳跃猿猴速。
呼啸舞婆娑，斑斓好妆束。
截道与我战，来往太飙倏。
我军整以暇，旌旗极炫煜。
每发必取决，群蛮气折衄。
翻崖若熊坠，穿丛如猥缩。
奔跑不知路，撞踏类麋鹿。
我军进修匿，火光斜阳烛。
诸屯逦迤来，各道攻剿黻。
屯兵大汇索，窜遁亦穷蹙。
时亦复相纠，邀战夸箭镞。
群册纵火焚，或亦就擒捉。
往来十余日，芒查山矗矗。
既过三大水，又进暮夜曲。

抚视无际天，层岩起额角。
万夫鱼串行，屈折忧颠匐。
蛮子何无踩，遗设最险毒。
岭头望罗水，一线清如醁。
倾盆连日再，涨浪走狂浊。
幽篁不见天，日开山鬼哭。
架石跨竹桥，晴明天降福。
暗渡深丛过，山椒占地轴。
已候闻炮响，游兵与敌蹴。
仓皇缘峻阻，赴援当紧促。
亦到暮夜岭，蛮栅截山麓。
靖蛮有阮岑，模崖入左腹。
长驱甫入册，烟焰被薪粟。
停国又一日，用毁其禾谷。
八月二十七，回军威水宿。
深山晚围捕，将令大严督。
风雨夜移军，宁敢辞栉沐。
饷食屡离行，饥渴跋我仆。
寒热忽相感，无奈岚瘴酷。
足病骑杖行，匍匐且莫告。
军行虽苦辛，惟其久安服。
哀此二县民，饷转亦劳碌。
秋季属雨潦，山溪甚悠邈。
王师早凯还，边圉须防筑。
嗟我小书生，逢时滥回渥。

感激怀愚衷，寸薄何可录。
尽心图帖边，忝为一方牧。
一误伊谁咎，顷刻同宠辱。
臣罪复何言，圣恩广涵育。
山海极高深，涓埃亦何足。
悠悠一寸忱，未敢向人暴。
夷险无异视，此诚要敦笃。

阮攸（1797—1855）

初名阮保，字定甫，号九真，清化农贡（今清化省赵山县农场社芳溪村）人。曾祖父阮儆、祖父阮倪俱为后黎朝进士，皆官至参从。阮攸明命二年（1821）领乡荐，初授清河县，后迁荆门知府，因坐事降为礼部司务，累迁至郎中。历任海阳按察使、翰林院侍读充史馆编修、光禄寺卿、户部左侍郎、庆和布政使等职。嗣德元年（1848）以光禄寺卿身份担任如清副使出使中国。外祖父为国威潘氏潘辉益，子僩、弟仁、从孙伟皆知名。嗣德八年（1855）卒于官，年五十八。所著有《史要寰宇》《纪闻史局类编》《国史记编》《典礼略考》《荆门府志》《清河县志》《凤山祠志略》《石题梦说》《星轺随笔》《使程杂记》《鹦鹉学言》《骈俪杂文》《集句诗草》等，但多散佚无存，仅北使诗集《星轺随笔》保存完好，内容以记录出使沿途山川风景为主，诗题下有小注侧重记录人文掌故、历史传说。

解嘲

客有嘲余曰："观子平日言论风旨，盖欲以宇宙为己分内事者。胡乃家乡系念，未免儿女子之恋母，亦见小乎？"客因依韵以嘲，余亦依韵作解嘲以答。

但问吾心得所安，动斯乐水静斯山。
圣人亦有归兴叹，宁把乾坤便不关。

和杜牧之《赤壁怀古》 其一

舟次赤壁，二陪臣王台和杜牧之《赤壁怀古》之作以示，大陪臣与余各有和复，因相与赓和，凡七首兹撮取本诗备录如左。

曹兵不挫恨难销，忍使东南敛衽朝。
谁解军师多激法，架桥翻出何家乔。

生朝寿席语儿郎

余今年属五十，奉有使命，过海阳寓邸。正值生日，儿郎请设寿筵，且以拜饯。余即席书以示之。

五十何言寿，万里将有行。
此筵聊为别，底意满江城。
榆年切望子，况兹临濯缨。
出门无别嘱，诗礼是家声。

光烈先坟恭谒泣述

先君子养晦日，家于河内青池光烈，名所居日“清光水亭”，遗址在焉，衣冠之藏亦在其地。本谋奉扦故乡，而公忙力屈，至今未能。

蓬岛仙游飙驭阏，太行亲舍白云遮。
断肠水木瞻茔域，拭泪清光访故家。
幸有此身惊白发，可堪远道赋皇华。
衣冠底事知何日，役役尘忙空自嗟。

河城怀古

自古龙编是帝城，珥河势抱五山清。
可怜歌舞秦中地，谁解兴亡洛下声。

周末强侯惟霸术，宋衰理学亦虚名。
几回往事增遐感，一枕南柯梦乍醒。

生望毛将军祠作 并引

同登有祠，土人曰“毛将军祠”也。旧传毛伯温以明帝命总兵讨莫，既则压境而不战，民免于兵，故德而祀之。尝忆莫之篡黎，明人盖袖然不闻也。迨我国朝肇祖靖皇帝既立，黎庄尊于哀牢，使人航海如燕，以国情告明。嘉靖帝乃遣伯温率师来。伯温果知兴灭继绝，奉辞讨罪之义，即当使陈琳为檄，贾复秉羽，求贼而犹剃之。则莫当何所逃，而黎家恢复之业，何待光兴十六年而后事毕乎？顾乃迟回观望，婪尾莫货，声讨之师转为招降之计，使黎、莫分割垂五十年，兵革不休，生民糜烂。是谁之咎欤？伯温将在外者也，君命有所不受。况自为逗留、阻碍，事凡其可乎。卒使在内大臣效尤宠赂。黎既灭，莫犹且袒护，又为高平五六十年之梗，皆此役误之也。嗟夫！春秋责帅，伯温何辞，而奚有于祀之哉。山民但知目前苛免之为德，岂知一国生灵枉罗百年干戈之苦，其害更为何如耶？好事者又造为萍诗退师之说，不知伯温能横槊赋诗乎？莫臣能赋诗退虏乎？抑从而为之辞耳，记曰“有功德于民则祀之”，伯温有知必不敢受此渎祀也。追忆故事，因记以诗。

万里边关帅节挥，执言人谓有名师。
老奸一售苞苴计，乱贼终稽斧钺威。
望援逋臣多日叹，重兴旧臣积年迟。
边民渎祀将谁正，秉笔何人公是非。

鬼门天险得门字

按《寰宇记》鬼门，北人方言：“鬼门关，十人去，九不还。”

连峰壁立壑湍奔，险要郊墟有鬼门。
势扼叠山重水里，谚传千去十还言。
地留古庙谈遗事，天限雄关壮我藩。
明将石形虽妄说，可堪千古戒贪飧。

观屈原贾谊传偶得

怀沙骚客长赍恨，吊屈哀辞亦自伤。
忠愤此心关社稷，治安一策见文章。
竞舟古渡空遗塔，壶井幽居剩石床①。
自古有才未闻道，难将义命顺行藏。

① 原注：屈原以五月五日自投汨罗，后人于此日竞舟以吊之，又于江边招魂。贾谊谪长沙间，所居有壶井，小而深，上坎下大，其状似壶。世传谊所自凿。井旁有一脚石床，才容一人坐，俗亦云“谊坐床”。

圆明园谒驾和答四译馆诗寺班赠好原韵

烂灿祥光碧汉间，明堂王会预随班。
簪裾济济瞻仙仗，天日煌煌仰圣颜。
柔远隆沾歌湛露，望云忱悃祝南山。
此生已慰桑弧愿，翘伫輧车早锡还。

访三教寺作 并引

谅城三教寺，午峰吴公创也。洞正中奉先圣师；左奉释迦佛，题“大圣人出焉”；右奉老子，题“其犹龙乎”。呜呼！公意果谓三教为同道耶？我国李、陈代，释教恣行有“竹林三祖”以主之，而天下靡然矣。黎光顺、景统间，文运大亨，异说群曲。奈何黎季复炽，且有《大真圆觉声》之作，而以竹林第四世尊自居者矣。呜呼！何为者哉？先儒云：“异端所以蟠结于中国而不可解者，以名士大夫主之也。”公以文章鸣世，士之望也，亦入而主之耶？余公之表裔，何敢轻议，虽然公论所在，安得而私之哉？

吾道如一元，磅礴塞天地。
谁谓教有三，宁知道无二。
邹翁不复作，佛老成位置。
纷纭李陈间，沦胥不知几。
寥寥黎范言，安能杜妄辔。
呜呼我午峰，亦有东坡累。

山洞自清幽，渎亵竟何事。
访古一低徊，感惜无限意。

① 原注：黎公伯适排异端见于《北江绍福寺记》，范公师孟排异端见于《题佛迹山》，有“徐氏怪奇休说著”之句。二公皆朱文贞先生门人。

何宗权（1798—1839）

字巽甫，号芳泽，别号海翁，河内省青威县昌洞人。何宗勋之后，受业于裴辉璧、范贵适，明命三年（1822）登进士。历任新平知府、广治营参、太常寺少卿、礼部右侍郎等职。曾至法国、新加坡、马来西亚等地公干。所著有《巽甫学咏》《洋梦诗集》《柳堂文集》《巽甫诗集》《松竹莲梅四友》《会题翘诗》等。

天妃

妃生百神异，常以席度海，云游济人。宋雍熙二年，昇化人称为龙女神母，历朝封为天妃、天后。舟人奉事甚谨。

龙女杨灵定夙因，螭骖霓驾渡沉沦。
婆心自是众人母，仙骨终为天上神。
琼岛岂无通海路，斗宫犹有泛槎津。
蓬根冷笑茫无着，波浪悠悠混俗尘。

立春试笔次珠江先生元韵

洞庭昔岁葡萄酒，故郡今依牛斗光。
殊异风忘新世界，去来且喜旧年芳。
尚闻京阙迎春驾，犹见邻城拜社香。
川咏云飞随处乐，抱儿方诲学称觞。

按，珠江先生即裴文禩。

题镇武观

矗矗城西百尺楼，玄真胜迹古今留。
千年剑气寒星斗，万朵莲花涌月流。
云雨几经朝暮色，湖山自在帝王洲。
登临此日瞻遗像，满目无穷风物秋。

永亭待月

西窗斜倚卷帘栊，明月诗弹曲未终。
忽见清光分半树，潜移素魄霁长空。
登楼有客歌中露，弄笛谁人笑下风。
最是星河俱淡扫，长庚一面独玲珑。

谒明诚书院有感

院奉紫阳朱先生。

怪底明诚院，落在巴陵埠。
何人经始自何年，寥落观音禅院后。
空庭坠瓦半苍苔，蔓草侵墙余宿雨。
寺僧指点过溪桥，披径拈香春照午。
金狄尚知尊先生，闽人胡为滞斯土。
可怜理学委荆蓁，十万人烟谁是主。
白鹿传书不复闻，车马尘中烟瘴路。
茫茫宇宙思何穷，世运人心一搔首。
偶承风浪过西沧，遥向星辰瞻北斗。
未知人道矧知天，悠哉寸心自千古。

黎光院（生卒年不详）

字号不详。于明命十三年（1832）随使团入北京岁贡，此次使团中正使阮文忠、甲副使潘清简、乙副使阮辉炤。黎光院留有北使诗集《华程偶笔录》。

闻笛

江上何人笛，梅花接节清。
只应陪夜月，不用起乡情。

小松

出地铮芽长，连山了绿森。
也从霜令过，未解岁寒心。

昌江写意

清歌一曲出人寰，复度三层山外山。
见说桃花春不管，梦魂容易过林湾。

过屈原庙

忠诚寸念付苍苍，放逐孤臣只自伤。
一代骚词悬日月，千秋名迹播衡湘。
长江水阔鱼龙冷，古庙风来兰芷香。
回视楚城应不远，高台崇榭久荒凉。

过五险滩

江路有坎坷，五险传其名。
孤帆向立壁，石根左右横。
龙虎蛇兔势，历历皆可惊。
流长一线转，湍急万马鸣。
同视荡舟人，相率事神明。
长空一柱香，善念油然生。
凡人履险难，邪妄不议萌。
相顾俄顷间，波浪亦自平。
嗟嗟大造心，所尚非险倾。
物象偶流峙，忧思乃常情。
君子求诸己，易言坎心亨。
履信顺以动，何险不可行。
追惟太古风，旷然视寰瀛。

阮文超（1799—1872）

字逊班，号方亭，又号寿昌居士，原籍青池县金缕社（今河内市黄梅郡大金坊），后移居寿昌县勇寿坊（今河内市）。明命十九年（1838）进士，初授翰林院检讨，历任礼部员外郎、内阁承旨、侍讲学士。嗣德二年（1849）奉如清副使，使回补集贤院，历河静、兴安按察使。七十四岁卒。他和从善王阮福绵审、绥理王阮福绵寘、高伯适在阮朝文人中最负盛名，为此，嗣德帝曾称赞他们："文如超、适无前汉，诗到从、绥失盛唐。"著有《方亭万里集》《方亭文类》《壁垣藻鉴》《大越地舆全编》等。

野溪渡

细雨埋前路，飞花断野桥。
小童蓑笠宿，孤艇隔溪招。

南宁夜月

千家带城郭，一水合烟花。
犹有邕江月，偏惭向客槎。

春寒

阅辰最苦灌园翁，草木荣衰眠不穷。
侧席小亭无个事，焚香煮酒祝东风。

自述

半生踪迹诗为传，到处登临酒作媒。
心不弹冠那忌讳，友无按剑任诙谐。

游西湖

今古已如此，江山亦识不。
城池空历历，天水自悠悠。
钟声醒浮世，树色明残秋。
且尽明朝兴，同君荡百忧。

勉做诗

误人不浅是诗名，三百篇中几讲明。
到底风流成放荡，纵然奇巧失和平。
高山大水分形色，秋月春风会性情。
欲识得诗真趣味，先将经典范平生。

北平道中

北平余勇日和循，敢战驱为勤作民。
枣栗生涯移岁月，骡驼奇畜役风尘。
马投饯饮泉分井，车带帆飞力足人。
最是先秋寒气至，皮衣火窖夜逡逡。

士王庙

扁云“南交学祖”，王，三国时为我州太守，治嬴楼县，即此，故址尚在。按《汉书》嬴属四支。楼音屡，属七遇，《后齐书》误作嬴树二音。

漠漠江山一故城，大王庙貌守臣营。
深宫丹桂余春色，隔壁苍松尽日声。
鼎国乾坤留栋宇，炎天造化托文明。
当年作者空回首，日暮悠悠万古情。

庭前双榴歌

红如血兮白如雪，对立庭前双双别。
莫愁颜色太鲜新，更恐芳菲无晚节。
托根已许双石孤，顾影同看一水澈。
珍重主人相爱深，持待春风无毁折。

粉蝶黄莺休往来，锦窠子已重重结。
东风去矣南风薰，独坐此时多内热。
不敢自负旧栽培，留与高堂佐清洁。
剖来如见旧时花，白者是雪红是血。
南窗自觉年年同，朝元不管深深阙。
安石多情送汝来，世贞何事空凄绝。

烛泪行

高门贵客会宾朋，罗绮笙歌满华屋。
为欢但愿此夜长，宵深不恐无光续。
大炬小炬罗繁星，绣幕重重不可扑。
震风凌雨徒无缘，流萤飞蛾苦相触。
闭人楼阁不知寒，远壁影光尝自促。
或高或下各潜流，忽放忽收若对瞩。
初滴再滴冷眼看，四滴五滴仇可掬。
铜龙阁报未多时，白雪阳春才半曲。
一望蜡架如珠盘，垂泪流连已满腹。
岂是自明能独照，无声暗作中宵哭。
满堂豪兴各如何，萧萧冷被轻烟逐。
戏赠岂无锦与罗，买笑岂无金与玉。
余酒且愿莫重斟，恼人山青又水绿。
几多尤物最难收，久备寻常一笑局。
早知半笑已全休，此外又安求所欲。
东方彷徨明匪明，乐事并忘足未足。
看来悲喜随人生，岂是物情易翻覆。

始炎炎者从灼灼，炎炎灼灼何其速。
纵满百年徒外求，世间何事非转烛。

征妇寄衣曲

瘴雾杀人毒于战，战死其鬼雄且健。
怕兄久寒耐不得，寄衣捣尽闺中力。
曹瞒鬼蜮尚遗妖，孟获不是汉天骄。
何当一鼓早还泸，留取余戈合扫除。
功成让归与妻守，免人笑作征人妇。
不嫁征人路旁弃，男儿谁肯为战士。
与君结发皆良民，既壮宁知有苦辛。
千山万水是分程，又向千山万水行。
戎律死生严不报，蓬首年又望捷到。
兄能死战妾不恐，恐是久留蛮气重。
深宫念将数触裘，自分琐屑何能周。
夜梦夫归独凄凄，欲语不语啼不啼。
对兄一为殷勤说，战士在军不逃列。
求成岂当计生活，一气能为千夫夺。
醒起不为儿女情，夺空一道西风杀。

山行歌

日又山，日又山，夜不行山亦在山。
低与苍波转，高与白云攀。
四面围人穿一隙，中途绝地锁重关。

大蔽日月小蔽野，尖如刺戟圆如环。
更有团沙翳海岸，势若波涛奔走间。
休将形似遣情性，天设地藏非一般。
君莫学蜀中狂醉客，稍有不称情，便嗟行路艰。
艰哉有甚于山者，世情往往恶穷还。

潘辉泳（1801—1871）

字涵甫，号柴峰，安山县瑞圭社（今河内市国威县）人。明命九年（1828）领乡荐，授兵部主事，后转员外郎。绍治二年（1842）迁广平按察使，以忧去职。公除补广义按察使，后拜侍读学士，充史馆编修，寻擢光禄寺卿办理礼部事务。嗣德初署本部右侍郎，历广南、广义、南定布政使。嗣德五年（1852）以吏部左侍郎充谢恩正使，时逢中国有寇警，滞留三年乃回。使回除刑部右参知，进礼部尚书充育德堂讲肄兼充国史馆总裁。著述有《骃程随笔》《如清使部潘辉泳诗》。

南宁府城即事

漓江舟舰护华旌，隔岸烽烟闹郡城。
民牧岂无安集策，此州自昔小南京。

宿毗庐寺

征夫况味冷如僧，又把琴书对佛灯。
点点霜钟人静后，长空秋色月如澄。

重九

两度重阳节，周询客未回。
梧随秋色老，菊傍战场开。
辟恶符堪试，登高兴不来。
南山千里目，归日捧霞杯。

谒二青冈

山水双青一冈开，天留仙景待仙才。
风流余韵依稀在，宇宙奇观点缀来。
终古遗容歆苾祀，此中真意认鸿裁。
庆源若与灵岩契，星辔剑星历几回。

谒伏波庙偶吟

义愤兴兵二女豪，列城七十自南交。
偃戈天子维求定，跃马将军不惮劳。
铜柱当年标汉界，地舆终古别炎郊。
星槎不碍龙门险，共仰神功叠岭高。

汨罗怀屈大夫

姱节平生信好修，孤臣衷曲付千秋。
独醒无力疆三楚，远引何心相九州。
侘傺骚音天可问，幽潜义魄水空流。
澧兰沅芷遗芳远，凭吊年年竞渡舟。

燕京即景

骃骐迢递赋周原，万里观光入国门。

大地山河天府壮，重霄宫殿帝居尊。

金凝檐影沿街耸，石激车声尽日喧。

八景可能穷胜览，不妨吟橐带芳樽。

梧州贼退喜作次武卿元韵

三月江头画角声，弄池伎俩怯天兵。

解排已报垣安雁，杀伐何须观筑鲸。

旭旦云开山不改，隆冬潦落水逾清。

客槎直泛南溟稳，万里归心入帝城。

七月杪，使部入梧州城内公馆停驻。闰七月初五日，艇匪围扑梧城。节经官兵攻剿，屡获胜仗。至十月望后，贼徒鼠窜去。

粤东江馆漫述

古今疆域尚依稀，试考星垣访粤圻。

交广地分吴版籍，番禺山拥赵都畿。

繁华景物催人兴，宾旅情怀与俗违。

来往帆樯风阵阵，江楼闲眺不如归。

沅江道中

舟程四月余，明江达湘水。

西去林子口，溯洄几百里。

川泽相经亘，左右乱洲沚。

转眄窄复宽，深浅亦倍蓰。

何地无江溪，奇景莫穷已。
平日百所闻，曷若一亲履。
客槎昔未到，周询自今始。
赏览清以芳，澧兰与沅芷。
况历荆襄间，大观岂此耳。
东望青草长，洞庭渺茫里。
归帆可一访，湖风正我俟。
请问同游人，吟赏意何似。

刘亮（生卒年不详）

字赓卿，广平布泽人。明命十六年（1835）领乡荐，历任安乐知县、顺安知府、监察御史署吏科掌印给事中、清化按察使、兴安巡抚、吏部左参知等职。嗣德五年（1852）以鸿胪寺卿身份充谢恩甲副使，时逢中国有寇警，滞留三年乃回。所著诗文多散佚，现仅存北使时唱和诗。

赓复潘柴峰泊白马汛闷作

南滕晚系舟，林树鸟啼幽。
村坞春犹寂，关河月共悠。
寒江悲雁宅，遗庙忆鳌头。
寄语山梅道，烟深莫劝留。

白马汛即事

神州二月泛星槎，此度南滕一路过。
松起群龙蟠赤岭，石驱万马渡沧波。

江天色渺云烟外，村落春深草树和。
信宿停桡无一事，中流如欲发高歌。

漓江侍月

烟波漓渚笑非鱼，闲上楼船思豁如。
望眼桐花芳岭外，游情桂魄暮江初。
酒中酩酊堪吟易，影下招邀欲托书。
傍水凤城先得处，一天光霁自醒予。

路入横州喜笔

二日南宁府，一夜白沙滩。
永淳四日半，火烟数刻间。
恐惧宁非福，危疑便是安。
人生不出门，安知行路难。
天地厚吾生，忠信镇狂澜。
荡荡遵王道，神州即大观。

武文俊（1803—1857）

字宅卿，号白山，北宁嘉林人。绍治三年（1843）进士，初授翰林院编修，历任河中知府、史馆编修、兴化按察使等职。嗣德五年（1852）以翰林院侍读身份读充如清副使，三年始回升翰林院侍讲学士。所著有北使诗集《周原学步集》。

木鹰滩

此滩在郁水中，与鲤溪滩、鸡嘴滩相连，皆有大石横截，如鱼游鸟飞。伏春日，水浅湍急，舟行至此甚难。

善击风高百鸟惊，凫流何事水中鸣。

未逢钓叟维扬会，为障狂澜且待清。

镡津江月

藤县，汉猛县地，唐改曰“镡津县”。城外江岸有江月楼，以苏轼过此，有江月诗，故名。

髯翁得兴在清秋，江月诗成不建楼。

只为惊人骚客笔，百年犹记猛陵游。

留人石

贵县城临江，岸多有天然石砌。中有一石似人形。广东商客寓此，常有赘居忘返。其妇以此石为留人石，至有咒诅之者。谚云：“广西留人石，广东望夫山。”

暮雨归巫峡，支机出绛津。

尹城多峭石，江岸独留人。

有意潮儿信，何心月客邻。

望夫山不远，花色为怜春。

邕城即事

南宁，古邕城。咸丰三年春，使船泊邕江，见招安丁壮与附郭四乡民互相械斗，尸横江洲。其招安丁壮再往亭子墟掠财物烧家，屋火日夜不绝。城中官吏闭门不出。伊墟民数百口，离此二三里登山顾望，环立对泣而已。

邕城晓望动愁颜，幕外伊谁忍草菅。

隔岸沙虫填郁水，燔空烽火失昆山。

歌莺懒向桃花啭，嗷雁难从蓼渚还。
寄问筹边何策好，春来雉堞日常关。

领方即事

永淳县土著户三百余，村坊、庄寨与客户广东、福建人二十四散甲，以不纳刑租，占争田土。咸丰元年来兹未决。县衙前隔岸日相械斗。县主亦不能制，转成路梗。

湍波郁水势难平，隔岸哀笳为客惊。
带佩顽风同渤海，触蛮氛气逼江城。
桃花只向山中笑，莺鸟空闻树里鸣。
崖谷犹来春独后，汉边何日瘴云清。

按，岭方，永淳县古名。

烟火塘

此塘乃永淳县与横州交界处，山水行屈屈，亦为险要。永淳县土人李文彩占踞，为一路梗，州县不能制。咸丰三年，使船至此，见轰发大炮甚烈，江山为之震撼。伊以贡差事重发炮恭喜，不敢留难。竟委船护送入横州境。

群峰磬折来江水，一虎负隅频掉尾。
轰烈雷声护啸声①，春山撼了春波沸②。
客须住耳听黄鹂，岸断云牵绿柳丝。
滩石纵横亦险恶，蒲帆得意好风吹。

① 原注：此对岸有雷神庙。
② 原注：此言轰炮甚烈。

赋得远浦归帆

洋湘胜景一登山，放眼三吾夕照间。
碧水遥连深树渺，绿蒲忽带白云还。
神从象得窊樽醉，兴遣风来鹤观闲。
对景偏怀元刺史，客槎浮斗度江关。

石鼓书院

翠瞰湘流接蜃烟，鼓山院宇独高骞。
峨冠古像依晴斗，傍水孤亭直碧天。
人有卧龙余故宅，洞邻鸣鹤待朱仙。
帆悬绿渚空遥望，仿佛薰风送夏弦。

粤江记筮

二月在永淳县，筮得“晋之上九”：“晋其角，维用伐邑，厉吉，无咎贞吝。”象曰：“维用伐邑，道未光也。”三月在梧州，筮得“噬嗑之初九”：“屦校灭趾，无咎。”象曰：“灭趾不行也。”“九四”：“噬干胏，得金矢，利艰贞，吉。”象曰：“利艰贞吉，未光也。”

春江梗客槎，粤路何淹滞。
倚柳挂篷帆，熏蓍谋易筮。
邑人利用征，乾胏嗟难噬。
无咎周爻辞，未光孔象系。
玩占变而通，从事求必济。
臣道艰亦贞，圣言深且厉。

黔江次简医生见赠二韵以复

黔江入浔洲桂平县界。

世非精医叟，谁会藏书酉。
溯论名诗门，几人初日柳。
游中契水萍，心醉投醇酒。
意气发于言，倡酬示相厚。
羊城一涪翁，道貌似孙丑。
最善与人交，依然循墙走。
耆年称我兄，雅范师我后。
雄辩若悬河，壮怀欲吞斗。
郁江挂片帆，桂海成心友。
先惠我以口，亦揖余以手。
锦绮诵佳章，豢刍悦人口。
龙吟昔罕闻，凤啸今还有。
雪调荡胸襟，兰风涤尘垢。
阳春欲我和，何必送羔韭。
金玉书我绅，何须赠琼玖。
如余亦拙诗，与子非夷丑。
空笑白头儿，敢云黄绢妇。
嗟民久疮痍，君有灵丹否。

范芝香（1805—1871）

字士南，海阳唐安（今海阳省平江县）人。明命九年（1828）领乡荐，初任广义右通判，补慕德知县。历任户部司主事、吏部郎中、翰林院侍读学士充史馆编修、鸿胪寺卿、山西安察使、工部右侍郎等职。嗣德五年（1852）以鸿胪寺卿身份任如清副使出使中国。所著有《郿川使程诗集》。

相思汛口占

愁绝相思汛，上有盘古祠。
无人问盘古，何代起相思。

邺城怀古 其一

漳水东流不复回，建安宫阙委莓苔。
邺中剩有残碑在，叹息陈王八斗才。

清明

隔岁征轺三月天，申阳道上策吟鞭。
晓莺啼破千山雾，新柳斜飞万井烟。
酒中客间催踘蹴，折花人倦倚秋千。
近来诗瘦知多少，乡国韶华又一年。

过三烈碑

不遇屯如不见奇，一门三烈最堪悲。
珠沉此地今犹识，花老余春世岂知。
江咽涛声留义泪，山舍月色照幽姿。
可怜俯仰空陈迹，哀草寒烟一石碑。

题岳武穆王庙

崔嵬一战走疆夷，此捣燕云唾手期。
铁骑岂能终撼岳，金牌何事趣班师。
两宫仇耻山河共，三字沉冤日月知。
贼桧死心何足问，奄奄终宋古今悲。

湘江晓泛

五夜寒砧破晓霜，一声歌棹发三湘。
舟乘下水宁嫌浅，裘向高秋渐觉凉。
云过松楮迷远眺，雨余衡芷动新芳。
客槎到此多清兴，早晚壶樽醉岳阳。

湖北纪胜

荆南冀北阅梯航，名胜犹传古武昌。
珠翠万家江上客，舳舻千里水中乡。
蒿洲远帐吞鹦鹉，夏口晴云接凤凰。
烟景况逢三月暮，未能黄鹤一飞觞。

江行杂咏

绿杨村外系归舟，徙倚吟窗独劝酬。
水带琴心来曲涧，月邀诗眼上高楼。
此回解说沧洲远，何日重逢汉渚秋。
天借江山随处好，不能把握到炎州。

赠朝鲜书状李学士裕元题扇

使星高照海云东，王会衣冠万里通。
望国英华瞻彩凤，上都春色伴新鸿。
儒书不为重溟隔，声气遥知率土同。
相别可能相忆否，容怀聊寄月明中。

舟中望黄鹤楼不果，登眺

昔闻黄鹤楼，仙翁乘鹤游。
有景人难道，崔诗在上头。
我来隔江岸，风雨停归舟。
登临夙所愿，远行安可留。
天明挂帆席，怅望江水流。
蓬莱近咫尺，伫立空踟蹰。

王有光（生卒年不详）

字济斋。嗣德五年（1852）以内阁侍读升授侍讲学士身份任如清副使出使中国。所著北使诗仅存于《志庵东溪诗集》中。

题伏波将军庙

夜听舟人语，明朝过五滩。
心惊寐不成，起视皆波澜。
绝早承顺流，帆席下云端。
山中秋燎来，不见石奔湍。
自昔说艰险，今归夷坦间。

潇湘晚泛

水色澄鲜蘸碧空，一天佳景画难工。
帆移杨柳清风下，人在烟霞夕照中。
靠岸石崖随浪涌，经霜枫叶满江红。
奚囊如何充诗料，括尽湘湖百万峰。

三吾亭

三吾景致碧江头，谢屐无情恰胜游。
亭畔云烟深处晓，溪前今古断桥流。
草莱唐刺容棺地，风雨寒凌片石秋。
万水千山行处这，又逢岩下白云留。

石鼓山有怀诸葛故宅

翠柏森森夕照中，草茅人去楚台空。
山如排阵遥悬鼓，水欲吞吴不走东。
六出但能酬旧主，三分何假数群雄。
湖南半是存遗迹，犹自江头说卧龙。

留题贾傅祠

治安十策献君门，万里长沙故宅存。
泪洒后庭心未冷，香浓宣室席犹温。
雄文不合终梁传，鹏赋还能慰屈原。
千古名才云共这，一番凭吊一销魂。

汨罗有怀

滚滚长江尽日流，一天云影碧悠悠。
路过三楚独清水，人似重阳竞渡舟。
寒雨塞空山欲睡，轻烟迷岸浪添浮。
不才难拟忠魂慰，闲颂离骚送暮秋。

阮嘉选（生卒年不详）

字希亮，号莲亭，仙峰人。官任侍讲学士，擅长国音诗。所著有《梦莲亭诗集》，多散佚无存。现诗存《南诗新选》中，阮嘉选在该集引中称自己“天性懒散，生平诗草随作随失”，后搜集所存及诸儿记“得五七言凡二百余首，后拣取效《诗经》国风诗体数十篇，以备三、四、六言诸体，掇拾成卷。录以示诸儿”。

清人三章

毋兮毋兮，子不嫁民。
无迩无遐，嫁彼清人①。
嫁清人兮，双衣是穿。
履此红鞋，头上有尾。
宁我食兮，鲗鱼之末。
无嫁清人，头上有尾②。

① 原注：乡人有嗜利者，女嫁清商，邻人作此以嘲之。
② 原注：鲗鱼，海鱼之最多骨者。人不嗜食，前已嘲之，此又晓之，以此清人之不可嫁也。

山西

彼何人斯，啴嗳其啼。
陟彼虬蒙，新兵之妻[①]。
扛打抬抬，嗟我何堪。
负箦从夫，七剩其三。

① 原注：南圻妇人从夫往戍虬蒙，所过之路也，其夫悦于新婚而不之顾，因赋以自叹。

正月七章

正月惟春，饮食游歌。
二月艺豆，艺芋及茄。
惟三之月，我豆既熟。
是刈是采，以晒以曝[①]。
塈于四月，买彼牢牛。
五月力田，以望有秋。
清晨量谷，浸以三日。
迨谷成芽，薄言接出。
我携诸野，以播我田。
迨稼既成，拔取言旋。
取此青钱，雇诸慵借。
稼植斯完，乃休乃暇。
我田之草，既耕既芟。
视我田水，十存二三。
田之高兮，二人用汲。

田之卑兮，桔槔双挹。

迨禾含苞，斯硕斯丰。

于斯时兮，还彼慵功。

何日及时，十□维亥。

我携镰刀，往我田界。

是刈是获，找负言还。

箕扬晒曝，农功斯完。

① 原注：此历叙田畴艺植稼穑之事。

归耕二章

诗文词赋，学经不明。

我闾我里，薄言归耕[①]。

清晨荷锔，往省农郊。

挹水注新，取彼桔槔。

我稼未同，增播其秧。

谷殚斯买，取彼孔方。

以俟来兹，熟禾布亩。

载获载扬，载扬我功。

① 原注：言不能为士则归农也。

高伯适（1809—1855）

字周臣，号敏轩，又号菊堂，嘉林县富市社（今河内市嘉林县富市社）人。高伯适年幼时即具有天赋且好学，明命十二年（1831）中乡试亚元，此后参加会试，却连考不第。与阮文超、阮文理等著名文人经常往来，文名日盛。嗣德帝十分赞赏其文才，曾称赞：“文如超、适无前汉，诗到从、绥失盛唐。”绍治元年（1841），高伯适因才名出众，被任命为礼部行走，充乡试承天场初考，与阮潘迓营私舞弊，遭监察场务胡仲濬弹劾，下狱论死罪，绍治帝宽免为绞监候。后蒙赦出狱，经出洋效力，复得起用。在京城任职期间，他广交文士。绍治七年（1847），高伯适在翰林院成立墨云诗社，与阮咸宁、丁日慎、从善王阮福绵审、绥理王阮福绵寘等相与唱和。嗣德三年（1850），高伯适被任命为国威府（今河内市国威县）教授。嗣德七年（1854），高伯适自负有才，屈居下位，愤而辞官归乡教书。后因农民起义牵连，以罪坐斩首。今有《高伯适诗集》《高周臣诗集》《菊堂诗集》《敏轩诗文集》《敏轩说类》印行于世。

西湖春望

若有人兮鼓枻来，湖光一半夕阳开。
乘风高唱轻波曲，日暮招邀凤嘴堆。

岁暮

岁暮犹为客，身闲益自怜。
长风连晓晦，积暑满山川。
归早闻边鸿，开泥见水仙。
幽居成底事，披历待新年。

咏伞圆山

名山山上古今传，四望团团若伞圆。
云过重霄星可摘，地遥万仞水无权。
烟霞长锁无尘景，泉石闲摇不老仙。
唐懿胆寒高禹手，巍然南极镇南天。

题三台寺

水山山上三台寺，特地横开一洞天。
宝盖岩云回缦缦，露瓶石乳滴涓涓。
岂能世事空如佛，安得人心静似禅。
登览忽然新客眼，萍蓬踪迹未无缘。

南荣记见

啁哳蛮音不可听，汉称此地号南荣。
地闲细草连天碧，潦书寒潭彻底清。
朝募饭僧依古塔，夜逃命虏剩铜城。
猎人未必知汤武，一洒时霖百杀生。

望快州有感二首 其二

井邑江溪不改移，风光昔是觉今非。
径荒墙倒村庄瘦，野旷烟希草色肥。
断续蛩声缠古寺，差池燕子弄斜晖。
寄声荇泽哀鸣雁，安集归来又几时。

赠安庆府知府

芽庄城外小春游，太守门前气色浮。
十载冯唐郎署老，万重寇准远山逾。
顶天不尽看红日，携手宁知各白头。
此地可能公事少，课儿高筑读书楼。

旅闷偶题

三年谪地历寒沙，回想龙城路未赊。
病仆有权能役主，新亭到处便成家。
封侯岂入平生梦，欠客空添鬓发花。
张传功名皆可望，谁人笔砚度年梭。

横山望海歌

君不见，海上白波如白头，怒风撼破万斛舟。
雷驱电搏惨人目，中有点点浮轻鸥。
海气卷山山似指，山北山南千万里。
功名一路几人闲，冠盖纷纷我行矣。

方亭燕集诸友，用亭招诗，余和元韵

欲暮已忘暮，饮君园上亭。
悠然得赏适，遂此写性灵。
落日正斜斜，高风飒冷冷。
寒竹拂疏翠，小柏垂低青。
照砌水仍静，隐墙花半零。

空斋坐超忽，欢笑长忘形。
清兴破岑寂，高歌穿渺溟。
莫辞终夜醉，痛饮谁复醒。

读诗

流迹风尘里，院深长闭扃。
养我守心拙，旷如遗世形。
寂寂子云居，空床守一经。
展转我所思，如醉抚如醒。
念善赋桑扈，怀贤歌湿苓。
十载谁嗣音，慨叹望典型。
日入群动息，天高夜冥冥。
下有不眠人，上有欲落星。
鸡栖蔚婆娑，孤兰暗其馨。
聊为空外音，幽响欲谁听。

归故宅

闯然见乡曲，载欣乃载奔。
市巷有居人，竹木霭连村。
依路连深径，高声扣柴门。
邻孺蔽面窥，群犬争噪喧。
坐定解衣去，洗足涉蔬园。
枯池杂衰寥，隙墙穿树根。
嗟予暂离隔，犹念如梦魂。
鼎鼎百年事，形役抚何言。

知识见我笑，握手如弟昆。
亲戚离来讯，款曲叙寒暄。
感谢亲故辱，不离问思存。
离别常人性，友助古所敦。

早起发值雾遂歇柑浦野中是我乡地界首

早起发土块，下过柑浦歇。
孤店欣有人，我行且暂辍。
野旷雾漫漫，风低寒切切。
云日暗无象，冈阜不成列。
原鸟声相呼，远树淡欲灭。
已指故乡头，犹疑在天末。
索火理烟筒，煨衣借微热。
扶杖者何人，笑我独疲折。
我欲通殷勤，心戒不成说。
振屦促前行，此路愁剽掠。

阮有造（1809—？）

字成之，号鄂亭，所著有《黎公行状》《丁氏家谱》等。

高平故垒

因山为险不劳工，静镇边方第一雄。
四壁绕林云作障，一流带水月弯弓。

回头孤垒当年事，极目芜田旷藏功。
不尽登楼悬盼意，无逾赵老在湟中。

饯护督行次

指挥一笔役千兵，左右泸襟取次行。
出塞汉军威远震，诣营裴老算先成。
兽非山索应潜遁，乌可巢窥定不惊。
已卜是行应不战，逍遥奏凯自宣城。

和贾至早朝大明宫

用岑参和题元韵。

声催黄鸟漏更寒，色动青龙殿角阑。
阊阖九重深帝坐，蓬莱咫尺见仙官。
金炉吐雾凝丝湿，紫服披霞对燎干。
唱和至今风韵在，赓扬合事敢辞难。

太封翁七十寿诞

小子成之号鄂亭，堂有严新鲜弟兄。
先世清潭月盎入，辅国上将发家声。
三世以后继科宦，家无长物无一经。
下逮严亲十一世，乙巳之岁复月生。
三岁失岵逢黎季，母家收养及长成。
嘉隆己巳生小子，今已四十六行庚。
慈廉士未隶河内，遂居小子浙江城。

身居城市三十年，竹菊之外无经营。
嬉游帝旦泯知识，所以年高能如婴。
子奉仙禁目犹长，父曰母疾且归宁。
子归葬母未能去，为有父在长叮咛。
虽然甘旨阙如也，父禀恬淡自生平。
大家请益非五秉，殷勤一表代陈情，
昔塾今庠只此地，臣心子愿欣感并。
父寿百年初七丧，又是新承雨露荣。
敢不奉扬天子庥，岂云乐事私家庭。

阮通（1812—1879）

字希汾，号淇川，又号遁庵，嘉定新盛人。嗣德二年（1849）领乡荐，初任丰富县训导。嗣德十四年（1861），潘清简以其文学名升任永隆省督学，后升至侍讲学士领庆和按察使。嗣德二十三年（1870）授光禄寺卿，后以病乞归，在平顺山庄结诗社，以吟咏为乐。嗣德二十七年（1874）复起用为礼部主事，以文学升领国子监司业。所著有《越史纲鉴考略》《卧游巢诗文集》《遁庵文集》《淇川诗文抄》。

朱江夜泊

江在东浦，兴和江南岸，敝庐在焉。昔常与潘笔峰酣饮于此。

朱水秋风夜泊船，白沙古渡树笼烟。
吟翁去后宾徒散，独卧寒江月满天。

钓矶

乱絮飞花护钓矶，坐来偏爱晚风微。
沙鸥薄暮归何处，掠岸侵烟背客飞。

龙湖晚泛

嗣德八年乙卯从部时作。龙湖在京城香江水上流。

反照千山暮，轻寒细雨余。
村烟过竹远，松影落江疏。
鸟道云俱迥，孤舟藏欲除。
数家林下住，寥落似吾庐。

挽阮公惟定边赞理

嗣德十四年辛酉，正月十六日，富兵攻富寿大屯，军溃，力战死。尸变不能辨。有识其衣带者乃收草葬边和城东门。公伯氏壮烈伯，遣人取遗骸归葬。

西风飘大树，一夕翳辕门。
满地埋雄略，三军泣旧恩。
徒惜空衣葬，那知浩气存。
年年虚冢上，遗老酹芳荪。

送人之嘉定

薄宦成名晚，频年未拟归。
闻君下东浦，此地近柴扉。
白社寒交在，青云过客稀。
殷勤讯消息，岁晏慰暌违。

登永隆城楼

癸亥。

雨霁汀洲集晚禽，一声画角半楼阴。
千烧城郭周遭在，多难亲朋契阔深。
去国杜陵余别泪，异乡王粲负归心。
昔贤可是俱怀土，蓬鬓西风几度侵。

对酒歌

死草为萤燕为蛤，萤能照夜蛤藏珠。
男儿堂堂好身手，当使名迹驰八区。
不然骑马游五都，不然轻舟泛五湖。
左拥赵瑟右齐竽，葡萄美酒松江鲈。
胡乃跨坑走险觅官爵，羸骢破帽悲穷途。
纵然浮荣有用处，毕竟白发缠头颅。
劝君酩酊不用醒，我亦醉翁非竖儒。
君不闻，七贤六逸自高士，天下至今称酒徒。
百年雌黄总蕉鹿，九原白骨无贤愚。
丈夫无事且行乐，安用世俗形迹拘。

仲冬小集示范季友营田使

妖星闪闪亘南维，白昼闪闪蚩尤旗。
大风扬尘海水黑，疾雷破山山石移。
堂堂藩安古雄镇，四门洞辟驱胡儿。
健夫缩颈就徽缠，黔首横草忧芟夷。
烟尘涨天日色死，杀气匝地阴风悲。

我时韃橐从帅府，君亦鞅掌随州司。
势穷智勇等无用，事急征调将何裨。
宁知和亲出庙算，不用武力张兵威。
辰清杞梓上廊庙，日暮驽骞当路岐。
君从郡守被特召，我且隆阃参旄麾。
五年颠踬幸不死，一官落插宁嗟卑。
御戎自古贵中策，谋国要务先自治。
司农九扈久失职，乐郊沃壤成饥疲。
羡君特达识时务，大庭慷慨陈良规。
九霄衔命总农政，万里骢马趋南池。
乌台螭陛直声寝，桑荫麦陇春云滋。
营田足国岂细术，臣工良耜陈周诗。
吾今日固非稷契比，劝农道士职所宜。
各须努力报明主，安必廉吏不可为。
岭梅新放雪花撒，洲橘香美江鱼肥。
溟鹏变化会有期，且可倒着白接篱。

阮绵审（1819—1870）

明命帝第十子，初名昽，字仲渊，号仓山、椒园，以眉间有白毫，又别号白毫子。自小天资聪敏，读书勤奋，学识渊博，一生著述颇丰，《大南实录》记阮绵审有著述十四种：《衲被集》《仓山诗集》《仓山诗话》《仓山词集》《净衣记》《式穀编》《老生常谈》《学稼志》《精骑集》《历代帝王统系图》《诗经国音歌》《读我书抄》《南琴谱》《历代诗选》。陈文玾记其还有《北行诗集》《河上集》《星期集》，但部分作品散佚。现存有散文集《从善公文集》《仓山外集》，诗集《仓山诗集》五十四卷及合抄《仓山奏版》（与张登桂的《广溪诗集》

同收录于《诗奏合编》中)，诗文评《仓山诗话》。

和次韵鹓雏晚坐

烟雨凄凄摈素秋，红楼对岸阻江流。
风波不惜相思苦，无恨新诗为尔愁。

送别

落日照衰草，送君多苦吟。
穷愁归故里，垂老负初心。
驿路寒山瘦，关门秋露深。
中途逢九日，相望碧云岑。

秋怀

用遗山韵。

梦落寒山暮雨声，一尊倚醉坐来清。
长风摵摵迎秋至，古意茫茫入夜生。
宾客病多黄叶散，江湖计晚白鸥惊。
村南烟舍遥相约，拟买扁舟钓月明。

芙蓝钱行

朝进芙蓝钱，暮进芙蓝钱。
大人吃芙蓝，乃雪小民冤。
大人堂中钱索朽，小人卖家还卖妇。
此身虽存家已休，枷锁幸脱妇难留。
抱儿暂来与夫别，路旁对泣餐芙蓝。

阮绵寘（1820—1897）

明命帝第十一子，字坤章、季仲，号苇野，受封绥理公，加封郡王。秉性恬憗，博学能文，尤工于诗，时有“诗到从、绥失盛唐”，“绥”即指阮绵寘（绥理公）。所著诗集有《苇野集》，阮德达称其“学养醇到，吐属婉雅”，有诗文集《苇野合集》行世。

雨夜旧邸感作

夙昔彭城意，经过恨愈缠。
怕听窗外雨，不是对床眠。

寄粱溪

可怜青草色，芊眠碧溪尾。
昨夜独吟情，思君正相似。

按，粱溪为潘清简之号。

芸亭故居

十里红垣接苑墙，东风垂柳复垂杨。
岐王旧宅荒寒尽，燕麦青青送夕阳。

金龙竹枝歌

金龙江口待归桡，白虎桥边立暮潮。
欲识行人肠断处，凤凰楼上一枝箫。

横塘曲

泪涨秋波作暮潮，横塘双桨去迢迢。
儿家住处应须记，棒树篱笆白板桥。

春怨曲 其一

吴娃催唱竹枝辞，且共桃花照酒卮。
长忆小楼人散后，一庭烟柳雨如丝。

论诗绝句 其一

莫误论诗有别才，杜陵万卷不须开。
原原本本称该赡，枵腹如何混得来。

游罗溪示逊班阮文超

烟树罗溪路，羊求静者流。
喜君乘月至，与我及春游。
江涨疑吞郭，山晴欲压楼。
忘机为幽意，敢谓狎沙鸥。

看亡弟则思遗墨

题诗粘我壁，三载字犹存。
知不曾深意，长留此墨痕。
只今看虿尾，何处问令原。
了自难终幅，非关泪眼昏。

禅房睡起

绕榻茶烟白，幽窗午梦回。
钟残山鸟下，僧定野棠开。
浮世伤华屋，空门问劫灰。
夕阳孤塔下，谁吊惠休来。

读文丞相传

将略群公少，金陵王气残。
中原还左衽，北塞且南冠。
一旅何年易，孤臣此日难。
只今寻汗简，犹带朔风寒。

自题小影

是何意态独蘧蘧，与我周旋定胜予。
病后休文腰带减，闲中潘岳鬓毛疏。
穷愁书卷千秋在，笑傲沧洲十载余。
莫问庐山真面目，已从泡影悟空虚。

题子裕《蘅洲诗话》 其一

一自删余绝正声，纷纷拔帜出奇兵。
古人书卷皆糟粕，儿女诗篇近性情。
自享千金惟敝帚，才拈五字即长城。
厌看红腐相因句，竟误羚羊挂角评。

南琴曲

秋江水深秋月白，兰台宋玉悲秋客。
一尊临水送将归，银烛篷窗列瑶席。
此际争教不尽欢，此后相思了无益。
倚槛重庚越客吟，扣弦却忆湘娥瑟。
旧日秋娘雪鬓侵，闭门花下杳沉沉。
相邀地主情何厚，为奏哀弦意自深。
坐客乍停金凿落，漫拈轻拢渐渐作。
三点两点初雨来，大弦小弦乱珠错。
春残蜀国怨啼鹃，寒甚尧年语老鹤。
十二莲壶漏水多，金炉香烬篆烟斜。
晓风隔岸玄蝉咽，霜色前洲白苇花。
陡然移宫复换羽，商盘夏鼎周石鼓。
掩抑摧残别思生，幽怨婉转不分明。
仙人楼上他生果，织女桥边异代情。
他生异代情何许，一缕春蚕不能吐。
绿水青山送六朝，骚人芳草伤三楚。
碧纱窗户占垂杨，昵昵深闺相尔汝。
尔汝情深自叹息，此乐由来未易识。
从此新声不可闻，只今旧事犹能述。
繁华细数太平年，少小堪思全盛日。
汉代贤藩本好音，制成新器号南琴。
谱将子晋缑山意，写出牙生碧海心。
意气翩翩绝俦侣，佩玉鸣銮自容与。
一片心肝奉至尊，十围腰腹副言语。

彩毫奏赋侍承明，袖中谏猎疏先呈。
随车新给金吾骑，赐第还连紫禁城。
王母丰姿曾识面，家人礼数不呼名。
多艺穿杨兼夺槊，留心食谱到茶经。
留心多艺何须教，得意平生惟乐府。
小令题余芍药编，长篇装遍葡萄谱。
绿绮弹成引凤凰，红笺书罢吟鹦鹉。
游人绣毂动香尘，舞书琼筵回白纻。
银筝小队按梁州，说是平阳旧主讴。
柘枝按拍传房老，桃叶翻歌教莫愁。
赤舄归来浑短鬓，黄金散尽为缠头。
老年进道转幽独，留此丝桐压竹肉。
今来犹说汝南王，不数当年羽衣曲。
人生万事亦何常，富贵功名更可伤。
大弓宝玉周亲贵，带砺山河汉誓长。
邺下文章青史传，淮南鸡犬白云乡。
滕王高阁空潭影，梁苑长洲自夕阳。
感慨豪华成逝水，弟子何人传绝技。
绛纱帐里有蛾眉，一曲广陵重为理。
流传宇内到今兹，夫婿风流天下知。
女子无愁翻旧谱，男儿作健斗新词。
繁弦急管吹弹逐，窄袖轻靴结束迟。
金闺青眼人非昔，白发丹心独自持。
丹心白发留深誓，识曲知音待来世。
钗折花飞玉貌残，弦摧雁冷黄泉闭。
崔九堂前事已非，岐王宅里见无期。

憔悴棠梨依砌范，喃呢燕子认梁归。
鲛绡有恨朝朝泪，鸳枕无眠夜夜思。
岁月相催成老大，江山宛在倍凄其。
君不见，墓上他年乌柏树，记取双枝连理处。
情知曲里有离鸾，寻常不肯向人弹。
请君为作南琴曲，城上乌啼夜未阑。

阮廷炤（1822—1888）

字孟择，号仲甫、晦斋，嘉定省平阳县（今属胡志明市）人。其父阮廷辉为嘉定城总督黎文悦书吏。阮廷炤自幼受儒学影响，绍治三年（1843）参加科考时中秀才，五年后再次应举时却遭母丧中断考试。阮廷炤奔丧途中因车船劳累双目失明，几年后又遭遇未来岳父母的退婚。几重打击之下，阮廷炤依然自强不息。嗣德十四年（1861）法国殖民势力侵占越南南部六省之后，他退隐不仕。阮廷炤作为爱国志士一直以笔为武器与殖民者展开斗争，在这过程中他创作了大量文学作品。其创作的文体多样，汉喃语兼通，尤其以其早期作品六八体喃诗传《蓼云仙传》为代表作。后期作品六八体诗《渔樵问答》《勤约义士祭文》《祭张公定文》等描述了揭露法国殖民者的暴行，歌颂抗法义士们的英雄行为，鼓舞了当时人民的抗法斗志，表露其高度的反侵略爱国主义精神，所作诗歌时人称为“诗史”，成为著名爱国诗人。阮廷炤所留存的代表作品主要以民族语喃字所创作，但其中也留有少量反映其个人情怀的汉诗。

挽潘清简

世道如斯莫问由，风云惨淡遍鳌州。
安危六省一身责，事业三朝数行留。

蝶梦未回悲北驿，鹃声怕听忆南楼。
成仁取义书生志，极目苍茫不尽秋。

陈善政（1822—1874）

字子敏，号澄江，嘉定平隆（今胡志明市旭门县）人。绍治二年（1842）领乡荐，历任庆和侯补、龙川训导、侍读、鸿胪寺卿、咸顺府知府等职。嗣德十二年（1859），嘉定城失守后，善政纠集民勇五千八百人守城；嗣德十九年（1866）曾被派往香港，因事坐事革职；嗣德二十一年（1868）管翰林院武范启以其工诗举擢获修撰充院职。善政素有诗名，有《澄江诗文集事》《南行诗草》《北征诗草》《子敏诗集》等。

漫兴七言六绝 其一

百战山河百战身，雁刀犀甲老风尘。
莫嫌塞外知交少，明月年来是故人。

漫兴七言六绝 其二

一曲高歌入远天，春山青尽马蹄前。
回头却忆来时路，野色云阴万竹烟。

过白鹤江登梧桐岗

白鹤江头江水深，碧梧旧馆昼沉沉。
琴村易老三秋色，仙驭难调万里心。
乱草不知根错地，浮云空见影归林。
千年陈迹登临晚，看到残碑泪满襟。

别山西陈护督并同列

紫骝飞过暮尘高，独倚秋风解战袍。
一阕歌回梁上响，三军醉倒水头醪。
鸣鞭欲洗天河甲，投笔谁抽工帐韬。
客夜茫然相别意，月华霜气满弓刀。

远望有怀

四郊渺渺夕阳红，闾舍萧条下晚风。
暮色钟催云外尽，秋阴帆落渡头空。
山环大陆重城起，水割平原一剑雄。
国计频年筹未就，北征诸将漫言功。

灵川进旅

灵川晓进军，群山碎水口。
窄路修蛇盘，迴溪怪石走。
三军喊一声，晨光散林薮。
螯弧拔先登，穷荒开积雾。
狐狸窟穴深，于今复何有。
朝菌伐不难，何必厉萧斧。
但愿洗甲兵，四夷以为守。

清室渡

天荆地棘间，落出一条水。
郁蓝倒泻来，奔湍急于矢。

巨石横中流，高束江心起。
颓岸悬树根，旋涡割沙尾。
雨深秋潦下，苍茫百余里。
蛟龙白日游，阴风飒然至。
欲济无津梁，徒侣色不喜。
拔剑临前头，恶滩忽在迩。
麾军叱急渡，艰难从此始。
猿猴欺过客，傍溪群沐子。
樵爨绕林青，蛮烟出洞紫。
烈士虽暮年，壮心尚未已。
过江乍登顿，按图下营垒。
岚瘴虽犯人，囊中有药饵。
夕阳带层阜，四顾如梦寐。
涓滴未酬恩，蹰蹐惭天地。

寄京中诸故人

良马由来出西北，驰驱万里从东道。
百年历落青云士，搜来尽作非常宝。
龙文凤藻一时开，天地浮埃却横扫。
古句流传遍海内，竹堂苍劲松堂老。
声流调响笔不漏，云麓得之飞誉早。
我惭名忝诸贤末，酷好吟诗诗不好。
刀环马策缠其身，难向故人开怀抱。
何年归马华山阳，一笑相逢长醉倒。

雄王山

雄王山上多白云，雄王山下多青草。
白云青草有时无，千古雄王山不老。
片石峰头高插云，古来传是雄土坟。
茫茫窀窆锁幽寂，但见佳气空氤氲。
庭台疏密蜘蛛网，碑碣猗斜蝌斗文。
飕飕松柏树响树，蹲踏猿猱群呼群。
万灵趋朝白昼晦，翠旗绛节交纷纷。
鸾笙倒吹入天半，紫玉竹杯留夜分。
荒哉陈迹易消沉，一息无多分古今。
漫说碧岩是武穴，应知黄屋非尧心。
立马山前迫岁宴，瘴雨岚风朝暮变。
攀援欲上最高层，去来满山山不见。

阮思僴（1823—1890）

原名阮文富，字恂叔，号石农，又号云麓，北宁东岸榆林（今河内市东英县梅林社）人。先祖阮国寔登后黎中兴进士，官太宰，封兰郡公。祖阮案、父阮志完俱领乡荐。阮思僴弱冠就有文名，绍治四年（1844）擢进士第。初任翰林院修撰，历任集贤院侍读、翰林院侍讲学士等职，并考阅《越史纲要》一书。嗣德二十一年（1868）出使中国。所著有《石农诗文集》《燕轺诗草》《燕使文草》《中州琼瑶集》《小雪山房集》《石农丛话》《海防奏议》等。

江行

历尽西溪又向东，倏然衰草乱烟中。
一声炮响双凫下，醉到沧江倚舵翁。

读《汉书》有感

长公无病亦抽簪，豆落南山漫苦吟。
谁谓二疏知止足，官成方始乐挥金。

静辽道中

连山云影树熹微，得得轻风暗拂衣。
江上晚来天欲雨，蜻蜓掠水不停飞。

江上感怀

潜师夜半漫言功[1]，回首三屯旧戍空。
文轨久无南北限，衣裳终有古朝风[2]。

① 原注：黎季犛五福南侵，夜半潜师济江，人无知之，因而取胜。
② 原注：自淚江北岸以外，衣服习尚与北圻同。

忆昔

忆昔西湖上，连村捣纸声。
不知谁作赋，纸价踊都城。
逐使湖民困，官租岁不清。
文书千百亿，南北未休兵。

发河静道城微雨复作

长途还雨意，平野半云阴。
汩汩泥声滑，蒙蒙树色深。
废城闲老犊，古渡带幽禽。
不觉鸿山近，天寒拥鼻吟。

重题普赖山寺

极目西风万木秋，沉钟是处又登楼。
青山面面环三德，古垒依依镇六头。
黄水西来从故道，余堤南望愧先忧。
夕阳明月人何在，却为江东系客舟。

过漳河吊魏武

西陵歌吹散烟云，漳水荒凉七十坟。
岂有孝廉堪万乘，可怜香履亦三分。
世家本出曹常侍，墓碣谁称汉将军。
不到侯王身不死，建安七子竟遗君。

送朝鲜使臣返国

倾盖燕台乐未终，泥鸿去影已匆匆。
归心鸭绿花开外，清梦龙池柳色中。
万里关山难送客，四洲人物几同风。
别君更忆虬髯传，西海如今渐向东。

和珠江阁老送行元韵

纵是山田谷不肥，犹堪半榻借岩扉。
短凫续胫原无用，暮鸟投林各自归。
数卷茶经开石鼎，一蓑春雨下苔矶。
惜君独被梅花笑，同梦何由到翠微。

按，珠江阁老即裴文禩。

舟中望天姥塔

倚篷俯清流，窗间荡塔影。
仰见天姥山，楼阁阏灵境。
绿衣昔入梦，天将定周鼎。
云构从此起，江山辟严景。
至今二百年，化城委榛梗。
敕建我犹及，飞塔镇江静。
咫尺金龙堂，兴废颇心领。
尚欲起胡僧，劫灰发深省。

答陈少司农论文

文章于世道，得失非小补。
皇皇圣经文，删述重万古。
精微覆天下，糟粕为韩杜。
取士无别途，雕虫过海宇。
至今士习坏，蔽罪于八股。
何况我国文，尚未涉堂庑。
以此拾青紫，毋乃小所树。
抚今会风降，坠地叹文武。
所望鸣实学，千载发龙瞽。
我□壁上观，中原孰旗鼓。

独漉篇

独漉独漉，白云空谷。
犀有饮泉，何水不浊。

泛泛轻舟，海水西流。
曀曀落日，我有隐忧。
大风以雨，废我农亩。
我饥犹可，地倾天漏。
藐姑射仙，啖我金丹。
不恤我后，当门之兰。
神鼎象物，代以楮墨。
沉辞鞭石，敢或遑息。
黑塞枫林，天高水深。
宝镜在壁，妖狐在阴。

对月独酌

自我见海月，不知几成弦。
昨夜见月缺，今夜见月圆。
月轮有圆缺，人事有推迁。
对月不醉月，浩歌何为焉。
曲径转花影，广庭罗树荫。
池水清且明，星斗交浮沉。
万象净良夜，一乌鸣前林。
脱巾洒凉风，拂袖横素琴。
有酒且自酌，云谁获我心。
醉弄石上月，拂之去复来。
安得掷彩桥，海外窥蓬莱。
麻姑削炮麟，青莲飞大杯。
酣畅观天地，悲歌激风雷。
念此酌复酌，顾影醉且歌。
明月君且去，我醉奈君何。

游还剑湖

连日雨洗火云空，湖面百顷磨青铜。
东津一舟掠桥过，萧萧蒲苇来微风。
不到湖亭十余载，胜游空忆方亭翁。
主人好游兼好客，豪兴久已吞云梦。
天仙殿前却移席，妓船唤出荷花丛。
湖波不动丝竹乱，游鱼亦出窥惊鸿。
须臾日落水烟碧，酒酣待月湖桥东。
素娥未忍深拒客，清光略伴灯影红。
四座笙歌乐未终，神龙卷浪摇风虹。
灯错路暗不相顾，压惊置酒文昌宫。
开门雨势来未已，四面水竹青蒙蒙。
临流高楼出逡火，绕阶浅渚号寒虫。
推枕自笑不了事，一饮亦为天所穷。
欲唤红儿烂漫睡，煮泉且复烦茶童。
鸡鸣钟动觅归路，酒香鬓影疑梦中。

阮有立（生卒年不详）

字懦夫，号少苏，乂安清漳县人。嗣德十五年（1862）进士，历任山西按察使、兵部参知充机密院大臣等职。嗣德二十三年（1870）充如清正使，回升户部参知充藏书楼董理典例。《大南实录》中称其著有《南关纪功碑》《使程类编》《试法则例》诸集，现俱未见。《大南实录》诸臣列传八称其："以文学受知，其作文自成一家。"现部分燕行诗文留存于中国护送官马先登所辑《护送越南贡使日记》中。

谒伏波庙

矍铄何当误此生，生平慷慨已心盟。
少游从弟能哀我，长者家儿太薄情。
铜柱铁船千古旧，滩声山色[illegible]天晴。
晚成别有长存处，螭篆香残客梦惊。

途间即事

悠悠长路几经晨，秣马脂车不厌频。
世味纵难鸡肋舍，梦魂还悟鹿蕉因。
桑蓬身债还游子，松菊闲缘待主人。
我亦雪泥鸿羽倦，懒将壮志问迷津。

邓辉熺（1825—1894）

字黄中，号醒斋，或云静斋，广田博望（今承天顺化省广田县）人。阮朝绍治三年（1843）举人，绍治七年（1847）年进士，历任清化通判、广昌知县、广南布政等职。嗣德时至广东公干。著有《东南尽美录》《邓黄中诗钞》《柏悦集》等。

拾芥园梁惠存书赠[①]

羊城快睹使星临，拾芥园中送好音[②]。
家乘殷勤言行录，尊规款曲孝廉箴。
百年韵事存梨枣，万古声名播石金。
棠萼兰芽重志喜，此回诗画当瑶琳[③]。

① 原注：梁惠存，南海县佛山镇人，五云楼梁逸堂从弟。

② 原注：余赴粤，曾以《邓黄中诗钞》《四十八孝诗画》《辞受要规》《邓惕斋言行录》《柏悦集》诸部书付梓，皆出惠存一人之手。

③ 原注：详后《双喜图序》。

和黄冈军门銮坡张殿雄《公余遣兴》五首兼赠一首

统师转战长江得胜

吾人文章胞一脉，声气相通，不待同堂聚首，风雨连床，然后为同心之契也。仆袜线微才，关山旅客，蒙知己大夫家星衢、伟堂诸兄，不弃愚陋，握手论交，今三年矣。岁中秋，伟堂袖到足下《公余遣兴》一集，同人唱和一集，嘱仆以和。仆披阅之，想足下学贯孙吴，气吞李杜，三箭而凯奏，七步而吟成。国家桢干，文武全才，且能趋孔鲤之庭，舞老莱之采。复得诸骚翁，策励诗社，连篇累牍，为日犹多。此集七律十一首，七绝六首，譬之管中窥豹，仅见一斑耳。顾仆拙于诗，尤拙于和。何足以当此阳春高曲？念情深伐木，不敢以腹俭辞，辄弗自揣，谨摘《统师转战长江得胜》《克复南京全师奏捷》《送春》《宫怨》《水烟筒》五首依韵相和，再题赠一首。精缮成本，赍交苏列兄。早因鸿便递上辕门。希惟鉴正，用表纸上论心。虽不相见，有如面谈，以写仆客中渴怀焉耳。幸而珠江捧节，天假奇逢，固所盼祷。若曰抛砖引玉，则仆呜呼敢。

长江烽火水波漂，白露瀼瀼降寥肃。
蛰振鼓鼙喧霹雳，毛轻巨舰驾扶摇。
五三申令从天下，卅万魁从指日枭。
战罢归来袍尚湿，策勋应不负皇朝。

秋日往拾芥园购书放步至叶家祠清介书院，叶棣[①]新萼楼题赠，且以折扇索书，因次原韵答之

病骨趑趄到穗城，家乡心绪等悬旌。
何朝书院逢知己，遥忆钱塘一叶清。
国俗人情未尽知，见闻偶异即称奇。
独于声气无南北，泗水尾山一本支。
西风吹到白苹洲，珠海飘然一叶舟。
拾芥园中收采尽，相期月夜共登楼。
自笑行书不甚长，对君一语似轻狂。

若将扇作涂鸦地，却愧天边雁几行。

① 原注：叶棣，南海县人。

阮贞慎（1826—1904）

字叔卿，一字女枝，号妙莲，又号梅庵，明命帝第二十五女，留有诗集《妙莲集》。该集曾数次被越南使臣带往中国请中国文人品评，集中有光绪七年（1881）直隶州临桂县正堂秉铨、河间王应孚，光绪九年（1883）梅璐韵山、津门解元黄耀奎琴沧氏等序。阮贞慎诗歌多记录其生活，尤其是与阮朝皇室之间的读书与诗歌酬唱，其诗不仅生动展现明命时期儒学政策影响之下汉诗创作的繁荣，也显示越南女性诗人创作在阮朝时期达到新的水平。

赏梅忆何姬

闲逐春风来，望望香深处。

回忆素心人，踟蹰不忍去。

病中偶成寄仲卿、季卿

满堂丝管漫相催，抱病深深帘半开。

采得黄花秋欲寄，恐惊憔悴似花来。

按，仲卿为其姐阮永祯，季卿为其妹阮静和。阮永祯（1824—1892），字仲卿，号月亭，明命帝第十八女，所著有《月亭诗草》。阮静和（1829—1882），字季卿，又字讵之，别号常山，明命帝第三十四女，所著有《蕙圃诗集》。

闻笛同季卿作因寄鹓雏

垂垂杨柳暮烟含，荡漾东风月满潭。

一曲落梅听此夜，不堪回首忆江南。

按，鹓雏为其兄阮绵审侍姬。

暮春送别

亭上开樽空复愁，亭边柳色长离忧。
东风不解留春住，更作飞花送客舟。

按，潘清简评："唐音。"

春雨回文

春园晓雨寒烟湿，片片飞花落院幽。
新燕舞风回柳岸，曲栏斜倚独悠悠。

按，阮绵审评："六朝俊语。"

秋夜曲

暗虫切切画栏西，梧桐落叶风凄凄。远天如水明月低。
明月低，白露坠，几处寒砧搅人睡。

按，阮绵寘评："音节婉媚致可咏也。"

寒夜独坐

独夜何凄恻，寒威渐见侵。
诗怀洒下得，病骨雨中深。
风失三更漏，秋传万户砧。
徘徊香阁里，谁与续清吟。

春日水亭即事

山光水色媚晴空，山水拘留兴不穷。
钓艇夜横芦浦月，琴台朝韵竹林风。

楼藏杨柳当窗绿，亭绕芙蓉覆座红。
莫惜花前持一醉，春风原是太匆匆。

次韵芝畹三十一妹冬夜感赋

蹉跎岁月使人悲，剪烛西窗忆旧知。
绝艳早惊香茗赋，相投重见玉台诗。
奔潮入夜催愁急，滞雨将寒泥梦迟。
料得幽斋无别事，闭门索句倚罗帷。

按，芝畹为明命帝第三十一女阮瑞慎。

次韵芝畹惠菊却寄

不向柴桑伴醉歌，偏来沁水托青柯。
凌秋冷艳坚霜操，入夜寒香泛月波。
离思却缘佳友切，诗情端为故人多。
绝怜漱玉惊心语，帘卷西风耐尔何。

按，阮绵寘评："幽闲贞静之风格不觉流露行墨。"潘清简评："五六变关语妙。"

阮修（生卒年不详）

籍贯不详，字东原。嗣德时任户部郎中，嗣德二十六年（1873）改鸿肪寺少卿，以此身份担任乙副使出使中国，请兵剿匪。

书扇

天气炎凉半夏秋，江城已别不胜愁。
愿君持扇如持手，风雨怀人一叶舟。

自全州却寄

一面才临别，论诗独起余。
舟中三顾后，案上片言余。
孤枕新秋雨，寒灯故友书。
就知今夜梦，犹在蝶花庐。

留别孙诗樵

过关九十日，才到桂林城。

桂林山水甲天下，未入其境先闻名。
舟行日日望天外，历历千峰削不成。
城中诸山又清绝，山上楼阁如蓬瀛。
远客过此一开眼，不及历览难忘情。
独羡高人久居此，春花秋月皆经营。
登高能赋落星斗，遂使海外闻其声。
舟中邂逅适我愿，自谓为士能识荆。
异话相对不能语，借有笔墨为纵横。
诗裳百金不靳惜，一朝惠我伴远行。
纵谈未获罄余绪，无那原隰歌骁征。
行行回顾却相忆，只见江上数峰孤月明。

阮长祚（1828—1871）

乂安省兴元县人。阮长祚出身于一个世代信奉天主教的家庭，从小跟随其父阮国书学习汉文，后受到法国传教士阮德厚(Gauthier)的赏识，被带到天主教学校学习，并于嗣德十三年(1860)

赴法国考察学习。在此期间，他考察了欧洲政治、法律制度，又值法国入侵越南，他数次上书阮朝朝廷希望变法。回国后他依然积极主张变法，劝嗣德帝到法国聘技师、购器械，讲实用，备人才，振工艺。晚年尤尽瘁国事，倡导维新，屡上书讲求治道，却不见用，后因风湿病辞世。阮长祚精通拉丁文、法文，是十九世纪越南改革家中的代表人物，仅少数汉诗存世。

题石碑山

风不能摇雨不摧，碑传万古自崔嵬。
孤圆如削排山顶，卓立无双振水隈。
想是补天曾炼过，非关填海被驱来。
若遗只箸成双箸，地作盘飧海作杯。

阮福时（1829—1883）

即嗣德帝，阮翼宗，字洪任，为阮福暶第二子。绍治三年（1843）封福绥公，继位后改元嗣德，有《御制佳事补咏集》。

媚酰

蛮妻俚妇匪诸娥，国破夫亡矢靡他。
毡褥自缠投碧水，长闻夜夜哭重波。

士王仙

鼎国分争年，君侯独安边。
礼让可怀远，诗书开我先。
似逊尉佗雄，而逾尉佗贤。
乘乱易霸据，易地则皆然。
干戈不暇及，优游诵且弦。
不但死如生，已是士王仙。

按，范富庶、潘廷评："笔意雄浑，而仙之一语，意极超脱。"

夜泽王

夜泽王，夜泽王，宛在水中央。
地利兮可据，道阻兮难详。
芦苇兮苍苍，泥淖兮汪汪。
独木船兮任出没，霸先归兮谁能当。
彼其子兮何来，君臣洲兮画疆。
得陇兮望蜀，养虎兮遭殃。
大鸦海兮水渺渺，长安城兮车彭彭。

按，范富庶、潘廷评："睿见高超，洵为吊古谕世之法，而以歌补咏，与占城音《九重台》同一创格，想见《九歌》真音。"

安阳神弩

螺城才筑终复崩，江使何来夸奇能。
鬼工人巧邂逅就，坚城灵弩意在万世犹堪凭。
赵兵归，仲始赘，有佳儿，得佳婿。
君王既不疑，儿女更何知。

南征有时或失好，夫妇生死终相随。
床笫情亲热，安知弩机折。
贼兵已迫城，[illegible]发非初烈。
刍秣马儿竟何之，马上仍然拥画眉。
儿耶贼耶悔已迟，哀哉一剑恩情离。
鹅毛引路郎来追，空闻井水洗珠玑。
媚娘违，媚珠悲，始终寻衅由女儿。

按，阮绵审评：“音节顿挫，气调凄厉，铁崖、西堂辈见之，当不敢自大。”范富庶、潘廷评：“第三句一接，手挥目送，声韵玲珑，意角灵奇，凡于不可方物。中间情致悠扬，后一句足为炯戒，不独以曲调见长。”

裴文禩（1833—1895）

字殷年，号珠江、海农、逊庵、辎轩，河内里仁府金榜县（今河南省府理市）人，阮朝嗣德十八年（1865）乙丑科副榜，成泰二年（1890）庚寅科同进士，官至礼部右侍郎。嗣德二十九年（1876）担任正使出使中国。所著有《中州酬应集》《大珠使部唱集》《万里行吟》《燕槎诗草》《逊庵诗抄》，其中《大珠使部唱集》为丙子年（1876）裴文禩出使清朝时与越南名人和中国名人唱和诗集，尤以与担任湖北护送官的杨恩寿酬唱较多。《中州酬应集》与之所录内容除个别抄写差别，内容基本相同。中国文人杨恩寿将自己与裴文禩的唱和于光绪三年（1877）刊刻为《雉州酬唱集》。

江晚 其一

不闻涉水劳，但识有山好。
满坐来清风，所思犹远道。

江晚 其二

桂江野绿度晴烟，新月斜阳一叶船。
极目长空千万丈，数鸿南向去云边。

晓起

一枕江风夜似年，晓霜如雾雨如烟。
花窗睡起无多事，瀹茗焚香对水仙。

中元雨后夜泛西湖 其一

云霁波澄烟渺茫，十年前是好秋光。
家家赏月盂兰会，今夕征人过故乡。

渡珥河 其一

树带秋容拂晓尘，芳樽缱绻珥河津。
楂从北去流东下，长揖亭边送别人。

舟夜旅怀

逢人问俗不能听，心事悠悠江月明。
除却青山迎送外，同文安得又同声。

南平有怀陶将军

城北烟深草树秋，将军祠庙送寒流。
长风应到五洲海，破尽滔天白浪浮。

连日山行苦热，晚抵宁明登舟喜赋

岚重暑弥恶，埠颓舆屡倾。
忽看千嶂尽，又见一山横。
水落前塘阔，云开古渡平。
登舟日欲暮，旅思十分清。

南宁怀古

城市楼台满地浮，繁华犹说岭南陬。
后前汉是交州郡，左右江为郁水流。
柳子茅亭文半没，狄公鲸观迹空留。
远来正欲寻遗韵，一棹匆匆未遍游。

舟次述怀

岁暮征人去未还，雪霜双鬓渐成斑。
旅怀感到常难遣，诗思寒多每欲删。
忽忆梦惊时抚剑，为嫌眼小日贪山。
草风沙雨孤蓬外，犹羡渔翁坐钓闲。

长沙有怀屈左徒、贾太傅

屈贾清风万古降，岂惟骚赋擅词腔。
悲歌何处空湘水，流涕当年到楚江。
忧国深心嗟此独，论文谪地竟成双。
烟波极目芳洲阔，春草萋萋过是邦。

岳州守风

青草茫茫接洞庭，君山数点不分明。
岳州风雨连霄泊，楚泽波涛尽日鸣。
春滞江湖添有梦，天寒鸿雁杳无声。
高楼拟借征人笛，吹散云霞放棹行。

重登浴翠山留题

苍然水石白云低，一度登临一度凄。
人物文章千万古，江山心事昔今题。
闲花识面歌岩笑，幽鸟低声背树啼。
采菊煎茶秋色早，高楼落照影峰西。

和送别珠江侍郎

四海波不扬，周圣宣重光。
下臣远纳锡，葵藿心向阳。
雨露本无私，原隰洒琼浆。
花草助清兴，山川足飞觞。
赏菊郁江月，吟梅桂岭旁。
渺渺浮湘水，美人兮一方。
白雪忆郢中，雄风想楚王。
典侯偶逢君，结交洞庭航。
由来长沙国，杞梓材最良。

治安贾六策，离骚屈九章。
学问有渊源，识见超故常。
意气与我期，坛坫各争强。
唱和满行箧，笔纸盈奚囊。
南北此天步，深灯风雨床。
济治思贤才，何处卧龙冈。
五百望昌期，河流不复黄。
苦吟子美瘦，漫醉阮籍狂。
胸中高块磊，世事论弥彰。
感慨一抚剑，快论倾肝肠。
嗟乎古君子，衔命以出疆。
诗教拜鹿鸣，坤道占黄裳。
王事怀靡及，登台谁望乡。
自我奉专对，丹陛懔趋跄。
历秋徂冬春，载赋华皇皇。
郊劳感子意，契合芝兰香。
旷世喜遭逢，遽尔别离伤。
余怀每耿耿，遵道忧伥伥。
五夜霜月孤，万里风沙飏。
同文不同声，咨询安得详。
回首黄鹤楼，思君为颓唐。

范熙亮（1834—1886）

字晦叔，号鱼堂，寿昌南鱼（今河内市）人。少有文名，嗣德十八年（1865）中进士，初授翰林检讨，嗣德二十年（1867）受任户部员外郎，后迁郎中，嗣德二十三（1870）年任光禄寺少卿办理刑部事务，嗣德三十六年（1883）任宁平按察使。嗣德二十三年（1870）充如清副使。建福元年（1884）因病辞归故里，未几去世。著有北使诗集《北溟雏羽偶录》。

受降城

锡名非驾美，城者可无讴。
遗基石犹在，蔓草出墙隅。

闻箫

晴月度空山，飞烟横水面。
箫声何处来，夜思谁深浅。

望都县晓霜

夹道溪泉锁不流，冥冥人境入烟浮。
满城不比阳关路，一夜征人尽白头。

口占赠朝鲜李容肃

菊人亦以后数日归东。

旅馆菜瓯柳影斜，行人次第各驱车。
此情尚订天边月，海隔东南各一家。

柬朝鲜领历官李容肃

字菊人，亦能为诗。朝鲜每岁冬孟差官领正朔。

神京望牖云，荚历庆三分。
馆粲仍为客，台缁却过君。
天涯缔雅好，宇内慰同文。
此后东南海，鸿泥付夙闻。

菊人和诗即叠酬之

菊人送诗并楹联，且言恳录诸作，登之海内《苔岑集》。

欲雪预飞云，征衫不日分。
鸟声频唤友，梅影每思君。
诗识三韩秀，书看两晋文。
苔岑曾见说，可为博新闻。

除夕

风细雨如酥，江天净一壶。
岁从今夜改，人坐客舟孤。
永漏传生意，流光点画图。
故乡春已惯，着眼看中都。

抵桂林

孤舟清渚白沙间，两岸红芳翠草闲。
窗镜饱听春雨水，布帆卷尽粤西山。
懒吟多为诗声下，得醉都忘酒子孱。
已过滩泷三百曲，莺莺日日尚关关。

范访子厚遗迹

万里荒陬作逐臣，千秋余迹在湖滨。
为逢许伯能知己，谁料中郎却误身。
文字非由憎达命，江山何幸得传人。
只今司马遗名处，钴鉧潭边月似银。

次正使懦翁灵渠元韵

人知行路难，迟孰如浅填。
人知涉波危，碍孰如嵬砢。
渠浅地复高，奔流下如堕。
田车利辘轳，榜人不容柁。
画舫徐徐移，瘦牛拽泥野。
口喊声欲嘶，肩篙眼如火。
人杙壅以藩，若待盈科者。
所争咫尺间，依然又枯惹。
羁愁几丈长，涸流未足写。
三暮复三朝，尧山犹故我。
北溟故八千，似此可甚么。
野花不耐情，村醪不能泻。
嗟哉馆伴徒，为尔轻装舍。
更碍石陡河，何日顺流下。
安得驰平原，轻车膏其輠。
漾漾浮清湘，依骚赋新雅。

阮述（1842—1911）

字孝生，号荷亭，广南省礼阳县荷蓝社（今广南省升平县荷蓝社）人。任户部侍郎、户部尚书、清化总督、吏部尚书等职务，曾出使清朝。著述留存有《往使天津日记》《建福元年如清日程》《荷亭应制诗抄》《荷亭文集》《荷亭文抄》《清化总督荷亭阮述诗抄》《每怀吟草》，其中收录阮述燕行诗近三百首，内容多为使程途中登临咏史及与中国文人赠答唱和之作。

听猿

岩丛烟冷月微明，五夜啼猿搅客情。
平日已储三副泪，不开听尔到三声。

嘉鱼阻雨和陈蓝洲韵

春愁何事忽相干，风雨连朝未肯澜。
敢向江湖怨羁旅，诗家久厌孟郊寒。

题《妙莲集》

皇朝赖德公主贞慎著。主是仓山公同母妹。

诗骨如人两欲仙，更浓华处更天然。
炎邦闺秀知多少，鸿貉千秋此一编。

和韵答黎丹峰

楚北布衣游衡州，委送镇湘王醒迷文三十。

一帆湘浦晓，蘋未动香风。
春水微茫外，文旗咫尺中。
瑶签含日耀，玉品重年丰。

玄著还相赠，由来世教同。

赤壁怀古

在嘉鱼县。

舳舻余烬散东风，横槊休夸一代雄。
乌鹊夜寒犹绕树，蛟龙水暖竟腾空。
更无铁戟沉沙黑，剩有渔灯照岸红。
千古是非争片石，凭谁二赋续坡公。

江南八景

一壶光景十三门，媚色分来止晓暾。
天堑长江连虎踞，报恩古寺拱龙蟠。
燕矶流掠秦淮水，鹭渚波摇胜墅根。
淡隔晴漪千古迹，有依难与偌人言。

茶澳夜泛

海天万顷望茫然，十丈蒲帆散暮烟。
风急渔灯光不定，山空月影照无边。
潮溪徙鳄曾何日，涛枕闻鸡忆昔年。
谁是雄心吞不得，一歌慷慨破愁眠。

游浴翠山

在宁平省城内，原名水山。陈朝张汉超改称浴翠，题诗作记勒石。嗣德乙卯，余典试南定场经过，省官邀游山看菊作此。

再把丝鞭拂翠苔，前游屈指十年来[①]。

尘氛几度山无恙，风雨重阳菊又开。
载酒扁舟归别浦，题诗片石倚高台。
升庵一代文章伯，忍使骚坛没草莱。

① 原注：庚午年自河内场回，曾游此山。

和珠江裴侍郎在燕有怀原韵

不共皇华赋出关，尚留青琐待君还。
姓名从此重中土，词藻由来称大山。
蓟北寒生千树雪，衡南春入百花斑。
征轺历历相思苦，对面犹疑梦寐间。

船中遇雪

一路看梅花，每嫌不见雪。
寒风昨夜严，彤云为凝结。
散作花空飞，与梅更无别。
缤纷落蓬北，璀璨堆琼屑。
欲曙和轻烟，凝辉掩残月。
千层玉砌高，夹岸瑶枝列。
江山绘粉本，化工妙点缀。
一幅芦洲图，四望更澄澈。
鸥鹭淡无影，渔火半明灭。
此际共维舟，小炉围榾柮。
饶渠风解味，羔羊酒正热。

饶渠矜白战，不待持寸铁。
我独歌梁山，远望正愁绝。
南天雪不至，东作亦无缺。
造物智有穷，风气固难越。
归去语骚坛，监次絮休臆。
说物情不昧，比操贵清洁。
古来吞雪人，多由持汉节。

次韵酬李必昌

帝德洽寰瀛，所务非地广。
譬如泰山高，原不辞寸壤。
又如北辰居，众星共环向。
同是文献邦，述职安敢爽。
梯航海外至，旌节行人掌。
借以观王风，匪独拜嘉观。
骁征怀靡及，结交萦梦想。
归路喜逢君，英姿更俶傥。
盱衡痛运会，慷慨除抢攘。
信非百里才，岂纶千夫长。
吾辈重相最，不关文章上。
平生破浪期，长风非五两。
海波幸不扬，高山长可仰。
福泽天无私，上以勋名享。

潘并（生卒年不详）

生平、邑里无可考，著有《菊堂诗钞》。

寄绥和县知县杜叙甫

相思那得日相闻，独夜裁书酒正醺。
江客风流君识否，茶江春水印山云。

工部杜郎中往沱瀼枉道见访敉馆把酒奉慰

奠江滚滚下沱洋，相见伊人水一方。
万里君门悲贾谊，十年郎署老冯唐。
井闾日接文章气，几案风生笑语香。
莲酒满斟聊共醉，风流记得在他乡。

古风

风骚久沦靡，微言谁嗣音。
天稷挽颓波，百一有遗吟。
三唐赴杰作，名声犹至今。
翩翩陈拾遗，感遇意何深。
炼服已千岁，不见蓬莱岑。
团团三珠树，攀企独劳心。

阮高（？—1887）

北宁桂阳隔波人。嗣德二十年（1867）丁卯科解元，官太原布政使，和议后，潜往山岭，纠众抗法。建福四年（1887）四月为敌所获，自杀死。

蓝桥乡人来从军，半途为虎所噬，作此哀之

从师几得似蓝桥，暮夜捐躯为我求。
天道固难窥量处，人间无奈乱离秋。
宁甘死葬豺狼吻，不愿生逢鬼魅忧。
我恸泣君还自泣，雅南城下泪交流。

范廷煜（1849—？）

又名廷立，字梦捧，号刷竹道人，又有华城道士、云史氏、丹峰等别号，范廷琥之孙。原籍唐安县鸣鸾总丹銮乡，后移居南定。嗣德丙子年（1876）中秀才，嗣德末至成泰年间担任真定、书池等县训导。成泰十一年（1899）被免职，归乡后托居于族弟，旋卒。所著有《云囊小史》《刷竹诗草》《百战妆台》。

咏长派侯

秦廷乞援义声高，两度空贤相国劳。
万里从亡臣有发，十年抗死国无刀。
去惊异域双蓬鬓，归对先王一敝袍。
谁似大同忠孝佛，圆光结处现头毛。

按，长派侯即黎侗。此为《云囊小史》中《长派侯》篇末题咏，诗题为编者据文义所加。

嵬山

遥望山门万石悬，登临随喜拜诸天。
幽岩出佛彰玄化，邃院逢僧结净缘。
炮古自成桑海记，诗题剩睹竹岩笺。
狂奴尚有名花约，到底尘心未悟禅。

按，此为《云囊小史》中《山禅梦志》篇中题咏，诗题为编者据文义所加。

潘佩珠（1867—1940）

原名潘文珊，别名潘是汉，号巢南，又号是汉，乂安省南坛县人。越南近代著名诗人。潘佩珠自幼跟随其父习经书，精通汉文，成泰十二年（1900）中乡试。因谋求抗法，潘佩珠历经波折，成泰十五年（1903）入京坐监，成泰十七年（1905）偷渡至中国，后抵日本见到梁启超。梁氏建议他著越南亡国史以得到世界舆论同情兼引越南青年东游以启发民智，写《劝国人游学文》。潘佩珠一直积极奔走于反抗法国殖民势力，直至牺牲。潘佩珠作品主要刊登于报刊上，不仅在中国北京的《东亚新闻》、杭州的《兵事》杂志上发文，还在越南《南风杂志》上发有诗歌，所著有小说《再生生传》《人道魂》《重光心史》《余愚忏》等。为躲避追查，潘佩珠所用笔名繁多，如天赋、宪汉、是汉、巢南、巢南子、（钟）浩生等。

述难 其二

梦回碧海青天外，身入刀山剑树中。
黑狱魑魅双泪眼，残宵风雨一声钟。

前题悼稚兰 其五

朔风吹送远愁来，剑畔鸡声唤不回。
草檄正须磨盾鼻，一城鼓角为谁哀。

前题悼稚兰 其十

浮生一笑任苍茫，贾傅奚须鹏赋伤。
无碍精神原我辈，太空片月印钱塘。

欧战感占十首 其三

于今世界愈文明，杀伐机关日愈精。
白祸将临黄祸减，亚洲何物作长城。

欧战感占十首 其八

保障人权说阿谁，养兵犹说弭兵时。
一朝征战收场处，喋血无辜百万尸。

保定岁除有感 其二

岁月驶如此，忧思可奈何。
酒怀空浩荡，客思入吟哦。
戎马雄心在，江天别恨多。
孤灯坐相对，剑影自婆娑。

秋夜对月

人自低徊月自流，他乡月是故乡秋。
啼鸿声里关河杳，绕鹊枝边宇宙浮。
北塞云烟催远感，西泠风雨梦前游。

凭谁借酒消长夜，抚剑长号天地幽。

哭真将军

异种豺狼遍地腥，独撑双手与仇争。
廿年枪剑山河气，百战风云父子兵。
国势已沉军尚奋，将头未断贼犹惊。
英雄本色终能见，万里时闻虎啸声。

哭友

碧天莽莽海茫茫，一纸书来泪万行。
头恨不先朋辈断，心难并与国家亡。
江山剩我支残局，风雨随君涉远洋。
午夜灯前招影问，百身无计赎三良。

哭奇选昆季

慷慨当年一剑雄，东原子弟失前锋。
三生义愤君能了，万死交情我未终。
幼稚山河冰火外，流离朋辈海天中。
国魂未没英魂在，夜夜银涛吼怒风。

挽女烈士丁夫人

傲岸秋霜柳一枝，人中翘楚女中奇。
江山仇是终身耻，风雨魂余绝命诗。
缰锁场无真血性，裙钗队有好须眉。
同胞一半已如此，惊杀虬髯碧眼儿。

东游寄诸同志 其一

顶天立地好男儿，肯许乾坤自转移。
于百年中须有我，岂千载下更无谁。
江山死矣生如赘，贤圣超然诵亦痴。
便逐长风东海去，鲲波鲸浪一齐吹。

东游寄诸同志 其二

可无天地可无身，书剑苍茫阅劫尘。
却耻生于千载下，犹能亲见五洲春。
关河梦里经年别，宇宙奇观逐日新。
寄语苍茫东海外，如狂如醉更何人。

新岁偶成

岁月无情自去来，红羊到处劫余灰。
三千世界亦如此，万岁神仙安在哉。
蝶梦生涯知是幻，蝇头争竞总堪哀。
何能独具回天力，救世心胸旷代才。

古风

奔驰二十年，结果仅一死。
哀哉亡国人，性命等蝼蚁。
嗟余遭阳九，国亡正雏稚。
生与奴隶群，俯仰自惭愧。
所恨羽毛薄，一击容易试。
歼斋计未就，尚畜椎秦志。

呼号十余年，同胞竟奋起。
以此苏国魂，大触强权忌。
网罗弥山河，荆棘遍天地。
一枝何处借，大邦幸密迩。
侧身覆载间，踽嵴胡乃尔。
今朝游沪滨，适才北站至。
飙驰一汽车，环以凶徒四。
捉人拥之前，驱向法领署。
投身铁网中，鸡豚无其值。
使余有国者，何至辱如是。
余死何足惜，所虑在唇齿。
堂堂大中华，一羽不能庇。
兔死狐宁悲，瓶罄罍之耻。

新年辞

人道新年喜，我以新年悲。
志业百无成，老大忙相随。
临风怅江梅，揽镜惭须眉。
对客强欢谑，逢场聊酣嬉。
四顾谁与娱，笑中哭自知。
惊心应鸟友，溅泪酬花儿。
宵深独坐处，早起无言时。
狂歌不可遏，怒啸欲何之。
一去二十载，家乡竟如遗。
朋徒数百辈，生死忽分离。
枯棋剩残局，欲以空拳支。

哓哓舌三寸，皇皇笔一枝。
经纶贮满腹，乃仅糊口资。
颀颀七尺躯，匏系将奚为。
孟浪悔平生，雕虫矜俗词。
潮流浩无际，株守将安宜。
誓乘新日月，力抉旧藩篱。
诚至剖金石，气作宁虑衰。
茫茫精卫海，沙填会有期。
视彼愚山公，终须自我移。
体魄脱有变，精神永弗隳。
愿我同舟人，诵此新年辞。

哀越南

南藩从古卫中华，弹指兴亡事可嗟。
故国余年犹有号，降王末路已无家。
旗翻三色澜沧远，塔峙双峰落日斜。
野寺即今成野垒，小山空自唤梅花。
何堪先计问前因，借口蹊田楚县陈。
无奈神狮方入梦，从来封豕惯甘人。
爵轮高丽侯封贵，字改祛庐国语新。
岁岁俸钱三十万，王孙差幸不忧贫。
铸成大错实中朝，空把怀柔美号枭。
九郡不谋交阯复，千年惯纵夜郎跳。
兰珠神弩消沉久，路易鹰刀宰割骄。
嘉种已成稊稗贱，此中多是汉家苗。

玉灵替尽老夫佗，铜柱摧残马伏波。
入境已成新世界，问名犹是旧山河。
汉唐遗制衣冠在，虞虢相怜涕泪多。
此地我来方是主，叩天称客痛如何。

哀国殇

悼阮式唐、阮德功、阮仲常。

鱼岛之西鸿岭南，灵秀钟为瑰奇男。
铜筋铁骨特立气，气魄昂然真不凡。
侠腰常佩少年刀，狐伥惊看刃出韬。
游学风潮陡然起，鸣鞭直指扶桑遥。
驰驱许国岂知倦，北陆南洲走欲遍。
韬略书曾夜夜攻，剑枪术又朝朝练。
七尺顾盼时自喜，单刀匹马快我志。
生须扫尽拳须儿，不然死向沙场死。
全欧战云天地昏，乘时急向暹罗奔。
欲把义旗向南指，殄灭仇虏苏国魂。
仰天奋臂挥金戈，时不我与天奈何。
断头台上看君去，十年怀抱空咨嗟。
惜君最是腰间剑，未试仇头锋遽敛。
惜君最是肩上枪，弹柔未许仇人尝。
悲君更为江山悲，血战关河失健儿。
痛君更为我侪痛，风雨鸡闻谁与共。
吁嗟乎君魂，君心未死君长存。
山有时倒，海有时翻。
我军有日龙城捣，仇血为君斟满尊。

阮尚贤（1868—1925）

字鼎臣、鼎南，号梦莲，亦号梅山，河东省应和府山朗县蛇球总连拔社稠村（今河内市应和县连拔社）人，又名张鼎南，以参加革命变易姓名。父阮尚颚任嗣德时期协办大学士、工部尚书。因家学影响，阮尚贤十八岁中举人，二十五岁中进士，任国史纂修、宁平与南定督学等。在越南完全沦为法国殖民地之后，与潘佩珠、黄叔抗等爱国人士共谋反法活动。成泰十七年（1905）密潜入广东，会晤中国反法将领刘永福及潘佩珠等，并与潘佩珠共赴日本，协助鼓励越南青年出国留学，为反法复国培养人才。该活动成为越南历史上有名的“东游运动”，为越南民族解放运动作出重要贡献。启定十年（1925）六月间潘佩珠应胡志明之约赴粤，但不幸在上海被法国殖民者逮捕。阮尚贤闻讯后感到无比悲痛，眠食俱废，是年十一月病逝于西湖佛学会。所著有《南枝集》《梅山吟草》等。

太湖舟中闻笛

寒波浸月碧溶溶，天外微茫七十峰。
谁向孤舟弄横笛，一声惊起太湖龙。

即事

兵戈水火日相侵，浮世茫茫苦海深。
若为群生一设想，小乘亦起大悲心。

送陆亮臣赴燕

异国知交等金石，男儿荣辱共山河，
悬知敌忾心尤壮，霜野年来每枕戈。

按，陆亮臣即陆光熙。陆光熙（？—1911），本名惠熙，字亮臣，顺天宛平（今属北京）人，光绪三十年（1904）进士，陆钟琦之子。宣统三年（1911）殉国，谥文节。陆光熙在东渡日本时，与阮尚贤相认，并带回中国充当秘书。

寄和肥遁去晋别诸同志原韵四首 其三

三宿桑阴意索然，多君长路着先鞭。
横戈西域风吹鬓，倚剑天山雪满肩。

按，肥遁即曾遁。曾遁，字望生，号肥遁，辽宁沈阳人，工诗。

一宦

一宦为亲屈，敢生尤怨心。
河山一回首，不觉泪沾襟。
玄造机终秘，苍生祸愈深。
艰难思报国，惭愧社稷吟。

陈宫怀古

雉雊南城夕照过，千年国邑访东阿。
亲王百战匡时早，祭酒孤忠感事多。
虚倚一图安社稷，直留孤塔对山河。
昭陵石马今安在，烟雨渔舟入醉歌。

旅晋感怀

辛亥九月八日，晋军起事。余在晋城，几为军人捻击者再，以外人对，获免出投旅馆，行李荡然，惟存旧书数卷而已。

万里孤臣九死余，江山有恨泪沾裾。
椎秦已破千金产，佐宋难凭半部书。
渐喜中天开日月，还悲故国付丘墟。
十年未遂歼仇志，犹自吹箫学子胥。

感成

使节当年衔玉音，关河双鬓雪花侵。
岂知秦桧和金计，难遂包胥复楚心[①]。
石马园陵秋草冷，铜仙宫阙夕阳沉[②]。
剑南家祭知何日，汉腊低回怆不禁。

① 原注：嗣德末年，先君子与范尚书志奉旨如清求援，清执政某，谋国不诚，力主和议。时赴援之师十余万，死伤略尽，竟置不问。真东亚史之奇辱也。轶按，执政某指李鸿章。

② 原注：先君子归期日，翼庙已崩。又二年京师不守，乘舆蒙尘，全国丘墟矣。

舣舟钱江登法华山见觅胜柬同游诸道道友

拈花一路笑颜开，双屐千山去复回。
爱绝斜阳江上燕，随人飞去竹西来。

高楼品茗晚风清，归路层峦照眼明。
月下重来犹有约，芦花如雪一舟横。

枕上偶成

旅思凄闻雁度频，秋风一枕圣湖滨。
悲欢颠倒尘中梦，饥渴循环病后身。
药石关心烦旧友，云山入眼慰愁人。
但看孽海今弥阔[①]，谁向莲花种胜因。

① 原注：时江、浙、直、奉战云四起。

按，此诗为诗人逝世前所作。

阮春温（生卒年不详）

义安东城人。嗣德二十年（1867）中进士，历任翰林编修、平定督学、监察御史等职。阮春温性刚直，尚气节。少聪慧，未第时读书一览成诵，《大南实录》载其“作文援笔立就，每撰一题至五六体，构思各别，各称佳作”。现留著述寥寥。

感怀

有此江山有此身，枕戈击楫古何人。
撑扶宇宙心仍壮，板荡关河势已分。
烽火一场劳战将，雪霜三载老孤臣。
古今理乱都常事，风会如今不尽论。

潘珠桢（1871—1926）

平定省人。三十一岁中举人，三十二岁中副榜眼，三十七岁年创立“东京义塾”宣传新思想，反对封建主义、殖民主义，对新思想传播起了很大的作用。成泰十八年（1906）抗税事起，被捕流放昆仑岛，后移至巴黎。启定十年（1925）归国，继续宣传革命，翌年病死。潘珠桢是改良主义者，要求通过渐进的社会进步与和平的社会改革，逐步实现去殖民化，建立起自治，被称为“越南第一个民主主义思想家”。

至诚通圣

万民奴隶强权下，八股诗文醉梦中。
长此百年遭唾骂，不知何日出牢笼。

邓子敏（生卒年不详）

为越南“光复会”领导人之一。分别于1914年、1917年两次武装起义反抗法国殖殖统治，失败后卒于中国。

哭黎烈士文

龙城朝朝惨云布，珥河夜夜涛声怒。
极目腥臊无人除，血战山河痛黎祖。
忆昔五十万吴兵，雷轰电驰趋越京。
长驱直卷数十省，广南以北无完城。
蓝山峒里出神圣，大呼一声万声应。
扫荡吴兵还故都，越国越民普天庆。
功德垂今五百年，神苗圣裔传绵绵。
一朝低头事异种，辱我山河辱我先。
我生幸已越人称，况复黎王之云仍。
腰间宝刀寒如冰，誓斟仇血奠高曾。
生不吮仇血，死必夺仇魄。
精灵上下祖之旁，化为四天雷赫赫。
我志已决夺戈前，区区微生复何惜。
仰天大笑出国门，齐风挟雨千里奔。
到处河山染我泪，赤云红日栖我魂。
我魂夜夜逐明月，临我城头照京阙。
新潮澎湃谁为迎，旧象凄凉不忍说。
苍天坠久无人擎，力不如心空涕零。
英雄苦无用武地，一片净土完吾生。
吁嗟乎，中原仇虏未殄灭，独何面目江东重来见父兄。

阮福昭（1879—1954）

即成泰帝，原名阮福宝嶙，育德帝之子。因育德帝在政治斗争中被弑，阮福宝嶙也受牵连入狱。同庆帝逝后，因同庆帝之子尚幼，阮福宝嶙受法国殖民者扶持改名阮福昭登基，1889 年至 1907 年在位。成泰帝在位期间怨愤压迫，颇思振作，但也因此触怒法国殖民者被废，1910 年被流放于非洲。

游河城

此地繁华已几经，悠悠回首不胜情。
牛湖犹记三朝事，龙肚空余百战城。
浓岭行云今古色，珥河流水哭歌声。
擒胡夺槊人如在，应为江山洗不平。

阮玕梦（生卒年不详）

字竹侯，别号农山，延河弘农人。维新六年（1912）壬子科举人，启定元年（1916）丙辰殿试中副榜。历任春长教授、北圻中学校汉字科督教，升补提学。所著有《农山诗集》。

谅城八景丛咏

仰德台安在，迎轺表自高①。
凭今新国际，何漫说分茅。

① 原注：古者团城有仰德台及迎轺华表，以迎接北使，所谓邸舍是也。

咏烂柯山

忘机出世是仙家，覆鹿围棋事更多。
未着迟延三世局，旁观空致烂人柯。

扶犛山远眺

一山特地势，四望钦天台。
携手同诗客，摄衣登绝崖。
青云犹有路，碧海渺无涯。
蕞尔归吾眼，悠然寄远怀。

贺郑履吉先生新屋

郑以三科秀才，投书从政，不如所愿，结庐茶溪间，与老偕隐。自题书窗有云“每读令寻孔颜乐处，高卧自谓羲皇上人”，所题之壁，为狂风所坏。某年夏重修之。

茶溪隐隐隔人家，天为诗豪筑邵窝。
忧乐登楼难自遣，吟题有壁不妨多。
闲惟勖子留庭树，老尚携书恋野花。
窗下请君看小照，羲皇身世是真耶。

沱瀼道中寄京中知己

南辞京阙趁朝雨，杨柳青青凡几树。
宾朋相送车声喧，车下殷勤每执手。
儿情最是徐公孙，双行别泪无一言。
幼眼通宵眠不得，平明起送及台门。
君不见，南北天无私雨露，长安定有重来路。
只今留去难为情，火轮一转一回顾。
车行迅速过海云，香屏天已隔红尘。
一片离情两相系，长恋神京怀故人。

阮鼎珏（生卒年不详）

字号不详，任教授。生活于19世纪末20世纪初期，所著有《梦桂庵诗抄》。

六十自寿

闲居赋罢廿余秋，花甲而今又转头。
寿诞恰逢春再闰，乡科已历卯三周。
销磨岁月书中蠹，浩荡心情海上鸥。
裘马风流少年事，不堪弹指忆来由。

碧洞纪游

我自来护城，闻谈碧洞胜。
经秋积梦想，未遂幽讨兴。
今年秋气佳，观察约先定。
太守亦好事，载酒具舟迎。
日夕发瓦桥，苍然野色凝。
丝管间杂作，泠泠满清听。
沿洄忘远近，夜深月光莹。
野田夏涨余，浮藻乱飑艳。
际晓始入山，维舟上松径。
初登山门寺，参佛敲清磬。
复上一重洞，聚足蹑梯际。
疑穿龙腹行，滑苔杂泥泞。
村人作前导，把火烛幽暝。
俄焉天光露，梵宇半空凭。

君峰翼两旁，前湖展明镜。
咳声偶一发，溪谷呀相应。
白云隔岭来，朴衣当持赠。
放眼纳巨观，尘梦豁然醒。
化工信巧妙，欲画笔难罄。
摩娑古碑文，字画偏旁剩。
老僧时不在，往事难印证。
携手下山去，日色射萝蹬。
禅床息微倦，汗泄如炊甑。
嗟我疲形役，风尘日蹭蹬。
乘暇约再来，细参上上乘。

高玉英（生卒年不详）

学部堂东阁致仕安春子龙冈高相公之女，山西按察使阮惟燮继室。好学诗词，文辞清雅，所著有《玉英诗草》。《南风杂志》多期收录其诗。

夜坐

惆怅深闺独隐忧，孤灯挑尽泪双流。
痴儿未解离思意，啼哭通宵惹母愁。

秋夜书怀寄诸弟

秋夜天光静，山河万里通。
小园花冷落，平野水朦胧。
独坐听啼鸟，酸吟托远风。
今宵愁怅望，雨地月明中。

读亡夫诗草

幽郁秋习苦不眠，焚香五夜读遗编。
诗词无限风云思，笔彩犹留翰墨缘。
月冷竹楼空寂寞，灯垂蜡泪共流连。
游魂何处如相识，应补花诗别恨篇。

晚望

依依深处白云村，斜倚西风日正昏。
千里乡心频拭目，百年幽意不胜言。
有灵泉下应相悯，无梦幽人亦断魂。
愁眼厌看花满地，不知何处避尘喧。

越南民主共和国

（1945—1976）

裴杞（1888—1960）

裴杞曾任越中友好协会会长。精于中国古典文学，为现代越南著名作家之一。1958年曾来访问我国，并出席参加范鸿泰烈士新墓落成典礼（墓地位于广州人和岗）。《越南汉诗略》选其诗。

吊烈士范鸿泰墓

决计诛仇不计生，海天震动敌人惊。
英风吹入珠江水，长与人间洗不平。

越中友谊

友爱红花朵朵鲜，东风威力大无边。
灿烂成功多鼓我，今天中国越明天。

胡志明（1890—1969）

乂安省南坛县人，越南民主共和国主席。胡志明原姓阮，有深厚家学渊源，汉语水平较高，不仅能说汉语普通话，亦会说流利粤语。1942年胡志明刚到广西靖西县就被国民党地方政府逮捕，后被秘密移往桂林、柳州等地监押，在广西各地13个县的18个监狱里被监禁了13个月，直至1943年被释放。胡志明在中国被国民党监禁的狱中写下了133首汉诗，包括七绝、七律、五绝和杂言诗，其后以《狱中日记》发表。《狱中日记》诗中用朴实无华的语言揭露了国民党统治下犯人遭受的非人待遇，表达了对劳苦大众的深切同情，反映了一位革命家的坚强意志、必胜信念和宽阔胸怀。

望月

狱中无酒亦无花，对此良宵奈若何。
人向窗前看明月，月从窗隙看诗家。

往南宁

铁绳硬替麻绳软，步步叮当环佩声。
虽是嫌疑间谍犯，仪容却像旧公卿。

忆友

昔君送我至江滨，问我归期指谷新。
现在新田已犁好，他乡我作狱中人。

自励

人谓五旬常叹老，我今七九正康强。
自供清淡精神畅，做事从容日月长。

歼灭东溪法寇即赋

携杖登山观阵地，万重山拥万重云。
义兵壮气吞牛斗，誓灭豺狼侵略军。

看千家诗有感

古诗偏爱天然美，山水烟花雪月风。

现代诗中应有铁，诗家也要会冲锋。

难友之妻探监

君在铁窗里，妾在铁窗前。

相近在咫尺，相隔似天渊。

口不能说的，只赖眼传言。

未言泪已满，情境真可怜。

赠国会议长裴凭园先生

看书山鸟栖窗杆，批札春花照砚池。

捷报频来劳驿马，思公即景赋新诗。

月催窗问诗成未，军务仍忙未做诗。

山楼钟响惊秋梦，正是联区报捷时。

筹划更深暂得闲，秋风秋雨报秋寒。

忽闻秋笛山前响，游击归来酒来残。

今夜元宵月正圆，春江春水接春天。

烟波深处谈军事，半夜归来月满船。

按，越北秋冬战役为 1947—1948 年。裴凭园为越南国会议长，1955 年逝世。

潘环（生卒年不详）

为现代著名的鲁迅作品翻译者，同时为中国古典文学的专家。1956年10月应中国作家协会的邀请，出席鲁迅逝世二十周年纪念大会。《越南汉诗略》选其诗。

登杭州六和塔

昨宵见说六和塔，准拟登临作一诗。
今日登临诗不作，雄高美妙绝言辞。

杭州西湖吊秋瑾墓

秋雨秋风愁煞人，而今此地四时春。
世间革命先行者，只为将来不计身。

参观新中国感作

黄鹤楼台崔颢诗，西湖湖上鄂王祠。
读书自昔空神往，垂老观光及此时。
石栈云梯通铁道，高空喷气出飞机。
风流人物今朝看，唐宋云云未足奇。